PAN DOUBLER
ZACZYNA OD NOWA

SENI GLAISTER

PAN DOUBLER
ZACZYNA OD NOWA

Tłumaczenie:
Alina Patkowska

Tytuł oryginału: Mr Doubler Begins Again

Pierwsze wydanie: An Imprint of HarperCollins Publishers Ltd, Londyn, 2019

Opracowanie graficzne okładki: Emotion Media

Redaktor prowadzący: Grażyna Ordęga

Opracowanie redakcyjne: Jerzy Wójcik

Korekta: Sylwia Kozak-Śmiech

© 2019 by Seni Glaister
© for the Polish edition by HarperCollins Polska sp. z o.o., Warszawa 2019
Wszystkie prawa zastrzeżone, łącznie z prawem reprodukcji części dzieła w jakiejkolwiek formie.
Wydanie niniejsze zostało opublikowane na licencji HarperCollins Publishers, LLC. Wszystkie postacie w tej książce są fikcyjne. Jakiekolwiek podobieństwo do osób rzeczywistych – żywych i umarłych – jest całkowicie przypadkowe.

HarperCollins jest zastrzeżonym znakiem należącym do HarperCollins Publishers, LLC. Nazwa i znak nie mogą być wykorzystane bez zgody właściciela.

Ilustracja na okładce: Happy Pictures, Shutterstock. Wszystkie prawa zastrzeżone.

HarperCollins Polska sp. z o.o.
02-516 Warszawa, ul. Starościńska 1B lokal 24-25

Skład i łamanie: COMPTEXT, Warszawa

Druk: ABEDIK

ISBN: 978-83-276-3766-6

*Dla mojej inspirującej i niezastąpionej matki,
Penelope Glaister.*

A także w hołdzie dla:

*Mary Ann Brailsford 1791–1852
Marii Ann Smith 1800–1870
Johna Clarke'a 1889–1980*

oraz innych bezimiennych bohaterów sadów i pól.

ROZDZIAŁ 1

Doubler był drugim największym producentem ziemniaków w hrabstwie. Choć co prawda jego rywal miał znacznie wyższe plony, nie spędzało mu to snu z powiek. Motywowała go nie ilość, lecz jakość, i rywal nie stawał się lepszym producentem ziemniaków tylko przez to, że miał więcej ziemi. Przewaga Doublera polegała na tym, że był ekspertem. Tak doskonale rozumiał ziemniaki, jak mało kto je rozumiał. Miał nadzieję, że rozumie je co najmniej tak dobrze, jak inny wielki znawca ziemniaków, John Clarke. Ten słynny hodowca ziemniaków był inspiracją dla Doublera, który często pytał go o radę. Zadawał mu pytania na głos, chodząc po swoich polach, i słuchał cicho szeptanych odpowiedzi, gdy pracował nad notatkami, przez kolejne dni zapisując wszystkie odkrycia. Choć nigdy nie spotkał go osobiście, a Clarke w istocie nie żył już od kilkudziesięciu lat, ten dialog przynosił Doublerowi wielkie ukojenie.

Ostatnie eksperymenty szły nadspodziewanie dobrze, dlatego był pewien, że już wkrótce zapewni sobie miejsce w historii uprawy ziemniaków. Przez cały czas nosił w sobie – czasem czuł ją w sercu, a czasem w żołądku – niedużą bryłkę podniecenia, która przybrała kształt nadziei. Doubler z natury nie był optymistą i myśl, że być może wkrótce zajmie miejsce wśród najbardziej wpływowych hodowców ziemniaków wszech czasów, wzbudzała w nim dreszcz nerwowej energii zabarwionej odrobiną niecierpliwości, choć przy tym przyćmionej niepokojem.

Dla Doublera jego dziedzictwo było wszystkim.

Ale owo dziedzictwo przyciągało również negatywną uwagę. Ostatnie zagrożenie pojawiło się na jego progu tego ranka, zapakowane we wzmacnianą kopertę. Biała nalepka z wydrukowanym adresem sugerowała złowróżbny profesjonalizm nadawcy. Groźba wydawała się jeszcze bardziej złowieszcza, gdy połączyło się ją z dwiema kopertami, które nadeszły wcześniej. Nadawcą wszystkich trzech listów był Peele, największy producent ziemniaków w hrabstwie. Ta kolekcja trzech kopert, które jątrzyły się w mroku szuflady w komodzie, przekroczyła już granicę zwykłej korespondencji, wypełniając znamiona systematycznej kampanii. Podczas inspekcji swoich pól zdenerwowany Doubler zastanawiał się, co to może oznaczać i jak może wpłynąć na jego bliski sukces.

Brutalny wiatr wygarniał lodowate powietrze z okolicznych dolin i przywiewał je niestrudzenie na farmę Mirth, przez co niemal wszędzie było cieplej niż w położonym na wzgórzu domu Doublera. Ale mimo to wcale się nie śpieszył. Wracając do domu, obszedł dokoła całe podwórze, zatrzymał się i sprawdził kąt ustawienia nowej kamery bezpieczeństwa, a potem zatrzymał się jeszcze raz i załomotał drzwiami posępnych stodół, by się upewnić, czy zamki dobrze trzymają. Nawet w dawniejszych czasach, gdy jeszcze była przy nim żona, Doubler był ostrożnym i nerwowym człowiekiem, a teraz, głęboko przejęty tą ostatnią serią zagrożeń, zwiększył jeszcze czujność, z jaką przeprowadzał codzienny obchód farmy, i włączył do zwykłej rutyny mnóstwo dodatkowych kontroli, które szybko stały się odruchowe, jakby przeprowadzał je od zawsze, tak jak zawsze podążał za zmianami pór roku.

Pomimo zdenerwowania kroki, jakie ostatnio podjął, by bronić farmy Mirth przed przeciwnikiem, dodały mu pewności siebie, toteż gdy odwiesił kurtkę i czapkę, natychmiast zwrócił uwagę na paczkę, która nadeszła z wczorajszą pocztą. Miał nadzieję, że jej zawartość jeszcze bardziej przyczyni się do zwiększenia bezpieczeństwa, i zgodnie z jego oczekiwaniem w paczce znajdowała się nowiutka lornetka. Obejrzał ją krytycznie, zdjął osłonę ze szkieł i znów ją założył. Powtórzył tę operację kilkakrotnie i poczuł ostrożne zadowolenie, bo osłona była dobrze dopasowana. Usadowił się na parapecie, przez chwilę uspokajał oddech, po czym podniósł nowy nabytek do oczu.

Powoli ustawiał ostrość, przesuwając szkła to odrobinę w lewo, to znów nieco w prawo. Robił to nieznacznymi, lecz zręcznymi ruchami, aż zięba w karmniku dla ptaków wiszącym na gruzłowatej gałęzi najbliższej jabłoni ukazała mu się w całej swej ostrej, olśniewającej jaskrawości. Doubler znieruchomiał i pogratulował sobie, że udało mu się rozpoznać ptaka.

– Zięba! – wykrzyknął ze zdziwieniem.

Jeszcze przed tygodniem byłby to dla niego tylko kolejny mały ptak, który zatrzymał się na chwilę, zanim pofrunie dalej, żeby ogołocić żywopłot z jagód. Ta świeżo zdobyta wiedza, pewność identyfikacji, wzbudziła w nim iskrę radości, z której nie do końca zdawał sobie sprawę, ale która kazała mu jeszcze przez chwilę obserwować ziębę. Obraz wyostrzył się na błyszczących oczach ptaka i Doubler poczuł zachwyt. Ta lornetka była znacznie lepsza niż poprzednia, i z całą pewnością zwiększy bezpieczeństwo tak bardzo konieczne w jego pracy. W zupełności usatysfakcjonowany przesunął ją w prawo i ustawił ostrość na znacznie odleglejszym obiekcie, czyli na bramie u stóp wzgórza prowadzącej do farmy Mirth.

Przypomniał sobie dotyk tej bramy na palcach, gdy ją otwierał i pozwalał, by kołysała się swobodnie. Kiedyś, gdy jeszcze nie miał prawie żadnych trosk, otwierał i zamykał tę bramę regularnie. Sam ją założył i zawsze otwierała się lekko, bez oporu i bez skrzypienia. Ale teraz Doubler nigdzie już nie wychodził ani znikąd nie wracał. Całe jego życie ograniczało się do farmy. Nie zdarzyło się to stopniowo, nie osuwał się w samotność powoli. Gdy dzieci wyszły z domu, zdecydował, że nigdy więcej nie opuści farmy. Przekonał siebie, że jeśli się skądś nie wyjdzie, to nie ma możliwości, by nie dało się wrócić.

Spojrzał uważniej, gdy na dole zatrzymał się samochód. To była tylko pani Millwood. Choć spodziewał się jej przyjazdu, poczuł napięcie wszystkich mięśni i włosy na karku stanęły mu dęba. Jednak ciężar lornetki w dłoni złagodził jego niepokój. Pomogło również to, że mógł obserwować nadjeżdżający pojazd przez szkła. Uważnie śledził każdy ruch pani Millwood, która wysiadła z niedużego czerwonego samochodu, otworzyła drewnianą bramę, podjechała kawałek i znów wysiadła, żeby zamknąć bramę za sobą.

Gdy samochód znalazł się na jego terenie, Doubler mógł już odczytać numer rejestracyjny i zapisał go na marginesie gazety, by późnej przenieść do dziennika obserwacji, który chciał w tym celu zamówić. Samochód powoli wspinał się na wzgórze. Na kilka sekund znikał z widoku, po czym znów się pojawiał, wychodząc z ostrego zakrętu. Podjazd do farmy Mirth był długi i powolny, a Doubler zauważył, że nie było wyraźnego związku między jakością pojazdu a szybkością, z jaką się zbliżał. Jeśli już, to im szybszy był samochód, tym wolniej podjeżdżał, bo kierowcy w szybkich samochodach bardziej obawiali się kolein, wybojów i ostrych kamieni, które czyhały na opony na każdym zakręcie. Doubler obiecał sobie, że zacznie zapisywać czasy zbliżania się samochodów, żeby sprawdzić tę teorię. Absolutnie niczego nie zamierzał zostawiać przypadkowi.

ROZDZIAŁ 2

Dziewięć minut później pani Millwood stanęła w drzwiach kuchni, a zestaw dźwięków towarzyszących jej wejściu nigdy się nie zmieniał. Doubler uważnie nasłuchiwał, gdy wieszała klucze, zdejmowała płaszcz, odkładała torbę i zmieniała buty. Mruknęła coś pod nosem, spoglądając na obierki od ziemniaków, które wysypywały się z pojemnika na kompost i spadały na stary drewniany kloc do rąbania mięsa. Gderanie przybrało na sile, gdy zaczęła szukać Doublera, który natychmiast wyprężył się w pozycji na baczność.

– Panie Doubler, znowu narobił pan w kuchni okropnego bałaganu.

Przyglądał jej się, gdy przebiegała obok niego, wyrównując sterty różnych rzeczy, wygładzając, strosząc i prostując. Patrzył, jak porządkuje wszystko leciutkimi ruchami, i pomyślał pogodnie, że gdyby pani Millwood była ptakiem, to byłaby strzyżykiem.

– Wiem, że trochę zrobił się tu bałagan. Przepraszam.

– Bałagan sam się nie zrobił. Nie musi pan przepraszać, lepiej by było, gdyby po prostu pilnował pan porządku. – Przyciągnęła do ściany drewniane krzesło i błyskawicznie wspięła się na nie, żeby odłożyć na półkę stertę nieprzeczytanych książek, które nie wiadomo kiedy znalazły się w jej rękach.

Zdawało się, że układa książki byle jak, ale gdy sprawdzał po jej wyjściu, zawsze okazywało się, że są uporządkowane według jakiegoś klucza. Zanim zdążył przeniknąć jej metodę, pani Millwood znów znalazła się na podłodze, a w ręce, która jeszcze przed chwilą trzymała książki, miała szczotkę do odkurzania.

– Widzę, że znowu się pan zajmował swoimi ziemniakami – powiedziała z rozczarowaniem.

– Moimi ziemniakami. Tak. Ja... – Doubler poczuł chęć, by podzielić się z nią troskami od razu, nie czekając do lunchu. Miał w głowie wiele kolidujących ze sobą priorytetów i potrzebował pragmatyzmu pani Millwood, żeby uporządkować je w jakąś strukturę.

Podniósł się, zamierzając w stanowczy sposób pochwycić tę sprawę w swoje ręce, ale gdy krew popłynęła w kierunku głowy, rozproszyła jego myśli w niespokojny wir. Zmagał się ze słowami, które miały zaburzyć piętnastoletnią rutynę, bowiem nigdy dotychczas rozmowa nie miała pierwszeństwa przed sprzątaniem domu. Zanim zdążył złapać wątek (gdyby go pociągnął, obnażyłby tym samym swoją duszę), pani Millwood już zniknęła, pozostawiając za sobą ścieżynkę kurzu.

Próbował wziąć się w garść, ale usłyszał nad głową hałas odkurzacza ciągniętego na stanowisko, co oznaczało, że stracił panią Millwood na jakieś dwie godziny.

Poszedł do kuchni. Jego opuszczone ramiona świadczyły o rozczarowaniu i osamotnieniu. Grube kamienne płyty pod stopami odzianymi tylko w skarpetki były lodowato zimne, ale w miarę jak zbliżał się do piecyka, stawały się cieplejsze. Zatrzymał się przy nim na chwilę, żeby się rozgrzać. Po lewej na dużym drewnianym bloku, wygładzonym i wyszczerbionym od ciągłego krojenia i wycierania rękami jakiegoś dawno nieżyjącego rzeźnika, stały trzy wielkie rondle z ryflowanej blachy, takie, w jakich kucharki w epoce wiktoriańskiej mogły przyrządzać hurtowe ilości sosu chutney albo dżemu. Każdy rondel przykryty był kwadratową płachtą muślinu.

Zdjął muślin i przyjrzał się zawartości. Dużą drewnianą łyżką poruszył wierzchnią warstwę ziemniaków, popatrzył na nie krytycznie i sięgnął po podkładkę do pisania. Takie podkładki leżały przy wszystkich rondlach, a do każdej przypięty był gruby plik papieru kancelaryjnego pokrytego kaligraficznym pismem Doublera. Równo nakreślone ołówkiem daty, pomiary, liczby, wzory, szkice i diagramy pokrywające te strony same już, nawet bez żadnej interpretacji, ukazywały niezwykłą wagę tych badań, a pod wprawnym okiem ziemniaczanego eksperta ujawniały jego życiową ambicję, czyli badania, które miały dokonać przełomu. Uzupełnione przypisami i apendyksami, notatki Doublera odzwierciedlały wszystkie nadzieje i marzenia człowieka, który postanowił zostawić po sobie ślad, wiedział jednak, że czas działa przeciwko niemu.

Dźgnął stalowym widelcem kilka ziemniaków z każdego rondla. Wybrał rondel, który wydawał się najmniej zadowalający, wyjął z niego kilka kartofli i zagotował je na dużym ogniu w osolonej wodzie. Te przeznaczył na lunch.

Zadowolony z tych przygotowań, przystąpił do opisywania porannych odkryć. W tym celu usiadł przy ogromnym stole kuchennym, który kiedyś był z jasnej, niepoliturowanej sosny, ale teraz, poznaczony śladami mokrych naczyń, przypalony przez rozgrzane garnki i często polerowany pszczelim woskiem, przybrał odcień i fakturę twardego drewna liściastego, i rozłożył na nim papiery, często wracając do poprzednich stron. Wyniki były zgodne z wcześniejszymi wnioskami, więc Doubler zyskał już pewność, że rezultaty jego badań są niepodważalne, ale dopisywanie kolejnych dat, kolejnych potwierdzeń, kolejnych dowodów przynosiło mu spokój ducha w tym okresie roku, gdy dni stają się coraz dłuższe, ziemia zaczyna rozmarzać i po trochu przybywa ciepła, które przygotuje ją na stworzenie nowej generacji materiału porównawczego.

Pracował z wytężeniem przez godzinę: notował, dokładnie sprawdzał i po raz kolejny podkreślał wnioski, a gdy pani Millwood wciąż się nie pojawiała, wyruszył na drugą inspekcję swojej ziemi. Powtarzał ten rytuał czterokrotnie każdego dnia, bez żadnych wyjątków. Nałożył gruby wełniany sweter, szorstki, lecz przyjemnie ciepły, i zapiął szczelnie zamek błyskawiczny nieprzemakalnej kurtki. Wychodząc z zacisza budynków gospodarczych, opuścił klapy czapki uszatki, żeby ochronić się przed wiatrem.

Uwielbiał ten spokój w powietrzu, dziwne wrażenie zawieszenia, które pojawia się tylko w lutym. Pola były świeżo zbronowane i ziemia w słabym blasku zimowego słońca miała ciepły czekoladowy odcień. Zebrane w bruzdach kałuże wody deszczowej lśniły jasno, tworząc przyjemnie uporządkowane pasy aż po horyzont. Pojawiły się dziś nowe ptaki. Skakały po polach w dużych gromadach. Były brązowe i większe od wróbli, które rozpoznawał bez trudu, a dla jego wciąż niewprawnego oka trudne do zidentyfikowania. Doubler obiecał sobie, że wychodząc na następny obchód, zabierze ze sobą lornetkę. Choć nie po to ją kupił, by rozpoznawać ptaki, nagle zapragnął dowiedzieć się, kim są ci przybysze. W każdym razie był przekonany, że nie było ich jeszcze przed tygodniem, i ta pewność przyniosła mu satysfakcję.

Powoli szedł skrajem pola wzdłuż nierównej linii żywopłotu, gęstego i nie do przejścia, choć jeszcze nagiego. Dotarł do pierwszego z dwóch punktów widokowych. Był to niewielki pagórek, z którego roztaczał się rozległy widok na północ. Stojąc w tym miejscu, Doubler mógł przebiegać wzrokiem kolejne pola i odznaczać je szybko w swoim mentalnym rejestrze. O tej porze roku nie było wiele do oglądania, ale już za miesiąc, kiedy minie największe ryzyko przymrozków, zacznie pedantycznie sprawdzać glebę, by wybrać najlepszy moment do posadzenia ziemniaków.

Zima pozwalała przygotować pola i przeprowadzić konserwację maszyn, a teraz już wystarczyło tylko sprawdzać i okazywać ziemi szacunek w nadziei, że kładzie tym fundament życzliwości, na którym będzie mógł się oprzeć w kolejnych miesiącach.

Gdy już obszedł największe pole, zaczął się wspinać, dopasowując długość kroku do wznoszących się i opadających bruzd, a także obliczać w głowie powierzchnię swojej ziemi. Robił to bez żadnego badawczego celu, tylko dlatego, że ten proces bardzo go uspokajał. Pola rosły w górę i opadały wraz ze zmianą pór roku, i podobnie wznosił się i opadał ich potencjał. Uprawy wybijały nad powierzchnię gleby i obumierały, a sukces lub niepowodzenie przy zbiorach były zależne od alchemicznej mieszanki nauki, umiejętności i magii, ale przede wszystkim od samej natury, która zawsze miała ostatnie słowo. Choć siła wzrostu zależała od wielu czynników, powierzchnia gospodarstwa nigdy się nie zmieniała. Jeśli szedł w równym tempie, liczba kroków zawsze była taka sama od czasu, kiedy kupił tę farmę, czyli od niemal czterdziestu lat.

Obrócił się w narożniku i znów zobaczył przed sobą dom. Po raz kolejny sprawdził zamki wszystkich stodół. Na farmie stało kilka garaży i budynków gospodarczych, ale z tych trzech stodół czerpał największą przyjemność, a zarazem to one przysparzały mu najwięcej stresu. W końcu to właśnie w nich spoczywała jego spuścizna.

Każda ze stodół zamknięta była na cztery spusty na ciężkie łańcuchy rozciągnięte między żelaznymi uchwytami. Doubler podniósł głowę, sprawdzając kąt ustawienia kamery, i pomachał do siebie ręką, żeby obejrzeć to później na monitorze. Spodziewał się, że kamera zwiększy jego poczucie bezpieczeństwa, odkrył jednak, że jest również zadziwiająco dobrym towarzyszem, i czerpał dziwną przyjemność z obserwacji siebie, gdy każdego wieczoru przeglądał nagrania.

Następna inspekcja dwóch największych stodół miała się odbyć dopiero wczesnym wieczorem. W miarę możliwości starał się nie wpuszczać do środka światła, toteż nigdy nie otwierał drzwi w ciągu dnia. Ale mijając je, wyczuwał drżenie pączkującego życia i niemal słyszał, jak skórka zeszłorocznych zbiorów napina się pod naporem nowego życia. O tej porze roku postęp był jeszcze niewielki, ale gdy go pomnożyć przez tysiące ziemniaków rozłożonych na chłodnych drewnianych półkach, łatwo można sobie wyobrazić, jak wielki wpływ cała ta uwięziona energia wywiera na najbliższe otoczenie. W każdym razie Doubler lubił tak myśleć.

Trzecia stodoła, choć o tej porze roku martwa, była dla niego najcenniejsza. Gdyby mógł, owinąłby ją całą łańcuchami jak ogromną paczkę, musiał się jednak zadowolić tymi środkami bezpieczeństwa, które już wprowadził w życie. Rozejrzał się na wszystkie strony, sprawdzając, czy nikt go nie widzi, i wstukał kod na panelu przy drzwiach prowadzących do najbardziej tajemnego magazynu. Wsunął się do środka i zamknął za sobą drzwi. Odetchnął głęboko i przez chwilę stał nieruchomo, ciesząc się wyjątkowym zapachem, który pozostawał tu nawet wtedy, gdy zapasy zostały już zużyte. Owszem, dla wprawnego nosa był to zapach ziemniaków, ale również przebijająca się przezeń ostra woń czystości, tłumiąca ślady żywicy i miodu. Minie jeszcze kilka tygodni, zanim ta stodoła znów ożyje. Doubler kochał jej zimową pustkę wypełnioną obietnicą. Jeszcze kilka razy odetchnął głęboko, potem zapalił słabą żarówkę i popatrzył na ogromną miedzianą aparaturę destylacyjną złożoną z rurek, kominów i zaworów. Nawet w słabym świetle metal lśnił.

– Dzień dobry – szepnął z wyraźnym szacunkiem. Laikowi ten sprzęt zapewne wydawałby się tajemniczy, może nawet odstręczający, ale Doubler widział w każdej złączce doskonały, logiczny sens.

Aparatura już tu była, gdy Doubler i jego żona Marie kupili farmę. Odkrył ją niedługo po tym, gdy tu zamieszkali, kiedy zabrał się do przeglądania sterty zardzewiałych maszyn, które pozostawił po sobie poprzedni właściciel. (Tamten farmer zmarł nagle piętnaście lat wcześniej, niż można by oczekiwać z uwagi na statystyczną długość życia, ale nawet gdyby coś go ostrzegło o zbliżającej się śmierci, Doubler wątpił, by zdecydował się uprzątnąć ten rejestr dawnych błędów).

Kiedy znalazł ten sprzęt, tę wielką kupę metalu ukrytą pod ramionami podnośnika do traktora, prasami do siana i workami z gnijącą paszą, rozpoznał zielonkawy kolor jako tlenek miedzi i wiedział, że będzie to coś warte, o ile znajdzie się odpowiedni złomiarz. Ale kiedy zaczął żmudnie oddzielać ziarno od plew, zrozumiał, że jest to stary destylator używany do pędzenia wódki, więc by się oderwać od ciężkich prób i zadań związanych z ojcostwem oraz od żony, która nieustannie była nim rozczarowana, odważył się zbadać dokładniej właściwości tego sprzętu. Najpierw była to tylko zabawa: tu przykręcił jakiś kawałek, tam dołożył inny, zastanawiając się mimochodem, czy kiedyś uda mu się poskładać wszystko poprawnie, aż wreszcie, w nagłym przebłysku inspiracji, którego sam nie rozumiał, poczuł przymus, by rozmontować cały sprzęt na części pierwsze, ułożyć wszystko na ziemi, wyczyścić i naprawić, powymieniać uszczelki i złączki, a na koniec złożyć wszystko od początku, część po części, z wprawą mechanika i cierpliwością organmistrza.

Teraz już znał tę aparaturę na wylot, znał wszystkie jej westchnienia i humory, umiał ją doskonale nastroić i traktował z szacunkiem, na jaki tak stara maszyneria zasługiwała. Z pewnością współczesna technika dawno zdeklasowała ten staroć, ale jego urazy, antypatie i niedoskonałości wplatały się w tkankę wytwarzanego przezeń płynu i właśnie dzięki nim ów finalny produkt był tak wyrazistym i godnym pożądania dziełem sztuki. Kilka butelek wciąż spoczywało w piwnicy.

Na tym zakończył się obchód. Doubler zgasił światło, zamknął za sobą drzwi i dla pewności dwa razy pociągnął za klamkę. Wyszedł na podwórze, podniósł głowę i spojrzał na słońce, które niemal już dotykało brzegu niskiego murku przy kuchni, po czym wrócił do domu. Był zadowolony, że dobrze spędził czas przed lunchem, i wreszcie z pewną dozą ostrożności będzie mógł podzielić się swoimi troskami z panią Millwood.

ROZDZIAŁ 3

Gdy pani Millwood krzątała się po kuchni, parząc herbatę i ustawiając dwa nakrycia na uporządkowanym kuchennym stole, Doubler zajął się przygotowaniem własnego posiłku. Z pogrążonej w ciemnościach spiżarni wydobył kilka szalotek i ścisnął je między kciukiem a palcem wskazującym. Nie uginały się nawet po tylu miesiącach.

– Są znacznie lepsze od swojej kuzynki cebuli – powiedział do pani Millwood, wyczuwając jej nieufne spojrzenie, gdy siekał szalotki na drobniutką kostkę. – Niech pani tylko popatrzy. Czysta rozkosz. – Cebulki wciąż lśniły perłowym blaskiem, kawałeczki odpryskiwały od ostrza noża. Zgarnął je do rondla, przez kilka sekund dusił na maśle, a potem dodał ziemniaki i zgniótł je lekko grzbietem widelca.

– Nie wolno ich rozgniatać na papkę, trzeba tylko lekko rozkruszyć – odpowiedział z uciechą na niezadane pytanie.

Dwoma szybkimi ruchami przegubu obrócił młynek z czarnym pieprzem i zaniósł parujący talerz na stół.

Pani Millwood wyjmowała właśnie z hermetycznie zamykanego pojemnika kanapki, które przynosiła codziennie i które były zdumiewająco różnorodne.

– Przydałaby się jeszcze odrobina stopionego cheddara, panie Doubler. – Ruchem głowy wskazała na jego talerz.
– Cheddara? Stopionego? Ależ absolutnie nie, pani Millwood! Po cóż, na Boga, miałbym to robić?
– Dla odrobiny aromatu. Albo witamin. Nie można żyć na samych kartoflach. – Wiedziała, że jest to prowokujące stwierdzenie, i wcale nie miała takich intencji, by prowokować Doublera. Po prostu szczerze i od dawna martwiła się o jego dietę, o zawartość składników odżywczych w jego posiłkach.
– Pani Millwood, chyba nie muszę pani tłumaczyć, jak doskonałe właściwości odżywcze mają brytyjskie ziemniaki? Wie pani równie dobrze jak ja, że z ziemniaka uzyskuje się więcej jadalnego białka na hektar dziennie niż z ryżu czy pszenicy.
– Ale ja nie zjem hektara kartofli, panie Doubler. Chcę po prostu zjeść na lunch coś smacznego. Smacznego i zdrowego.
– Niech mi pani nie mówi o zdrowiu! Białko ziemniaków jest bardziej wartościowe biologicznie niż białko z kukurydzy, pszenicy, grochu czy fasoli. Ziemniaki są równie zdrowe jak mleko, a chyba nikt nie próbuje podważać wartości zdrowotnych mleka?
– Dobrze znam wartość brytyjskich ziemniaków. – I rzeczywiście znała. Zaledwie poprzedniego wieczoru oświeciła w tym temacie panie z kółka robótek ręcznych, które były zdumione nie tylko otrzymanymi informacjami, ale również głębią wiedzy pani Millwood oraz przekonaniem, z jakim mówiła o swojej pasji. – Ale odrobina stopionego cheddara dla aromatu wcale by nie zaszkodziła.
Odłożył widelec i oznajmił poważnym, strofującym tonem:
– Pani Millwood, wysoka temperatura to najgorsza rzecz, na jaką można narazić ser cheddar. Można tylko stopić przez to tłuszcz i zniszczyć aromat. Skoro ktoś zadał sobie tyle trudu, żeby

zrobić przyzwoity cheddar, to powinno się go spożywać tylko na jeden sposób.

Poszedł do spiżarni, przyniósł dużą paczkę ciasno owiniętą pergaminem i owiązaną sznurkiem, po czym stwierdził:

– Pokażę pani. – Jego ruchy były ostentacyjnie wyraziste, nie odrywał przy tym wzroku od swojej jednoosobowej publiczności. – Cheddar podaje się na drewnie. Nie na fajansie ani nie na porcelanie. To podstawowa zasada – oznajmił surowo, kładąc zawinięty cheddar na środku drewnianej deski do krojenia. – Ser wchłania naturalne tłuszcze i aromaty z drewna i nabiera w ten sposób cech, jakich nie da się uzyskać w żaden inny sposób. Po drugie, drewno jest porowate, nie tworzy nieprzepuszczalnej bariery na powierzchni, z którą ser się styka, dzięki czemu pozwala mu oddychać.

Dostrzegł, że pani Millwood wyraźnie wstrzymała oddech.

– To, że ser powinien oddychać, to następna zasada. W innym wypadku poci się, a to nie jest dobre. Spocony cheddar nigdy nie jest dobry.

Ostrożnie rozwinął paczkę, a jego jednoosobowa publiczność dostojnie potrząsnęła głową.

– Kolejna zasada. – Odliczał je na palcach. Gdy doszedł do wskazującego, uświadomił sobie, jak wiele ich jest, i pomyślał, że chyba powinien założyć odrębny dziennik spostrzeżeń na temat cheddara. – Kroimy tylko raz, a w każdym razie jak najmniej ruchów nożem. – Scyzorykiem naciął ser ukośnie w najwęższym miejscu, po czym odłamał kawałek. – Cheddar to ser dla palców. To uczta dla wszystkich zmysłów. Wdycha się go, czuje dotykiem i smakuje. Nie można pozbawić się dotyku. Kiedy bierzemy ser w palce, umysł przygotowuje się na to, czego powinien się spodziewać. Nie ma tu miejsca na żadne niespodzianki. Mój mózg wie, że ma się przygotować na ostry smak dobrego cheddara, bo palce spróbowały go już wcześniej. Widzi pani?

Pani Millwood patrzyła z uwagą. Kanapka bezwładnie zawisła jej w dłoniach, a na czole pojawiła się zmarszczka.

– A więc jeden ruch nożem, a potem odłamuje się kawałek palcami, żeby doświadczenie było całkowite. Cheddar można podawać z jabłkiem. Najlepsza jest pomarańczowa koksa, ale nie jestem aż tak ortodoksyjny, pani Millwood. I z sosem chutney. Ze słodkim albo z wytrawnym, kwaskowatym. Dam pani dwa rodzaje do spróbowania, takie, które mogę polecić, chociaż chutney to bardzo osobista sprawa, czyli rzecz gustu. Ale w żadnym razie nie pikle, bo zalewa będzie konkurować z dobrym cheddarem, zamiast go uzupełniać. Na talerzu nie szukamy rywalizacji, tylko harmonii. Harmonii i tonu. Niech pani sobie wyobrazi, że to jest utwór muzyczny, a pani jest dyrygentem.

Pani Millwood popatrzyła na swoją kanapkę i ugryzła ją ostrożnie, a Doubler dodał jeszcze:

– Stopiony cheddar? Nie. Nie podgrzewałbym go nawet w zimny dzień. To zupełne marnotrawstwo.

– Przepraszam, że się odezwałam. – Buntowniczo ugryzła następny i znacznie większy kęs. Kanapka składała się z sera o jednolitej barwie pokrojonego nożem na plasterki, szynki z supermarketu, musztardy, konserwowego ogórka, papryki oraz sałaty i pani Millwood nie zamierzała się jej wstydzić. – Doskonała. – Jakby na pokaz ugryzła kolejny wielki kęs. – Pomyślałam tylko, że to by trochę ożywiło pański lunch. – Popiła kanapkę haustem herbaty.

– No tak. Nie mam nic przeciwko temu, żeby dołożyć do ziemniaków trochę sera, ale nie w tym kontekście i nigdy cheddara. Jest mnóstwo serów, które aż proszą się o to, żeby je roztopić. Zaliczyłbym do tej kategorii większość serów kozich. – Machnięciem ręki okazał lekceważenie dla całej tej grupy. – Ale akurat w tej chwili nie potrzebuję dodatkowych aromatów. Ja pracuję, pani Millwood, i chcę poczuć smak ziemniaka.

– Smakują panu dzisiejsze kartofle?
– Ależ tak, smakują. Jestem absolutnie zachwycony. Zachowują się przepięknie. Niewiele mam do zapisania, a to dobra wiadomość. To tylko kolejne potwierdzenie. – Ściszył nieco głos i dodał konspiracyjnie: – Kiedy już dostanę potwierdzenie moich odkryć od ekspertów, naszych przyjaciół z zagranicy, skończę z tym wszystkim.

Popatrzyła na niego ostrożnie.

– Z badaniami? Z kartoflami? Z czym pan skończy? – zapytała z troską. Kiedyś już słyszała od niego, że kończy ze wszystkim, i omal go to nie zabiło.

Zauważył jej niepokój i pośpieszył zapewnić, że w żadnym wypadku nie ma na myśli kresu swej motywacji, chęci życia i apetytu na dalsze badania.

– Nie wyobrażam sobie, żebym kiedyś zupełnie skończył z ziemniakami. Mam je we krwi. Czym miałbym się zajmować, gdybym nie myślał o nich przez cały dzień? Ale jeśli chodzi o szczegółową analizę, to owszem, sądzę, że zbliżam się do końca. Nie widzę już możliwości poprawienia czegokolwiek i nie pozostały mi żadne pytania, na które nie znalazłbym odpowiedzi. To potwierdzenie zakończy bardzo długi okres wytężonej pracy. Jeśli mam rację i moje badania zostaną oficjalnie uznane, to będę musiał pomyśleć o kolejnym przedsięwzięciu, lub też poświęcę lata, które mi jeszcze zostały, na utrwalenie mojego dzieła dla przyszłych pokoleń. Jestem pewien, że to będzie najważniejsza chwila mojego życia. Oczywiście ciągle czekam na oficjalną odpowiedź z instytutu i jak sądzę, dobrze pani rozumie, że to czekanie nie jest dla mnie łatwe. – Westchnął ciężko, zdradzając, że nie jest tak pewny siebie, jak przed chwilą próbował ją o tym przekonać.

Pani Millwood wiedziała równie dobrze jak on, że czekanie nie jest dla niego łatwe. Ona też niecierpliwie wyczekiwała nowin. Gdy opowiedział jej o swoich odkryciach, to właśnie ona pokierowała jego chaotycznymi działaniami, które, jak obydwoje mieli nadzieję, w końcu doprowadzą do upragnionej weryfikacji naukowej. Zbadała wszystkie dostępne możliwości i nie popełniając żadnej niedyskrecji, zasięgnęła rady osób biegłych w kwestiach patentów, praw autorskich oraz weryfikacji naukowych. Pod wieloma względami te poszukiwania były równie żmudne i pedantyczne jak przedsięwzięcie Doublera.

Sytuacja, jak szczegółowo wyjaśniła mu przy lunchu, wyglądała tak, że w ciągu kilkudziesięciu lat, które Doubler spędził na uprawie ziemniaków, cały świat produkcji rolnej poszedł do przodu, a on został z tyłu. Okazało się, że badania nad ziemniakami są finansowane przede wszystkim przez odbiorców gigantów, którzy odnoszą największe zyski komercyjne z każdego znaczącego ulepszenia procesu. Największe udziały w ośrodkach badawczych miała wielka firma produkująca frytki do piekarnika. Również sieci fast foodów wykazywały uzasadnione zainteresowanie zarazą ziemniaczaną.

– Kto by pomyślał, że frytki do piekarnika mają aż tak wielką moc! – wykrzyknęła pani Millwood, po czym przeszła do kolejnych ponurych doniesień.

Doubler, choć był całkiem znaczącym producentem, nie zawierał żadnych umów handlowych z tymi partnerami i nigdy nie działał z nimi ręka w rękę. A choć szczęśliwy przypadek zrządził, że na skutek dokładnego sprzątania stodół zaczął bardzo dyskretnie działać w segmencie monopolowym, nie robił tego na dużą skalę. Jego wkład w tę branżę był wysoko ceniony i szanowany, ale przemysł alkoholowy miał własne regulacje prawne i żeby się w nim poruszać, trzeba przedzierać się przez niekończącą się biurokrację. Doubler był zbyt nieistotnym graczem dla tych, którzy finansowali badania albo lobbowali w imieniu hodowców ziemniaków, a wielkie kompanie alkoholowe uważały go za małe piwo. Po prostu nie poruszał się w odpowiednich kręgach.

Pani Millwood dokładnie to wszystko sprawdziła i wkrótce dowiedziała się niepokojąco wiele o obłudnej naturze świata korporacji. Rozmawiała z wielkimi umysłami prawniczymi i wszyscy ją ostrzegali, by nie dzieliła się pochopnie odkryciami swojego anonimowego przyjaciela, dopóki nie znajdzie godnego zaufania partnera o mocno wypchanych kieszeniach, któremu będzie mogła powierzyć tę wiedzę. Ostrzegano ją, że powinna zachować ostrożność, bo jakiś pozbawiony skrupułów gracz posadowiony wyżej w łańcuchu dostaw może przejąć wyniki badań i zaprezentować je jako własne albo będzie się starał zdyskredytować odkrycia Doublera. Jak to ujął jeden z owych wielkich umysłów:

– Gdy wielcy gracze zwęszą, co on robi na tej swojej farmie, po prostu go przeżują i wyplują.

Dlatego pewnego dnia przy lunchu przedstawiła rozwiązanie, które wymagało nieco więcej czasu, ale mogło wydać piękny owoc, to znaczy praca Doublera zostanie poddana ocenie specjalistów z grona tych najwybitniejszych i najbardziej szanowanych na świecie.

I tak oto po szczegółowym rozpoznaniu pani Millwood stwierdziła, że należy postarać się o bezstronną ocenę Instytutu Badań i Rozwoju Ziemniaka w północnych Indiach. A teraz czekali na opinię tej czcigodnej instytucji.

– No cóż, sprawdźmy. – Pani Millwood pogrzebała w torbie, wyciągnęła mały oprawny w skórę kalendarzyk i przerzuciła kartki. – Wysłaliśmy pańską paczkę tuż po Bożym Narodzeniu, prawda? No więc tak. Dwudziesty siódmy. Trzeba wziąć pod uwagę opóźnienia spowodowane świętami i tak dalej, ale mimo wszystko to już sześć tygodni.

Twarz Doublera spochmurniała.

– Z drugiej strony, jeśli się zastanowić, sześć tygodni to nie tak długo. To była zwykła paczka, nie lotnicza, i nie mam pojęcia, jak działa tamtejsza poczta. Powiedzmy, że cztery tygodnie, żeby doszła. Potem muszą wydać opinię. Dwa tygodnie? Lepiej, żeby się zanadto nie śpieszyli. Może cztery? Cztery wystarczą na dokładne zbadanie sprawy. A przecież chcemy, żeby zbadali ją dokładnie, prawda? I jeszcze cztery tygodnie na powrotną pocztę. Myślę, panie Doubler, że za wcześnie zaczął się pan martwić. Jeśli nie odezwą się do początku kwietnia, wtedy będzie można się zastanawiać, czy jest jakiś problem.

– Na przykład jaki? – Na jego twarzy zaległa chmura złożona z wszelkich możliwych powodów do niepokoju.

– Na przykład taki, że list nie dotarł. Jakiś błąd administracyjny z ich strony. Zginął gdzieś po drodze. Są jeszcze kwestie techniczne. Uznali, że pańska praca nie jest ważna. Uznali, że się pan pomylił. Nie sądzą, by warto było odpowiadać.

Każda z tych możliwości wzbudzała w Doublerze głęboki niepokój, a wszystkie razem – dlaczego tylko jedna rzecz miałaby pójść nie tak, skoro możliwości było mnóstwo? – sprawiły, że zakręciło mu się w głowie.

Pani Millwood rzuciła mu uspokajający uśmiech.

– Ale wie pan chyba, że nic panu nie przyjdzie z zamartwiania się? Nie ma sensu przejmować się tym, co pozostaje poza naszą kontrolą. Ma pan swoją farmę i swoje ziemniaki. Dokonał pan przełomu, panie Doubler, i oni na pewno to zauważą. – Widząc, że te słowa przeszły bez echa, pani Millwood wyciągnęła ze swego arsenału potężniejszą broń: – Czy sądzi pan, że ten pański Clarke zniechęcił się przy pierwszej przeszkodzie?

Doubler popadł w zamyślenie. Wyobraził sobie, jak jego bohater pracuje przy świetle świecy, zapisując swoje odkrycia ogryzkiem ołówka. Pomyślał o wielu pokoleniach ziemniaków, jakie Clarke musiał wyhodować, nie widząc przed sobą żadnego jasnego celu, wiedziony wyłącznie pragnieniem ulepszenia ziemniaka dla dobra ludzkości. Zdał sobie sprawę, jak wielkie było to osiągnięcie dla człowieka, który nie odebrał żadnego wykształcenia, i poczuł wstyd.

– Nie, oczywiście, że nie. Pan Clarke przezwyciężył wszystkie przeszkody.

Pani Millwood uśmiechnęła się do siebie, po czym oznajmiła:
– Przezwyciężył, tak? A pan pokornie spuszcza głowę, kiedy tak naprawdę jeszcze nie napotkał pan żadnej przeszkody!

– Oczywiście, ma pani rację, jak zawsze. I biedny Clarke nie miał żadnego wzoru do naśladowania, a ja mam. Ale z pewnością pani rozumie, dlaczego się martwię, prawda? To jest dzieło mojego życia, wiele dla niego poświęciłem i chcę, żeby okazało się znaczące, a ważny cel został osiągnięty. Chcę coś po sobie pozostawić.

Podniósł się, podszedł do okna i wytarł na zaparowanej szybie okienko, przez które widział resztki zimowego słońca znikającego za polami.

– Kiedy umrę, pani Millwood, zostanie po mnie tylko ta praca. Moje ziemniaki to moja spuścizna. Poświęciłem im każdą chwilę życia, a najlepsze lata mam już za sobą. Chcę coś po sobie zostawić, chcę pokazać światu, że godnie przeżyłem swoje życie. Chcę umierać z myślą, że coś zmieniłem. Czy to zbyt wiele? Czy jestem zbyt zachłanny?

Pani Millwood z wielką powagą potraktowała jego słowa i odparła po namyśle:

– Zachłanny z pewnością nie, ale może trochę niecierpliwy. Jest pan całkiem zdrowy, panie Doubler, i ma pan jeszcze dużo czasu, żeby coś zmienić. Może się pan uważać za szczęściarza.

Zamilkła, a on, skupiony na widoku z okna, nie zauważył cienia lęku w jej oczach. Odwrócił się i popatrzył na nią zagadkowo, czekając, aż zacznie mówić dalej.

Smutno potrząsnęła głową, uśmiechnęła się z determinacją i oznajmiła, zmieniając nieco temat:

– Nie wszystkim nam jest dane dokonać czegoś ważnego, więc powinien pan być dumny z tego, co już pan osiągnął. I kto powiedział, że pańskie dzieło życia jest już zakończone? To się okaże we właściwym czasie. Kilka tygodni czekania na listonosza to nie jest wysoka cena. Panie Doubler, inni cierpią znacznie bardziej i pozostawiają po sobie znacznie mniej.

Z wielkim smakiem wgryzła się w jabłko granny smith, a Doubler, nie pierwszy już raz wdzięczny jej za głęboką mądrość i przyzwyczajony do tego, że we wszelkich sprawach życiowych gospodyni ma znacznie lepszą intuicję niż on, zdecydował się nie komentować tego wyboru.

ROZDZIAŁ 4

W pierwszą niedzielę każdego miesiąca jedyna córka Doublera, Camilla, razem z całą rodziną odwiedzała farmę Mirth. Było tak już od wielu lat. Camilla zapoczątkowała tę tradycję po urodzeniu dzieci, jakby chciała nauczyć własnego ojca właściwej procedury podtrzymywania więzi rodzinnych. Jeden czy dwa obiady położyły podwaliny, a kilka kolejnych zmieniło zwyczaj w tradycję, którą Camilla pilnie podtrzymywała i nosiła z dumą niby medal córczynej powinności.

– Wspaniale jest wiedzieć, że moje dzieci wrosły w życie taty, stały się częścią tego życia – powiedziała do swojego brata Juliana z kiepsko ukrywanym, nieco agresywnym poczuciem wyższości, a taką emocję rzadko miała okazję zaprezentować w towarzystwie brata.

Z drugiej strony Julian, jedyny syn Doublera, nie był pewny swojej roli w rodzinie. Jego więź z farmą wywodziła się z dzieciństwa, lecz w obecnych czasach, gdy był dorosłym człowiekiem z dorosłymi obowiązkami, jego głównym zajęciem podczas weekendów były próby zdalnego zapanowania nad kosztowną byłą żoną i finansowymi wymaganiami dwójki kosztownych dzieci, które we wczesnym dzieciństwie nauczyły się wyżej cenić trawnik niż glebę uprawną i nic szczególnie ciekawego nie znajdowały na farmie ziemniaczanej. Ale nawet gdyby domagały się odwiedzin u dziadka głośnym krzykiem, Julian znalazłby jakąś wymówkę, by dać im odpór. Na farmie Mirth nie było gdzie uciec przed intymną sferą ojcostwa, dlatego Julian czuł się tu obnażony. W przeciwieństwie do farmy, jego dom pełen był rozrywek oraz barier, które pozwalały dzieciom i ich ojcu bezpiecznie współistnieć, nie dochodziło tu bowiem do konfrontacji rażących braków cechujących obie strony.

Dotychczasowe zaangażowanie Juliana w wychowanie dzieci nie przyniosło mu wielkiego poczucia spełnienia, najwyżej satysfakcję płynącą z wypełniania cyferkami kolumn księgi rachunkowej, którą prowadził w głowie. Ale tak czy inaczej, nigdy bardziej nie odczuwał przygniatającego barki ciężaru odpowiedzialności rodzicielskiej niż pod wzrokiem ojca i siostry. Nie za bardzo rozumiał, dlaczego Camilla pragnie udawać, że są zwyczajną rodziną, ale nie ufał też własnym emocjom na tyle, by próbować zmienić ten wzorzec albo jakoś na niego wpłynąć.

Jednak Camilla doskonale wiedziała, jak jej dzieci powinny się czuć przy tych okazjach, i choć jej dzieciństwo przebiegło w sposób, który nie spełniał wielu zdałoby się oczywistych wymagań, z uporem narzucała im wszystkim swoje potrzeby i oczekiwania. Między innymi twardo egzekwowała, żeby Julian i jego dzieci dołączali do nich przynajmniej cztery razy w roku. Ta niedziela była jednym z dni, kiedy syn i córka Doublera wraz z czwórką jego wnuków mieli przyjechać na farmę Mirth.

W ciągu wielu lat dobrowolnej izolacji Doubler nauczył się manewrować na wąziutkiej ścieżce, która oddziela osamotnienie od samotności. Jednego szukał sam, drugie szukało jego. Ale nigdy nie był bardziej pewny, że wolałby być sam, niż w chwilach, gdy cała rodzina robiła desant na farmę. Gdyby Marie nie odeszła, z pewnością wszystko wyglądałoby inaczej. Wychowanie dzieci było przedsięwzięciem, do którego przystąpili razem, i Doubler nie miał wątpliwości, że z podobnym zaangażowaniem podeszliby do babcio- i dziadkowania. Nigdy jednak nie chciał być samotnym rodzicem obarczonym podwójną dawką obowiązków i wzdragał się przed wejściem w rolę dziadka z obawy, że jego niedostatki również okażą się podwójne. Dodatkowa presja, która spadła na niego po trzęsieniu ziemi, jakim było odejście żony, budziła w nim głęboką niechęć.

Poza tym bardzo sobie cenił czas, który miał tylko dla siebie. Lubił ciszę i jego umysł nie potrzebował innych bodźców niż te, których dostarczały mu ziemniaki, starannie zaopatrzona piwnica oraz codzienny lunch w towarzystwie pani Millwood. Prawdę mówiąc, nie znosił tych rodzinnych zjazdów, ale wiedział, że im bardziej normalny będzie się wydawał dzieciom, tym szybciej zostawią go w spokoju na następny miesiąc. Dlatego starał się z nimi rozmawiać, udawał zainteresowanie ich sprawami, unikał konfliktogennych tematów i nigdy, przenigdy nie pozwalał, by ktokolwiek z rodziny zauważył, że prowadzi życie pustelnika.

Doubler wiedział, że Juliana niezbyt interesowały jego sprawy. Gdyby jednak Camilla zauważyła, w jak znacznym stopniu i jak bezpowrotnie wycofał się z życia towarzyskiego, poczułaby się nim jeszcze bardziej rozczarowana. Chyba jednak nieźle udawał, skoro, jak to kiedyś podsłuchał, córka stwierdziła:

– Tata radzi sobie na tyle dobrze, na ile można się spodziewać w tych okolicznościach.

Jedną z najważniejszych zasłon dymnych, jakich Doubler używał, by sprawić wrażenie kogoś, kogo życie upływa w pogodnej stabilności, było przygotowanie doskonałego niedzielnego lunchu. Gotowanie sprawiało mu coraz większą przyjemność, a te rodzinne wizyty stwarzały okazje do praktycznego wykorzystania nabytych umiejętności. W taki sposób potrafił przyrządzić pieczeń dla ośmiu osób, że żadnej z tych osób nawet nie przychodziło do głowy, że wymaga to jakichkolwiek kompetencji kulinarnych. Dla jego gości słowo „lunch" oznaczało, że o pierwszej po południu z kuchenki wyłonią się blachy z gorącym jedzeniem. Nie mieli pojęcia, jak wiele istotnych decyzji różniło dobry niedzielny lunch od doskonałego. Sztuczka polegała na tym, że Doubler kończył przygotowania jeszcze przed przyjazdem gości, nawet sos robił wcześniej. Gdy rodzina zbierała się w kuchni i zawracała mu głowę szczegółami swojego nieistotnego życia, musiał tylko wyjąć wołowinę, wsunąć do piecyka pudding i wykończyć sos, dodając do niego soki z mięsa, gdy wołowina odpoczywała przed pokrojeniem.

Co się tyczyło następnego pokolenia (Doubler w duchu nazywał ich żartobliwie „f_3"), własne wnuki niezbyt go interesowały. Był bardzo ciekaw, czy przejęli od niego jakiekolwiek cechy genetyczne, ale to mógł sprawdzić, zerkając na nich z boku, gdy krzątał się po kuchni. Kłopot z ludźmi polega na tym, że ich cykl życiowy jest za długi, by wprowadzić znaczące zmiany w kodzie genetycznym. Zanim słabe lub niepożądane cechy ujawnią się w pełni, próbka najprawdopodobniej zdąży się już zreprodukować.

Gdyby Marie nie odeszła, zapewne byłaby bardzo dobrą, aktywną babcią, zainteresowaną postępami w szkole swoich wnuków, wyborem zajęć dodatkowych, utratą zębów, nowymi fryzurami i małymi sukcesami, o których wszyscy uważali za konieczne rozprawiać, choć Doubler uważał to za nudne. Marie byłaby doskonałą babcią, dlatego nie lekceważył swoich obowiązków do końca, tylko kiwał głową, słuchał i nawet wtrącał czasem kilka słów komentarza, starając się najlepiej, jak potrafił, udawać zainteresowanie. Wypatrywał we wnukach czegoś, co mogłoby przykuć jego uwagę, jakiegoś błysku genetycznego udoskonalenia, który świadczyłby o tym, że nie staną się po prostu nudnymi wcieleniami swoich rodziców.

Dzieci Juliana, obdarzone w dużej części tym samym DNA co ich kuzyni, zostały już zepsute przez kosztowne wykształcenie. Choć były jeszcze małe, traktowały innych wyniośle, tak jak ojciec, a brak stabilnego życia rodzinnego spowodował, że szybko nauczyły się wykorzystywać poczucie winy Juliana. W tym właśnie wyedukowały ich prywatne szkoły – w dostrzeganiu słabości u dorosłych i przekuwaniu ich w zdobycze pieniężne. Manifestowało się to stałym dostępem do drogich rozrywek: zagranicznych wyjazdów na narty i krykieta, drogich elektronicznych gadżetów, a także postawą roszczeniową, która miała zagwarantować im kariery w dalszym życiu.

Dzieci Camilli były nieco młodsze i trudno było jeszcze stwierdzić, kim mogą się stać w następnych latach. Doubler żywił co do nich pewne nadzieje, ale oczekiwał, że ich cechy zostaną mu podane na tacy. Nie lubił tych dzieciaków aż tak bardzo, by próbować wykrzesać z nich dobro albo ukształtować na ludzi, jakimi w najlepszych planach mogliby się stać.

No więc przyjechali i jak zwykle zarzucili kuchnię płaszczami oraz kaloszami. Doubler, który szczycił się tym, że podczas weekendów udaje mu się zachować w domu coś w rodzaju porządku, posprzątał ich rzeczy, jednocześnie kończąc szykowanie lunch. Gdy usiedli do stołu, Camilla uśmiechnęła się do wszystkich promiennie.

– Czy to nie jest wyjątkowa okazja? – powiedziała jak zawsze. – Rodzina jest najważniejsza, nie sądzicie?

Jej mąż, przezroczysty mężczyzna o wąskich ustach, które nadawały jego twarzy wiecznie skrzywiony wyraz, wymamrotał coś na potwierdzenie. Julian upomniał swoje rozwydrzone dzieci, które chwytały ziemniaki palcami, pochylając się nad stołem. Usiadły prosto, jęcząc z niezadowolenia, połączone tym szczególnym rodzajem braterstwa, które pojawia się między rodzeństwem, gdy rodzice działają im na nerwy.

Doubler pokroił mięso. Ciężki stalowy nóż lekko prześlizgiwał się przez włókna, dzieląc je na plastry. Camilla podała warzywa.

Julian rozglądał się po jadalni, szacując wartość każdego przedmiotu.

– Miałeś ostatnio jakieś wiadomości od Peele'a, tato?

Nóż zawisł w powietrzu. Po kilku sekundach Doubler wrócił do krojenia mięsa, z odnowioną przyjemnością patrząc na krew sączącą się z udźca.

Julian kołysał się na tylnych nogach krzesła, próbując w ten sposób powiększyć scenę, na której mógłby być gwiazdą. Doubler nie znosił tego nawyku. Zatrzymał na synu ciężkie spojrzenie.

– Podobno chciał kupić od ciebie farmę? – zapytał Julian, udając uprzejme zainteresowanie.

– A gdzieś ty to słyszał? – odrzekł Doubler, niezmiennie skupiając uwagę na mięsie.

– Gdzieś słyszałem, nie pamiętam. Pewnie na polu golfowym. Obydwaj należymy do klubu. Golfiści lubią plotkować. – Julian uśmiechnął się szyderczo.

– Nie miałem żadnego kontaktu z Peele'em. – Wciąż patrzył na wołowinę, a nie na syna.

– Tak? Podobno kupuje wszystko, co da się kupić. Chyba wykupił już większą część kraju.

– Nie interesuje mnie, co robi Peele – odparł, wzruszając ramionami.

– To chyba nie jest zła taktyka. Im dłużej będziesz się opierał, tym większą wartość będzie miała dla niego ta farma. Ale nie przesadź w drugą stronę. Nie ma sensu trzymać się farmy, która leży w samym środku jego ziemi. W tej chwili to gospodarstwo ma dla niego wartość, ale nadejdzie moment, kiedy nie będzie już miało wartości dla nikogo.

– Moja farma nie leży w samym środku jego ziemi. To jego pola otaczają moje. A to, co on posiada, nie ma dla mnie żadnego znaczenia, o ile tylko zostawi mnie w spokoju.

– Tylko czy on cię zostawi w spokoju? Bardzo wątpię, żeby zrezygnował z takiego klejnotu. To może być jego perła w koronie.
– Oczy Juliana zabłysły w wyczekiwaniu.
– Ziemniaki? – zapytał Doubler dzieci siedzących wokół stołu. Porządnie zamieszał sos, usiadł i wpatrzył się z zadowoleniem w doskonale krwistą wołowinę, którą miał przed sobą. – Mówiłem już, że nie obchodzi mnie Peele.

Julian spojrzał na ojca znad okularów.

– W każdym razie, tato, gdybyś potrzebował pomocy w negocjacjach, zrobię to z największą przyjemnością. Na pewno nie jest ci tu łatwo, a to miejsce nie jest już takie samo, odkąd mama... – Zawahał się, po czym dokończył: – Odeszła.

Z ust Camilli wyrwało się pełne desperacji westchnienie.

– Julianie – powiedziała do brata płaczliwym tonem – nie rozumiem, dlaczego zawsze musisz poruszać kontrowersyjne tematy, kiedy wreszcie udało nam się spotkać całą rodziną. Porozmawiajmy o czymś przyjemnym, dobrze?

Julian odpowiedział cicho takim tonem, jakby siedząc przy lunchu na świeżym powietrzu, zauważył krążącą w pobliżu osę:

– Wydaje mi się, że doskonała oferta kupna od bardzo bogatego przedsiębiorcy z sąsiedztwa to raczej nie jest kontrowersyjny temat. Ta farma to ruina, sama zobacz. Na litość boską, szyby od wewnątrz są pokryte lodem.

Rzeczywiście po ostatniej mroźnej nocy na szybach pozostały jeszcze ślady lodu, ale w środku było przytulnie. Ogień trzaskający w kominku wydzielał mnóstwo ciepła, a także rozsyłał wokół wyjątkowe światło, jakie można uzyskać tylko dzięki migoczącym płomieniom.

– Tu jest przytulnie – stwierdziła Camilla i spojrzała na ojca, oczekując aprobaty. – Poza tym to jest nasz dom rodzinny, tutaj wyrośliśmy. Nie rozumiem, jak możesz patrzeć na to tak obojętnie, Julianie. Nie wiem jak ty, ale ja chcę, żeby moje dzieci również o tym wiedziały i żeby czuły przynależność do tego miejsca. Wiąże nas z tym domem tyle wspomnień.

Dla Juliana ten argument nie miał większego znaczenia. Przejrzał w myślach swój katalog wspomnień. Wiek dojrzały ma dziwny wpływ na retrospekcje z dzieciństwa. Jego i Camillę łączyły wspólne przeżycia, a jednak mieli całkiem różne skojarzenia. Dla Juliana wszystko było czarno-białe. Jego matka tu była, a potem już jej nie było. Wszystkie wspomnienia minionych radości odeszły razem z nią.

– Ziemia jest droga, Camillo. Nie bądź naiwna. Kto wie, co się wydarzy w przyszłości? Możliwe, że linia kolejowa drastycznie obniży wartość tych okolic. Moim zdaniem, skoro na stole leży niezła oferta, tato postąpiłby rozsądnie, gdyby poważnie się nad nią zastanowił.

Doubler wyprostował się z godnością i powiedział jasno i wyraźnie:

– Byłbym bardzo wdzięczny, gdybyście nie mówili o mnie, jakby mnie tu nie było. Nie sprzedam tego domu, nie sprzedam farmy i zostanę tu aż do śmierci. Proszę, żebyście nie rozmawiali o sprawach, które was nie dotyczą, tym bardziej że ta rozmowa psuje całą przyjemność z wołowiny. – Ale powiedział to tylko w myślach. W rzeczywistości zaczął jeść w milczeniu.

– Znakomite jedzenie, tato. Doskonale upieczone mięso. Twój niedzielny lunch jest super – oznajmiła Camilla ze smutnym uśmiechem.

– Mnie najbardziej smakują kartofle – odezwał się cienki głosik po prawej ręce dziadka.

To było najmłodsze dziecko Camilli. Doubler spojrzał na nie z nowo narodzonym zainteresowaniem.

– Naprawdę? A dlaczego?

– Bo są sypkie – powiedział chłopiec z powagą. – I puszyste.
– Skupił wzrok na ziemniaku nadzianym na widelec. – Są sypkie, ale puszyste.

– Młody człowieku, prognozujesz sobą jakąś nadzieję. Właśnie dlatego te ziemniaki są dobre – z uśmiechem stwierdził Doubler i dopiero teraz poczuł się jak prawdziwy dziadek.

Dziecko, ośmielone jego ciepłą reakcją, mówiło dalej:
– Kartofle mamy są tłuste. I trochę mokre. A czasem też twarde.
– Kochanie, to nie jest miłe – przerwała mu Camilla. – Darren, powiedz Benjemu, że to nie jest miłe.
– To nie jest miłe, Benj. Kartofle twojej mamy nie są takie dobre, bo my nie mamy takiej kuchenki. Twój dziadek ma kuchenkę marki Aga i dlatego jego kartofle są lepsze – rzekł Darren, nie podnosząc oczu znad talerza.

Doubler bardzo się zdziwił, że jego zięć ma tak dużo do powiedzenia na ten temat. Tylko wielka szkoda, że się mylił.

– Aga nie ugotowała tych ziemniaków. Ja je ugotowałem. Potrzebne jest tylko dobre, mocne źródło ciepła. Właściwie można zrobić bardzo dobre pieczone ziemniaki w prawie każdym piecyku, nawet w tych, które nie trzymają równej temperatury, tylko trzeba trochę się postarać. Chodzi o sposób przygotowania. Trzeba je najpierw podgotować, żeby nie były twarde w środku. Ważne jest, żeby zewnętrzna warstwa ziemniaków zaczęła się kruszyć, bo wtedy wchłoną tłuszcz, w którym będą się piekły. Potem, kiedy się je odcedzi, trzeba dobrze nimi potrząsnąć w garnku, żeby rozsypały się na chrupkie kawałki. Tłuszcz też jest ważny. Ja używam gęsiego.

– Obrzydliwe – odezwał się głos po lewej stronie Doublera. To było starsze z dzieci Juliana.

Młodsze dziecko Juliana stłumiło chichot.

Doubler mówił dalej:

– Pieczenie jest łatwe, jeśli tylko włoży się podgotowane ziemniaki do bardzo gorącego tłuszczu. Tu nic nie można zepsuć. Trzeba je jeszcze dobrze przyprawić. Przyprawy zawsze są ważne.

– Nie mam pojęcia, tato, dlaczego nigdy nie nauczyłeś mnie dobrze piec ziemniaków, skoro moje są takie kiepskie. – W głosie Camilli brzmiała wyraźna uraza. Ten komentarz skierowany był do jej męża.

– Bo pojawiasz się tu zawsze w porze lunchu. Jeśli chcesz zobaczyć, jak przygotowuję pieczeń, to powinnaś przyjechać o dziewiątej.

– No dobrze, a kiedy byłam młodsza? Gdybyś nauczył mnie wtedy, to nie musiałabym przez całe życie karmić rodziny kiepskimi ziemniakami. – Komentarz Camilli znów skierowany był do męża.

– Twoja matka gotowała – odpowiedział Doubler, kończąc dyskusję.

Camilla wbiła wzrok w talerz i jadła dalej.

Julian, którego nie interesowały ziemniaki ani sposób ich przygotowania, ciągnął niewzruszenie:

– Ceny gruntów ornych są w tej chwili bardzo wysokie. Można dostać ponad trzydzieści pięć tysięcy za hektar, ale przy tak strategicznym położeniu ta ziemia jest warta o wiele więcej. A dom ma doskonały obrys, dostałbyś za niego sporo od dewelopera. Może warto byłoby złożyć projekt budowlany, choćby po to, żeby Peele musiał podbić stawkę.

Ponad ramieniem syna Doubler wyjrzał przez okno. O tej porze roku, mimo pokrytych mrozem szyb, rozciągał się stąd rozległy widok. W lecie okna zasłaniała wisteria, która oplatała mury domu. Gwałtownie rozrastające się pędy walczyły o przestrzeń życiową z wiciokrzewem i różami. Liście zacieniały pokój, nie pozwalając promieniom słońca dostać się do środka, i w połączeniu z grubymi kamiennymi murami sprawiały, że panował tu zachwycający chłód. Doubler uwielbiał ten widok. Kochał również pokój, zimą gorący i pachnący dymem, latem chłodny i cienisty. Nie był materialistą, był człowiekiem wyrosłym z ziemi, ale zastanawiał się, czy mógłby kochać jakiś dom bardziej niż ten.

Camilla również rozejrzała się uważnie.

– Twoja gosposia dobrze sobie radzi. Tu jest bardzo czysto.

W sercu Doublera rozgorzał ciepły płomyk. Pani Millwood! – pomyślał, ale zaraz odpędził od siebie jej obraz. Nic tu nie miała do roboty. Jej miejsce było przy dwuosobowym stoliku.

– Mm – powiedział niezobowiązująco.

– Czy ona nadal przychodzi tu codziennie? – Do rozmowy włączył się Julian, dokonując w myślach szybkich obliczeń. – Wydaje mi się, tato, że to zbędny luksus. Gdybyś miał mniejszy dom, nie potrzebowałbyś tyle pomocy. Miałbyś mniej zmartwień na starość.

– Dokładka? – zapytał Doubler, wpatrując się w stół.

– Naprawdę, tato, powinieneś wyjąć wreszcie głowę z piasku. Okazje pojawiają się szybko i równie szybko znikają. Zastanów się, jak sobie poradzisz za pięć albo dziesięć lat. Na pewno nie będzie ci łatwiej.

Doubler nie czuł się stary. Miał swoje lata, ale ten wiek niósł ze sobą wiele korzyści. Dobrze znał swoje ciało i osiągnął z nim stan wzajemnego zrozumienia. Karmił je paliwem, jakiego potrzebowało – nie za dużo i nie za mało – i utrzymywał w stanie funkcjonalności. Ono z kolei też go nie zawodziło. Wydawało mu się, że wzajemny szacunek ciała i umysłu może doprowadzić do tego, że razem będą działać przez całe wieki. Ale w obecności syna czuł się inaczej – nie to, że starzej, ale tracił pewność siebie. Przy Julianie czuł się ułomny, a jego zniecierpliwienie na ojca, gdy ten za wolno się podnosił albo za długo coś rozważał, zanim odpowiedział na pytanie, przechodziło w tak oczywiste lekceważenie i otwartą wrogość, że Doubler zaczynał wątpić zarówno w swoje ciało, jak i w umysł.

– Nie jestem stary – powiedział – ale rany boskie, przy tobie czuję się taki zmęczony. – Ale powiedział to tylko do siebie.

Talerze wróciły do Doublera, a on nałożył na każdy cienki plaster wołowiny i odesłał je dalej po dokładkę warzyw, myśląc o synu, który w tle przez cały czas lamentował nad rychłą starością i bezradnością ojca.

On mówi o mnie, pomyślał z dziwnym dystansem. Chciałby odebrać resztki życia swojemu ojcu. Wciąż rozprawia o tym, kiedy ja się zestarzeję, kiedy umrę i ile jestem wart. A tak naprawdę chciałby wiedzieć, kiedy część mojego majątku znajdzie się na jego koncie. Wiem, o co mu chodzi. Martwi się, że przepuszczę te pieniądze albo zrobię coś głupiego. Na przykład oddam je na schronisko dla zwierząt.

Myśli Doublera płynnie przeskoczyły od schroniska dla zwierząt do pani Millwood, która była wolontariuszką w schronisku. Doubler niewiele wiedział o tym, co się dzieje w takim miejscu, prócz historii, które słyszał przy lunchu. A przy lunchu pani Millwood opowiadała mu tylko o rozgrzewającej serce dobroci, żeby podnieść go na duchu. Ale on dobrze wiedział, czym jest porzucenie.

– Może i przydałoby się trochę gotówki. Masz rację, Julianie – powiedział, wyrywając się z zamyślenia. Przeszył go dreszcz wyczekiwania, bo wiedział, że tymi słowami sprowokuje swego nadętego syna.

– Co? – Julian podniósł wzrok znad talerza, zdziwiony, że jego słowa w końcu trafiły do celu. – Wreszcie mówisz rozsądnie, tato. Mów dalej...

– Tutejsze schronisko dla zwierząt organizuje akcję zbierania funduszy i zastanawiam się, czy może się w to włączyć. Wiesz, trochę im pomóc.

– Miejscowe co? – parsknął Julian, który wyglądał, jakby połknął coś, czego nie był w stanie strawić.

– Schronisko dla zwierząt. To takie miejsce, gdzie trafiają zwierzęta w potrzebie. Mają tam rozmaite gatunki. Zdziwiłbyś się, jacy ludzie bywają okrutni, kiedy zwierzak, którego wcześniej lubili, przestaje im sprawiać przyjemność. Szczególnie stare zwierzęta. Osły, kucyki i temu podobne. Trzeba znaleźć dla nich miejsce. Także mnóstwo starszych kotów i psów, które zostały porzucone, wygnane za próg. Naprawdę trudno uwierzyć, że ludzie mogą być tak samolubni.

– Nie na to potrzebujesz pieniędzy. Nie rób nic głupiego, tato. Camillo, Darren, wesprzyjcie mnie! Chyba nie chcecie, żeby całe wasze dziedzictwo poszło na siano dla osła?

– Ależ Julianie, one potrzebują nie tylko siana – przerwał mu Doubler żarliwie. – Muszą mieć trawę przez cały rok. Kiedy skończę z ziemniakami, moje pola będą doskonałym pastwiskiem dla osłów w potrzebie. Powiedziałem to już tym ludziom w schronisku.

– Coś ty zrobił? – Na policzkach Juliana pojawiły się różowe plamy. Wytrzeszczył oczy i wpatrzył się w ojca nieruchomo.

– Rozmawiałem już z nimi. Rozważaliśmy wszystkie za i przeciw. Wiesz, co musiałbym zrobić, żeby uczciwie wspomóc tę dobrą robotę, którą tam robią.

– Jezu, tato. Wesprzyj ich, jak najbardziej. Wrzuć jakieś pieniądze do puszki, kiedy będziesz robił zakupy w sklepie spożywczym. Weź od nich naklejkę. Rany boskie, naklej ją sobie na kurtce! Ale to wszystko. Tylko tyle mogą od ciebie dostać.

Camilla ze szczękiem odłożyła nóż i widelec na talerz.

– Julianie, znów jesteś bardzo niesprawiedliwy. Skoro tato zainteresował się czymś, to można się tylko cieszyć. Zostań wolontariuszem, tato. Zrób to! Nie wystarczy, że wrzucisz jakieś drobne do puszki, sam weź puszkę do ręki! Dołącz do zbieraczy na głównej ulicy. Wolontariusze potrafią być bardzo przekonujący i wiesz, to rzadko jest groźne. To znaczy czasem można się poczuć nieswojo, kiedy się śpieszysz, potrzebujesz drobnych do parkomatu, mijasz ich z monetą w ręku i czujesz, jak wwiercają się w ciebie wzrokiem. Musisz wtedy coś powiedzieć, prawda? Czujesz się jakoś zobowiązany. Ja często przepraszam, kiedy ich mijam. – Wzrok Camilli powędrował dokoła stołu, wypatrując aprobaty wśród pozostałych członków rodziny.

Darren przerwał żonie, co rzadko czynił, i tym samym włączył się do rozmowy:

– Możesz zostać wolontariuszem, ale w tym wypadku zgadzam się z Julianem. Niczego nie podpisuj.

– Ależ naturalnie, tato nie ma zamiaru niczego podpisywać, prawda, tato? To znaczy najpierw porozmawiasz z nami, prawda? – Camilla spojrzała na ojca, żeby się upewnić.

Julian, zniecierpliwiony słabym wsparciem swojej sprawy przez siostrę, przerwał jej ostro:

– Od jak dawna utrzymujesz z nimi związki, tato? Jak głęboko zdołali wbić w ciebie szpony?

Doubler podniósł wzrok i zobaczył wpatrzone w siebie trzy pary oczu.

– Nie martwcie się, nie zrobię nic głupiego. Nie jestem jeszcze na tym etapie.

– Ale gdybyś jednak chciał zrobić coś głupiego, tato, najpierw nam o tym powiedz.

– Zrobiłem coś głupiego, kiedy pozwoliłem, żeby moje geny się zreprodukowały – powiedział Doubler do siebie i dalej jadł w milczeniu.

ROZDZIAŁ 5

W ciągu nocy gruba warstwa niepokoju, jaki Doubler odczuwał po niedzielnym lunchu z rodziną, skupiła się wokół nasionka lęku zasianego w jego duszy przez trzy opasłe wzmacniane koperty, przyczajone w szufladzie. Koperty nie domagały się jego uwagi głośnym krzykiem, ale Doubler wiedział z doświadczenia, co się dzieje, gdy zostawi się jeden przegniły ziemniak w worku zdrowych, obawiał się więc, że zawartość kopert może zacząć się jątrzyć i przez brak uwagi może stać się jeszcze groźniejsza.

Weekendy zawsze mu się dłużyły, ale teraz już tylko kilka godzin dzieliło go od powrotu pani Millwood na farmę Mirth. Doubler wziął się w garść i postanowił zebrać się na odwagę, by poprosić ją o pomoc. Na całym świecie nie było nikogo, kto bardziej by się do tego nadawał, a on wiedział, że jego pierwsza myśl, by zignorować zagrożenie, z całą pewnością była najbardziej niebezpieczna.

Mimo wszystko zdecydował się nie otwierać od razu trzeciej koperty. Będzie jeszcze czas, żeby przeczytać zawartość, ale na razie musiał się trzymać porządku dnia. Zostawił koperty w mrocznej szufladzie, pozwalając, by ich potencjał wciąż jeszcze pozostawał nieujawniony, i zaparzył herbatę.

Ogrzał imbryk, odmierzył garść specjalnej mieszanki, osuszył imbryk, wsypał do niego liście i zalał wrzątkiem, przeprowadzając całą procedurę tuż przy kuchence, żeby zminimalizować utratę ciepła. Był przekonany, że liście powinny się swobodnie mieszać z wrzątkiem, by w pełni uwolnić swój aromat, toteż nie używał sitka i odcedzał herbatę dopiero przy nalewaniu. Jedną z jego rutynowych czynności wykonywanych w niedzielne wieczory było sporządzanie mieszanki na następny tydzień. Duże opakowania czarnej herbaty przechowywał w chłodnym mrocznym kącie spiżarni i zaznawał niezwykłego poczucia spełnienia, gdy udało mu się precyzyjnie trafić z ilością. Jego mieszanka składała się w równych częściach z herbaty keemun, assam i cejlońskiej, i miała wszystkie cechy, jakich pożądał w herbacie: jasny kolor, łagodny gładki smak i pełną charakterystykę, odpowiednią zarówno na ranek, jak i na popołudnie.

Gdy imbryk, filiżanka, spodek i dzbanuszek z mlekiem stały już na stole, Doubler usiadł i rozłożył na blacie wszystkie trzy koperty, przyglądając im się w takiej kolejności, w jakiej nadeszły. Treść wszystkich przesyłek była taka sama. Pan Peele chciał kupić jego farmę.

Pierwszy list przyszedł zwykłą pocztą i Doubler po przeczytaniu nie poświęcał mu więcej uwagi. Włożył go do szuflady w komodzie i nie myślał o nim dłużej.

Jednak drugi list był znacząco inny, zarówno jeśli chodziło o treść, jak i o sposób doręczenia. Ktoś przyniósł go do domu, a to oznaczało, że ktoś pojawił się na farmie Mirth osobiście. Właśnie to wtargnięcie sprawiło, że w głowie Doublera rozdzwoniły się dzwonki alarmowe, i natychmiast odpowiednio wzmocnił zabezpieczenia. Na szczęście, choć pozornie nie miał żadnych przyjaciół, wielu ludzi miało wobec niego dług wdzięczności i mógł bez oporów prosić ich o przysługę, zwłaszcza że czynił to tak rzadko. Ci, którzy byli mu coś winni, chętnie się rewanżowali, i dwa dni po krótkiej rozmowie telefonicznej na farmie pojawiło się dwóch ludzi w białej furgonetce, którzy zainstalowali w rogu podwórza kamerę bezpieczeństwa. I ta kamera obracała się pilnie, uważnie wypatrując nieproszonych gości, którzy chcieliby wtargnąć na farmę.

Doubler skrupulatnie przeczytał każdy z trzech listów, streszczając w dzienniku najistotniejsze punkty, choć czasem trudno je było wydłubać z kwiecistego stylu, który stawał się coraz bardziej kwiecisty, w miarę jak wzrastała irytacja Peele'a. Tym, co najbardziej uderzyło Doublera, było tempo, w jakim Peele przeszedł od hojnej oferty w gotówce do otwartych żądań, ale nic nie przygotowało go na jawne groźby zawarte w ostatnim liście. Najwyraźniej Peele przywykł do stawiania na swoim, do tego być może miał również niecierpliwy charakter i poczuł się urażony brakiem reakcji ze strony Doublera.

Czy powinien był odpowiedzieć na pierwszy albo drugi list, choćby tylko po to, by uprzejmie odmówić? To było pytanie do pani Millwood. Wprawdzie nie wiedziała, jak się negocjuje sprzedaż nieruchomości, ale doskonale znała się na ludziach i z pewnością będzie miała jakieś zdanie na ten temat.

Cena proponowana w pierwszym liście była bardzo dobra; Doubler wiedział o tym od razu. Nawet biorąc pod uwagę, za jak niewielką kwotę kupił farmę Mirth, a także to, że nie zwracał uwagi na rosnące ceny nieruchomości, wiedział, że jest to bardzo dobra oferta. Prawdę mówiąc, trudno sobie było wyobrazić, że ktokolwiek chciałby dać tak wielkie pieniądze za jego dom. Było oczywiste, że Peele nie próbuje ukraść farmy ani w żaden sposób oszukać jej właściciela. Ale proponowana suma wyjawiła Doublerowi, jak bardzo Peele pragnie przejąć jego posiadłość. Okazał jawną determinację, przedstawiając ofertę, która z założenia miała być nie do odrzucenia. A kiedy Doubler nawet nie potwierdził otrzymania wiadomości, Peele zaczął naciskać coraz mocniej, wyliczając powody, dla których oporny farmer może pożałować swojej nieustępliwości.

W drugim liście pojawiała się prawnicza nowomowa. Pismo zaczynało się od słów „Bez wpływu na dalszy bieg sprawy", które już same brzmiały jak groźba i z tą zapewne intencją zostały tam umieszczone. Doubler pytał już o ten zwrot panią Millwood i wiedział, co oznacza: że list nie może zostać użyty w sądzie jako dowód przeciwko nadawcy. Wciąż jednak niezbyt dobrze rozumiał, dlaczego on i Peele mieliby się wdawać w batalię sądową. Czy Peele mógł go zaskarżyć za brak odpowiedzi na pierwszy list? Czy to przestępstwo, jeśli ktoś nie przystępuje do negocjacji, w których w ogóle nie chce uczestniczyć? Logicznie rzecz biorąc, Doubler nie wierzył, by to było możliwe, ale same słowa „Bez wpływu na dalszy bieg sprawy" budziły jego niepokój.

W drugim liście Peele używał języka jak z sali sądowej, by z całą mocą zasugerować, że Doubler musi przyjąć hojną ofertę w ciągu czternastu dni albo ta oferta zostanie wycofana, a wówczas Peele będzie zmuszony zapłacić uczciwą cenę rynkową. Rozsądek podpowiadał Doublerowi, że ta groźba jest idiotyczna, bo nie zamierzał sprzedawać domu za żadną cenę.

Wrócił na chwilę do pierwszego listu, a potem zerknął na trzeci. Listy stawały się coraz bardziej natarczywe i coraz bardziej niezrozumiałe. Wyrażenie „niezależnie od" w pierwszym liście nie pojawiało się w ogóle, w drugim dwa razy, a trzeci był nim najeżony.

Trzeci list jednoznacznie miał zastraszać i onieśmielać. Peele jasno sprecyzował swoje groźby. Twierdził, że zamierza zwiększyć zużycie pestycydów, i ostrzegał, że jego uprawy będą pochodziły z genetycznie modyfikowanych nasion, co może negatywnie odbić się na ekologicznym statusie farmy Doublera, a tym samym znacząco zmniejszyć jego dochody. Ta groźba bardzo go zaniepokoiła. Zapisał ją w notatniku i podkreślił. Tym, co go martwiło, nie była utrata finansowych korzyści płynących z ekologicznego certyfikatu, bo choć jego sposoby uprawy roli rzeczywiście były ekologiczne (rozpoczął życie farmera, nie znając żadnych innych sposobów, a potem nie zwracał uwagi na postęp i dlatego nigdy nie wdrożył żadnych metod zwiększenia wydajności upraw), to dochód z farmy nie zależał od certyfikatu ekologicznego.

Ale Peele nie mógł wiedzieć o tym, że jego groźba brzmiała niepokojąco z innych powodów. Ziemie Peele'a otaczały farmę Doublera ze wszystkich stron i nic nie mogło powstrzymać owadów, które trafiały na pola Peele'a, od przejścia na pola Doublera. Istniała realna groźba, że czystość ziemniaczanych eksperymentów zostanie zakłócona, co podkopie wiarygodność dotychczas zgromadzonych danych. A jeśli Instytut Badań i Rozwoju Ziemniaka w północnych Indiach, wybitna instytucja, z którą Doubler od jakiegoś czasu utrzymywał kontakt korespondencyjny, dowie się o tym potencjalnym naruszeniu warunków? Doubler był pewien, że pas nieuprawianej ziemi, jaki zostawiał na skraju każdego pola, jest wystarczający, by przejść kontrolę ekoinspektorów, ale czy równie łatwo będzie zadowolić Hindusów? Jego dotychczasowe badania opierały się na absolutnej genetycznej czystości każdego pokolenia ziemniaków, a to, co chciał zrobić Peele, zagrażało efektom czterdziestoletniej pracy Doublera. Doprawdy, irytujące!

A jakby jeszcze Doubler nie miał dość zmartwień i kłopotów, Peele wysuwał kolejną groźbę (zdawało się, że ma ich nieskończony zapas, z którego może czerpać bez żadnych ograniczeń). Twierdził, że ma „doskonałe kontakty i powiązania z wpływowymi ludźmi, urzędnikami państwowymi oraz miejscowymi radnymi" i wszyscy oni mogą zmusić Doublera do sprzedaży ziemi w trybie wywłaszczenia ze względu na projekt nowej linii szybkiej kolei, która ponoć miała przeciąć kredowe wzgórza na dwoje. Peele bardzo jasno dawał do zrozumienia, że strategiczne sojusze dadzą mu mocną pozycję w każdej sytuacji, w jakiej się znajdzie, ale Doubler, działając na własną rękę, będzie musiał walczyć z potworami z Westminsteru samotnie, z góry skazany na porażkę.

Doubler westchnął głośno, zastanawiając się, czy sukces komercyjny Peele'a bierze się z tego, że każdy cios wymierza w trzech etapach. Samą ofertę kupna za bardzo dobrą cenę można było zignorować. W końcu co, na Boga, Doubler miałby zrobić z taką sumą pieniędzy? Mógłby najwyżej znaleźć sobie idealne miejsce do życia i pracy, a to już miał, właśnie na farmie Mirth. Ale perspektywa otrzymania propozycji nie do odrzucenia od urzędników państwowych była równie niepokojąca, jak myśl o genetycznie zmodyfikowanych pyłkach przenoszonych przez owady. Doubler ujrzał je w wyobraźni jako plagę bojowników sabotażystów, rozpylanych w chmurach przez ludzi Peele'a, żeby podkopać dzieło jego życia.

Nie można było zaprzeczyć, że groźby Peele'a wyrządziły większe szkody, niż nadawca listu mógłby sobie wymarzyć. Zagrożenie ekologicznego statusu farmy zupełnie bladło w obliczu zagrożenia dla przełomowych badań nad ziemniakiem. A sugestia, że do sprawy mogą się włączyć urzędnicy rozważający przebieg nowej linii kolejowej, i że ta linia może przypadkiem wejść w kolizję z farmą, na której uprawia się ziemniaki, była dla Doublera jeszcze bardziej niepokojąca, bowiem tylko on jeden zdawał sobie sprawę z prawdziwych rozmiarów swojej podziemnej działalności. Gdyby rząd wpadł na trop jego przedsięwzięcia podczas rutynowego sprawdzania oporu wobec nakazu wywłaszczenia, kto wie, na jakie kłopoty Doubler mógłby zostać narażony.

Spojrzał na notatki – strona podzielona była na trzy kolumny, po jednej na każdą konkretną groźbę – i w głowie mu się zakręciło, gdy zdał sobie sprawę z siły ataku. Po nadejściu trzeciej koperty zastanawiał się, czy zwiększenie zabezpieczeń nie było przesadną reakcją, ale teraz, gdy słowa o destylacji ujawniły swoją złowieszczą moc, zrozumiał, że wojna w rzeczy samej została wypowiedziana. Tak, bez żadnych wątpliwości potrzebował pani Millwood. Zawsze wyczekiwał przyjazdu gospodyni, ale teraz, gdy z góry wiedział, co chce z nią omówić, był wyjątkowo niespokojny. Już dziesięć minut przed porą jej przybycia zaczął chodzić w jedną i w drugą stronę przy oknie, wpatrując się w sam koniec podjazdu i podnosząc lornetkę do oczu za każdym razem, gdy wydawało mu się, że dostrzegł jakiś ruch. Ale kiedy rzeczywiście pojawiła się przy bramie, akurat odwrócił się do stołu po notes. Żeby zachować konsekwencję przy sporządzaniu notatek, zapisał przybliżoną godzinę jej przyjazdu, patrząc na jadący drogą samochód. Z trudem hamując zdenerwowanie, przeszedł przez dom, przygotowany na symfonię jej wejścia, toteż dopiero po kilku minutach zauważył, że odgłosy silnika na drodze dojazdowej brzmią jakoś inaczej. Pani Millwood miała bardzo charakterystyczny sposób prowadzenia. Utrzymywała obroty silnika na stałym poziomie, biorąc kolejne zakręty w równym, powolnym tempie, i w ten sposób docierała aż na szczyt wzgórza. Choć Doubler wcześniej był przekonany, że to jej samochód widział, teraz już nie był tego pewien. Obroty silnika rosły, gdy samochód wspinał się pod górę, a potem, gdy przepełzał przez kolejny zakręt, spadały, przez co dźwięk wydawał się napięty i pełen wahań. Doubler stanął w miejscu i wstrzymał oddech, wyczekując drobnych sygnałów, które zawsze wieściły przybycie pani Millwood, i uważnie wsłuchując się w trzaśnięcie drzwiczek, kiedy samochód wreszcie zatrzymał się na podwórzu.

Stał zupełnie nieruchomo, nadstawiając uszu w kierunku kuchennych drzwi. Nie otworzyły się jednak, za to po całym domu odbił się głośnym echem dźwięk dzwonka przy drzwiach frontowych. Serce Doublera podskoczyło w piersi. Pani Millwood nie miała żadnego powodu, by podchodzić do frontowych drzwi, i nigdy wcześniej tego nie robiła. Zdenerwowany Doubler wszedł do korytarza, żeby sprawdzić, co to za koń trojański dotarł aż na próg jego domu. Podejrzliwie spojrzał na wycieraczkę, spodziewając się, że na jego oczach przez szparę na listy wsunie się kolejna wzmacniana koperta, ale dzwonek rozległ się raz jeszcze. Nie będąc w stanie go zignorować, Doubler ostrożnie odpiął łańcuch i sztywnymi palcami przekręcił klucz w zamku. Serce głośno dudniło mu w uszach.

Gdy z wahaniem uchylił drzwi, jakaś kobieta wsunęła głowę w szparę. Ubrana była w naciągniętą na uszy wełnianą czapkę z pomponem w żywych kolorach, budrysówkę, dżinsy i kalosze. Doubler przymrużył oczy, próbując oszacować to nowe zagrożenie.

– Pan Doubler?

– Tak – odpowiedział, chociaż w tej chwili nie był pewien niczego.

– Dzień dobry. Jestem córką Gracie.

– Gracie? – powtórzył. Gdy oznajmiła, że jest czyjąś córką, poczuł się jeszcze bardziej zdenerwowany. Nie znał żadnej Gracie.
– Gracie – powtórzył jeszcze raz, niepewny, czy powinien zdradzić, że nie zna nikogo o tym imieniu.

– Tak. Mogę wejść?

Niewiele miał w tej sprawie do powiedzenia, bo już otworzyła drzwi szerzej. Właściwie wepchnęła się do środka, ale rozbroiły go jej oczy, jasne i błyszczące. W jej spojrzeniu było światło, które rozpoznał i na które zareagował. Odsunął się, a ona ruszyła przodem, jakby dobrze znała ten dom.

– Czy mam nastawić czajnik? – zapytała, idąc do kuchni. Jej swoboda i pewność siebie wydawały się znajome. Gracie. Widocznie tak miała na imię pani Millwood, a to była jej córka. Doubler zamknął drzwi i szybko poszedł za nią.

– Oczywiście, proszę nastawić czajnik – powiedział zdumiony tym, że zanim zdążył się z nią zrównać, ona już napełniła czajnik pod kranem, jakby robiła to wcześniej tysiące razy.

Usiadł przy stole kuchennym i biernie poddał się temu, co się działo. Pozwolił, żeby ta kobieta krzątała się po jego kuchni, wyjmując filiżanki i spodki, ogrzewając imbryk i sięgając po puszkę z herbatą, jakby robiła to od urodzenia. Patrzył na nią i zastanawiał się nad milionem drobiazgów, które od razu identyfikowały ją jako córkę swojej matki.

– Spodziewał się pan mnie?
– Nie, zupełnie nie. Spodziewałem się twojej matki.
– Tak myślałam. Miała panu powiedzieć, ale widocznie stchórzyła.
– O czym powiedzieć?
– Marnie z nią. – Usiadła naprzeciwko niego i przesunęła w jego stronę filiżankę. – Proszę to wypić.

Próbował podnieść gorący płyn do ust, ale brakowało mu siły, żeby zacisnąć palce na uszku. Podniósł wzrok na córkę Gracie.

– Marnie... Co to znaczy marnie?
– Niestety najgorzej, jak można sobie wyobrazić. – Pochyliła się nad stołem, wsypała cukier do herbaty, zamieszała i ze smutnym uśmiechem podniosła filiżankę do ust. Doubler odniósł irracjonalne wrażenie, że w tym uśmiechu, oprócz całego morza jej własnego smutku, dostrzega również smutek z jego powodu. – Oczywiście miała to już wcześniej, ale teraz wróciło i ma znacznie ostrzejsze zęby niż kiedyś.

Doubler nie był w stanie przełknąć, jakby ostre zęby choroby pani Millwood wbiły się w jego mocny kark.

– Kiedy? Kiedy miała to wcześniej? – zapytał, gdy odzyskał głos. To była dla niego zupełna nowość. Pierwszy epizod bezzębny, a drugi obdarzony ostrymi kłami.

– Już dawno. Wtedy była młodsza i lepiej potrafiła sobie z tym poradzić. Od dawna czuła się dobrze i wydawało się, że to już nie wróci.

Doubler wyobraził sobie, jak pani Millwood walczy z jakąś istotą o ostrych zębach kijem od szczotki. Albo mopem. To coś na pewno nie miałoby żadnych szans. Teraz przypomniał sobie jej nieobecność. Wzięła sobie wolne, a on był z tego bardzo niezadowolony, ale to niezadowolenie stopiło się z chmurą innych niezadowoleń i połączona siła tych wszystkich niezadowoleń jakoś zaćmiła przyczynę jej nieobecności. To był najgorszy okres w jego życiu. Wypracował już sobie nową rutynę bez Marie, ale nic jeszcze nie miało sensu. Próbował sobie przypomnieć, jak długo wtedy trwała nieobecność pani Millwood.

– Jak długo? – zapytał i obiema rękami niepewnie podniósł filiżankę do ust.

Przez twarz córki Gracie przebiegło cierpienie i Doubler uświadomił sobie, jak mogła zrozumieć jego pytanie.

– To znaczy za ile ona tu wróci? Kiedy wróci do pracy i nie będzie już się czuła marnie? – Słowo „marnie" utkwiło w jego ustach jak kłąb waty, wplątało się między zęby i wysuszyło język i wargi tak mocno, że przez chwilę wydawało mu się, że już nigdy nie będą działały jak należy. To był język jej córki, jej dobór słów. Ale oczywiście słowo „marnie" nie oddawało całej grozy tego czegoś z ostrymi zębami.

Córka Gracie ponad stołem sięgnęła po jego dłoń.

– Tym razem mama jest naprawdę bardzo chora. Żyjemy z dnia na dzień. Będzie walczyć, a lekarze zrobią wszystko, co się da, ale leczenie będzie okropne, więc zanim poczuje się lepiej, najpierw musi się poczuć znacznie gorzej. O ile w ogóle poczuje się lepiej.

Doubler był przerażony własnym egoizmem, a jednak potrafił myśleć tylko o tym, że zostanie sam z jej nieobecnością. Nie z groźbą ostatecznej nieobecności, bo tej możliwości w ogóle nie zaczął jeszcze rozważać, ale z nieobecnością w najbliższych dniach i tygodniach. Jej wizyty nadawały jego dniom strukturę i cel, i naprawdę nie wiedział, jak sobie poradzi bez niej. Żołądek zacisnął mu się na supeł.

– Myśli pan, że da pan sobie radę? – zapytała łagodnie córka Gracie.

Doubler poczuł się ogłuszony, jakby udało jej się zajrzeć w głąb jego duszy. Nie potrafił znaleźć słów, które mogłyby opisać, jak bardzo osierocony czuje się przez to, że nie może usiąść do lunchu z panią Millwood, nie wspominając już o grozie, jaka go ogarniała, gdy próbował wyobrazić sobie ponury, jałowy horyzont kolejnych dni.

– Pewnie trzeba pomyśleć o sprzątaniu. Chyba nie będzie trudno znaleźć kogoś, kto mógłby pomóc panu to ogarnąć – powiedziała córka Gracie, rozglądając się po kuchni. – Dziwię się, że sama z panem o tym nie porozmawiała. Źle się czuje, ale wciąż myśli o panu.

Przełknął w milczeniu. Sprzątanie domu było zupełnie nieistotne w obliczu jego poczucia straty. A jednak zdawało się, że dokoła niego toczy się rozmowa, w której po obu stronach bierze udział córka Gracie.

– Coś panu powiem. Może ja poszukam kogoś, kto mógłby na krótki czas zająć jej miejsce? Jeśli pan chce, mogę dać ogłoszenia i porozmawiać z chętnymi. Czy mam to zrobić?

Powoli skinął głową, niezupełnie pewien, na co właściwie się zgadza. Nie chciał, żeby ktoś zajmował miejsce pani Millwood ani na dłuższy czas, ani na krótszy. Chciał widzieć jej buty pod ławką przy drzwiach kuchni, chciał patrzeć, jak jej stopy w pończochach wsuwają się w domowe pantofle, w których śmigała przez pomieszczenia. Pani Millwood właściwie nie używała butów; przemykała z pokoju do pokoju, unosząc się tuż nad podłogą. Materializowała się w ludzką postać, która potrzebowała butów dopiero wtedy, gdy siadała z nim przy stole. Jedli lunch i długo rozmawiali. Nikt nie mógł zająć jej miejsca.

– Oczywiście nikogo nie zatrudnię, dopóki sam pan nie porozmawia z tą osobą. Przeprowadzę tylko wstępną selekcję, a decyzja będzie należała do pana. Co pan na to? Myślę, że mama się ucieszy, jeśli będzie wiedziała, że ktoś się tu wszystkim zajmie. Widzi pan, ona się martwi, a ja nie chcę, żeby się martwiła. Musi się skupić na tym, żeby wyzdrowieć. Jest bardzo żywotna i energiczna, ale tak drobna, że musi oszczędzać wszystkie siły, żeby przetrwać chemioterapię.

A więc w końcu to powiedziała. Doubler wiedział, że język służący do opisu marnego stanu pani Millwood należy teraz rozwinąć i włączyć do niego praktyczne, techniczne szczegóły. Określenie „marne samopoczucie" było zbyt niejasne, by opisać symptomy, a „leczenie" zbyt ogólne i nie nasuwało żadnego rozwiązania problemu. A teraz miał to czarno na białym – słowo, które nasuwało obraz substancji wyniszczającej ciało, rurek, igieł, trucizny i cierpienia. To nie wyglądało jak leczenie, tylko jak pokuta.

Córka Gracie zauważyła grymas na jego twarzy i po raz pierwszy, odkąd się tu pojawiła, pomyślała, że wiadomość o chorobie jej matki może go załamać. Do tej pory zakładała, że jego milczenie wynika z upartego charakteru, więc znów sięgnęła po jego dłoń.

– Wszyscy jej pomożemy przez to przejść. Trzeba zapewnić mamie spokój, bo bez tego jej się nie polepszy, więc wezmę na siebie wszystkie jej obowiązki. A to znaczy, że może pan na mnie liczyć. Jestem pewna, że pan też zrobi, co trzeba, tylko że nikt z nas nie wie jeszcze, co to właściwie może znaczyć. Ja nie wiem, pan nie wie i mama z pewnością też nie wie. Ale sądzę, że będzie pan przy niej, żeby ją wspierać, jeśli zajdzie taka potrzeba, prawda?

Doubler poczuł nadzieję dzięki temu, że pojawił się jakiś cel.

– Oczywiście. Co tylko będzie trzeba. Właściwie rzadko wychodzę z domu. W każdym razie odkąd... odkąd Marie odeszła. Ale tak, zrobię, co będzie trzeba. Proszę jej to powiedzieć, dobrze? – Przymknął oczy i wyobraził sobie, że po raz pierwszy od lat wsiada do samochodu i opuszcza farmę. – Proszę jej powiedzieć, że ją odwiedzę. Pewnie jej się nudzi. Może miałaby ochotę na towarzystwo.

– To bardzo miło z pana strony, ale na razie mama nie ma zbyt wiele siły. I tak już muszę odganiać od niej przyjaciół. Jejku, ilu mama ich nazbierała przez całe życie! Znajomi z kościoła, z kółka robótek ręcznych, ze schroniska dla zwierząt. Nie wspominając już o koleżankach szkolnych, które zna od dziecka. To dobre kobiety, te jej szkolne przyjaciółki, zawsze sobie pomagają, ale są już w takim wieku, że ciągle któraś potrzebuje wsparcia. Są wspaniałe, naprawdę, bardzo inspirujące. Ale tak czy inaczej, to bardzo miłe z pana strony i na pewno powiem jej, że pan to zaproponował. Będzie bardzo wzruszona.

Poczuł się jak głupiec. Słyszał o kółku robótek ręcznych. Wiedział, że pani Millwood chodzi do kościoła. Wiedział też, że jest wolontariuszką w schronisku dla zwierząt. Ale kiedy opowiadała mu o swoich rozmaitych zainteresowaniach, zakładał, że to tylko zwykłe rozrywki, sposoby na zabicie czasu, na odpędzenie od siebie przejmującej samotności, która patrzyła mu w twarz za każdym razem, kiedy spoglądał w lustro. Gromada przyjaciółek? Przypomniał sobie ich niezliczone rozmowy przy lunchu. Jean? To imię pojawiało się często. Dot? Czy ona też należała do tej gromady? Mabel?

– Jean? Dot? Mabel? – odważył się powiedzieć.

– Och, mama panu o nich opowiadała, tak? Ona lubi mówić.

– Umie też słuchać, i to bardzo dobrze.

– Hm... – Córka Gracie zadumała się na moment, próbując sobie wyobrazić matkę, która nie mówi, tylko słucha.

- Naprawdę bardzo dobrze umie słuchać. Należy do ludzi, którzy przestają myśleć, kiedy kogoś słuchają. W moim doświadczeniu to rzadka umiejętność. Przeważnie ludzie podczas rozmowy myślą tylko o tym, co sami chcą powiedzieć, i przez to nie słuchają dobrze.
- To bardzo miło, że pan tak mówi o mamie. Na pewno ma pan rację. Może to wyjaśnia, dlaczego ma tak wielki krąg przyjaciół.

Wielki krąg. Doubler zastanowił się nad tym zwrotem. Krąg był zamkniętą figurą, bez żadnych przerw ani luk. Nie było tam miejsca dla nikogo więcej. Jakie to śmieszne, że uważał się za przyjaciela pani Millwood. Z drugiej strony ona z całą pewnością była jego przyjaciółką, zresztą pewnie jedyną. Widział siebie jako niewielki bąbelek na zewnątrz wielkiego kręgu. Czy to możliwe, by te dwa przekonania istniały w jego umyśle równolegle i by obydwa były prawdziwe? Że pani Millwood jest jego przyjaciółką, ale on nie jest jej przyjacielem?

Córka Gracie wstała, zebrała filiżanki ze stołu i zaniosła je do zlewu. Myjąc je, wciąż mówiła do Doublera, zwrócona do niego plecami:

- Czeka ją tydzień intensywnej chemioterapii, więc pewnie przez ten czas pozostanie w szpitalu, a potem, jeśli wszystko pójdzie zgodnie z planem, wróci do domu i będzie leczona ambulatoryjnie. Będę pana zawiadamiać o wszystkim, co się dzieje, i o tym, jak mama reaguje na leczenie. A tymczasem skupmy się na praktycznych sprawach. Poszukam kogoś, kto mógłby panu pomóc, i dam znać. Czy jest coś, na czym panu szczególnie zależy? Na przykład gotowanie oprócz sprzątania? Jakieś inne obowiązki? Zakupy?

- Gotowanie nie. Ja sam gotuję - powiedział Doubler z gwałtownością, która zaskoczyła ich oboje. - Tylko te inne rzeczy. - Na chwilę zamilkł. Zastanawiał się, jak miałby wyartykułować swoją potrzebę obecności kogoś, kto usiadłby z nim i zadawałby mu właściwe pytania dotyczące jego eksperymentów. Kogoś, kogo te eksperymenty obchodziłyby niemal tak samo jak jego. Kogoś, kto lepiej od niego wiedział, jak powinien żyć, ale nigdy się nie wtrącał, bo ufał, że on sam sobie poradzi. Kogoś, kto znałby jego obydwa wcielenia, to sprzed Marie i to po Marie. Kogoś, kto wiedziałby, jak nisko upadł i jak powoli znów wspinał się pod górę.

– Tylko sprzątanie. – Podniósł się, żeby powycierać filiżanki.

ROZDZIAŁ 6

Ciężka warstwa chmur zaległa nad farmą i na problemy Doublera niezmordowanie padał deszcz. Świeżo zaorana ziemia, gęsta i lepka, przyklejała się do butów, gdy brnął przez pola. Każdy krok stawał się trudniejszy od poprzedniego i nie było nawet promyka nadziei na przełamanie tego nowego wzorca. Ostatnie dni, spędzone w towarzystwie tylko błota i wspomnień, były zupełnie nieznośne, aż pod koniec czwartego dnia Doubler zaczął myśleć o pani Millwood z coraz większą niechęcią. Jego dni straciły kształt, a on sam nie potrafił wrócić do zwykłej rutyny bez dodatkowego rytmu, jaki wyznaczały jej wizyty. Obwiniał ją za zakłócenie rutyny i wynikłą z tego bezcelowość. Zaczynał robić wiele rzeczy, ale prawie niczego nie kończył, a nawet te czynności, które były konieczne, wydawały się bezsensowne i jałowe. Zbierał się na wysiłek i obchodził dokoła farmę, ale nawet ten obowiązek, który zwykle sprawiał mu najwięcej radości, wykonywał z mniejszą energią, gdy w domu nie czekał nikt, z kim mógłby zjeść lunch.

Groźba ze strony Peele'a zdawała się teraz zupełnie nieistotna. Doubler zastanawiał się nawet, dlaczego wcześniej tak się przejmował tymi listami. Peele chciał kupić farmę, a on nie chciał jej sprzedać, i jeśli o niego chodziło, sprawa była zamknięta. Zagrzebał koperty w szufladzie pod stertą papierów. Peele w końcu zmęczy się czekaniem i skupi się na innej ofierze. Wyniki badań Doublera stracą wiarygodność przez metody uprawy ziemi stosowane przez Peele'a – albo i nie stracą. To już w ogóle nie wydawało się ważne.

Tego ranka zastanawiał się, czy nie zostać w łóżku. Jeśli nie zejdzie na dół, nie będzie musiał niczego sprzątać i co chwilę przypominać sobie o nieobecności pani Millwood. Był smutny i poirytowany, ale nie martwił się o nią, tylko w głównej mierze o siebie. Przepływały przez niego kolejne fale żalu nad sobą i w miarę jak jego nastrój coraz bardziej się pogarszał, coraz mniejszą miał ochotę na kolejny dzień.

Gdy w końcu zwlókł się na dół, okazało się, że puszka na herbatę jest pusta. Przez chwilę nie rozumiał dlaczego, a potem dotarło do niego, że nie ma pojęcia, jaki to dzień tygodnia. Pośpiesznie przygotował nową mieszankę, nie odważając herbaty, tylko byle jak wsypując do puszki zawartość różnych opakowań. Zmiótł rozsypane liście do pierwszego lepszego woreczka, wypił pierwszy łyk i przeklął własny pośpiech. Herbata nie smakowała jak należy i wiedział, że nie będzie tak smakować, jeśli nie powtórzy całej operacji od początku.

Zostawił niedopitą herbatę i niechętnie zmusił się do wyjścia na zimny, wilgotny poranek, nie zatrzymując się, żeby założyć kurtkę i czapkę. Podczas pobieżnej inspekcji nagich pól wiatr mroził mu uszy i wyciskał łzy z oczu. Rzucił okiem na stodoły, wypatrując śladów włamania. W drodze do domu przystanął na chwilę przed kamerą i popatrzył na nią ponuro. Kipiąc żółcią i gniewem, otworzył z rozmachem drzwi kuchni, ściągnął buty i dużym palcem u nogi wepchnął je pod szafkę. Poszedł na górę, teraz już zupełnie pewny, że łóżko jest jedynym miejscem, w którym poczuje się dobrze. Gdy już był na górze schodów, w korytarzu na dole zadzwonił telefon. Doubler skrzywił się, uznając to za część spisku, który miał zniszczyć jego życie, ale gdy telefon nie przestawał dzwonić, wrócił do pełnego przeciągów korytarza. Telefon głośno brzęczał na stoliku. Z powodu złego nastroju Doubler przygotowany był na najgorsze i niemal ucieszył się na myśl, że może to Peele dzwoni. Sięgając po słuchawkę, układał sobie w głowie odpowiednio ostrą odpowiedź na wypadek, gdyby jego rywal rzeczywiście miał czelność zakłócić mu cenne chwile cichej nienawiści do siebie. Przyłożył słuchawkę do ucha. Zapadła krótka, zbijająca z tropu chwila milczenia, w którą wkradły się wahanie i niepewność. Przysunął słuchawkę bliżej, żeby czekając na wypowiedziane słowa, nie przeoczyć tych niewypowiedzianych.

– Panie Doubler, gdzie pan się podziewał? Dzwonię o tej porze, bo wiem, że na pewno pije pan herbatę, ale pan okropnie długo nie odbierał. Już myślałam, że coś się stało.

– Tutaj, pani Millwood? Nie, wszystko w porządku, dziękuję – zahuczał, starając się kierować głos w stronę szpitala. Na dźwięk głosu pani Millwood wszelkie ślady wcześniejszego wahania zniknęły i jego odpowiedź zabrzmiała pogodnie. Przycisnął słuchawkę jeszcze mocniej do ucha, choć miał ochotę przycisnąć ją do serca, bo ku jego wielkiemu zdziwieniu właśnie ta część jego ciała najbardziej pragnęła usłyszeć jej głos.

– Jak się pan trzyma? – zapytała.

– Ja? Jak ja się trzymam? Jak pani się trzyma, to jest właściwe pytanie!

– Nie najgorzej, biorąc wszystko pod uwagę. Miałam już wrócić do domu, ale lekarze w swojej niezmierzonej mądrości woleli mnie tu zatrzymać. Opowiadają jakieś głupstwa o mojej reakcji na leczenie, kiedy każdy głupi by zrozumiał, że źródłem problemu jest reakcja mojego organizmu na szpital. Dlatego nie mam pojęcia, co się może zdarzyć w ciągu najbliższych kilku dni, ale na razie wszystko idzie na tyle dobrze, na ile można się spodziewać. – Urwała na chwilę, a potem wyjawiła powód, dla którego zadzwoniła. – Panie Doubler, jest coś, co mnie martwi, i Midge uznała, że może pan będzie potrafił pomóc.

Midge! – powtórzył Doubler w duchu, a potem z radością przypomniał sobie, że to przecież córka pani Millwood, i pogratulował sobie, że sam na to wpadł.

– Midge, pani córka. No oczywiście. Chętnie zrobię, co tylko pani zechce.

– Widzi pan, martwię się o moich znajomych z farmy Grove. Wie pan, mówię o schronisku dla zwierząt. Zostawiłam ich na lodzie i strasznie mi zależy, żeby ktoś mnie zastąpił. Myśli pan, że mógłby pan to zrobić? To tylko dwa razy w tygodniu po dwie godziny. Zresztą na pewno szukają już jakiegoś stałego zastępstwa, ale pewnie jeszcze przez jakiś miesiąc będzie im brakować rąk do pracy.

Serce Doublera ścisnęło się na groźbę tkwiącą w tych słowach, jeszcze zanim jego umysł zdążył je przetworzyć.

– Co pani ma na myśli, mówiąc o stałym zastępstwie, pani Millwood? Przecież wróci pani do nas, prawda? To znaczy do schroniska i na farmę Mirth?

– O Boże, tak, ale wie pan, jacy są lekarze. Gdy raz wbiją w kogoś szpony, nie chcą już wypuścić.

Szpony. Doubler znowu zobaczył przed sobą palce z długimi ostrymi pazurami, które wbijają się w panią Millwood w chwili jej największej słabości i rozrywają ją na strzępy. Te szpony powinny atakować zębatego potwora, a nie samą panią Millwood.

– Ale wszystko idzie zgodnie z planem, tak? Pani córka mówiła, że na razie będą panią leczyć w szpitalu, a potem ambulatoryjnie w domu. Czy wciąż taki jest plan? Niedługo będzie pani w domu zdrowa jak rybka?

– No cóż, z pewnością taki jest mój plan, ale musimy poczekać i zobaczyć. Nie chcę niczego obiecywać, bo nie lubię zawodzić ludzi. Chciałabym tylko dopilnować, żeby ktoś mnie zastąpił w schronisku. Wolałabym nie martwić się jeszcze i o nich, bo mam już dość na głowie.

– A co panią najbardziej martwi w tym szpitalu? Oprócz... tego, co oczywiste.

– Och, traktują mnie tu wspaniale, jestem w doskonałych rękach, ale niemal bez przerwy czuję się okropnie wysuszona i prześladuje mnie ten przeklęty wózek z herbatą. Słyszę, jak jeździ po korytarzu. Grzechocze w bardzo charakterystyczny sposób. Słowo daję, kiedy przejeżdża obok mnie, przyśpiesza, a kiedy tylko minie moją salę, znowu zwalnia.

Doubler uśmiechnął się szeroko, a pani Millwood ciągnęła dalej:

– Leżę tu i marzę o filiżance herbaty, a ten wózek wodzi mnie za nos! – Urwała i po chwili dodała surowo: – Panie Doubler, słyszę, że się pan uśmiecha. To naprawdę nie jest zabawne.

Przygryzł usta, próbując stłumić dźwięki radości.

– A wie pan, co jest najgorsze? Jeśli akurat śpię, kiedy tędy przechodzą, to mnie nie budzą! Więc muszę przez cały czas leżeć z otwartymi oczami na wypadek, gdyby ktoś wetknął głowę za zasłonę. A jeśli tylko przymknę oczy i zdrzemnę się chwilę, ten wózek już pędzi w stronę następnego oddziału. On sobie po prostu ze mnie kpi!

– Oj, pani Millwood, moim zdaniem tak wygląda piekło. Herbata powinna być na żądanie.

– Mam szczęście, jeśli uda mi się dostać trzy kubki dziennie.

– Trzy? Tylko trzy? To brzmi jak herezja!

– No właśnie. Ale poza tym nie mam na co narzekać. Właściwie na to też nie powinnam narzekać. Przecież oni robią, co mogą, żeby uratować mi życie.

– Pani życie zostanie uratowane dzięki kombinacji zaawansowanych technik medycznych oraz *Camellii sinensis**. A jeśli od-

---

* *Camellia sinensis* (łac.) – herbata chińska (przyp. red.).

czuwa pani w tej dziedzinie jakieś braki, to wystarczy jedno pani słowo, żebym się tam pojawił.

– To bardzo pocieszająca myśl, ale najbardziej martwi mnie schronisko, a szczególnie kochany stary Percy. Czy byłby pan tak miły?

– To dla mnie zaszczyt. Odezwę się do nich. Mam rozmawiać z Percym, tak? – Na dźwięk słowa „kochany" w duszy Doublera wykiełkowała przyczajona wrogość.

– O Boże, nie. Dużo by panu z tego przyszło. Niech pan porozmawia z pułkownikiem Maxwellem, to on się zajmuje grafikiem dyżurów. Oficjalnie nie jest za to odpowiedzialny, ale pułkownik nie potrafi inaczej. Gdyby był kobietą, pewnie wszyscy by mówili, że się rządzi, ale nie jest kobietą, więc mówią, że jest naturalnym przywódcą.

– Pani Millwood?

– Przepraszam, panie Doubler. Czy za bardzo narzekam?

– Nie, absolutnie nie. To znaczy zaczęła pani narzekać, ale mnie się to podoba. Proszę sobie narzekać, ile pani chce. To wszystko.

– Co w pana wstąpiło? Na pewno wszystko z panem w porządku? Wydaje się pan niezwykle zadowolony.

– Wszystko ze mną w porządku. Wcześniej miałem trochę kiepski nastrój, ale teraz jest już znacznie lepiej.

– To dobrze... Nie zapomni pan zadzwonić do pułkownika Maxwella, prawda? Odezwę się znowu za parę dni.

– Świetnie. Tak, proszę zadzwonić. W takim razie do usłyszenia.

Jeszcze przez chwilę trzymał słuchawkę przy uchu, wsłuchując się w pusty pogłos, po czym starannie ją odłożył i wciąż się uśmiechając, poszedł poszukać najnowszej książki telefonicznej.

– To przeznaczenie! – wykrzyknął z radością, wyciągając ciężki tom z tylnej części kredensu. – Julian przestraszy się jak jeszcze nigdy w życiu! – dodał z zachwytem i rzucił grubą księgę na kuchenny stół.

Wciąż z uśmiechem na twarzy przerzucał cienkie kartki, aż znalazł numer schroniska, którego pełna nazwa brzmiała Centrum Ratunkowe dla Zwierząt, Farma Grove. Starannie obwiódł numer czerwonym długopisem i schludnym charakterem pisma dopisał na marginesie nazwisko „Maxwell". Zaniósł księgę do hallu i zajął pozycję przy telefonie, z długopisem w ręce na wypadek, gdyby trzeba było coś zanotować.

Patrzył na telefon i wyobrażał sobie, że dzwoni. Uśmiech, który nie schodził z jego twarzy od chwili, kiedy usłyszał głos pani Millwood, zaczął blednąć. Mijały minuty, każda bardziej bolesna niż poprzednia, i im dłużej Doubler wpatrywał się w telefon, tym trudniej było mu odnaleźć wcześniejsze poczucie celu. Zmarszczył czoło, zastanawiając się, kto może odebrać. Czy to będzie sam Maxwell, czy też ktoś inny z kręgu przyjaciół pani Millwood? A może kochany Percy? Ta niewyobrażalna zbieranina postaci musiała rzeczywiście być jej bardzo bliska, skoro martwiła się o nich nawet w takim miejscu, przechodząc przez te wszystkie niewyobrażalne procedury.

Wyobraził sobie, że podnosi słuchawkę i wybiera numer. Przenikliwy brzęk telefonu rozlega się w pokoju wypełnionym śmiechem. Ktoś niecierpliwie podnosi słuchawkę. Doubler będzie musiał wyjaśnić, o co chodzi, najpierw jakiejś zupełnie obcej osobie, a potem Maxwellowi, ni mniej, ni więcej, tylko naturalnemu przywódcy, który zapyta, co właściwie Doubler może im zaoferować. To był krąg bliskich przyjaciół z wieloletnim doświadczeniem w opiece nad zwierzętami, a on był nikim. Nie miał nawet złotej rybki; zawsze interesowały go tylko ziemniaki... i Marie. No i co się z nią stało?

Zagiął róg stronicy w schludny trójkącik i odłożył książkę tam, skąd ją wziął, a potem powoli wrócił do kuchni, nie rozumiejąc, dlaczego jeszcze przed chwilą czuł się tak pełen życia. Podniósł pokrywkę puszki na herbatę, głęboko wciągnął aromat, zmarszczył czoło, potrząsnął głową i znów zamknął puszkę. Zwrócił milczące spojrzenie na swoje ziemniaki, ale gdy i tam nie znalazł żadnej odpowiedzi, znów usiadł przy oknie, podniósł lornetkę do oczu i z nowym niepokojem wpatrzył się w drogę dojazdową.

ROZDZIAŁ 7

Jak Doubler się dowiedział od pani Millwood, gdy zadzwoniła ze szpitala, jej córka miała na imię Midge. Zadowolony z tej wiedzy, obserwował jej przyjazd i zauważył wahanie, z jakim podchodziła do ostrzejszych zakrętów na zboczu. Znajdowanie różnic między tymi dwiema kobietami, które pod wieloma względami były tak bardzo do siebie podobne, przynosiło mu wiele radości.

– Dzień dobry! – zawołała Midge melodyjnie, podchodząc do frontowych drzwi. Były otwarte, więc weszła do środka. To bezczelne wtargnięcie mogłoby urazić Doublera, ale dni, które minęły od jej ostatniej wizyty, były długie i puste, i cieszył się, że ma jakieś towarzystwo.

Na chrzcie dano jej imię Madeleine, ale wszyscy zawsze wołali na nią Midge. Choć Doubler był dumny z własnego przydomku, który nadał mu kiedyś rzeźnik, i lubił go, bo zawarta w nim była aluzja do jego znacznych umiejętności uprawy ziemniaków, z natury odnosił się podejrzliwie do przydomków. Uznał jednak, że Midge doskonale pasuje do tej energicznej kobiety, i używał go bez wahania. To, że znał jej imię, przydawało jej osobowości kolejną warstwę, i teraz już była dla niego kimś więcej niż tylko córką Gracie.

– Boże drogi, panie Doubler. Czy to jest najzimniejsze miejsce na świecie? – zawołała, zdejmując szalik i wieszając kurtkę na kołku.

Spojrzał przez okno na przemykające po niebie chmury.

– To jeszcze nic. Prawdę mówiąc, nie miałbym nic przeciwko temu, żeby na jakiś czas porządnie zmroziło. Ziemia to lubi. Mróz zabija rozmaitych niechcianych gości. A to, co dobre dla ziemi, dobre i dla moich ziemniaków.

Na samą myśl o jeszcze niższych temperaturach Midge ostentacyjnie się wzdrygnęła.

– Pomyślałam, że podrzucę panu zakupy i sprawdzę, czy ma pan wszystko, czego potrzeba na cały tydzień. Rozumie pan, nie będę mogła tego robić stale, ale mama martwiła się o pana, a ona podobno przywoziła zakupy raz w tygodniu.

Doubler pomógł jej wypakować zawartość brązowych papierowych toreb i ucieszył się, gdy zobaczył, że nie próbowała improwizować, tylko po prostu przywiozła jego zwykłe zamówienie ze sklepu farmerskiego. Ser do spiżarni, mąka i świeże drożdże na popołudniowe ciasto, trochę zielonych warzyw i tuzin jajek.

– Dziwię się, że musi pan kupować takie rzeczy. Kury byłyby chyba dla pana miłym towarzystwem? Albo prosiaki? – powiedziała, zerkając na stertę obierek z ziemniaków wysypującą się z pojemnika na kompost. – Prosiaki bardzo chętnie by to zjadły.

– Pewnie masz rację, ale to nie byłoby praktyczne. Wolałbym nie brać na siebie takiego obowiązku. Zajmuję się sobą i moimi ziemniakami, ale nie chciałbym zawieść nikogo innego.

– Dlaczego miałby pan kogoś zawieść? Przecież prawie nigdzie pan nie wychodzi. Na pewno ma pan odpowiedni charakter. Ja trzymałabym w domu zwierzęta, gdybym miała na to miejsce.

– Gdybym się zebrał i odszedł, to bardzo bym je zawiódł – powiedział Doubler cicho.

- A dokąd właściwie miałby pan odejść? - Midge odrzuciła głowę do tyłu i roześmiała się, nastawiając jednocześnie czajnik.
- Nie wiem. Ale któregoś dnia umrę. Kto by się wtedy zajmował świniami i kurami? Kartofle po jakimś czasie same zmienią się w ziemię, ale nie chciałbym myśleć, że zostawię żywe stworzenie.
- Umrze pan? Zamierza pan już umierać? Wie pan, śmierć nie powinna nam przeszkadzać w życiu. Proszę tylko popatrzeć na mamę. Wie pan, co ona zabrała ze sobą do szpitala? Włóczkę i druty do robótek. Właśnie zaczyna robić koszmarnie skomplikowany kocyk. Widziałam wzór. Miną całe lata, zanim to skończy, naprawdę całe lata. Nie sądzi pan, że to bardzo przekorne z jej strony? Śmierć będzie musiała naprawdę się postarać, żeby pokonać ją i jej druty.

Doubler pomyślał o tym i spodobał mu się ten obraz. Może pani Millwood zrobi sobie na drutach kokon, w którym będzie bezpieczna i przez który nie będą jej mogły dosięgnąć te ostre zęby.

- Chyba ma pani rację. Wydaje mi się, że... - Zastanawiał się jeszcze przez chwilę. - Myślę, że jeśli człowiek zobowiąże się wobec czegoś lub kogoś, to musi tego dopilnować do końca. Nie można tak po prostu zniknąć ze sceny, zostawiając wszystko na pastwę losu. To nieodpowiedzialne i wyrządza się w ten sposób mnóstwo szkód i cierpienia. Nie chcę myśleć, że mógłbym coś takiego zrobić.

- Ale kury dotrzymywałyby panu towarzystwa i miałby pan jajka. Coś panu powiem. Ja się mogę zobowiązać. Jeśli cokolwiek stanie się z panem, to ja się zajmę pańskimi zwierzętami. Co pan na to?

Doubler zdumiony był tą wielkoduszną propozycją pomocy od praktycznie obcej osoby. Chociaż właściwie Midge nie była obca. Przecież to córka pani Millwood, która gotowa jest mu pomóc w sprawach, w których pomoc była mu najbardziej potrzebna – żeby mógł podjąć zobowiązanie wobec czegoś innego niż ziemniaki, znaleźć w sobie miłość do czegoś i mieć pewność, że przez to uczucie nikt nie będzie cierpiał.

– Zastanowię się – powiedział, ale już sobie wyobrażał, jak wielką radość sprawiłyby mu kury, z którymi mógłby rozmawiać rankiem. I rzeczywiście na obierkach z kartofli mógłby utuczyć kilka świnek w roku.

– A te zakupy? – zapytała Midge, wracając do praktycznych tematów. – Czy chce pan, żebym wstąpiła po drodze do sklepu i zapłaciła za to wszystko?

– Nie, nie trzeba nic za nie płacić. Rozliczam się z nimi w kwietniu.

– Aha. – Midge wzruszyła ramionami. – Dobrze – dodała i upiła wielki łyk herbaty. W tej chwili, podobnie jak i w wielu innych chwilach, przypominała Doublerowi matkę. Wiedziała, kiedy należy drążyć temat, a kiedy lepiej dać spokój.

Pili herbatę w przyjaznym milczeniu.

– Zamieściłam ogłoszenie. W ciągu tygodnia lub dwóch powinni pojawić się jacyś kandydaci. Porozmawiam z nimi. Czy mam tu przyprowadzić te osoby, które będą się do czegoś nadawać?

Doubler bardzo się starał okazać życzliwość i chęć współpracy, ale jego twarz skurczyła się żałośnie.

– Chyba nie jestem na to gotowy. Nie chciałbym sprawiać kłopotu tobie ani tym chętnym, ale nie jestem aż tak elastyczny, jak niektórzy być może sądzą.

Midge roześmiała się.

– Chyba nikt by tego o panu nie powiedział – stwierdziła, rozglądając się po kuchni pozbawionej nowoczesnych gadżetów. Na zardzewiałych gwoździach wetkniętych w kruszące się fugi między cegłami wisiały miedziane rondle, na haczykach dyndały kufle, duże drewniane sita przyjemnie urozmaicały zawartość

69

półek. W tej kuchni nie było niczego, co nie mogłoby się tam znaleźć sto lat wcześniej. Albo jeszcze dawniej, pomyślała Midge.

– Po prostu źle znoszę zmiany, więc jeśli nie masz nic przeciwko temu, to wolałbym na razie radzić sobie sam, najlepiej jak potrafię. Dopóki, rozumiesz... – zakończył, patrząc na Midge z nadzieją.

– Drogi panie Doubler, podziwiam pana za to, że nie chce pan się pogodzić z myślą, że stan mamy jest poważny. Jest pan niemal równie wielkim optymistą jak ona. Ale myślę, że dla nas wszystkich będzie zdrowiej, jeśli przestanie pan zakładać, że mama tu do pana wróci. O ile w ogóle z tego wyjdzie, na pewno nie zdarzy się to szybko i kto wie, czy w ogóle będzie jeszcze mogła pracować. Zasłużyła sobie na trochę odpoczynku, nie sądzi pan?

Chciał coś wtrącić i potrząsnął żarliwie głową, szukając słów, które nie tylko zmusiłyby Midge do zamilknięcia, ale rozproszyłyby jej wątpliwości. Chciał powiedzieć coś, co mogłoby zawrócić rozmowę i cofnąć czas do chwili, kiedy to matka, a nie córka siedziała po drugiej stronie stołu i sprzeczała się z nim.

Ale Midge uciszyła go, surowo unosząc wskazujący palec.

– Nie, panie Doubler, to nie jest zdrowe, żeby żył pan w zawieszeniu, a dla mamy też nie jest zdrowo zakładać, że jej życie znowu będzie wyglądało tak jak wcześniej, zanim dopadło ją to okropieństwo.

Gdy wziął głęboki, urywany oddech, Midge złagodniała.

– To nie będzie nielojalność, jeśli znajdzie pan kogoś na jej miejsce. Ona to zrozumie, ja oczywiście też. Farma jest duża, a pan musi sobie radzić ze wszystkim sam, więc przydałoby się, żeby ktoś pana doglądał i pomógł to wszystko ogarnąć.

– Nie potrzebuję niczego. Nie potrzebuję nikogo – upierał się załamującym się głosem.

– Dobrze. Jak pan chce. – Midge wzięła go za rękę, tak jak przy pierwszym spotkaniu. – Czy mam tu zajrzeć jeszcze któregoś dnia w tym tygodniu?

Doubler gwałtownie pokiwał głową.

– Tak by było najlepiej. Bardzo dobrze. – Opanował się szybko i zakrzątnął się po kuchni. Mył filiżanki z nadzieją, że wygląda jak człowiek, który nie potrzebuje niczego ani nikogo.

ROZDZIAŁ 8

Doublera dręczyła myśl, że obiecał zadzwonić do schroniska. Schodził ze wzgórza drogą dojazdową zamiast ścieżkami na polach w nadziei, że to pomoże mu rozjaśnić umysł. Buty ślizgały się po oblodzonych kamieniach. Ostatnia noc była mroźna, a ostry wiatr zapowiadał nadejście jeszcze większych chłodów. Zanosiło się na późną wiosnę. Doubler słyszał w oddali stukanie dzięcioła, ale poza tym uporczywym odgłosem powietrze wydawało się zupełnie martwe. Idąc, rozważał otwierające się przed nim możliwości. Myśl, że miałby nawiązać kontakt z kręgiem przyjaciół pani Millwood, napełniała go przerażeniem, ale miał wielką ochotę rozzłościć Juliana, angażując się w działalność organizacji dobroczynnej. Nie był tylko pewny, czy ta chęć przeważy nad lękiem przed opuszczeniem farmy.

Spacer oczyścił mu głowę. Ruszył pod górę już wolniej, synchronizując kroki z oddechem. Zastanawiał się, kiedy stał się tak złym rodzicem, że sama myśl o sprowokowaniu syna jest dla niego wystarczającą motywacją, by się wyrwać z wieloletniej izolacji.

Wszedł do domu i usłyszał dzwoniący telefon. Podbiegł do aparatu bez tchu, zachwycony, że wrócił akurat w chwili, kiedy, jak miał nadzieję, zadzwoni pani Millwood. Pochwycił słuchawkę i rzucił pogodnie:

– W samą porę!

Może było to niekonwencjonalne powitanie, ale pasowało do jego nastroju.

– Tato? – Męski głos po drugiej stronie wydawał się zdziwiony, a nawet nieco urażony.

– Kto mówi? – zapytał Doubler, nie próbując ukryć rozdzierającego serce rozczarowania.

– A ilu ludzi mówi do ciebie „tato"? – Teraz w głosie Juliana zabrzmiało lekceważenie, a nawet niechęć.

Zawiedziony Doubler poczuł się jak głupiec.

– Ach, to ty, Julianie. Rzadko do mnie dzwonisz.

– Tato, nie próbuj wzbudzać we mnie poczucia winy. Teraz przecież dzwonię, nie? A na swoją obronę mogę powiedzieć, że przeważnie myślę, że nie ma cię w domu i nie odbierzesz. Prawie przez cały czas siedzisz przy tych swoich cholernych kartoflach. Ale dzisiaj zdecydowałem, że spróbuję. Po tym, jak byliśmy u ciebie na lunchu, przemyślałem kilka rzeczy.

Doubler poczuł znużenie.

– Julianie, nie sprzedam farmy.

– Nie mówię o farmie. W każdym razie nie w tej chwili. Chodzi o samochód. O ten twój stary rupieć.

– Samochód?

– No właśnie. Nie widziałem go w weekend, a zwykle stoi na podwórzu. Trzymasz go w środku?

– W środku?

– Tato, czy ty się dobrze czujesz? Jesteś bardziej rozkojarzony niż zwykle. Nie jesteś chory?

Doubler z trudem powstrzymał się, żeby nie powtórzyć: „Chory?", bo nic mądrzejszego nie przychodziło mu do głowy.

Julian mówił dalej nieco metalicznym, mechanicznym głosem, jakby jednocześnie robił coś innego. Doubler nasłuchiwał dźwięków w tle i usłyszał stuk klawiszy uderzanych seriami. Julian rozmawiał z nim i jednocześnie pracował.

– Myślałem o tym samochodzie. Jest strasznie stary i to chyba nie jest bezpieczne, żebyś nadal nim jeździł. Gdybyś utknął gdzieś przy złej pogodzie, to lepiej nie polegać na czymś, co najlepsze dni ma już dawno za sobą. Ile on ma, ze czterdzieści lat?

– Chyba tak, Julianie. Ale prawdę mówiąc, nie używam go zbyt często i nigdy jeszcze mnie nie zawiódł. Dlaczego właściwie zacząłeś myśleć o moim samochodzie?

– Bo zawsze martwię się o ciebie w zimie i kiedy zobaczyłem cię tam, na górze, przypomniałem sobie, jakie to odludzie. Może mógłbym zdjąć ci z głowy kłopot z tym samochodem i zamienić go na coś bardziej praktycznego? Na przykład na toyotę yaris albo małe clio? A jeśli wolałbyś coś z napędem na cztery koła, to pewnie by ci pasował mały poręczny fiat panda. Co o tym myślisz?

Doubler gorączkowo szukał jakiejś odpowiedzi, która wyrażałaby należytą wdzięczność. Troska jego syna była zupełnie bezprecedensowa.

– Nie wiem, co powiedzieć. Użyłeś wielu słów, których nie rozumiem. Yaris, mówisz? Co to, do diabła, jest yaris? I co znaczą te inne słowa, które wymieniłeś?

– Nie przejmuj się tym, tato, wszystko posprawdzam. Znajdę ci jakieś fajne, nieduże jeździdełko, które będzie zapalać za pierwszym razem. Tylko powiedz, czy w ogóle się zgadzasz. Wpadnę i zabiorę tego land rovera.

Land rover. Na dźwięk tych słów Doublera wypełniło przyjemne ciepło. Oczywiście ten stary rupieć to był land rover. Doubler kupił go, kiedy był jeszcze zupełnie nowy, niedługo po tym, jak kupił farmę. Land rover nigdy go nie zawiódł. Właściwie był równie wierny jak ziemniaki, pomyślał, przebiegając w głowie minione lata. Dwie trzecie życia. Czy ktokolwiek inny był mu równie wierny? Marie? Z pewnością nie. Dzieci? Nie za bardzo. Jeśli się zastanowić, przysparzały mu tyle samo zmartwień co radości. Ale samochód wciąż był równie piękny i mocny jak w dniu, kiedy go kupił. Karoseria w kolorze przykurzonej zieleni z kremowym dachem bezsprzecznie wyglądała wspaniale, kiedy po raz pierwszy przyjechał nim do domu, i bardzo szybko stała się częścią krajobrazu, wtapiając się w odcienie farmy. Była mu równie znajoma jak własna twarz.

Julian niecierpliwie czekał na odpowiedź. Jego uwagi domagały się już kolejne obowiązki dnia.

– Tato? Jesteś tam?

– Julianie. Jestem, tylko się zastanawiam. Właściwie nie potrzebuję nowego samochodu, chociaż to bardzo miło, że się o mnie troszczysz. Nie jeżdżę dużo, tylko na niższe pola. Czasami trzeba go trochę pomęczyć, żeby zapalił, ale poza tym wszystko w nim działa. Wątpię, żeby jakiś inny samochód lepiej pasował do mojego życia niż ten.

– Tato, nie utrudniaj. Ja tylko chcę ci pomóc. Mogę ci znaleźć coś małego i zwrotnego, czym dojedziesz do miasta i z powrotem, a ja nie będę się musiał o ciebie martwić. I nie chcę słyszeć żadnych więcej sprzeciwów.

Doubler spojrzał na zegarek i uświadomił sobie ze zgrozą, że pani Millwood być może właśnie w tej chwili dzwoni do niego ze swojego szpitalnego łóżka.

– Julianie, jestem bardzo wzruszony, ale czekam na inny telefon, więc nie potrafię się skupić na tym, co mówisz. Może zadzwonisz któregoś innego dnia?

– Telefon od kogo, tato? Zachowujesz się trochę dziwnie. Mam nadzieję, że nie zrobiłeś nic głupiego, co?

– Ależ skąd. Chociaż bardzo bym chciał – powiedział Doubler, z przyjemnością wsłuchując się w echo własnych słów, i odłożył słuchawkę ze zdecydowanym stuknięciem.

Ledwie zdążył to zrobić, telefon znowu zadzwonił.

– Linia była zajęta. Myślałam, że może nie odłożył pan słuchawki i będę musiała wysłać Midge, żeby sprawdziła, co się u pana dzieje.

Doubler westchnął z radością.

– Znowu się pani o mnie zamartwia, pani Millwood, kiedy powinna pani skupić się na sobie. Spotkania z pani córką to dla mnie wielka przyjemność, ale chciałbym, żeby miała o mnie dobre zdanie i żeby nie uważała mnie za ciężar.

– Nie sądzę, żeby uważała pana za ciężar, ale być może uważa pana za swoją misję.

– Misję? Jaką misję? – W umyśle Doublera pojawiło się coś w rodzaju obrotowej kartoteki pełnej rozmaitych obrazów, które przerzucał, szukając możliwych znaczeń. Zaczął to robić niedawno, za każdym razem, gdy odnosił wrażenie, że jakieś słowo prowadzi go na manowce. Słowo „misja" przywodziło mu na myśl serię obrazów przedstawiających białych ludzi w ciężkich ubraniach, którzy rozdają Biblie w gorących tropikalnych krajach.

– Ona uważa, że jest pan samotny – powiedziała pani Millwood, rozpraszając jego wizje. – Zdaje się, że chce panu zapewnić towarzystwo kur i prosiaków. Albo jednego i drugiego.

– A tak. Kury i świnie. Pewnie nie miałbym nic przeciwko temu, żeby spróbować jakiejś hodowli. Od pewnego czasu wstąpiła we mnie nowa nadzieja.

– To bardzo dobrze. Nie jest pan szczególnie znany z optymizmu.

– Nie powiedziałem przecież, że jestem optymistą, nie posuwajmy się za daleko. Ale nie jestem już tak pogrążony w rozpaczy i pozbawiony nadziei.

– Nie jest pan w rozpaczy? Boże drogi, jak pan sądzi, skąd się to mogło wziąć? – zażartowała pani Millwood. W jej śmiechu kryło się zapewne ziarno szczerości.

– Trudno powiedzieć. – Doubler zastanawiał się, który kierunek spośród wielu możliwych powinien wybrać. W końcu zdecydował się powiedzieć prawdę. Pośrednictwo telefonu zdawało się to ułatwiać. – Trochę się martwiłem, kiedy pani nie przyjechała. Kiedy usłyszałem, co się dzieje. Że jest z panią marnie. I uświadomiłem sobie, jak ważne były dla mnie nasze rozmowy. Potem, Bogu dzięki, zadzwoniła pani. Chyba nikt do mnie nie dzwonił od dziesięciu lat! To było jak balsam.

– Boże drogi, mnie też brakuje naszych lunchów, chociaż za nic w świecie nie potrafię zrozumieć dlaczego, skoro przez cały czas tylko mnie pan krytykował.

– Ja panią krytykowałem? Ależ skąd, nigdy pani nie krytykowałem! Dlaczego pani tak myśli? – Poczuł się wstrząśnięty. Przerzucał w umyśle setki rozmów, ale nie potrafił sobie przypomnieć nic, co mogłoby zostać błędnie uznane za krytykę.

– Jeśli nie krytykował pan mojego sera, to chleb, a jak nie chleb, to jabłko – mówiła pani Millwood.

– Proszę mi udowodnić, że kiedykolwiek krytykowałem pani jabłka. – Był tego pewny, choć zarazem przypominał sobie, że być może kilkakrotnie skomentował jej wybór chleba.

– Ależ, panie Doubler, nie chodzi tylko o to, co pan mówił, ale o pańskie oczy. Pod pańskim spojrzeniem od moich jabłek odklejały się etykietki.

– Tylko się pani wydawało.

– Nic mi się nie wydawało. Niech pan powie szczerze, niech pan przyzna, że czuje pan niechęć do moich jabłek granny smith.

Zawahał się. Bardzo chciał wspierać wszystkie decyzje pani Millwood. Ona zawsze okazywała wsparcie jemu. Ale wciąż miał ochotę na szczerość.

– Tu ma pani rację. Moim zdaniem nie dokonała pani najlepszego wyboru, jeśli chodzi o jabłka.

Odczekał chwilę. Zapadła cisza, a potem usłyszał głębokie westchnienie.

– Panie Doubler, chciałabym myśleć, że szanuje pan moje decyzje, nawet jeśli niezupełnie zgadzają się z pańskimi preferencjami.

– Bardzo panią szanuję, pani Millwood. Nie zamierzam pani krytykować. To nie pani wina, że nie miała pani okazji poznać wszystkich możliwości, jakie pragnąłbym pani przedstawić. Chciałbym myśleć, że mógłbym panią czegoś nauczyć, kiedy dokonuje pani błędnych wyborów.

W słuchawce rozległo się parsknięcie i Doubler przestraszył się, że pani Millwood dostała jakiegoś ataku.

– Pani Millwood?

– Wszystko w porządku. Ja się tylko śmieję, panie Doubler. Co z pana za człowiek! Stuprocentowo przekonany o własnej wyższości.

– Tak naprawdę, pani Millwood, wielu rzeczy nie jestem pewny, więc kiedy już mówię o czymś, o czym mam pojęcie, to zwykle jestem bardzo, ale to bardzo pewny tego, co mówię. Na przykład ziemniaki. Bardzo dużo wiem o ziemniakach.

– I prawie o każdym innym rodzaju jedzenia.

– Boże drogi, nie! Jest mnóstwo rzeczy do jedzenia, o których nic nie wiem. Na przykład banany. Czy w ogóle są jakieś odmiany bananów? Mógłbym wymienić dziesiątki odmian jabłek i setki odmian ziemniaków, ale nie znam ani jednej odmiany bananów. Moim zdaniem banany istnieją tylko w dwóch postaciach: niedojrzałe i przejrzałe. Albo owoce morza. Prawie nic o nich nie wiem. Wiem, jak wygląda homar, ale nie wiem, jak smakuje. I nie chcę wiedzieć.

– A cóż, na Boga, ma pan przeciwko homarom?

– Nie miałbym ochoty jeść stworzenia, które dla mojej przyjemności zostało ugotowane żywcem. Prawdę mówiąc, nigdy mnie nawet nie kusiło, żeby spróbować, ale nawet gdybym poczuł taką chęć, toby mi przeszła po tym, jak przeczytałem, że homary często cierpią z powodu lęku. Na litość boską, jak można gotować żywcem stworzenie, które cierpi z powodu lęku? My wszyscy, którzy jesteśmy podatni na lęk, powinniśmy solidarnie trzymać się razem. Wolę unikać homarów.

— To bardzo rozsądny argument, panie Doubler. Co do tego w zupełności się z panem zgadzam.

— Czy możemy sobie obiecać, że nigdy więcej nie będziemy jedli homarów, pani Millwood?

— Jak najbardziej. Mogę złożyć uroczystą przysięgę, zwłaszcza dopóki jestem w szpitalu. Natychmiast porozmawiam z kucharką i powiem jej, żeby od teraz przestała mnie karmić homarami.

— To świetnie. Bardzo lubię zgadzać się z panią.

— Nie mam nic przeciwko temu, żeby weszło to panu w nawyk, panie Doubler. To byłaby przyjemna odmiana. Więc niech mi pan powie, z kim pan rozmawiał wcześniej przez telefon? Bardzo się zdziwiłam, kiedy linia była zajęta.

— Nikt nie mógł się zdziwić bardziej niż ja. To był Julian. Wygląda na to, że zadzwonił z troski o mnie. Wciąż nie mieści mi się to w głowie.

— Niech pan tak nie mówi. On nie może być aż tak zły.

— Ale właśnie w tym rzecz. Zadzwonił z propozycją pomocy, a ja w ogóle nie pamiętam, kiedy po raz ostatni do mnie dzwonił, nie wspominając już o trosce. Zwykle to Camilla wszystko umawia, kiedy rodzina robi mi desant i przyjeżdża na lunch, a między tymi wizytami Julian w ogóle się do mnie nie odzywa.

— No cóż, to zawsze jakiś postęp. Powinien się pan cieszyć. Może te drobne wyrazy troski wskazują na jego potencjał? Przekonałam się, że ludzie na starość łagodnieją.

— Tak, tak, chyba powinienem to potraktować jako krok w przód.

– A w czym chciał panu pomóc?
– Z samochodem. Powiedział, że może mnie od niego uwolnić i zamienić na małe jeździdełko, bardziej niezawodne w zimie. Ale ja wcale nie mam na to ochoty. Bardzo lubię mojego land rovera. Chociaż z drugiej strony ma pani rację, nie powinienem lekceważyć jego dobrych chęci, więc może lepiej byłoby się zgodzić i nie stawiać oporu. Nie chcę, żeby pomyślał, że jestem uparty albo że trudno mnie zadowolić.

W słuchawce zaległo milczenie.

– Pani Millwood? Jest pani tam?
– Tak, panie Doubler, jestem. Tylko się zastanawiam. Mówi pan, land rover. Ile on ma lat?
– Boże drogi, chyba go kupiłem drugiej albo trzeciej zimy na farmie i jeżdżę nim od tamtego czasu. Czyli jest już bardzo stary. Może ze czterdzieści lat?
– To naprawdę bardzo miłe, panie Doubler, że syn troszczy się o pańskie potrzeby. Ale niech pan się nie zgadza zbyt pochopnie. On na pewno da panu trochę czasu, żeby mógł się pan zastanowić, co chciałby pan dostać w zamian, prawda?
– Wydawało mi się, że bardzo mu się z tym śpieszy, ale na pewno nie stanie się to tak od razu.
– Dobrze. Pozwoli pan, że trochę się rozejrzę. Mój mąż był mechanikiem pasjonatem, wiedział mnóstwo o samochodach i wszyscy czegoś się przy nim nauczyliśmy. Porozmawiam z paroma osobami. Wie pan, że ja zawsze lubię wszystko sprawdzić, żeby w pośpiechu nie popełnić jakiegoś błędu. Trochę się zorientuję i pomogę panu podjąć właściwą decyzję.
– To bardzo miło z pani strony, pani Millwood. – Doubler, oparty o stolik w korytarzu, poruszył się nieco i jęknął z bólu, gdy noga się pod nim ugięła.
– Wszystko w porządku, panie Doubler?

– Tak, tak, w porządku, dziękuję. Tylko próbowałem stanąć wygodniej. To chyba najdłuższa rozmowa, jaką odbyłem przez telefon, i nigdy do tej pory nie przyszło mi do głowy, żeby postawić w korytarzu krzesło.

– Biedaku. A ja wyobrażałam sobie, że siedzi pan w kuchni albo w saloniku przy kominku. W korytarzu są przeciągi. Niech pan idzie się ogrzać. I tak już muszę kończyć, bo zaczynają na mnie krzywo patrzeć.

– Dobrze, pani Millwood. Dziękuję za telefon.

– Zadzwonię jutro o tej samej porze i sprawdzę, co u pana słychać, dobrze?

– Super! – zawołał Doubler i smutek, jaki zaczął go już ogarniać na myśl, że rozmowa się kończy, zniknął wobec perspektywy jutrzejszego telefonu. – Na razie.

Odłożył słuchawkę, poszedł do kuchni, usiadł spokojnie i z uśmiechem odtworzył sobie całą rozmowę w głowie. Skupiał się, jak mógł, próbując przypomnieć sobie wszystkie najmniejsze szczegóły, bo nagle wydało mu się bardzo ważne, żeby zapamiętać każde słowo.

ROZDZIAŁ 9

Tego popołudnia obserwował przez lornetkę koniec drogi dojazdowej. Czasami, gdy siedział na swojej farmie na szczycie wzgórza, czuł się niezwyciężony, ale bywały też chwile, kiedy czuł się obnażony. Lornetka stała się istotną częścią jego arsenału i cieszyła go przewaga, którą mu dawała.

Midge zapewne pojawi się najwcześniej w czwartek. O ile będzie miał szczęście. Powiedziała, że nie może stale przywozić zakupów, ale to oznaczało, że przywiezie je jeszcze co najmniej raz. A to z kolei oznaczało, że miał na co czekać w tym tygodniu i w następnym.

Chociaż z własnej woli odciął się od zewnętrznego świata, nigdy właściwie nie zastanawiał się nad tym, czy jest pustelnikiem. Miewał gości regularnie – wystarczyło, że podniósł słuchawkę telefonu, a miejscowi handlarze dostarczali swój towar na farmę. Przywozili olej, wywozili ścieki, uzupełniali stertę drewna. Nawet lekarz, który w czasach Marie odwiedził ich tylko raz, teraz składał Doublerowi rutynową wizytę dwa razy w roku. Te wszystkie wizyty były krótkie i konkretne – dobrze przećwiczona wymiana usług, która przez długi czas dobrze się sprawdzała – i choć nie dostarczały wielkiej stymulacji intelektualnej, Doubler nie czuł pod tym względem braku. Pani Millwood o to zadbała.

Przez pięć dni w tygodniu siadali razem przy stole i rozmawiali. Każdego dnia wkrótce po jej wyjściu Doubler zaczynał z nią rozmawiać w głowie. Nie były to rozmowy takie jak z panem Clarkiem, u którego Doubler szukał rady, pełne technicznych niuansów ich wspólnej pasji. U pana Clarke'a Doubler szukał bardzo szczególnego rodzaju inspiracji. Z panią Millwood dzielił się drobnymi codziennymi obserwacjami, które w tym celu gromadził w pamięci. Dotyczyły wszystkiego, co Doubler był w stanie poczuć, i nawet jeśli reprezentowały tylko wąski wycinek emocjonalnego spektrum dorosłego człowieka, pani Millwood miała do dyspozycji bardzo szeroki wachlarz reakcji, z których mogła czerpać.

Ale co on tak naprawdę o niej wiedział? Teraz już nieco więcej, na przykład to, że miała szeroki krąg przyjaciół, ale co wiedział wcześniej? Wiedział, że robiła na drutach. Że czerpała wielką pociechę z rodziny i przyjaciół. O właśnie, znowu przyjaciele! Że jej mąż zmarł, ale nie była to nagła śmierć. Przez kilka lat ciągnął za sobą butlę z tlenem. Chudł coraz bardziej i czuł się coraz gorzej, aż w końcu zabił go silny atak astmy. To było błogosławieństwo. Właśnie na tym polegała wielka różnica między panią Millwood a Doublerem. Ona miała czas przyzwyczaić się do tego, że mąż stopniowo niknie w oczach. A jeśli chodziło o niego, to Marie jednego dnia była, a następnego już jej nie było. Zniknęła bez żadnego ostrzeżenia ani przygotowania. I Marie miała wybór. Tego właśnie nie mógł jej wybaczyć. Wszystko, co zrobiła, a także jak to zrobiła, było wynikiem jej decyzji. I w całym tym procesie ani razu nie pomyślała o nim, nie zastanowiła się, jak to się na nim odbije.

Rozejrzał się po pokoju i wyobraził sobie, że Marie teraz tu jest. Czy interesowałyby ją jego ziemniaki? Czy byłaby z niego dumna? Czy w ogóle by ją to obchodziło? Może Julian szeptałby jej do ucha sugestie wczesnej emerytury i łatwego życia w miesz-

83

kaniu z centralnym ogrzewaniem. A ona prawie na pewno by tego chciała. Doubler nie mógł już się tego dowiedzieć, ale gdy rozglądał się po pokoju przymrużonymi oczami, nie potrafił sobie wyobrazić Marie siedzącej wygodnie na którymś z krzeseł. Pewnie właśnie skądś by wracała albo gdzieś wychodziła z torbą na zakupy zarzuconą na ramię i podniesionym kapturem kurtki, żeby ochronić się przed żywiołami. Ale na pewno nie siedziałaby spokojnie, mówiąc coś albo słuchając.

Przymknął oczy i przypomniał sobie najwierniej, jak potrafił, co pani Millwood opowiadała mu o śmierci swojego męża Berta. Skupił się i jej słowa wróciły tak wyraźnie, jakby siedziała razem z nim w pokoju:

– Okropnie było patrzeć, jak człowiek, którego kochałam, umierał na moich oczach. Tyle cierpienia i tyle niewygody. Tego właśnie się nie spodziewałam. Był zły na siebie i na mnie. Ja też byłam na niego zła. Nie mogliśmy żyć razem, tylko byłam ja, on i ta przeklęta butla. Ale rozmawialiśmy o tym, rozmawialiśmy aż do śmierci. Mówiłam mu, dlaczego jestem zła, a on mi opowiadał, jaki jest wściekły przez to okropne upośledzenie. Ale, mój Boże, serce mi się kroiło, kiedy słyszałam, jak oddycha. Kiedy odszedł, to była ulga.

– Myśli pani, że lepiej było, że pani o tym wiedziała? To znaczy gdyby odszedł nagle, bez żadnego ostrzeżenia, czy to by było gorsze? – zapytał Doubler.

– Chyba tak, tak myślę. Ale wolałabym oszczędzić mu tego cierpienia. To było okropne. Nie byłam w stanie patrzeć, jak on się męczy. Ale mogliśmy zaplanować przyszłość i niczego nie żałowaliśmy. Powiedzieliśmy sobie wszystko wystarczająco wiele razy. I nawet gdyby umarł nagle, zaraz po tym, jak mu powiedziałam, że jestem śmiertelnie zmęczona, bo nie mogę spać po nocach przez ten okropny hałas, który on robi, to i tak niczego bym nie żałowała, bo wcześniej rozmawialiśmy o tym, jak się kochamy.

Rozmawialiśmy o tym, jak się poznaliśmy, albo o narodzinach naszej córki. O tym, jak szaleńczo go pragnęłam i jak szaleńczo on pragnął mnie. I o tym wszystkim, co robiliśmy, kiedy się w sobie zakochaliśmy. Bardzo lubiliśmy przypominać sobie te najlepsze chwile. Nigdy mnie nie męczyło mówienie o tym. Bo te wszystkie gorsze momenty pod koniec nie mogły zniszczyć tych dobrych, które były na początku. – Na moment zapadła w zadumę. – Lubiłam sobie wyobrażać, że nasze małżeństwo jest jak kocyk zrobiony na drutach. Wspaniały, pełen skomplikowanych wzorów, wielobarwny i bardzo piękny, kiedy się przyjrzeć z bliska. Może na górze poleciało kilka oczek, pojawiły się dziurki, może kolory nie były już tak żywe, robota trochę nierówna, ale nigdy się nie spruł i nadal służył jako kocyk. Przyjemnie było na niego popatrzeć. Ogrzewał nas i łączył ze sobą. I o wiele lepiej jest patrzeć na te wcześniejsze części, dotykać kolorów i rozmawiać o miłości i radości, z jaką został stworzony, niż skupiać się na kilku ostatnich rzędach.

– Mój kocyk się spruł – powiedział Doubler i pod powiekami zaszczypały go łzy.

– Wiem, panie Doubler. Nasze historie nie są takie same. Czasami, kiedy zgubi się oczko, nie da się tego naprawić, po prostu wszystko pruje się do końca. To okropne. Wydaje się, że to strata czasu, prawda? I na koniec mamy tylko kłąb sprutej wełny z czegoś, co wcześniej było użyteczne. – Pani Millwood zastanawiała się przez chwilę. – Ale później, kiedy to już przestaje boleć, można wszystko trochę uporządkować. Oczywiście nie da się po raz drugi zrobić tego samego kocyka, nie z tej samej włóczki, ale można ją zwinąć w ładny kłębek, tylko to wymaga czasu, cierpliwości, miłości i wielkoduszności. Można odłożyć ten kłębek w jakieś bezpieczne miejsce i od czasu do czasu na niego patrzeć.

— Bardzo daleko mi jeszcze do tej chwili, pani Millwood. Ciągle mam sprutą wełnę pod nogami. Wplątuję się w nią i potykam. Nawet nie potrafiłbym znaleźć końca tej nici.

— Więc niech pan tego nie robi. Niech pan robi to, co pan robił do tej pory. Niech pan ją omija, przechodzi nad nią, ignoruje. Można ją zmieść w ciemny kąt, jeśli za bardzo pana boli patrzenie na to. Ale któregoś dnia znajdzie pan w sobie siłę i chęć, żeby poszukać końca, a potem powoli można będzie wszystko ładnie pozwijać. Wtedy poczuje pan spokój.

Doubler starannie zapisał ten obraz w pamięci, po czym zapytał:

— A ta złość, którą pani czuła, kiedy mąż umierał? Czy minęła po jego śmierci?

— W moim przypadku tak. Bo powiedzieliśmy sobie o wszystkich żalach, za wszystko przeprosiliśmy i kiedy umarł, po prostu się cieszyłam, że już nie musi cierpieć. Wielką ulgą było to, że mogłam wreszcie spokojnie spać w nocy. Przez pierwszy tydzień tylko spałam i spałam. Córka myślała, że lekarz dał mi jakieś środki, ale nie, ja po prostu nadrabiałam zaległości w spaniu, jakie powstają, kiedy trzeba się kimś opiekować dzień i noc.

— Nasze historie są zupełnie inne, pani Millwood.

— Jak Pat i Pataszon[*], prawda? Pewnie kiedy potyka się pan o ten kłąb splątanej wełny, trudno panu sobie nawet wyobrazić, że kiedyś to był kocyk. Ale był, tylko cierpienie nie pozwala nam tego dostrzec. Ten rodzaj żalu może zupełnie zaślepić.

— Nie dostałem żadnego ostrzeżenia, żadnego sygnału. A przecież ona wiedziała! Przecież mogła mi oszczędzić tego wstrząsu, prawda? Widocznie nie kochała mnie zbyt mocno, skoro nawet nie przyszło jej do głowy, że powinna mnie jakoś do tego przygotować.

---

[*] Pat i Pataszon — krańcowo różni pod względem wyglądu i charakteru komediowi bohaterowie filmowi z lat 20. i 30. XX wieku (przyp. red.).

– Miłość, panie Doubler, to dziwna rzecz. Prawdziwa miłość nie odchodzi, ale pod presją życia z ludźmi dzieją się rozmaite rzeczy. Kto może wiedzieć, dlaczego ludzie reagują tak różnie? Czasami chodzi o starzenie się. Tak jak z winem. Niektóre wina najlepiej pić od razu po zrobieniu, bo potem nieważne, jak długo się je będzie przechowywać, nie staną się ani trochę lepsze. Inne na początku nie są zbyt dobre, ale potem stają się coraz lepsze i lepsze. Ale naprawdę dobre wino, panie Doubler, jest dobre, kiedy pije się je od razu, a jednak z czasem staje się jeszcze lepsze. – Spojrzała na niego zdziwiona. – Jak pan myśli, panie Doubler, dlaczego mówi się „Pat i Pataszon"?

– Bo...

Zamrugał i rozejrzał się po pokoju, spodziewając się zobaczyć panią Millwood, która wpada do kuchni i nastawia czajnik. Czy powiedział jej wtedy, skąd pochodzi wyrażenie „Pat i Pataszon"? Prawie na pewno tak. Bardzo lubił dzielić się tego rodzaju informacjami. Pani Millwood dokładnie by to zapamiętała, żeby potem powtórzyć swoim przyjaciółkom z kółka robótek ręcznych albo znajomym ze schroniska dla zwierząt.

W schronisku byli ludzie, którzy znali panią Millwood. I może tęsknili za nią tak samo jak on. I na pewno były tam też zwierzęta, które pewnie też cierpiały z powodu jej nagłego zniknięcia. Coś go z nimi wszystkimi łączyło, nawet jeśli tylko smutek.

Pomyślał o książce telefonicznej, którą wepchnął do kredensu, i zastanawiał się, skąd pani Millwood czerpała siłę. Miała tak wiele odwagi, a on tak mało. Z pewnością miała jej dość dla nich dwojga, ale gdyby mógł pożyczyć od niej odwagę, to co, na Boga, mógłby dać jej w zamian?

Popatrzył na swoje silne, zniszczone dłonie. Ziemia z farmy wniknęła w nie tak głęboko, że drobne zmarszczki i zagięcia rysowały się ciemnymi liniami. Zastanawiał się, czy gdyby wpatrywał się w nie wystarczająco długo, to zobaczyłby narysowany na własnych rękach plan całej farmy. Były pokryte odciskami i Doubler cieszył się z tych stwardniałych miejsc, które chroniły go przed otarciami przy codziennym używaniu narzędzi. Przesunął twardym prawym kciukiem po twardej jak pancerz lewej dłoni, myśląc o mądrości komórek skóry, które formują się właśnie tam, gdzie są najbardziej potrzebne, jakby uczyły się z każdego sińca, pęcherza i drobnego skaleczenia. Jego serce jednak, choć również zostało mocno poobijane, nie potrafiło się w podobny sposób zabezpieczyć przed przyszłymi zranieniami. Właśnie sobie uświadomił, że jego serce jest jeszcze bardziej podatne na zranienie niż kiedyś.

Może jego serce nie stwardniało, bo to nie ono cierpiało najbardziej po odejściu Marie. Najbardziej zraniona została głowa, nie serce. Głowa bolała go od zastanawiania się nad tym, co zrobiła Marie, od nieustannego odtwarzania ostatnich miesięcy, tygodni, dni, szukania sygnałów, wypatrywania tej jednej chwili, która mogła zmienić całą przyszłość. Jego mózg cierpiał od nieustannego roztrząsania i żalu, aż w końcu przestał sobie z tym radzić i niemal zupełnie się zamknął, kiedy po odejściu Marie Doubler zszedł w przepaść, żeby uniknąć ciągłego myślenia. Ale nieobecność pani Millwood działała na niego zupełnie inaczej. Jego nieprzygotowane serce bardzo z tego powodu cierpiało.

Wyobraził ją sobie w szpitalnym łóżku i zastanawiał się, czy wszystkie odpowiednie części jej ciała są dość silne, żeby mogła wyzdrowieć. Zdawało się, że jest znacznie bardziej odporna od niego. On fizycznie był silny jak wół, a bardzo chora pani Millwood wspierała go. Jakoś musiał zdobyć się na odwagę. Poszedł do swoich ziemniaków, żeby pomyśleć.

ROZDZIAŁ 10

Midge nacisnęła dzwonek, a gdy nikt nie odpowiedział, obeszła dom i przez podwórze skierowała się do drzwi kuchni. Pod każdą pachą miała torbę z zakupami. Dzisiaj na szczycie wzgórza było spokojnie, choć zwykle wył tu wiatr i czasem trudno było zauważyć i docenić ciszę, o której tak często opowiadała jej mama. Zatrzymała się na chwilę, wciągnęła głęboko powietrze ze wzgórza i po raz pierwszy, odkąd zaczęła odwiedzać Doublera, uważnie rozejrzała się dokoła.

Postawiła torby na ziemi, opierając je o rozsypujący się kamienny murek. Podwórze ograniczone było przez tylną ścianę domu, zamknięty garaż i pierwszą z kilku złowieszczo nieruchomych wielkich stodół. Właściwie było tu tylko tyle miejsca, żeby dało się zawrócić. Ziemia była wysypana żwirem, a nagie pola, wśród których jechała, dochodziły aż do ścian budynków. Oprócz wąskiej rabaty zarośniętej dziką różą, która otaczała dom, nie było tu nic, co przypominałoby ogród. Przed domem, po prawej stronie drogi dojazdowej, rosły drzewa owocowe – jabłonie i jeszcze jakieś inne. Zapewne był to bardzo stary sad, ale o tej porze roku nagie gałęzie nie łagodziły surowości tego miejsca.

Zbocze wznoszące się w stronę domu było dość strome jak na ziemię uprawną, pocięte równiutkimi poprzecznymi bruzdami. Za domem spadek był mniejszy i pola łagodnie opadały we wszystkich kierunkach, aż docierały do granicy ziemi tego drugiego wielkiego hodowcy ziemniaków, Peele'a. Midge wiedziała, że wszystkie te ciemnobrązowe pola w zasięgu wzroku należą do Doublera. Rozdzielające je żywopłoty o tej porze roku były przeważnie nagie, a wśród rzadko rozrzuconych kęp drzew i w niewielkim zagajniku niewiele było wiecznie zielonych okazów. Jadąc do Doublera, Midge mijała ziemie Peele'a. Zauważyła wyraźną różnicę między tymi polami i pomyślała, że musi o to zapytać Doublera.

Gdy tak stała i patrzyła, wiodąc wzrokiem od najbliższego otoczenia aż po najdalszy horyzont, Doubler wyłonił się z wąskiego przejścia obok jednej z wielkich stodół. Na widok Midge zboczył z planowanej trasy obchodu i pośpieszył w jej stronę, pogodnie machając ręką. Pomyślał z zadowoleniem, że to ciepłe powitanie zostanie uwiecznione przez kamerę.

– Czy przyszło panu kiedyś do głowy, żeby tu urządzić ogród warzywny, panie Doubler? Żal pomyśleć, że mając tyle ziemi, musi pan kupować warzywa.

Uśmiechnął się na ten znajomy wstęp. Midge, podobnie jak jej matka, rozpoczynała rozmowę w miejscu, do którego wcześniej doprowadził ją wewnętrzny monolog.

– Racja, ale ziemniaki zajmują mi prawie cały dzień. Nie dałbym rady skupiać się jeszcze na czymś innym.

– Ale czy to nie jest monotonne? Tylko naga ziemia i kamienie? Tyle kartofli! Ja bym tu chyba oszalała.

– Tu? Monotonnie? Boże drogi, nie. Żaden dzień nie jest podobny do innego.

– Panie Doubler, mówiłam już wcześniej, że przydałyby się panu kury. Mogłyby sobie dziobać na podwórzu. – Ruchem głowy wskazała otaczającą ich pustą przestrzeń. – A tam, przy stodole, ogródek warzywny. To doskonałe miejsce, dobrze osłonięte. – Wskazała na narożnik najbliższego pola, które sięgało aż do garażu.

– Chyba masz rację. Przymierzałem się do czegoś odważniejszego, ale wchodzą mi w paradę codzienne obowiązki. Może na emeryturze – zażartował.

Midge sięgnęła po zakupy i razem weszli do domu. Doubler skinął głową w kierunku toreb.

– W sumie i tak radzę sobie nie najgorzej. To pewnie miejscowe warzywa. Jakoś udaje mi się przeżyć z pomocą przyjaciół.

– Przyjaciół? – Midge uniosła brwi i w jej głosie zabrzmiała nutka cynizmu. Sprzedawca w sklepie farmerskim podał jej zakupy, nie przekazując żadnych pozdrowień dla Doublera. Midge spodziewałaby się chociaż kilku słów, zwłaszcza jeśli Doubler nie pojawił się w sklepie osobiście już od kilku tygodni.

W milczeniu zajął się wypakowywaniem toreb. Gdy wrócił ze spiżarni, Midge już nastawiła czajnik.

– No dobrze. Mama prosiła mnie o raport z pańskich postępów.

– Z moich postępów? Niewiele mam do powiedzenia, a rozmawiałem z nią dopiero wczoraj.

– Niewiele do powiedzenia? Właśnie tego się obawiałyśmy. Umówił się pan już na odwiedziny na farmie Grove? Tego przede wszystkim mama była ciekawa.

Wpatrzył się w swoje stopy, zastanawiając się, co najlepiej odpowiedzieć.

Midge surowo oparła ręce na biodrach.

– Dzwonił pan tam w ogóle?

Przepraszająco potrząsnął głową. Wciąż nie był w stanie spojrzeć jej w oczy.

– Niestety nie. Zabrakło mi odwagi.

– Panie Doubler, to wielka szkoda! Doskonale rozumiem, jeśli nie chce pan zostać wolontariuszem, ale musi pan powiedzieć mamie, że pan stchórzył, bo bardzo się rozczaruje. Naprawdę miała nadzieję, że będzie pan mógł im pomóc. Pomóc jej. Poza tym oni spodziewają się telefonu od pana, więc to bardzo niegrzecznie, że pan nie zadzwonił.

Doubler poczuł przerażenie, ale nie wiedział, co mógłby zrobić, by naprawić tę sytuację. Myśl o telefonie do schroniska stawała się mu coraz bardziej odległa.

– Byłem tu bardzo zajęty. Mam wszystkie zwykłe obowiązki i do tego jeszcze muszę się zajmować domem. To bardzo dużo rozmaitych zajęć. Ledwie daję radę.

Midge rozejrzała się po nieskazitelnej kuchni.

– Z pewnością doskonale pan sobie tu radzi, ale to naprawdę niezdrowe, że przez cały czas się pan tu ukrywa.

– Prawie cały dzień spędzam poza domem i mam tu wszystko, czego mi trzeba – zaprotestował. – Prowadzę zdrowe życie. Pani mama może o tym zaświadczyć.

– Z pewnością jest pan zdrowy fizycznie. Nie o tym mówię. Martwi mnie pański stan psychiczny. Pewnie całymi dniami nikogo pan nie widuje.

Doubler z zażenowaniem przygryzł usta.

– Ma pan jakieś życie towarzyskie? Gra pan w golfa albo w brydża? Należy pan do klubu książki?

Potrząsnął głową i ciężko usiadł, opierając łokcie na stole, a podbródek na dłoniach.

– A przyjaciele? Ile osób tu pana odwiedza?

Wzruszył ramionami.

– Kiedy po raz ostatni był pan u kogoś na kolacji? – Midge wciąż opierała ręce na biodrach. Jej postawa była równie wojownicza jak głos.

– Boże, nie pamiętam. Kiedyś często wychodziliśmy z Marie. Ona była bardzo towarzyska. Prawdę mówiąc, doprowadzało mnie to do szału. Ale kiedy odeszła, nie miałem na nic ochoty i ludzie szybko przestali mnie zapraszać. To nie ich wina. Pewnie odmówiłem o jeden raz za wiele, więc w końcu przestali nawet pytać.

Midge z niedowierzaniem usiadła obok niego.

– Ale przecież to było ponad dwadzieścia lat temu! Chce pan powiedzieć, że przez cały ten czas ani razu nie był pan na kolacji u znajomego?

Natychmiast podniósł się i zajął się parzeniem herbaty, bowiem Midge w szoku porzuciła ten proces.

– Chyba nie. Niesamowite, jak ten czas szybko leci. Ale nic w tym dziwnego. Nieustannie jestem zajęty pracą, a od poniedziałku do piątku pani mama dotrzymywała mi towarzystwa. Nigdy nie czułem się samotny.

– Ależ panie Doubler, to nie wystarczy! A wyjazdy do miasta? Do sklepów? Ile razy w tygodniu tak naprawdę wyjeżdża pan z farmy?

Doubler znów zamilkł. Utrzymywał swoją izolację w tajemnicy przed dziećmi, ale wyglądało na to, że Midge nie da się tak łatwo spacyfikować. Poza tym pani Millwood dobrze znała jego zwyczaje, więc nic by nie wygrał, próbując ukryć prawdę przed jej córką. Mimo wszystko zawahał się, jakby po raz pierwszy przyszło mu do głowy, że przegrał życie.

Midge nie ustępowała.

– Panie Doubler, ile razy w tygodniu bywa pan w miasteczku?

Nalał im obojgu herbaty i wbił wzrok w krawędź filiżanki.

– Ile razy w miesiącu? – dalej próbowała Midge.

W końcu podniósł wzrok i napotkał jej spojrzenie.

– Prawdę mówiąc, w ogóle stąd nie wychodzę.

– Jak to? Nigdy?

– Nigdy, odkąd odeszła Marie. Mam umowę na dostawy ze sklepu i to mi zupełnie wystarcza. Wszystko inne, czego potrzebuję, przywożą mi na miejsce. Wystarczy, że zadzwonię. Dzięki temu mogę się skupić na pracy. Moje ziemniaki są bardzo wymagające i nawet w zimie jest wiele do zrobienia. Widzisz, nie mam prawie żadnej pomocy, tylko kilku robotników przy zbiorach. Większość rzeczy robię sam i po prostu nie dałbym sobie rady, gdybym przez cały czas siedział w mieście.

– Ja nie mówię o wysiadywaniu w mieście ciurkiem. Mówię o tym, żeby wyskoczyć tam raz czy dwa razy w tygodniu, przejść się i porozmawiać z kimś. Z kimkolwiek. Żyje pan jak pustelnik. To nie może być zdrowe.

– Wszystko ze mną w porządku – odparł stanowczo. – Nie potrzebuję za bardzo ludzi. To znaczy przyzwyczaiłem się jeść lunch z twoją mamą. Tego bardzo mi brakuje. – Jego oczy wypełniły się łzami i Midge obawiała się, że za chwilę zupełnie się załamie, ale otrząsnął się i wyprostował z wysiłkiem. – Ale i bez tego jakoś sobie radzę. Wiesz, rozmowy są bardzo przeceniane.

Midge ze smutkiem potrząsnęła głową.

– Nie, panie Doubler, to nieprawda. I boję się pomyśleć, co by się z panem stało, gdyby mnie tu nie było, żeby pana doglądać pod nieobecność mamy. Ja wybiorę numer schroniska, ale to pan będzie mówił. W końcu jest pan inteligentnym, interesującym człowiekiem, i z całą pewnością potrafi pan nawiązać kontakt z tymi ludźmi. Zacznie pan pomagać w schronisku natychmiast, to znaczy najszybciej jak się da. Najlepiej jutro. A żeby pan nie stchórzył, to za pierwszym razem sama tam pana zawiozę. Mogę sobie wyobrazić, że dla pana to będzie ogromny szok, i nie chcę czuć się odpowiedzialna za to, że świat się panu zawalił, bo zmusiłam pana do rozmowy z kimś innym niż moja matka. Chodźmy, nie traćmy więcej czasu.

Wyprowadziła go na korytarz, sprawdziła numer w swoim telefonie, wybrała i podała Doublerowi słuchawkę z pełnym zniecierpliwienia spojrzeniem, którego Doubler obawiał się znacznie bardziej niż dźwięku głosu obcego człowieka.

ROZDZIAŁ 11

Telefon zadzwonił w chwili, kiedy Doubler siadał do lunchu. Nie przywykł jeszcze do ciszy przy stole, znacznie głośniejszej niż wszystkie rozmowy, jakie kiedykolwiek tu prowadził. Upór Midge, która twierdziła, że jego sposób życia jest niezdrowy, wytrącił go z równowagi, a przenikliwy wiatr na szczycie wzgórza, który łomotał okiennicami i od czasu do czasu piszczał, jakby próbował znaleźć sposób, by wpaść do środka, jeszcze powiększał wrażenie głuchej ciszy w kuchni.

Wsparty na lewym łokciu, oparł podbródek na dłoni i widelcem dziobał kartofel z zupełnym brakiem zainteresowania, który szybko przeszedł w niezadowolenie. Przesuwając kartofel z jednej strony talerza na drugą, zastanawiał się, czy jedzenie zacznie jeszcze kiedyś sprawiać mu przyjemność. To, co pani Millwood przez te wszystkie lata jadła na lunch, było pożałowania godne, ale jadła ten byle jaki lunch razem z nim i okazało się, że ta drobna różnica miała nieproporcjonalnie wielki wpływ na smak jego własnego jedzenia. Dodał tę drobną urazę do szybko rosnącej listy powodów, przez które nieobecność pani Millwood wprawiała go w kiepski nastrój. Wypisywanie w głowie listy zażaleń zaabsorbowało go tak bardzo, że wzdrygnął się, gdy usłyszał ostry dzwonek telefonu.

– Halo – wymamrotał z drżeniem.
I usłyszał doskonale znajomy głos:
– No więc, panie Doubler, zawsze się pan krzywił na moje jabłka.
– Krzywiłem się? – powtórzył. Chciał, żeby w jego głosie słychać było urazę, ale po całym jego ciele rozpełzło się ciepło.
– Moje jabłka. Krzywił się pan. Niech pan mi nie mówi, że było inaczej. – Pani Millwood urwała na chwilę, gdy usłyszała jego śmiech. – Moje jabłka granny smith?
– No cóż, ma pani rację, dla mnie to nie byłoby jabłko pierwszego wyboru. Ani drugiego. A nawet trzeciego. W istocie wątpię, czy trafiłoby do pierwszej dziesiątki. Nie jestem pewien, czy potrafiłbym wymienić sto odmian jabłek, ale nawet gdybym potrafił, to pewnie granny smith nie znalazłaby się w pierwszej setce. – Ta rozmowa sprawiała Doublerowi ogromną przyjemność. Jego umysł błądził po wszystkich sadach Anglii. – Koksa, russet... och, wszystkie odmiany russeta... no i jeszcze w sezonie bardzo lubię bramleye...
Zdyszana z irytacji przerwała mu:
– Nie pytałam o pańskie ulubione jabłka, prawda? Nie prosiłam o wykład. Chciałam tylko, żeby pan otwarcie przyznał, że krzywi się pan na mój wybór jabłek.
– Chyba miała pani jakiś powód, żeby z tym do mnie zadzwonić, prawda? Na tym pani oddziale na pewno są jacyś bardzo chorzy pacjenci i pewnie nie mają ochoty słuchać, jak pani kłóci się ze mną bez powodu. – Już mówiąc te słowa, Doubler zastanawiał się, czy kiedykolwiek w życiu czuł tak wielką radość.
– Rzecz w tym, panie Doubler, że czegoś się dzisiaj dowiedziałam, zresztą zupełnym przypadkiem. Chociaż wcześniej nie miałam o tym pojęcia i w żaden sposób nie wpłynęło to na mój wybór jabłek do jedzenia, to okazuje się, że babcia Smith była swego rodzaju pionierką. Bardzo mi przypomina

pańskiego Clarke'a. – Pani Millwood wyczuła, że Doubler ma ochotę jej przerwać, bo szybko mówiła dalej: – Doskonale wiem, że on jest wyjątkowy, ale powiedzmy szczerze, że jego ojciec uprawiał ziemniaki przed nim, więc można powiedzieć, że miał to w genach. A babcia Smith wyruszyła do Australii w latach trzydziestych dziewiętnastego wieku! Była prawdziwą pionierką. Pomyśleć tylko, jak trudna w tamtych czasach musiała być taka podróż! Mogę sobie wyobrazić, co było na tym statku – choroby i skazańcy. Ale Maria Ann Smith, bo tak się nazywała, przebyła tę drogę i posadziła sad w Nowej Południowej Walii. Potrafi pan sobie wyobrazić taką odwagę? Odkryła swoje jabłka przypadkiem. Przypadkowa odmiana, która wyrosła z siewki, może pan uwierzyć? Byłam wstrząśnięta do głębi duszy, kiedy się o tym dowiedziałam. Do głębi duszy!

Doubler ostrożnie zastanowił się nad tą informacją. Choć starsza dama mogła rzeczywiście pasować do definicji pioniera, nie podobało mu się to, że zdaniem pani Millwood jej przedsiębiorczy duch jest bardziej godny uznania niż genetyczne predyspozycje pana Clarke'a do uprawy ziemniaków. Przetrawił tę nową informację i dopiero wtedy sformułował odpowiedź:

– Ach, pani Millwood, rozumiem, do czego pani zmierza. Chce pani powiedzieć, że pani babcia Smith może się równać z moim panem Clarkiem. O to chodzi? Bo ja nie sądzę, żeby przypadkowe odkrycie siewki mogło się równać z wieloma latami żmudnego udoskonalania ziemniaka. Przypadkowa odmiana powstała z siewki, dla mnie to zwykły ślepy traf. Każdemu może zdarzyć się ślepy traf.

Pani Millwood najwyraźniej była przygotowana na tę odpowiedź.

– Aha! Ale tu nie chodzi o przypadek. Najważniejsza była obserwacja i późniejsza wytrwałość. Ona odkryła swoje jabłko, a potem przekonała się, że ma doskonałe, wyjątkowe właściwości.

– Mówiła teraz głośno i szybko, jakby próbowała przekrzyczeć hałas w tle i inne rzeczy, które domagały się jej uwagi. Doubler uśmiechnął się, gdy wyobraził sobie pacjentkę, która machaniem ręki odpędza od siebie lekarzy i pielęgniarki. – Widzi pan, to jabłko można było przechowywać bardzo długo, dzięki czemu nadawało się do transportu po całym świecie. Albo do przechowywania przez zimę.

– To ciekawe. Ale to, że coś się szybko psuje, może być też zaletą, pani M. Jedną z najciekawszych cech ziemniaków jest to, że są trudne w transporcie. Nie są zbyt trwałe! Jak pani sądzi, dlaczego to jest zaleta?

Pani Millwood westchnęła głośno dla dramatycznego efektu.

– Nie mam pojęcia, ale przypuszczam, że zaraz mi pan to wyjaśni.

– Bo to znaczy, że ziemniaki nie istnieją w handlu międzynarodowym! Mięso można zamrozić i sprzedawać, inne zboża, takie jak ryż, są niemal wieczne, ale ziemniak lubi być w ziemi albo w żołądku, a między jednym a drugim nie wytrzyma długo.

– I dlaczego to ma być dobre?

– To jest dobre, bo kiedy jakiś towar trafia na rynki międzynarodowe, staje się politycznym pionkiem. Ceny bywają sztucznie zawyżane. Wyciska się ostatnią kroplę krwi z hodowców, nakłada ograniczenia na produkcję, deklaruje sankcje. Nie można tego zrobić z ziemniakami, więc wszyscy się z tym pogodzili i każdy kraj uprawia swoje. A to znaczy, że w trudnych czasach ekonomicznego zamętu każdy może sobie pozwolić na ziemniaki. Ziemniakom można ufać.

– Chce pan powiedzieć, że nie można ufać jabłkom granny smith?

– Nie. Mówię tylko, że długowieczność nie zawsze jest zaletą.

— Dla jabłka to jest zaleta. Jabłko granny smith pomogło wygrać dwie wojny światowe, wcale w to nie wątpię. Proszę sobie wyobrazić: przez całe tygodnie nie ma pan dostępu do żadnych owoców ani warzyw, a potem ktoś pozwala panu zatopić zęby w słodkim, kruchym, soczystym jabłku granny smith, równie świeżym jak w dniu, kiedy zerwano je z drzewa. Poczułby się pan jak w domu.

— Przyznaję, że to przekonujący argument, ale wciąż wydaje mi się, że bardziej tu zaważył szczęśliwy traf niż osąd.

— Szczęśliwy traf? Nazywa pan to szczęśliwym trafem? Kobieta wyrusza na drugi kraniec świata, ręcznie sadzi sad, wystarcza jej przytomności umysłu, żeby zauważyć krzyżówkę zwykłej płonki z jabłkiem hodowlanym, a potem pielęgnuje ją i otrzymuje nową odmianę. Pan to nazywa szczęśliwym trafem? — Pani Millwood odsunęła słuchawkę od twarzy i lekko zakaszlała.

To był pierwszy sygnał, że pobyt w szpitalu odbił się na jej zdrowiu. Kaszel był stłumiony i odległy i do Doublera dotarły jeszcze jakieś inne dźwięki, jakby pani Millwood nalewała sobie wody do szklanki. Nasłuchiwał, znajdując przyjemność w intymności tej chwili. Gdy znów się odezwała, w jej głosie dźwięczała zwykła energia.

— Była naukowcem i pionierem — mówiła dalej. — Wie pan, że współcześnie nie da się wyhodować odmiany granny smith? Jeśli ktoś próbuje, wraca po prostu do punktu wyjścia, do kwaśnej płonki albo byle jakiego jabłka z hodowli. Jeśli chce się mieć granny smith, trzeba wrócić do pierwotnego źródła. Każde jabłko granny smith jedzone współcześnie pochodzi z tej jednej przypadkowej siewki.

— No cóż, przypuszczam, że to było duże osiągnięcie, prawda? Ciekaw jestem, ile jabłek granny smith jada się obecnie.

– Mnóstwo. Może nawet więcej niż ziemniaków maris piper, jak pan sądzi?
– Myślę, że to byłaby wyrównana walka. Obydwoje, mój pan Clarke i pani Smith, z pewnością potrafili coś po sobie zostawić.
– Chodzi mi o to, panie Doubler, że bardzo bym chciała, by okazywał pan nieco więcej szacunku i pani Smith, i jej jabłkom.
– Więcej szacunku?
– Tak. Kiedy się posłucha, jak pan mówi o Clarke'u, można by pomyśleć, że to jedyny zapomniany bohater na świecie. A proszę się zastanowić, jakie przeszkody musiała przezwyciężyć pani Smith! Była kobietą, która w dziewiętnastym wieku popłynęła za morze! Pan Clarke może nie był zbyt wykształcony, ale zwraca się na to uwagę tylko dlatego, że to mężczyzna, a wszyscy mężczyźni powinni mieć wykształcenie. Kobiety w dziewiętnastym wieku nie mogły liczyć na jakiekolwiek wykształcenie. Mówiąc wprost, miały tylko ładnie wyglądać i się rozmnażać. – Pani Millwood urwała na chwilę, żeby zaczerpnąć oddechu, i szybko podjęła: – I wygląda na to, że moja pani Smith równie dobrze radziła sobie z hodowlą dzieci, jak jabłek. Nie bez powodu nazwano ją babcią Smith. Chociaż jeśli się zastanowić, gdyby to jej mąż dokonał tego wiekopomnego odkrycia, to wątpię, żeby jabłko nazwano „dziadek Smith", zgodzi się pan ze mną? Właściwie wydaje mi się, że to seksizm.
– Tu ma pani rację. Może nazwali by je „farmer Smith"?
– Całkiem prawdopodobne. Ale czy babcia Smith sama nie mogłaby być farmerką Smith? To znaczy zawód farmera nie jest chyba przypisany mężczyźnie?
Doubler znów pożałował, że w korytarzu nie ma wygodnego krzesła, na którym mógłby usiąść. Oparł się lekko o stolik, mocno przyciskając słuchawkę do ucha, jakby w ten sposób mógł przyciągnąć panią Millwood bliżej do siebie. Ona zaś mówiła dalej:

– Chociaż to ciekawe pytanie. Mam na myśli zwrot „żona farmera". Nigdy nie słyszy się zwrotu „mąż farmerki", prawda?
– Nigdy – zgodził się Doubler.
– Czy pańska żona tak o sobie myślała? Jako o żonie farmera?
– Broń Boże, nie. Ona uważała, że osobiście nie ma nic wspólnego z farmą. A farmerem, żoną farmera czy mężem farmerki można się nazwać tylko pod warunkiem, że farma jest pierwszą rzeczą, o jakiej się myśli, gdy się wstaje rano, i ostatnią, o jakiej się myśli, gdy wieczorem kładzie się spać.
– Czy taka właśnie jest pańska pierwsza i ostatnia myśl w ciągu dnia, panie Doubler?
– Można powiedzieć, że tak. Ale ja nie uważam się za farmera. Uważam się za hodowcę ziemniaków. I chciałbym, żeby zapamiętano mnie jako hodowcę ziemniaków. Jestem specjalistą.
– Więc pańska żona otrzymałaby tytuł żony hodowcy ziemniaków?
– Ha! – parsknął Doubler i ze smutkiem potrząsnął głową. – To by jej się z pewnością spodobało!
Pani Millwood nie zauważyła jego smutku i roześmiała się głośno do słuchawki.
– Dziadek Doubler i żona hodowcy ziemniaków! To dopiero para! – Zapadło milczenie. W tle słychać było stłumioną rozmowę. Po chwili pani Millwood znów się odezwała, tym razem ostentacyjnym szeptem: – Muszę już kończyć. Krzyczą na mnie.
– No tak – powiedział Doubler, który nie miał najmniejszej ochoty kończyć.
– Zadzwonię do pana, kiedy będę znała odpowiedź.
– Świetnie. Odpowiedź na co? – Prawie krzyczał, tak bardzo chciał przedłużyć tę rozmowę. Ale pani Millwood już nie było. Usłyszał tylko przeciągły sygnał.

Wrócił do kuchni i z nowym entuzjazmem zasiadł nad swoim talerzem z ziemniakami. Miał teraz o czym myśleć. Tego popołudnia nie było już możliwości, by między nim a jego pracą zaległa cisza.

– Dlaczego nie ma słowa na żonę farmera? – powiedział głośno i postanowił przemyśleć to przed następną rozmową z panią Millwood.

ROZDZIAŁ 12

Minął prawie tydzień, zanim Doubler w końcu znalazł termin, który odpowiadał Maxwellowi, ale wreszcie tam jechał wciśnięty w fotel pasażera małego czerwonego samochodu. Opuszczał farmę po raz pierwszy od lat. Wcześniej, kiedy próbował sobie to wyobrazić, za każdym razem widział siebie w roli kierowcy starego land rovera, tymczasem znalazł się w rękach córki pani Millwood, która zdecydowana była nie brać żadnych jeńców, z wyjątkiem być może jego samego. Przyjechała punktualnie i czekała w samochodzie przed domem, co chwilę naciskając klakson, gdy tymczasem Doubler, z jedną ręką na klamce, a drugą opartą o ścianę przy drzwiach, usiłował utrzymać się na nogach. Upór Midge dostarczył mu bodźca, jakiego potrzebował, i wkrótce znaleźli się na drodze.

– Więc co pan wie o tych ludziach? – zapytała Midge pojednawczo, bo poczuła ślad wyrzutów sumienia z powodu swojej nieugiętej postawy.

– Bardzo niewiele, tyle, ile powiedziała mi twoja mama. Rozmawiałem tylko z pułkownikiem Maxwellem, ale wiem, że bardzo im brakuje ludzi, więc podjąłem się na razie wziąć dyżury twojej mamy. Wiesz, dopóki ona nie stanie na nogi.

Starał się sprawiać wrażenie pewnego siebie i mówić takim tonem, jakby była to zwyczajna rozmowa prowadzona w drodze na nieistotne spotkanie, ale zdradzało go drżenie głosu. Midge zerknęła na niego kątem oka. Siedział wciśnięty w najdalszy kąt fotela, jego palce zaciśnięte na klamce drzwi były zupełnie białe, a spojrzenie niespokojnie biegało dokoła, jakby szukał ewentualnej drogi ucieczki.

– Wiem, że to dla pana poważna sprawa, i jestem z pana bardzo dumna. Wykazał się pan wielką odwagą i naprawdę bardzo się z tego cieszę. Musi pan porzucić niektóre złe nawyki i wypracować dobre. Wolontariat przynosi same pożytki, a ci ludzie będą zachwyceni, że chce pan im pomóc. Przypuszczam, że potrafi pan robić wiele rzeczy, jakich oni nie potrafią, więc będą mieli z pana wiele pożytku.

W milczeniu zastanawiał się nad własnymi umiejętnościami. Znał się na ziemniakach. Gdyby potrzebowali kogoś, kto rozumie ziemniaki, to owszem, mógłby pomóc. Ale poza tym nie był pewien, czy potrafi cokolwiek innego. Z drugiej strony w takim miejscu trzeba odbierać telefony i sporządzać notatki. Z jednym i z drugim z pewnością mógłby sobie poradzić.

Wpatrywał się w okno. Ze swojej farmy miał rozległy widok na wszystkie strony świata. Jego wspomnienia związane z tym widokiem nie były ograniczone ramami świtu i zmierzchu, lecz obejmowały całe pory roku, które przypływały i odpływały, jakby krajobraz dokoła niego wciąż na nowo malowało poruszające się nieustannie ramię wielkiego krosna. Na farmie widok horyzontu go uspokajał. Z perspektywy samochodu jadącego u stóp wzgórza, pośród pejzażu, który jak sądził, doskonale znał, widnokrąg wydawał się ciasny i pofragmentowany. Ledwie widoczne między budynkami skrawki pól i pojedyncze drzewa przyciągały jego uwagę, ale nie ukazywały całego swojego potencjału. Próbował zatrzymać te obrazy w pamięci, zanim znikną zastąpione kolejnymi. Mały świat przemykał obok niego i kiedy żywopłoty ustąpiły przed murami, niepokój Doublera zmienił się w zaciekawienie. Miasto w minionych latach rozwinęło się i rozrosło, ale pani Millwood tak obszernie opowiadała mu o każdej zmianie, że wersja, na którą patrzył teraz, wydawała się dobrze znajoma.

Przez jakiś kwadrans jechali w milczeniu, a potem skręcili na starą wyboistą drogę do farmy. Ciężkie pojazdy zostawiły w niej głębokie koleiny i wysoko wzniesiony środek niepokojąco drapał o podwozie czerwonego samochodziku pani Millwood. Musieli zatrzymywać się dwa razy, żeby otworzyć bramę i zamknąć ją za sobą, ale wkrótce stanęli przed budynkiem farmy.

– Przyjadę po pana za dwie godziny, dobrze?

Doubler drgnął niespokojnie. Jakoś nie wyobrażał sobie wcześniej tej chwili, kiedy Midge go zostawi. Myślał, że może wejdzie razem z nim i przedstawi się przyjaciołom matki albo zaczeka na niego w samochodzie. Ale oczywiście nie mogła tego zrobić.

– Dam sobie radę – rzekł, odpowiadając na niezadane pytanie.

– W takim razie niech pan idzie.

– Dobrze, dobrze. Już idę. Na razie. – Jeszcze przez chwilę zbierał się na odwagę i w końcu wysiadł ostrożnie na niepewnych nogach. Idąc do drzwi domu, usłyszał jęk silnika na wstecznym biegu. Midge naprawdę nie zamierzała na niego czekać. Usłyszał szczekanie psa, niskie i uporczywe. Dochodziło ze stajni po lewej. Wkrótce do jednego psa dołączył cały chór, od wysokiego ujadania aż po znacznie bardziej niepokojące wycie.

Gdy psia kakofonia nieco przycichła, Doubler nacisnął dzwonek i czekał, nasłuchując wyraźnych kroków po drugiej stronie. W takich chwilach zastanawiał się, co mógłby usłyszeć gość, który po raz pierwszy pojawiłby się na jego farmie. Osoba za drzwiami robiła coś hałaśliwego, być może zmagała się z zamkami i zasuwami. Znów zaczął nasłuchiwać, przybliżając głowę do drzwi. A może ten ktoś po prostu był czymś zajęty i w ogóle nie usłyszał dzwonka. Zastanawiał się, czy powinien zadzwonić jeszcze raz.

– Hej, Doubler! – zawołał głęboki głos za jego plecami. Odwrócił się i zobaczył wysokiego mężczyznę, który schodził po trzech schodkach prowadzących od drzwi poobijanego kontenera. – Ty pewnie jesteś Doubler, tak? Nie urzędujemy w tym domu. Staramy się zanadto nie zakłócać spokoju Olive. Chodź, oprowadzę cię po sztabie.

Doubler rzucił milczące przeprosiny w stronę zamkniętych drzwi i speszony podszedł do kontenera. Pułkownik Maxwell znów zniknął w środku. Gdy Doubler wetknął głowę do wnętrza, pułkownik już siedział i pozdrowił gościa majestatycznym ruchem ręki.

– Witaj w naszym biurze. Z góry przepraszam, jeśli czujesz się nieco onieśmielony przez te luksusy.

Doubler rozejrzał się. W prostokątnym kontenerze mieściło się tanie biurko oraz po obu jego stronach dwa krzesła, jakby na stałe przygotowane do rozmowy kwalifikacyjnej. Na stoliku w kącie stała wyszczerbiona taca, a na niej elektryczny czajnik, kubki, pudełko ekspresowej herbaty, butelka mleka i zakręcony słoik pełen kostek cukru. Na półce stało kilka schludnych segregatorów. Właściwie nie było tu nic więcej.

– Większość ludzi nazywa mnie pułkownikiem, ale jeśli nie jesteś wojskowym, to możesz się zwracać do mnie Maxwell albo po prostu Max, jak wolisz. Czuj się jak u siebie. – Wskazał Doublerowi krzesło dla gościa, jakby zamierzał go przesłuchać.

Doubler poczuł się oszołomiony, choć niewiele tu było do oglądania.

– Kot ci odgryzł język, stary?
– Ja... to nie wygląda tak, jak sobie wyobrażałem.
– Przykro mi, jeśli czujesz się rozczarowany, ale musimy sobie jakoś radzić. Ograniczone środki i tak dalej.

- Nie, nie w tym rzecz. To znaczy to pewnie w zupełności wystarcza. Ale spodziewałem się, że będzie was tu więcej. Derek? Paula? Mabel? Olive? Cały zespół? Pani Millwood bardzo dużo opowiadała o całym zespole.
- Widzisz, stary, rzadko jesteśmy tu wszyscy razem. To wolontariat, siedzimy tu na zmiany. Każdy odrabia swój dyżur i zostawia notatki dla pozostałych w teczce spraw bieżących. Nic skomplikowanego, ale wszystko ci pokażę.
- A zwierzęta? Myślałem, że są tu zwierzęta.
- No jasne, że są. Po co komu schronisko bez zwierząt? Innym razem oprowadzę cię po pomieszczeniach operacyjnych, ale dzisiaj jestem zajęty, więc przekażę ci tylko skrócony raport. Nie ma co tracić czasu.

Wchodząc do biura, Doubler sam nie wiedział, czy czuje się rozczarowany. Musiał zdobyć się na niezwykłą odwagę, żeby wyjechać z farmy i stanąć przed obcymi ludźmi, ale zmusił się do tego w cichej nadziei, że pani Millwood będzie z niego dumna. A teraz, gdy pułkownik szybko przebiegał przez notatki, nie kryjąc, że zostanie tu tylko tak długo, dopóki nie wprowadzi Doublera w najistotniejsze sprawy, rozczarowanie ustąpiło przed wielką falą ulgi. W ogóle nie będzie musiał rozmawiać z obcymi. Pojawił się tu, został wolontariuszem, zrobił coś dobrego, zaimponował pani Millwood, a także Midge, i okazało się to wcale nie jest bardziej męczące niż siedzenie w domu. Rozejrzał się po niemal pustym kontenerze i pomyślał, że z całą pewnością jest to zmiana otoczenia.

Maxwell streścił mu rozkład dnia. Było tylko kilka stałych obowiązków, o których należało pamiętać, a poza tym notatki zawierały instrukcje na każdą okoliczność. „Postępowanie w wypadku odebrania zawiadomienia o znęcaniu się nad zwierzęciem". „Procedura znalezienia nowego domu". „Procedura przyjęcia niechcianego zwierzęcia". Doubler przebiegł je wzrokiem i uznał, że bez większych trudności powinien sobie poradzić w każdej z tych sytuacji.

– Wszystko jasne? – szczeknął Maxwell. – Świetnie. To do roboty. – Wybiegł z kontenera w zupełnie niegodnym pośpiechu, jakby się obawiał, że Doubler może zmienić zdanie. Wsiadł do bardzo starego renault 4, który zapalił nieprzekonująco dopiero po kilku próbach, i obydwaj zniknęli hałaśliwie i niezbyt elegancko.

Doubler usiadł za biurkiem i wpatrzył się w milczący telefon. Pomyślał, że mógłby obejrzeć zwierzęta, ale nie chciał opuszczać posterunku na wypadek, gdyby telefon zadzwonił albo gdyby ktoś pojawił się osobiście. Siedział w milczeniu, zmuszając się, by odczekać co najmniej pół godziny, zanim zaparzy sobie herbatę. Obracając ołówek w palcach, zastanawiał się, co robiłaby pani Millwood, gdyby to ona tu była. Nie potrafił sobie wyobrazić, żeby siedziała spokojnie i cicho. Widział ją raczej jako mądrą przywódczynię, która w autorytatywny sposób panuje nad wirem aktywności, inspirując pozostałych do szukania nowych domów i obrony słabych, chorych i niechcianych istot.

Telefon nadal milczał, więc Doubler wyszedł na schodki, gdzie usłyszałby go, gdyby zadzwonił, a jednocześnie mógł wypatrywać jakichkolwiek oznak życia poza obłoczkiem własnego oddechu. Popatrzył na dom i zabudowania farmy. Miał ochotę obejrzeć je dokładniej, ale niepewny, czy powinien tak szybko schodzić z posterunku, wrócił do środka, żeby zaparzyć herbatę. Otworzył pudełko z herbatą w torebkach i podejrzliwie powąchał zawartość, a potem potrząsnął głową ze smutkiem i znów je zamknął. Z lekkim rozczarowaniem rozejrzał się dokoła, ale nigdzie nie znalazł imbryka ani sitka. Westchnął i wyjął z jednej kieszeni skrawek papieru, a z drugiej czystą bawełnianą chusteczkę. Czekając, aż woda się zagotuje, ostrożnie wysypał zawartość torebki na środek chusteczki i związał ją w prowizoryczny węzełek. Powoli napełnił kubek wrzątkiem i parzył liście przez wymagane trzy minuty, a potem dodał mleka. Pił powoli, zapisując jednocześnie w notesie, co powinien przywieźć ze sobą następnym razem.

Czas mijał wolno i po długim okresie niczym niezakłóconej ciszy Doubler nie był już pewien, czy w ogóle będzie jakiś następny raz. Przyszło mu do głowy, że nie ma sensu dyżurować tu przez cały czas. Można byłoby wyznaczyć dzień czy dwa w tygodniu, kiedy potencjalni nowi właściciele mogliby przyjeżdżać po odbiór zwierząt. Zastanawiał się nad efektywnością prowadzenia tego rodzaju działalności, skoro nie sposób było przewidzieć, kiedy okaże się potrzebna. Ale gdy już przychodziło mu do głowy, że będzie musiał przekonać siebie samego do rezygnacji, usłyszał głos silnika. Zbiegł po schodkach i zobaczył starego pikapa, który ciągnął za sobą klatkę dla konia.

Wyszedł na spotkanie gościa, podniecony myślą, że po raz pierwszy do czegoś się przyda. Ku jego zdziwieniu z kabiny samochodu wysunęła się drobna kobieta w chustce mocno zawiązanej pod brodą. Zeskoczyła na ziemię i skrzywiła się z bólu, a potem wyjęła z samochodu laskę i wyciągnęła ją w stronę Doublera.

– Pan jest ten nowy?

– Tak. Jestem Doubler.

– W takim razie wie pan, że miałam przyjechać.

– Właściwie to nie.

– Powinno być zapisane w teczce. Przyjechałam po osła. Chcę mu dać nowy dom. Ale musi pan pomóc mi go złapać.

Doubler popatrzył na nią i na klatkę dla konia. Na jego niefachowe oko wyglądała jak odpowiedni pojazd do bezpiecznego transportu osła. Wrócił myślą do przeglądanych wcześniej notatek i próbował sobie przypomnieć, jak wyglądają odpowiednie procedury. Zapewne powinien wyrazić tej kobiecie wdzięczność i zachętę oraz służyć niezbędną pomocą. Czy było coś jeszcze? Wydawało mu się, że to powinno wystarczyć, i ośmielony serią zmian w swoim życiu, jakie już wprowadził, przyjął rolę człowieka, który dobrze się czuje we własnej skórze i jest biegły we wszystkich sprawach dotyczących dobra zwierząt.

– Chce pani dać mu nowy dom? Wspaniale. Potrzebujemy więcej takich ludzi jak pani! – wykrzyknął dumny z tego, że operacja odbędzie się pod jego bacznym nadzorem. – Ale jak pani wie, ja jestem tu nowy, więc musi mnie pani zaprowadzić.

Kobieta, której nazwiska dotychczas nie poznał, zawahała się nieco, ale ruszyła przed siebie przez wyboiste podwórze, podpierając się laską. Przeszli przez furtkę i znaleźli się na niewielkim pustym polu. Ruszyła na ukos w stronę następnego pola oddzielonego od pierwszego gęstym żywopłotem z głogu.

– Kolano mi dokucza. Dalej musi pan iść sam. – Podała mu uzdę i sznur i zawróciła w stronę farmy. Teraz jej krok był zdumiewająco lekki.

Doubler patrzył za nią.

– Ale mogę potrzebować pani pomocy! – zawołał z niepokojem. Jeszcze nigdy nie miał do czynienia z osłem, poza tym obawiał się, że może nie odnaleźć właściwego zwierzęcia wśród wielu innych.

Nie odwróciła się, tylko krzyknęła na wiatr:

– Przygotuję przyczepę.

Nie chciał nikogo zawieść, więc ostrożnie wrócił do furtki, nie mając pojęcia, co zobaczy po drugiej stronie. Ale jego niepokój okazał się nieuzasadniony. Był tam tylko jeden osioł, drobny, o pięknej szaroczarnej sierści. Doubler otworzył furtkę i podniósł uzdę. Osioł spojrzał na niego nerwowo i zaczął się cofać.

– Chodź tu, chłopie. Mam dla ciebie dobrą wiadomość: będziesz miał piękny nowy dom.

Osioł postąpił jeszcze o kilka kroków w przeciwnym kierunku. Gdyby mógł obejrzeć się przez ramię, zapewne by to zrobił.

– No chodź. Nie dziwię się, że się boisz. Pewnie ktoś cię kiedyś źle potraktował. I dlatego się tu znalazłeś, tak? – Mówił niskim, łagodnym głosem.

W odpowiedzi osioł utkwił w nim spojrzenie.

– Ale to będzie wspaniały nowy rozdział w twoim życiu – ciągnął Doubler. – Pojedziesz do nowego domu i ktoś już zawsze będzie cię kochał. Nigdy więcej nie będziesz się czuł samotny! No chodź tu, stary. Wiesz, jakie okropne jest takie życie, dzień po dniu bez żadnej nadziei na miłość. A tymczasem trafiła ci się jeszcze jedna szansa. Chodź tutaj. Nie chcesz chyba stracić takiej okazji.

Osioł, skuszony cierpliwością Doublera, zbliżył się powoli i obwąchał jego wyciągniętą rękę. Z bliska Doubler dostrzegł strach w jego oczach oraz ślady blizn, skaleczeń i łez na starym pysku. Z daleka osioł wydawał się młody, ale z bliska widać było, że jest zmęczony życiem. Doubler pochylił się, łagodnie wsunął uzdę na pysk i zapiął pasek na szyi. Osioł poddał się i ruszył razem z nim w stronę farmy.

Doubler starannie zamknął za sobą obydwie furtki i powoli doprowadził posłuszne zwierzę na podwórze, przez cały czas opowiadając, jak wspaniale będzie mieć towarzystwo. Był dumny, że udało mu się zręcznie ominąć liczne przeszkody, na jakie nie został wcześniej przygotowany. Kobiety nigdzie nie było widać, ale rampa przyczepy była opuszczona, a klatkę w środku wyściełała gruba warstwa siana. Ostrożnie podprowadził osła do rampy. Zwierzę postawiło na niej dwa przednie kopyta i zastygło w miejscu. Doubler nie przestawał mówić. Zachęcał zwierzę, jak tylko mógł, ale osioł ani drgnął. Nie chciał się ruszyć ani do przodu, ani do tyłu.

Doubler poczuł się upokorzony i zażenowany własną bezradnością. Nie mógł puścić osła, bo wydawało mu się, że to byłoby nieodpowiedzialne. Nie mógł również zawołać nowej właścicielki, żeby nie przestraszyć zwierzęcia, które choć stało w miejscu jak wmurowane, w każdym razie wydawało się spokojne. Nie reagowało jednak ani na ciągnięcie za uzdę, ani na popychanie od tyłu. Doubler rozejrzał się po podwórzu z nadzieją, że kobieta wreszcie się pojawi i pomoże.

Gdy tak czekał, usłyszał jakiś samochód na drodze do farmy. To był dźwięk kapryśnego silnika renault 4, który zatrzymał się w bramie, blokując wyjazd, i ze środka wyskoczył pułkownik Maxwell.

– Szkolny błąd. Nie przeczytałeś notatek, stary! – zawołał. Po jego tonie trudno było odgadnąć, czy jest zły, czy nie.

Doubler rozejrzał się ze zdumieniem, szukając wsparcia nieobecnej kobiety, która powinna w kilku prostych słowach wyjaśnić sytuację.

– Czytałem notatki. Coś przeoczyłem?
– Dopisek. Potem do tego wrócimy, ale na razie odprowadzimy Percy'ego z powrotem na pastwisko. – Maxwell poskrobał osiołka za uchem i łagodnie sprowadził go z rampy.

Osiołek ruszył truchtem i z zadowoleniem wbiegł w wysoką trawę na pierwszym pastwisku.

– Zostawimy go tutaj i zajmiemy się nim później. Na razie będzie mu tu dobrze. Teraz trzeba porozmawiać ze staruszką. Chodź.

Doubler nic nie rozumiał, ale pewność siebie pułkownika uspokoiła go. Szedł o kilka kroków za Maxwellem. Dzięki temu, że pułkownik przytomnie zaparkował samochód tuż przed bramą, gość nie mógł wyjechać z podwórza. Staruszka znalazła się i próbowała podnieść rampę.

– Niech pani nie robi tego sama! – zawołał Doubler z troską.
– Och, nie daj się nabrać – wymamrotał Maxwell. – Ona jest silna jak wół. – Podszedł do staruszki i oznajmił surowo: – Powiem to jeszcze raz. Nie dostanie pani tego osła. Nie ma pani dla niego

trawy. On potrzebuje opieki, jedzenia i wody. Musi to wszystko mieć, żeby żyć.

Kobieta zamknęła rampę i próbowała wdrapać się do kabiny pikapa, jakby zamierzała uciec. Sięgnęła za fotel kierowcy, wyjęła stamtąd plastikową skrzynkę po mleku i położyła przy drzwiach, żeby jej użyć jako schodka.

– Tego pani szuka, pani Mitchell? – Maxwell pomachał kluczykami do samochodu z ciężkim brelokiem w postaci otwieracza do butelek. – Nigdzie pani nie pojedzie tym samochodem. To jest kradzież, ale właściciel obiecał, że nie wniesie oskarżenia, jeśli zwrócimy mu samochód i przyczepę nieuszkodzone.

– Nigdy byś nie zgadł, co ona zrobiła – dodał, zwracając się do Doublera z ironicznym uśmiechem. – Ukradła ten samochód ze stacji benzynowej. Właściciel poszedł zapłacić, a kiedy wrócił, ona już odjeżdżała ze stacji na łeb na szyję. Zawiadomił policję, a oni od razu zadzwonili do mnie, bo wiedzieli, gdzie ona jedzie.

– To znaczy, że robiła to już wcześniej?

– Oj, i to ile razy! Towarzystwo Zapobiegania Okrucieństwu wobec Zwierząt odebrało jej tego osła już dawno temu. Trzymała go w garażu, możesz to sobie wyobrazić? A teraz przy każdej okazji próbuje go znowu ukraść. Ona nawet nie ma prawa jazdy. Czatuje tylko na jakiś odpowiedni pojazd i od razu go sobie przywłaszcza. Kiedyś przyjechała ciężarówką firmy, która zajmuje się przewozem fortepianów. Fortepian dalej był w środku.

Pani Mitchell patrzyła na pułkownika ponuro, ale wydawało się, że jest zupełnie niezainteresowana tą dysputą o jej minionych przewinieniach. Niezadowolona oparła się o samochód i wpatrzyła w pola na horyzoncie. Doubler wskazał na nią ruchem głowy i zapytał, ściszając głos:

– Więc dlaczego ona nie przyjeżdża tu w nocy? Pewnie bez trudu mogłaby go stąd wyprowadzić.

– W tym rzecz, że osioł z nią nie pójdzie. Nie chce się nawet do niej zbliżyć. Musi czatować na okazję, aż trafi się tutaj ktoś nowy albo jakaś obca osoba do pomocy.

Rozmowę przerwał dźwięk policyjnej syreny, ale radiowóz przejechał obok farmy, nie zatrzymując się.

– Czy oni ją aresztują?

– Boże, nie. To by nic nie dało. Zabiorę ją do domu i jeszcze raz wyjaśnię, dlaczego nie może mieć osła. Ona myśli, że go ukradliśmy. Ma trochę rozmiękczony mózg.

Doubler przyjrzał się uważnie pani Mitchell, ale w jej skrzywionej twarzy nie dostrzegł ani śladu miękkości. Łokcie miała odwiedzione od tułowia, ostry podbródek wojowniczo wystawał spod cienkich, zaciśniętych ust, a z oczu skierowanych wprost na niego biła nienawiść. Nie, nie było w niej nic miękkiego, tylko twardość i ostre kąty. A jednak coś w jej postaci najwyraźniej do niego przemówiło, bo naraz, zupełnie nieoczekiwanie, ogarnęła go fala współczucia i smutku. Powinien czuć się upokorzony przez to, że skompromitowała go już na pierwszym dyżurze, jednak on miał wrażenie, że po raz pierwszy w życiu zobaczył ludzką istotę. Odwrócił się zmieszany i dziwnie zawstydzony, i poszedł do kontenera, pozwalając, żeby Maxwell, który lepiej panował nad sytuacją, odprowadził ciężarówkę do prawowitego właściciela i zawiózł panią Mitchell do domu, gdzie niewątpliwie wygłosi jej surowe kazanie.

Gdy pani Mitchell siedziała już w fotelu pasażera bezpiecznie przypięta pasami, Maxwell wetknął jeszcze głowę w drzwi kontenera i powiedział:

– Mamy regularne spotkania całego personelu. Można wtedy porozmawiać nieoficjalnie. Rozumiesz, opowiadamy sobie o wszystkich nowościach, żeby uniknąć tego rodzaju cyrku. Może to byłby dobry pomysł, żebyś przyszedł?

– Tak, oczywiście. Z przyjemnością. Bardzo chciałbym poznać wszystkich pozostałych.

– W takim razie ustalone. Spotykamy się we własnych domach po kolei, rozumiesz logikę?

– Tak, świetnie. To bardzo rozsądne. – Doublera ucieszył pojednawczy ton pułkownika i po tak kiepskim początku dokładał starań, żeby jego głos brzmiał równie pogodnie.

– No to następne spotkanie będzie u ciebie. Miało być u Gracie, więc teraz najlepiej będzie, jeśli ty ją zastąpisz. Jeśli zaczniemy zmieniać kolejność, to wszystko się poplącze. Mam nadzieję, że ci to odpowiada?

Doubler przełknął i skinął głową.

– Dziękuję – powiedział. Biorąc pod uwagę szorstki sposób bycia pułkownika, stwierdził, że powinien uznać tę prośbę za zaszczyt.

– Nie dziękuj mnie, podziękuj Gracie. To był jej pomysł.

Doubler znów przełknął i skinął głową, przetwarzając w umyśle rozmaite skomplikowane uczucia wdzięczności i wstydu. Uprzejmy gest na pożegnanie ze strony pułkownika wyratował go od zupełnej rozpaczy, ale to jeszcze nie wystarczyło, by przestał się zastanawiać, czy zrobiła z niego głupka nie jedna osoba, lecz dwie.

– Albo nawet trzy, jeśli policzyć osła – mruknął.

Pocieszył się myślą, że pani Millwood z pewnością uzna tę historię za zajmującą, i zanotował w pamięci kilka szczegółów, które mogły ożywić opowieść przy najbliższej rozmowie.

Znów usłyszał kaszlący silnik samochodu Maxwella, a potem otoczyła go cisza kontenera. Uświadomił sobie, że serce bije mu bardzo szybko, i w milczeniu uspokoił oddech, przebiegając w głowie ostatnie dwie godziny. Trzy rzeczy najmocniej utkwiły mu w pamięci: bombastyczne przedstawienie pułkownika, strach osiołka i własna krótkotrwała duma. Ale najbardziej nurtowało go pełne nienawiści spojrzenie pani Mitchell. Zapadło mu głęboko w duszę i znalazło sobie jakiś nieużywany zakątek mózgu, w którym miało teraz zalegać i się jątrzyć. A do tego wszystkiego właśnie zgodził się przyjąć całą ekipę na farmie Mirth. Westchnął ciężko, zastanawiając się, czy właśnie o to chodziło pani Millwood, kiedy z pomocą Midge namówiła go do tego nonsensu.

ROZDZIAŁ 13

Znów krążył wokół telefonu. Skrócił poranny obchód, bo bał się spóźnić. Tego ranka po raz pierwszy od kilkudziesięciu lat zaparzył herbatę w kubku, nie zawracając sobie głowy imbrykiem, i zjadł herbatnik, stojąc przy kuchence, niezdolny usiąść. Gdy telefon zadzwonił, dopadł do niego jednym susem.

– Jak poszło, panie Doubler?

Głos pani Millwood brzmiał przekornie, jakby już słyszała o niepowodzeniu Doublera, on jednak mimo to entuzjastycznie rozpoczął opowieść.

– Chyba powinienem powiedzieć, że poszło tak tragicznie, jak tylko można sobie wyobrazić. Kompletna katastrofa.

– Oj, panie Doubler, wystarczy, że na chwilę odwrócę głowę, i już wpada pan w zupełny chaos! Co tam się stało?

– O mało nie pozwoliłem, żeby pani Mitchell ukradła osła.

– O mało? Ale nie zabrała go?

– Nie, na szczęście pułkownik wrócił i ją powstrzymał.

– No to nie poniósł pan zupełnej porażki. Mogło być o wiele gorzej.

– To bardzo wielkoduszny i pozytywny punkt widzenia – przyznał z wdzięcznością. – Ale raczej się nie popisałem przed pułkownikiem.

– On nie jest od tego, żeby pan się przed nim popisywał – odparowała. – On jest od tego, żeby się popisywać przed panem. Ja bym się tym w ogóle nie przejmowała. Większość z nas przeżyła podobne sytuacje z panią Mitchell. Może pan to uznać za otrzęsiny.
– Na to wygląda. Chociaż nie potrafię zrozumieć, dlaczego nie uprzedza się wyraźnie, jakie ona przedstawia ryzyko. W biurze jest cały podręcznik na temat sprawiedliwego rozdzielania i uzupełniania kostek cukru! Wszystko dokładnie rozpisane w oparciu o liczbę godzin, jaką każdy przepracował. Według tej instrukcji mam prawo do jednej kostki cukru na jedną przepracowaną godzinę. Gdybym słodził herbatę, to z całą pewnością by nie wystarczyło!
– Zmyśla pan!
– Nie zmyślam, to jest w dokumentach na półce. Cukier ma osobny skoroszyt. Może mi pani wierzyć, przeczytałem wszystkie te teczki od deski do deski i prawie nic tam nie ma o pani Mitchell. Jestem pewien, że to pułkownik stoi za tym ustawodawstwem dotyczącym kostek cukru. Szkoda tylko, że nie był tak dokładny, gdy chodziło o dobro osła i zagrożenie spowodowane przez tę niespełna rozumu panią Mitchell.
– No właśnie, wydaje mi się, że w tym właśnie leży sedno sprawy. Czy pani Mitchell naprawdę jest niespełna rozumu? Czy ma kliniczną diagnozę? Bo nikt z całego zespołu nie chciałby uprzedzać się do takiej osoby. Każdy z nas jest trochę pomylony albo może się taki stać w bardzo bliskiej przyszłości. Może wszyscy odkładamy w czasie tę chwilę, gdy będziemy musieli zastanowić się nad stanem umysłowym pani Mitchell, a tym samym nad własnym stanem. Ja bym, z grubsza rzecz biorąc, zastosowała tu podział na ludzi szalonych, złych i smutnych, i przejmowałabym się tylko tymi złymi.
– Ale mnie nie chodzi o diagnozę lekarską. Myślę, że wystarczyłaby jakaś kartka na ścianie, a może nawet po jednej na każdej

ścianie, z napisem „Pod żadnym warunkiem nie wolno wydawać pani Mitchell osła". Byłby z tego znacznie większy pożytek niż z instrukcji sprawiedliwego rozdzielania cukru. Zaoszczędziłoby to mnie i wszystkim innym trochę kłopotu.

– No, ale zdaje się, że nikt pana nie uprzedził, tak? Skoro nie było tam nikogo innego, kto mógłby panu wszystko wyjaśnić, to sądzę, że nie powinien pan czuć się za to wszystko osobiście odpowiedzialny.

– To prawda, pani Millwood. Nie jestem jasnowidzem. I bardzo żałuję, że nie było tam nikogo, kto mógłby mi wszystko wyjaśnić. Miło by było poznać cały zespół.

– Niech pan uważa na to, czego pan sobie życzy – ćwierknęła pani Millwood z gardłowym śmiechem.

– Naprawdę? Czy jest tam ktoś, kogo powinienem się wystrzegać? To chyba są sami dobrzy ludzie? Źli ludzie nie udzielają się w schroniskach jako wolontariusze.

– Każdy z nas, starszych, ma własne powody do tej pracy, i nie trzeba bardzo głęboko kopać, żeby doszukać się motywów, które nie zawsze są czysto altruistyczne.

– A na przykład pułkownik? Wydaje się trochę groźny, choć z drugiej strony sprawia wrażenie porządnego faceta. Ale proszę pamiętać, że tylko jego poznałem.

– No cóż. – Pani Millwood przybrała konspiracyjny ton i Doubler niemal widział, jak pochyla się w jego stronę, mieszając herbatę. – Pułkownik musi czymś dowodzić, rozumie pan, bo inaczej padłby trupem na miejscu. To typowy starej daty przywódca na chwilę kryzysu. Dowodził plutonem czy może całą armią, nie wiem dokładnie, w każdym razie miał bardzo odpowiedzialną pozycję i cieszył się wielkim szacunkiem żołnierzy. To ten rodzaj szacunku, jaki zdobywa się po wielu latach wysiłków, ale niekoniecznie odczuwają go ci, którzy znajdują się bezpośrednio pod jego komendą. Nowi rekruci po prostu muszą go szanować z automatu. Taki automatyczny respekt to bardzo mocny punkt w CV. W nieodpowiednich rękach może być trucizną. A potem idzie pan na emeryturę i wraca do domu, do cywilnego życia, i ma pan rozpracowany cały plan, dokładnie pan wie, jak wszystko ma wyglądać i że ciężko pan sobie zapracował na ten relaks. Ma pan zamiar odpuścić sobie wszystko, dobrze się bawić i cieszyć się życiem.

Pani Millwood urwała, może po to, by napić się wody, a może żeby sprawdzić, kto jeszcze na oddziale jej słucha.

– Ale już pierwszego ranka – mówiła dalej – budzik dzwoni o siódmej rano, a pięć po siódmej uświadamia pan sobie, że nie ma pan absolutnie żadnej roli do odegrania. Pańska żona, o której zawsze pan myślał, że nie potrafi zliczyć do trzech, ma cały dzień zorganizowany i nie żywi ani krztyny szacunku dla pana i pańskich umiejętności pułkownikowania. Próbuje pan jej wydać kilka krótkich rozkazów, a ona ucisza pana jednym spojrzeniem, które mówi: to mogło wystarczyć w twojej ostatniej pracy, ale tutaj ja rządzę, a ty znowu musisz zaczynać jako rekrut. – Zaśmiała się z zachwytem. – A potem przeżywa pan prawdziwy szok, kiedy się okazuje, że w domu jest mnóstwo rzeczy do zrobienia, a pańska żona załatwia to wszystko bez wysiłku, a do tego ma jeszcze tysiąc innych spraw. Wydawało się panu, że ona tylko siedzi w domu, tymczasem jej prawie nigdy w tym domu nie ma. Właściwie w żadnym miejscu nie zatrzymuje się długo. W domu wszystko dzieje się jakby samo, a ona tymczasem odwiedza starszych i chorych, udziela się jako wolontariuszka w hospicjum, pomaga w miejscowym Instytucie Kobiet, znacznie ułatwiając życie innym, i do tego wszystkiego pańska herbata magicznie pojawia się na stole o odpowiedniej porze. A nasz pułkownik? Jest zbędny. Wycofany z użytku. Nie ma już żadnych oddziałów, żadnego szacunku i żadnego pojęcia, jak się cokolwiek robi. Przez całe życie dowodził innymi, co znaczy, że sam absolutnie nic nie potrafi.

Łatwo się śmiać ze starszego pana, który patrzy na pralkę jak wół na malowane wrota i za żadne skarby nie potrafi rozszyfrować jej programów, ale naprawdę można się poczuć jak kaleka, kiedy pod koniec życia człowiek sobie uświadamia, że w ogóle nie potrafi być samodzielny. Gdyby jego żona zmarła, nie przetrwałby ani jednego dnia. Więc jeśli nie chce umrzeć z szoku, to musi znaleźć kogoś albo coś, czym mógłby dowodzić i zostawić w spokoju żonę razem z jej sprawami.

Doubler zatrząsł się ze śmiechu i ten dźwięk znów napełnił dom radością.

– Jaki barwny obraz pani namalowała, pani Millwood! I dlatego został wolontariuszem?

– Najprawdopodobniej. Nie znam wszystkich szczegółów, ale pułkownik przypomina miliony innych przywódców, którzy zajmują się wolontariatem nie po to, żeby pomóc innym, tylko żeby móc się otoczyć ludźmi, którymi będą mogli rządzić. Bez tego, bez żadnych przybocznych czy adiutantów, stają się niczym, nie mają żadnej definicji ani żadnego celu.

– Nie chce mi pani chyba powiedzieć, że jest pani jedną z przybocznych Maxwella? Nie widzę pani w takiej roli, pani Millwood.

– Rozumiem, jak on działa. On musi się czuć ważny, to jest bardziej istotne dla jego ogólnego dobrostanu niż dla mnie byłoby przeciwstawianie się i podkopywanie jego pozycji, więc nie próbuję tego robić. Pozwalam, żeby czuł się ważny, bo to jest dobre dla jego zdrowia. I na pewno nie jest to dla niego łatwe. Musi się czuć okropnie samotny, próbując się przystosować do cywilnego życia, ale przypuszczam, że taki człowiek jak pułkownik nigdy w życiu by się do tego nie przyznał.

– Jest pani bardzo mądra, pani Millwood. A co może mi pani powiedzieć o pozostałych?

- Jest na przykład Paula. W prawdziwym świecie ona i ja raczej byśmy się nie zaprzyjaźniły. Tylko schronisko nas połączyło. Powiedzmy po prostu, że nie pasowałaby do mojego kółka robótek.

Doubler, który zwykle słyszał z ust pani Millwood wyłącznie dobre rzeczy o innych, z wielką radością odkrywał bardziej krwistą stronę jej charakteru.
- Proszę mówić dalej.
- To okropna flirciara. - To ostatnie słowo pani Millwood wypowiedziała szeptem.
- Naprawdę?
- Jest zupełnie niepoprawna. Wiecznie zdarzają jej się jakieś katastrofy i wiecznie potrzebuje pomocy, chociaż sama doskonale potrafiłaby zadbać o siebie. Albo zepsuła jej się kosiarka, albo znalazła gniazdo os, albo jeszcze coś innego spowodowało najnowszy kryzys. Paula nie potrafi wejść do biura i po prostu pomóc komuś innemu. Już w progu oznajmia: „Och, nigdy byście nie zgadli, co mi się właśnie zdarzyło" albo „Wychodzę już z siebie" i wszyscy mężczyźni zaczynają krążyć dokoła niej jak pszczoły wokół słoika z miodem, a po chwili któryś wskakuje do jej samochodu i jedzie rozwiązać jej ostatni problem. Widzi pan, ja też jej proponowałam pomoc. Przyszła do biura okropnie nieszczęśliwa, bo jej kot przyniósł do domu mysz i ta mysz była jeszcze żywa i weszła pod szafkę w kuchni, a kot krążył dokoła szafki i Paula nie chciała wygarnąć tej myszy prosto w pazury kota, ale nie chciała też, żeby mysz mieszkała pod szafką, wyjadała okruchy i przegryzała kable elektryczne, więc któryś z dzielnych mężczyzn musiał z nią pojechać, żeby to załatwić.
- Pani Millwood urwała, żeby zaczerpnąć oddechu. - „Naprawdę?" - powiedziałam. - „Daj spokój, Paula, mysz? Pojadę z tobą i zajmę się tym", a ona tak na mnie spojrzała... Nigdy nie zapomnę tego spojrzenia!

– Jakie było to spojrzenie?
– W zasadzie miało mnie uciszyć, ale było znacznie bardziej złożone. Sugerowało, że w jakiś sposób zdradziłam cały kobiecy ród i że jeśli wyjawię, że kobiety rzeczywiście mogą zająć się czymś same, to mężczyźni już nigdy nie dadzą się nabrać na jakże wygodną postawę bezradnej księżniczki.
– Rzeczywiście, to musiało być bardzo skomplikowane spojrzenie.
– Ale nie budziło żadnych wątpliwości. Udało jej się jednocześnie przymrużyć i wytrzeszczyć oczy. Bardzo irytujące.
– Więc jak pani myśli, po co jej to schronisko?
– Z całą pewnością szuka nowych znajomości. Lubi towarzystwo mężczyzn i lubi pokazywać im się jako słaba kobieta.
– Nie ma męża ani partnera?
– Nie. Nie za bardzo rozumiem dlaczego, bo na pewno mogłaby mieć. Jest z tych trochę większych kobiet, ale wydaje mi się, że w pewnym wieku to może być całkiem pociągające. Nikt nie chce kobiety, która może przełamać się na pół. W każdym razie mężczyźni na pewno uważają, że jest pociągająca.

Doubler wyczuł zaborczość pani Millwood, a to z kolei sprawiło, że przez jego żyły popłynęła odrobina zazdrości. (Na czyjej uwadze zależało pani Millwood? Dlaczego to, że Paula starała się skupić na sobie uwagę mężczyzn, wzbudzało w pani Millwood niechęć? Umysł Doublera pracował na wysokich obrotach).

– Ale z drugiej strony przypuszczam, że dzięki osobom takim jak Paula ludzie tacy jak pułkownik czują, że mają jakiś cel, więc może ona przyczynia się do jakiegoś większego dobra.
– Wszyscy potrzebujemy kogoś, kto nadałby naszemu życiu jakiś cel – odważył się niepewnie wtrącić Doubler.
– Ależ, panie Doubler, chyba nie pan. Jeszcze nigdy nie spotkałam człowieka, który byłby tak oddany swojej pracy.

– Kpi pani ze mnie?
– Nie! Pańska praca jest niezmiernie istotna. A co więcej, nikt nie mógłby pana zastąpić, bo nikt inny nie ma takiej wizji jak pan. I pracuje pan, żeby zdążyć na najważniejszy ze wszystkich terminów.
– Na kwiecień?
– Nie. Na ten ostateczny termin. Nikt inny nie skończy pańskiej pracy, kiedy pan już będzie leżał w grobie. To jest wyścig z czasem, prawda? Jeśli pan umrze i Wielki Eksperyment Ziemniaczany nie zostanie uwieczniony albo zauważony, to praca całego pańskiego życia spłynie prosto do kanału. Chlup.

Na myśl o tym, jak ważne jest jego przedsięwzięcie, Doublerowi zakręciło się w głowie. Najpierw ugięły się pod nim kolana, a potem gdzieś z głębi brzucha napłynął obraz zbliżającej się śmierci i wiecznego potępienia, stanu, gdy w nieskończoność będzie go prześladować świadomość własnych porażek. Ale choć miał wrażenie, że spada w przepaść, jego umysł zarejestrował również coś innego, płomyk satysfakcji, który głośno domagał się jego uwagi, bowiem pod perspektywą porażki z całą pewnością ukrywał się komplement. Doubler zachował oba te wrażenia w pamięci, żeby przyjrzeć się im później w obawie, że jeśli zajmie się tym teraz, pani Millwood straci rozpęd.

– A ci inni? Derek, Mabel, Olive? – Miał nadzieję, że uda mu się przykuć ją do telefonu na dłużej, ale pani Millwood nie połknęła haczyka.

– Muszę już kończyć. Krzywią się tu na mnie. Zadryndam jutro.

– Jasne, pani Millwood. – Szanował jej ograniczenia, więc pozwolił jej odejść, ale zamiast pobiec pędem do ziemniaków, żeby wypełnić swoją misję, zaczął się zastanawiać nad słowami, których użyła pani Millwood. Powiedziała, że jego praca jest „ważna" i „istotna". Chyba nie uważała uprawy ziemniaków za czysto fizyczne zajęcie. Nie był jednak pewien, czy wolno mu sobie wyobrażać, że pani Millwood podziwia go za celowość działań.

Przypłynęło do niego nowe uczucie, zapomniane już od wielu lat. Doubler poczuł się dumny z siebie.

ROZDZIAŁ 14

Farma Grove, gdzie mieściło się schronisko dla zwierząt, położona była w niewielkim obniżeniu terenu w obrębie spokojnej doliny. Od pól Doublera oddzielało ją miasto, niepokojąca nowa obwodnica, supermarket i wielki sklep z artykułami dla zwierząt, a także wciąż powiększająca się połać ziemi należąca do Peele'a, ziemniaczanego barona. Farma Grove była kiedyś znacznie istotniejsza w kategoriach rolniczych i można było nawet uznać ją za kwitnącą, ale z upływem lat skala wielkości dochodowych farm znacznie się przesunęła i nadeszły czasy, kiedy sprzedaż ziemi większemu koncernowi stała się znacznie bardziej opłacalna niż żmudne starania, by utrzymać się z samodzielnej uprawy. Olive i Don, właściciele farmy, sprzedali większość ziemi Peele'owi, który tym samym umocnił się na pozycji największego hodowcy ziemniaków w regionie. Olive i jej mąż mieli dożyć swoich dni jako farmerzy hobbyści. Ta transakcja mogłaby przypominać finałowy taniec wieczoru z doskonałą choreografią, zdejmowała z nich bowiem największe obciążenia na farmie, pozwalając zarazem nie stracić kontaktu z glebą, na której wyrośli, i dostarczając kapitału, który pozwalał im dożyć reszty dni w dostatku. Ale – o czym może zaświadczyć wielu farmerów – nie zawsze wszystko idzie zgodnie z planem. Don zmarł, zostawiając

Olive wpatrzoną w puste płótno w postaci czterdziestu hektarów wysiłku, domu pełnego żalu i przyszłości pełnej rozpaczy i smutku. Don był dobrym człowiekiem i dobrze przeżył życie. W jego charakterze praktyczne umiejętności mieszały się w doskonałych proporcjach z wrażliwością, dzięki czemu był świetnym farmerem i troskliwym mężem. Olive obdarzona była podobnymi cechami, toteż ich małżeństwo pełne było niezmąconej harmonii. Ale właśnie dlatego po śmierci Dona Olive postanowiła nie rozsypać się na kawałki i dawała sobie radę z życiem w godny podziwu sposób, z wyjątkiem dni, kiedy smutek zupełnie ją paraliżował.

Schronisko dla zwierząt trafiło na farmę Grove już przed wielu laty. Zaczęło się od w pełni symbiotycznej współpracy, którą wymyślił i wprowadził w życie pułkownik Maxwell. Schronisko korzystało ze stajni, pastwisk i nadawało farmie sens istnienia. Ten układ odciągnął myśli Olive od rozdzierającej serce samotności i nadał jakiś kształt jej tygodniom, za czym wcześniej rozpaczliwie tęskniła. Ale od mniej więcej roku coraz rzadziej odwiedzali Olive, która nie potrafiła się pozbyć wrażenia, że została wykluczona z gry na własnym boisku. Obecnie widywała się z nimi tylko w piątki, kiedy to Maxwell, a czasem również Derek albo któryś z pozostałych członków zespołu, wpadał do niej, żeby pośpiesznie opowiedzieć o wszystkim, co się zdarzyło w ostatnim tygodniu. Te krótkie spotkania stały się dla Olive niezmiernie ważne. Były to jedyne kontakty, na jakie mogła liczyć.

Teraz, podobnie jak w końcu każdego tygodnia, Olive otworzyła drzwi Derekowi i Maxwellowi. Za każdym razem, gdy wprowadzała gości do środka, serce biło jej nieco szybciej i odrobina adrenaliny płynęła przez żyły w oczekiwaniu na coś nowego, co przełamie monotonię dnia. I co tydzień, tak jak teraz, jej dobry nastrój pryskał, gdy pułkownik niecierpliwie przeciskał się obok niej, sprawiając wrażenie człowieka, który musi wykonać nielubiany rytuał, na który nie ma czasu.

– Przyszliśmy złożyć raport ze służby – powiedział Maxwell, zamaszystym gestem zdejmując z głowy kaszkiet.

Derek trzymał się o kilka kroków z tyłu, ale gdy ze współczującym uśmiechem ściskał dłoń Olive, pamiętał, żeby spojrzeć jej w oczy. Derek trochę się bał pułkownika i jego dominującego sposobu bycia, ale też czuł zażenowanie, gdy pułkownik niezmordowanie rozstawiał wszystkich po kątach. Chcąc okazać szacunek pułkownikowi, a jednocześnie zasygnalizować Olive, że jest po jej stronie, przybrał neutralny wyraz twarzy, w połowie drogi między walczącymi w nim emocjami.

O dziwo, Olive śmiertelnie bała się pułkownika i tak bardzo próbowała go zadowolić, że w jego towarzystwie stawała się zupełnie bezsilna. Nie zależało jej na tym, by wywrzeć dobre wrażenie na Dereku, i choć czuła do niego instynktowną sympatię, to nie przykładała wagi do rozwoju tej przyjaźni, chociaż bardzo niewielkim wysiłkiem mogłaby ją przeobrazić w coś wartościowego. Było to pożałowania godne przeoczenie, bo Derek mógł zaoferować Olive wszystko, czego potrzebowała od przyjaciela. Pułkownik jednak przez cały czas dążył do tego, by stać się centralnym punktem, wokół którego orbitowali wszyscy pozostali, przez co nie byli w stanie poczuć wzajemnych, subtelniejszych oddziaływań.

Pułkownik przyjął szklankę wody z sokiem i poczęstował się kilkoma ciasteczkami z budyniem z puszki, nie chciał jednak usiąść. Przyjrzał się ciastku lekceważąco, nie obawiając się okazać, że uważa je za słabą rekompensatę za czas, który marnuje na składanie cotygodniowego raportu. Zakołysał się na piętach, przebiegając w myślach wydarzenia ostatniego tygodnia i destylując z nich tylko te fakty, które jego zdaniem mogły być istotne dla Olive.

– Mamy nowego człowieka na pokładzie. Pewnie go tu zobaczysz. Tymczasowe zastępstwo za Gracie. Spokojny facet. Doubler.

Farmer, uprawia ziemniaki. Wątpię, żebyś w ogóle zauważyła, że tu jest.

Olive przypomniała sobie dzień, kiedy Doubler zastukał do jej drzwi. Bardzo żałowała, że nie zdążyła mu otworzyć. Spóźniła się zaledwie o kilka sekund.

– Tak, słyszałam, że ma do nas dołączyć, i widziałam, jak przyjechał. Podobno to fascynujący człowiek. Z przyjemnością go poznam i na pewno nie będzie mi przeszkadzał. Lubię towarzystwo i bardzo chętnie powitam każde urozmaicenie. – Popatrzyła na pułkownika błagalnie. Nienawidziła się za to, ale w żaden inny sposób nie potrafiła mu przekazać głębi swoich uczuć w tym krótkim czasie, jaki jej przydzielał. Usłyszała swój żałosny, płaczliwy ton i poczuła do siebie jeszcze głębszą niechęć.

– Fascynujący? Tak ci go opisano? Trudno powiedzieć, co mogłoby się w nim wydawać fascynujące. Niewiele można z niego wydobyć. Lubi tylko własne towarzystwo. Ale między nami mówiąc, właściwie nie ma sensu lepiej go poznawać. Ja pewnie nie próbowałbym go tutaj ściągać, ale zgodziłem się ze względu na Gracie. Wydawało się, że dla niej to ważne. Ale wątpię, czy on tu długo pozostanie. Wydaje mi się, że uważa siebie za tymczasową łatę. Na razie przejmie dyżury Gracie, dopóki nie znajdziemy jakiegoś rozwiązania na stałe.

– Jak się miewa Gracie? Słyszeliście coś o niej? – Olive spojrzała na Dereka, bo wiedziała, że się przyjaźnią, ale pułkownik okazał się szybszy.

– Niestety nie najlepiej. Musieli przerwać chemioterapię, bo podobno jej organizm całkiem to odrzucał, więc na razie trzymają ją w szpitalu, dopóki jakoś nie zapanują nad sytuacją. Pewnie zastanawiają się, co z nią robić dalej. Obawiam się, że rokowania są kiepskie. Kiedy ci w białych fartuchach po prostu czekają, aż stan pacjenta poprawi się na tyle, żeby wysłać go do domu bez żadnego dalszego leczenia, to nie może dobrze rokować.

Derek zauważył wyraz twarzy Olive i szybko wtrącił:
– Tak naprawdę nic jeszcze nie jest przesądzone. Czekamy na kolejne wiadomości. A wiesz przecież, że Gracie jest bardzo waleczna. Będę się z nią widział w weekend, więc pozdrowię ją od ciebie, dobrze?
– Bardzo proszę. Boże, mam nadzieję, że ona nie czuje się tak źle. Chciałabym jej jakoś pomóc.
Pułkownik spojrzał na zegarek i zagrzechotał kluczykami w kieszeni. Był już gotów do odejścia, ale Olive nie była jeszcze gotowa wrócić do samotności.
– Co nowego u zwierząt? Jak tam pastwisko? Czy jest coś, co trzeba zrobić przed wiosną? – pytała zdławionym głosem, desperacko próbując zatrzymać pułkownika przy stole kuchennym. W jej głosie słychać było rozpacz. Tak bardzo chciała, żeby oni usiedli, opowiedzieli o swojej pracy w schronisku, zapytali ją o coś. Chciała wnieść jakiś udział, zaproponować zmiany, może nawet podjąć jakieś decyzje. Ale przede wszystkim chciała z kimś porozmawiać i żeby nie było to tylko dziesięć minut w piątkowe popołudnie.
– Myślę, że mamy wszystko pod kontrolą. Zwierzęta są te same co zawsze. O tej porze roku prawie ich nie przybywa. Ale tydzień nie był całkiem nudny. Omal nie straciliśmy osła!
– Percy'ego? – Olive uniosła ręce do twarzy. – Czy wszystko z nim w porządku?
– Tak, ale Doubler, ten nowy, omal nie oddał go pani Mitchell. Godzinę po tym, jak się tu pojawił!
Olive roześmiała się. Myśl, że pani Mitchell udało się przechytrzyć nowego pracownika, bardzo jej się spodobała i wcześniejsza rozpacz zniknęła.
Pułkownik jednak nie wydawał się rozbawiony.

– Nie można stąd odejść nawet na sekundę, bo zaraz spada na nas jakieś nieszczęście. Czasami żałuję, że nie mam lepszego zespołu. Oni wszyscy po prostu nie są odpowiednio przeszkoleni.

– Dobre sobie, pułkowniku. – Derek wiedział, że Maxwell ma na myśli również jego, wiedział też, że mu nie ufa i z własnej woli nie wybrałby go ani do zespołu w schronisku, ani do swojego oddziału w armii. – Jesteśmy wolontariuszami, poświęcamy swój czas bez zapłaty i myślę, że w tych okolicznościach radzimy sobie całkiem dobrze. I wszyscy bardzo chętnie się uczymy.

– Wolontariat nie zwalnia z wysokich standardów. Jeśli już, to oczekuje się od was więcej. Wygraliśmy dwie wojny światowe dzięki sile naszych wolontariuszy. Ci dobrzy ludzie nigdy nie oddaliby osła obcej osobie.

– Ale żołnierze w każdym razie przechodzą jakieś szkolenie – odrzekł Derek z urazą. Skoro pułkownik samozwańczo uznał się za ich przywódcę, to chyba powinien czuć się odpowiedzialny również za ich niedociągnięcia? Derek przeciwstawił się pułkownikowi z największą siłą, na jaką mógł się zdobyć, bo nie chciał ugiąć się przed jego lekceważeniem w obecności Olive. Ale już wypowiadając te słowa, zastanawiał się, kogo właściwie broni: siebie, pozostałych członków zespołu czy też tego nowego faceta.

– No właśnie, no właśnie. Dobrze powiedziane. Przywództwo. Wszystko się sprowadza do przywództwa. I do zasobów. – Pułkownik potrząsnął głową, zadziwiony ubóstwem dostępnych mu środków. – Muszę lecieć, Olive. Mam mnóstwo do zrobienia.

Wiedziała, że przeciągając ich wizytę, przeciąga zarazem swoje cierpienie, ale myśl o czekających ją pustych dniach była jeszcze bardziej przerażająca. Desperacja, której tak w sobie nie lubiła, malowała się na jej twarzy i była słyszalna w głosie, ale Olive nie potrafiła się powstrzymać.

– Chyba już pora na kolejne spotkanie zespołu? Zdaje się, że teraz to Gracie miała nas gościć?

– Tak, niestety. Gracie całkiem dobrze karmiła. Wielka szkoda, że tym razem nic z tego. – Pułkownik znów spojrzał na zegarek, jakby upływ czasu jeszcze zwiększał jego żal, choć robił to zaledwie minutę lub dwie wcześniej.

– A może wszyscy spotkalibyśmy się u mnie? To byłaby dla mnie wielka przyjemność. – Na twarzy Olive odbiła się nadzieja i jej głos zadrżał z podniecenia.

– Nie ma potrzeby, zupełnie nie ma takiej potrzeby – odrzekł jednak pułkownik. Szybko rozejrzał się po pokoju, oceniając jego przydatność pod kątem takiego spotkania, ale gdy jego wzrok spoczął na żałosnych ciasteczkach z budyniem, natychmiast zrezygnował z tego pomysłu. – Spotkamy się u tego nowego. Najlepiej od razu wrzucić go na głęboką wodę.

Twarz Olive rozświetliła się.

– Na farmie Mirth? Wspaniale. Zawsze chciałam ją odwiedzić. Tam musi być wspaniały widok. On pewnie widzi z góry wszystkie swoje pola.

– Oczywiście możesz z nami pojechać, ale nie czuj się zobowiązana. To kawałek drogi, a wiem, że nie czujesz się pewnie za kółkiem, więc ktoś musiałby cię stąd zabrać. Może poczekasz, aż się przekonamy, czy on zostanie dłużej? Całkiem możliwe, że zniknie stąd po tygodniu.

Największy kłopot z pułkownikiem, pomyślała Olive z niechęcią, polegał na tym, że choć był okrutny, to zwykle miał rację. Najprawdopodobniej ktoś musiałby ją podrzucić i sprawiłaby tylko kłopot. Prawdą też było, że ten nowy jeszcze nie został sprawdzony. Jej entuzjazm przygasł.

– Może pojadę innym razem – powiedziała ze smutkiem, a potem przypomniała sobie plotkę usłyszaną ostatnio u rzeźnika. – Chociaż słyszałam, że ta farma niedługo ma zostać sprzedana. Podobno Peele chce ją kupić.

Pułkownik, który próbował niespostrzeżenie przybliżyć się do drzwi, zatrzymał się, po raz pierwszy szczerze zainteresowany czymś, co powiedziała Olive.

– Tak słyszałaś? No cóż, Peele kupuje wszystko, więc nic w tym dziwnego, ale Doubler nic nie wspominał o zmianie planów. Jak wiarygodne jest twoje źródło?

– Słyszałam o tym od Erniego, a on wie prawie o wszystkim, co się dzieje w okolicy. A już z pewnością wśród farmerów.

– Tak, ten rzeźnik zwykle dowiaduje się o wszystkim pierwszy. Ale nie zachowuje wiadomości dla siebie. Najchętniej pakowałby kiełbaski w plotki.

Olive wiedziała, że została pokonana. Zdobyła się na lekki uśmiech.

– Jeśli Peele kupi tę farmę, już nigdy tam nie pojadę. To może być moja ostatnia szansa.

Zdesperowany Derek odważył się na interwencję, ryzykując, że zirytuje pułkownika.

– Nie mów głupstw, Olive, ja po ciebie przyjadę. Oczywiście, że powinnaś być na tym spotkaniu. Miło będzie znowu się spotkać w komplecie, bo nie wiadomo, kto tu jeszcze zostanie za miesiąc. Nigdy w życiu nie byłem bardziej pewny tego, że nic nie jest pewne.

Olive spojrzała na niego i skinęła głową. Była mu wdzięczna, oczywiście, że tak. Często stawał po jej stronie, nawet jeśli musiał się przeciwstawić pułkownikowi. Ale najbardziej zależało jej na aprobacie pułkownika i pragnęła, żeby zaproszenie padło z jego ust. Poczuła irracjonalną irytację na Dereka za to, że ubiegł pułkownika. Teraz będzie musiała pojechać, ze zgodą pułkownika czy bez niej. Odwróciła się szybko od Dereka, pozwalając, by jego dobroć zawisła między nimi.

– Cóż, pułkowniku, w takim razie postanowione. Pojadę z Derekiem i jednak do was dołączę. Może wtedy będziemy mieli trochę więcej czasu, żeby porozmawiać o planach na przyszły rok. Zawsze tak wam się śpieszy.

– Obawiam się, że dzisiaj śpieszę się jeszcze bardziej. Okropnie się śpieszę. Chodź, Derek, idziemy. Wystarczy już tego marnowania czasu.

Olive poszła przodem i otworzyła im drzwi, uśmiechając się dzielnie. Gdy pułkownik ją wyminął, pomachała Derekowi, zamknęła za nimi drzwi, oparła się o nie ciężko i mocno zacisnęła powieki, by powstrzymać łzy.

ROZDZIAŁ 15

Optymizm Doublera nadal kwitł, podsycany przez regularne rozmowy z panią Millwood oraz dziwne poczucie intymności, jakie w ich relację wniósł telefon. Tego dnia cieszył się doskonałym porankiem. Obszedł farmę z lornetką na ramieniu, dostrzegając szczegóły, na jakie nigdy wcześniej nie zwracał uwagi. Wiosna walczyła już z żywiołami, przebijała się przez twardą ziemię, a w niektórych miejscach wybuchała z głośnym trzaskiem. Zwykle skupiał się tylko na swoich ziemniakach i lekceważył wszelkie inne oznaki życia, uznając je za nieistotne dla swojej sprawy, ale teraz jego serce nabrzmiewało nową energią, która doskonale harmonizowała z determinacją martwych żywopłotów, by zakwitnąć jeszcze raz.

Wracając do domu, zajrzał do destylarni i przez minutę czy dwie stał w półmroku, wdychając zapach ciemności. Poranny spacer ożywił go i wpadła mu do głowy nieoczekiwana myśl. W pierwszej chwili wydawała się zwykłym jałowym kaprysem, ale zaraz zmieniła się w coś na kształt planu, który miał swoją wagę oraz wyraźne ramy. Zamknął za sobą drzwi, zapalił światło, wyminął aparaturę i poszedł na tył stodoły, do schowka, gdzie znajdował się tuzin starych dębowych beczek pokrytych ciemnymi plamami od dawnej zawartości. Odsunął na bok kilka pudeł

i przyjrzał się beczkom uważnie, przesuwając kciukiem po obręczach. Przytknął nos do klepek i głęboko odetchnął, wdychając ciężki zapach cukrów zawartych w drewnie i węgla drzewnego.
– Jęczmień – powiedział do beczek. – Ciekawe. – Pozostał tam jeszcze przez kilka chwil, pozwalając, żeby myśli rozwijały się swoim torem, a potem starannie pozamykał za sobą drzwi i przeszedł przez podwórze. Zatrzymał się tylko na chwilę, żeby pomachać kamerze bezpieczeństwa, i zawadiacko uniósł w jej stronę dłoń z uniesionym kciukiem.

Tego ranka nie śpieszył się, więc ledwie zdążył zaparzyć herbatę w imbryku, zadzwonił telefon. Zostawił napełniony imbryk przy kuchence i wybiegł do korytarza.

– Więc o czym to mówiliśmy? – zapytała pani Millwood, gdy przyłożył słuchawkę do ucha.

Doubler westchnął ze szczęścia i oparł się o ścianę, przygotowując się na dłuższą rozmowę.

– Rozbieraliśmy na czynniki pierwsze pułkownika – odrzekł, odznaczając na liście w głowie kolejne nazwisko.

– Panie Doubler, nie jest to obraz, przy którym chciałabym się zatrzymywać dłużej.

Doubler zaśmiał się.

– I omówiliśmy flirciarę Paulę.

– No właśnie. Powiedzieliśmy już wszystko, co należy powiedzieć o flirciarze Pauli. Więc teraz pora, żebym opowiedziała panu o Mabel.

– Czy ona też jest flirciarą?

– Och nie. Mabel jest za bardzo zajęta rozwiązywaniem problemów całego świata, dlatego nie ma czasu na flirty.

– To znaczy, że jest naprawiaczem świata?

– O mój Boże, tak. Ta nazwa została wymyślona specjalnie dla niej. A jest jeszcze bardziej nieznośna przez to, że zawsze zna odpowiedź na wszystko.

Doubler, nieustannie dopatrujący się krytyki i rozpaczliwie pragnący pochwał, czujny na jedno i drugie w słowach pani Millwood, poczuł niepokój. On też często słyszał, że zna odpowiedź na wszystko, ale zawsze zakładał, że jest to stwierdzenie faktu, a nie krytyka.

– Chce pani powiedzieć, że jest taka jak ja? Wydaje mi się, że kiedyś mnie pani o to oskarżała.

– Nie. Pan zna odpowiedź tylko w tych sprawach, o których coś pan wie i których jest pan bardzo pewien. Ona zna odpowiedź na wszystko. Nie ma absolutnie nic, na czym by się nie znała.

– Dosłownie?

– Absolutnie dosłownie. Wie coś na każdy temat i przeważnie ma jakieś związane z tym osobiste doświadczenia, więc potrafi wczuć się w absolutnie każdą sytuację, jaką tylko można sobie wyobrazić. Zawsze jej wuj, brat, sąsiad albo ktoś jeszcze inny przechodził przez to samo, tylko miał jeszcze gorzej, więc Mabel doskonale rozumie, o czym mowa.

– To znaczy, że jest bardzo empatyczna.

– Gorzej. Ona ma przymus okazywania empatii.

– Pewnie wszyscy się z niej śmieją!

– O dziwo, Mabel czasami bardzo się przydaje, bo okazuje się, że naprawdę zna tych wszystkich ludzi i ma te wszystkie doświadczenia. Trudno zrozumieć, w jaki sposób kobieta, która spędziła całe życie w sennym miasteczku, zdobyła tyle doświadczeń życiowych, ale wydaje mi się, że wiem, skąd to się bierze.

– Skąd?

– Bo Mabel uważa, że absolutnie wszystko jest jej sprawą. Kiedy tylko zwęszy najmniejszy ślad skandalu albo intrygi, natychmiast pojawia się na miejscu. Przychodzi do czyjegoś domu i mówi: „Wejdę na chwilę i napijemy się herbaty, dobrze?". Ale należy to rozumieć jako: „Powiedz mi wszystko, co wiesz, nie pomijając żadnych przykrych szczegółów, dopóki sprawa jest jeszcze świeża". Potem zbiera cały plon świeżutkich plotek i rozprowadza po odrobinie po wszystkich znajomych. Sama wyznaczyła sobie rolę roznosiciela skandali i ludzkich tragedii. Na przykład mówi: „To bardzo ciekawe, że twój zięć został przyłapany w łóżku z tą dekoratorką wnętrz. Ale nie opowiadaj o tym wszystkim, bo będą plotkować". A tydzień później, jeśli ktoś powie: „Zastanawiam się, czy nie wynająć tej miłej Dionne, dekoratorki wnętrz", Mabel ścisza głos do szeptu i oznajmia: „Ja na twoim miejscu bym tego nie robiła", i człowiek się zastanawia, czy powinien się martwić o zasłonki, czy o dekoratorkę. Ale nie usłyszy całej historii, jeśli sam nie zna jakichś plotek wartych wymiany.

– Będę uważał, co przy niej mówię. Wie pani przecież, że i tak się denerwuję, kiedy muszę rozmawiać o niczym.

– Co ciekawe, panie Doubler, ludzie jakoś się przed nią otwierają, choć wiedzą, jaka jest wścibska. Zupełnie jakby potrafiła każdego zahipnotyzować i wyciągnąć najmroczniejsze sekrety.

– Ale mówi pani, że ona się czasem przydaje?

– Ależ tak. Na przykład ktoś przywozi do schroniska kota i mówi niejasno, że kot należał do zmarłego sąsiada. Większość z nas po prostu wzięłaby tego kota i dała mu do podpisania formularz zrzeczenia się praw, ale jeśli taki człowiek trafi na Mabel, po minucie będzie szlochał w chusteczkę. To naprawdę robi wrażenie. I wie pan, okazuje się, że to nigdy nie jest kot sąsiada. Zwykle toczy się jakaś wielka batalia o opiekę nad nim.

– Nie miałem pojęcia, że w tym kontenerze tak dużo się dzieje. Chyba nie powinienem się skarżyć na ten incydent z panią Mitchell, bo wygląda na to, że mogłem trafić jeszcze gorzej.

– Ta biedna pani Mitchell – odrzekła pani Millwood z uczuciem. – O ile mi wiadomo, nikomu jeszcze nie udało się odgadnąć, co ją właściwie motywuje. To prawdziwa zagadka. Z całą pewnością jest okrutna wobec zwierząt. To, co zrobiła z tym osłem, było po prostu wstrząsające. A jednak jest w niej coś, co sprawia, że właściwie można by jej to wybaczyć. Tylko nie potrafię dokładnie określić, co to takiego. Wszyscy próbowaliśmy z nią rozmawiać, ale ona ma jadowity, ostry język. Maxwell uważa, że rozmowa z nią jest niebezpieczna.

Doubler próbował sobie wyobrazić, jak pułkownik próbuje kogoś wciągnąć w rozmowę.

– Maxwell jest wojskowym, więc rozmowa raczej nie jest jedną z jego specjalności.

Pani Millwood westchnęła.

– Pewnie ma pan rację. Wiem, że on chce dla nas jak najlepiej, ale czasami sobie myślę, że gdyby zastosować inne podejście, to może zobaczylibyśmy zupełnie inną panią Mitchell.

– O jakim podejściu pani mówi, pani M? Na przykład o tym, żeby podejść do niej z elektrycznym pastuchem w ręku?

– Nie. Po prostu zupełnie przeciwnie. Myślę, że wszyscy zawiniliśmy, odpowiadając na okrucieństwo jeszcze większym okrucieństwem. Nie podoba nam się to, co widzimy, więc osądzamy pochopnie i zaślepieni słusznym oburzeniem sądzimy, że nasza reakcja jest właściwa. Ale może po prostu nie zadajemy właściwych pytań.

– Na przykład jakich?

– Może okrucieństwo pani Mitchell wobec osła jest odpowiedzią na okrucieństwo, jakiego sama doznała? Może ona tylko odpowiada pięknym za nadobne, a my wyciągamy pochopne wnioski i traktujemy ją tak samo i cykl trwa dalej? A jeśli ktoś zobaczy, że my jesteśmy okrutni dla niej, osądzi nas pochopnie i również potraktuje okrutnie? Okrucieństwo może się przenosić jak choroba zakaźna, prawda?

– Jak ludzka zaraza! – zgodził się Doubler entuzjastycznie, bo właśnie dobitnie zrozumiał, w jaki sposób okrucieństwo może się szerzyć. – Jeśli nie zniszczy się jej, nie zatrzyma w zarodku, będzie się rozprzestrzeniać, przenosić z liści na łodygi, z łodyg na korzenie, z korzeni do gleby, pani M.

– Właśnie tak. I w drugą stronę też, panie Doubler. Z gleby do nasion.

Doubler przez chwilę myślał o zarazie, która nieustannie się rozszerza, niszcząc wszystko. Przez większość swojego dorosłego życia zastanawiał się, jak zatrzymać ten cykl, gdy chodziło o uprawy ziemniaków. Ale rozwiązania, jakie miał pod ręką, nie nadawały się do zastosowania wobec pani Mitchell.

– Ja rozumiem ziemniaki, pani M. Wydaje mi się, że mam wszelkie prawa, by się wypowiadać na temat zarazy ziemniaczanej. Ale z ludźmi mam mniej doświadczenia. Jak można powstrzymać zarazę okrucieństwa?

– Może powinniśmy ją powstrzymać dobrocią – zasugerowała.

Zmarszczył czoło, próbując sobie to wyobrazić, i potrząsnął głową.

– Dobrocią? Ziemniakom to nie pomoże, pani M.

– Panie Doubler, nie ma na tym świecie człowieka, który okazałby więcej dobroci ziemniakom niż pan. Gdyby był pan tak dobry dla siebie jak dla tych ziemniaków, to byłby pan znacznie szczęśliwszym człowiekiem.

Doubler zapamiętał tę myśl, żeby przyjrzeć jej się później.

– A czy pani próbowała odpowiedzieć pani Mitchell dobrocią?

– Rozmawiałam o tym z pułkownikiem, ale on mówi, że moglibyśmy tylko wystawić się na bratobójczy ogień.

Usłyszał w głosie pani Millwood frustrację i zapragnął coś na to poradzić. Pragnął tego równie mocno, jak kiedyś pragnął pozbyć się zarazy ziemniaczanej ze swojej farmy.

– Na pewno spróbuję, pani M. Pewnie nie zdarzy mi się następna okazja, żeby z nią porozmawiać, bo wątpię, żeby przyszła jeszcze po osła na moim dyżurze, ale będę o tym pamiętał. A wracając do Mabel, czy sądzi pani, że powinienem jej unikać? Żeby nie dać się zahipnotyzować?

– Wydaje mi się, że pan nie ma nic, czego ona by chciała, więc może pan sobie pozwolić na jej towarzystwo.

– Czuję się urażony. Mam całe mnóstwo mrocznych sekretów, po uszy siedzę w intrygach, a z mojej szafy wysypują się szkielety.

– Ale ona o tym nie wie. Poza tym pan rzadko bierze udział w wymianie plotek i spekulacji. To, czym pan się zajmuje, ma solidną wagę.

– Wagę? – Doubler, oparty o ścianę, popatrzył na siebie, wyprostował się i sprawdził, czy potrafi wciągnąć brzuch.

– Solidną wagę. Pan się zajmuje faktami.

Doubler był zdumiony.

– Naprawdę?

– Mówi pan o faktach. Odzywa się pan tylko wtedy, kiedy jest pan pewien tego, o czym pan mówi.

– Ach tak. – Musiał się z tym zgodzić. – To chyba prawda. Nie przepadam za spekulacjami. To tylko strata czasu i energii. I wiele razy się przekonałem, że z przypuszczeń wynikają tylko smutek i niepotrzebny niepokój.

– Tak, sądzę, że pan nie jest typem, który lubi spekulować. Tak jak powiedziałam, lubi pan fakty.

– Większość plotek to tylko czyjeś spekulacje.

– A większość spekulacji to tylko czyjeś plotki – odparowała pani Millwood.

– Więc na razie nie jestem przydatny dla Mabel, ale jeśli zwężę moje mroczne podwójne życie?

– Nic takiego się nie zdarzy. Pan jest jak zamknięta książka. Nikt nie będzie przypuszczał, że może pan wnieść cokolwiek interesującego.

– Ależ mogę! Mam ciekawe poglądy na wiele interesujących tematów – zawołał Doubler. Po części żartował, ale chciał również, by pani Millwood miała o nim nieco lepsze zdanie, bo to, co powiedziała, brzmiało tak, jakby uważała go za nudziarza.

– Pan nie ma poglądów, pan ma opinie. Mówi pan tylko wtedy, kiedy jest pan przekonany, że pańskie słowa wyrażają nie tylko prawdę, ale prawdę uznaną przez wszystkich.

– To dlatego, że bardzo długo rozważam wszystkie możliwości i odzywam się dopiero wtedy, kiedy jestem absolutnie pewny, że moja opinia jest prawdziwa.

– Jest pan człowiekiem, który jest bardzo pewny wszystkiego, co wie.

– Ale kiedyś przecież tak nie było, pamięta pani? Był czas, kiedy nie wiedziałem nic. Żyłem sobie szczęśliwie, a potem mój świat się zawalił i najbliższe mi osoby, jedyne ważne osoby w moim życiu, zaczęły się zachowywać w tak nieoczekiwany sposób, że nie byłem już pewny niczego.

Zastanawiał się jeszcze przez chwilę, a pani Millwood czekała cierpliwie, pozwalając, by mógł sobie dokładnie przypomnieć ten okres i wyrazić to w słowach.

– Kiedy wydostałem się z tej ciemnej przepaści, to było tak, jakbym się urodził na nowo. Zanim nauczyłem się funkcjonować, najpierw zmusiłem się, żeby zapomnieć to wszystko, co wiedziałem wcześniej, bo nie mogłem już dłużej polegać na wspomnieniach sprzed czasu Marie ani po Marie. Nie mogłem liczyć na to, że te wspomnienia mówią prawdę o tym, co było kiedyś.

– Bo nie przewidział pan tego, co się stało?

– Nie przewidziałem. A to znaczyło, że wszystko było kłamstwem, wszystkie dobre wspomnienia były tylko nieprawidłowym zapisem.

– A co się stało, kiedy już wygrzebał się pan z przepaści?

– Dosyć długo siedziałem w tej przepaści, prawda? Zanim z niej wyszedłem, właściwie udało mi się już wymazać te wspomnienia. Byłem jak nowo narodzone dziecko. I od tej pory zajmowały mnie tylko te rzeczy, które były pewne. Ten ziemniak jest lepszy od tamtego. Nie ma tu miejsca na opinie, na subiektywizm. Miałem dane naukowe, które to potwierdzały.

– Więc teraz jest pan jak zamknięta książka. Ma to swoje zalety. Mabel niczego nie może od pana wyciągnąć.

– Nie wiem, co mam o tym myśleć. To, co pani mówi, brzmi tak, jakbym był dosyć nudny.

– A kto chciałby być interesujący? Z tego nigdy nie wynikło nic dobrego. Powinien się pan cieszyć, że jest pan nudny, ale dobry. Ja bym z pewnością nie miała nic przeciwko temu.

Doubler miał ochotę zatrzymać tę rozmowę i zastanowić się, co pani Millwood chciała przez to powiedzieć. Czy to, że sama chciałaby taka być, czy to, że chętnie dzieliłaby życie z kimś o takich cechach? Ale nie miał czasu drążyć głębiej i prosić ją o wyjaśnienie, bo pani Millwood już mówiła dalej w swoim zwykłym szybkim tempie:

– A poza tym nuda jest dobra, jeśli człowiek chce się uchronić przed kimś takim jak Mabel.

– Ale chyba nie uważa pani, że jestem nudny, pani Millwood? Zgodziłaby się pani na…

– Nudny? Boże drogi, nie! Wiem, jakie mroczne sekrety kryją się w pańskiej piwnicy. Wiem wszystko o tym pańskim podwójnym życiu. Wiem też o pańskiej przeszłości i powtórnych narodzinach.

– To prawda, zna mnie pani dobrze. Pewnie jest pani jedyną osobą na świecie, która o tym wszystkim wie.

Pani Millwood z niedowierzaniem parsknęła w słuchawkę.

– To brzmi tak, jakby wkładał pan wszystkie swoje jajka do jednego koszyka, panie Doubler. A ten koszyk z całą pewnością nie nadaje się do przechowywania delikatnych jajek. Wydaje mi się, że potrzebny jest panu plan awaryjny. A co z dziećmi? Na ile potrafi się pan przed nimi otworzyć? Przecież wiedzą, przez co pan przeszedł, i przypuszczam, że wiedzą również o pańskich interesach.

– Ależ skąd, nie wiedzą! Oni mają własną wersję swojego dzieciństwa. Jeszcze nie musieli pisać jej na nowo, więc znają swoją przeszłość, a nie moją. A co do mojego stopniowego zanurzenia w mętnych podziemnych interesach, o tym nie mają absolutnie żadnego pojęcia. Są zadowoleni ze swojego nudnego ojca i jego nudnych kartofli. Nie muszą wiedzieć nic więcej. Szczególnie Julian jest zachwycony tym, że może uważać moje życie za żałosne i godne politowania. Dzięki temu czuje, że sam odniósł sukces. Im gorsze zdanie ma o mnie, tym lepsze o sobie.

– To dosyć smutny stan rzeczy. Widzi pan, panie Doubler, przez to, że nie rozmawia pan z nimi szczerze o swoich osiągnięciach, pańskie dzieci w ogóle nie rozumieją, jak niezwykłym człowiekiem pan jest. Jest pan pionierem przełomu naukowego, a także przedsiębiorcą! Nie kusi pana, żeby wtajemniczyć ich w ten sekret?

– Nie. Camilla byłaby przerażona. Myślę, że to by uraziło jej poczucie moralności. Jasno daje mi do zrozumienia, że i tak ją zawiodłem. A Julian natychmiast próbowałby to wykorzystać. Gdyby się o tym dowiedział, na pewno znalazłby jakiś sposób, żeby wyssać z tego całą radość.

– Bo to przynosi panu radość?

– Przynosi. Tworzenie jest dobre dla duszy, a moje interesy pozwalają mi tworzyć coś nowego. Nie miałbym cierpliwości, żeby malować akwarele, zresztą nie mam do tego talentu. Ale wytwarzanie na boku czegoś wyjątkowego z moich ziemniaków? Mogę zrobić coś istotnego i wydaje się, że ludzie naprawdę to doceniają.

– Ale nigdy nie zdobędzie pan w ten sposób sławy! Zawsze to pozostanie pańskim mrocznym sekretem. Dzieci nigdy nie docenią pańskiej wyjątkowości. To wielka szkoda.

– Wydaje mi się, że zrobiłem dla moich dzieci tyle, że powinny mnie cenić. Zbudowałem tutaj życie. Wychowałem je. Wychowywałem je jeszcze długo po tym, jak ich matka postanowiła z nich zrezygnować. Czy inni ojcowie muszą dokonywać jakichś cudów, żeby zasłużyć sobie na szacunek dzieci? Czy nie wystarczy, że są po prostu połączeni więzami krwi? Nie sądzę, żebym musiał cokolwiek udowadniać. I nie potrzebuję sławy w innych kręgach. Zostawię po sobie swoje ziemniaki.

Doubler usłyszał w słuchawce cichutkie dźwięki niezadowolenia, więc zdobył się na bardziej pojednawczy ton, chcąc zapewnić panią Millwood, że nie jest pozbawiony ambicji.

– Kiedy tylko otrzymam potwierdzenie od Instytutu Badań i Rozwoju Ziemniaka w północnych Indiach, spiszę oficjalnie wszystkie moje odkrycia i razem z akredytacją przedstawię je wszystkim czasopismom, a jednocześnie oficjalnie zarejestruję moją odmianę i markę handlową. Mam wielką nadzieję, że to kwestia kilku tygodni. A to drugie? Nie, to nie będzie moje dziedzictwo, ale przynosi mi ogromną satysfakcję.

Pani Millwood nie wydawała się zadowolona tą odpowiedzią. Nie podobało jej się, że Doubler nie zamierza dołożyć żadnych wysiłków, by zapewnić sobie szacunek dzieci. Ale dobrze go znała i rozumiała, że w jego tonie brzmi nie złość, lecz smutek. Pozwoliła zatem, by zapadło milczenie, które Doubler w końcu przerwał:

– Poza tym nie mieliśmy przecież rozmawiać o mnie. Miała mi pani opowiedzieć o reszcie zespołu. Więc co pani może powiedzieć o Dereku?

– Ach, Derek. Wkrótce go pan pozna. – Wydawało się, że pani Millwood straciła zainteresowanie rozmową, ale Doubler nie był jeszcze gotów spuścić jej z haczyka.

– Ale co może mi pani o nim powiedzieć? – powtórzył, nie zwracając uwagi na jej milczenie. Miał wielką ochotę usłyszeć kolejną wiwisekcję osobowości ubarwioną soczystymi plotkami, dzięki którym każdy z wolontariuszy stawał się tylko statystą w filmie, w którym Doubler i pani Millwood grali główne role.

– O Dereku sam pan sobie wyrobi opinię. Dopilnuję, żeby był na farmie podczas pańskiego następnego dyżuru. Przy nim na pewno nie będzie żadnych dziwnych sytuacji z pułkownikiem i całą resztą. Na Dereku można polegać.

– Spróbuję go tam znaleźć, ale nie rozumiem, jak może pani wpłynąć na rozkład dyżurów ze szpitalnego łóżka.

– Oczywiście, że mogę. Derek odwiedza mnie prawie codziennie. Po prostu go poproszę, żeby zajrzał do schroniska następnym razem, kiedy pan tam będzie.

Doubler poczuł, że gardło mu się zaciska. Ale dojmujące wrażenie, wyraźniejsze niż wszystkie emocje, które wirowały w jego umyśle niczym rtęć w betoniarce, to były mdłości. Obawiał się, że może zwymiotować tutaj, w korytarzu. Odetchnął powoli, próbując się uspokoić, aż wreszcie udało mu się odzyskać głos.

– Derek odwiedza panią w szpitalu? Midge jasno stwierdziła, że nie przyjmuje pani żadnych gości i że nie wolno pani przeszkadzać.

– Ale Derek to co innego. Uważam, że w istotny sposób wzmacnia paliatywną opiekę nade mną – powiedziała łagodnie.

Doubler nasłuchiwał żartobliwego tonu w jej głosie, ale niczego takiego nie znalazł. Mówiła bardzo poważnie.

– Jestem trochę zmęczona, panie Doubler. Czy moglibyśmy przerwać tę rozmowę do jutra? Muszę odpocząć.

– Oczywiście. Jak najbardziej. Niech pani się prześpi, a jutro znów porozmawiamy.

Jego ręka drżała, gdy odkładał słuchawkę. To, co zaledwie kilka minut wcześniej dodawało mu energii, teraz zaczęło go nużyć. Powoli poszedł do pokoju, opadł na krzesło i siedział nieruchomo, pozwalając, żeby cały dzień znieruchomiał razem z nim.

ROZDZIAŁ 16

Midge mocno nacisnęła przycisk dzwonka i Doubler, który właśnie skończył obchód farmy, szybko wyłonił się zza rogu domu.
– Widziałem twój samochód. Nie musisz dzwonić. Wejdź bocznymi drzwiami i rozgość się. Zawsze są otwarte.
– Nie miałam zamiaru dzisiaj tu zaglądać, ale mama się uparła.
– Widać było, jak bardzo jest znużona. – Prosiła, żebym przywiozła panu coś ze sklepu.
– Tak?
Weszli z zimnego podwórza do kuchni. Synchronizacja ich ruchów sprawiła Doublerowi wielką przyjemność. Jednocześnie pochylili się, żeby ściągnąć gumowce, i ustawili obie pary obok siebie, a potem ruszyli w stronę kuchenki i nadal zsynchronizowani, pochylili się w stronę starego paleniska, by się rozgrzać.
– Jak się miewa twoja mama, Midge? Czy myślisz, że niedługo ją wypuszczą?
– Widzi pan, z mamą tak to wygląda, że jest okropnie żywotna. Lekarze mówią jedno, ale kiedy patrzę jej w oczy, widzę coś innego. Napędzają ją upór i determinacja. Zawsze w nią wierzyłam i nie widzę powodu, żeby teraz zwątpić.

– Więc mówisz, że jest na dobrej drodze? Niedługo wróci do domu?

Uważnie spojrzała na Doublera. Jego bezpodstawna nadzieja była równie mocna, jak upór jej matki. Skinęła głową i kończąc rozmowę, podała mu białą plastikową torebkę, a on ostrożnie zajrzał do środka.

– To nie jest kurczak ani prosiak? – zapytał, wpatrując się w brązowe pudełko bez żadnej etykietki, długie jak pudełko na buty, ale o połowę węższe.

– Jak rozumiem, to jest prezent. Mam nadzieję, że pan będzie wiedział, dlaczego mama kazała to panu dać i dlaczego uznała, że jest to panu bardzo potrzebne.

Wciąż patrzył na pudełko, upajając się dreszczykiem podniecenia. Chciałby być teraz sam, żeby zajrzeć do środka. To nie był po prostu jakiś prezent, to był prezent, o który nie prosił. A co więcej, był to prezent od pani Millwood, która pomyślała o jego potrzebach, leżąc w szpitalnym łóżku. Nie miało znaczenia, co zobaczy w środku. Już był zachwycony.

Gdy on patrzył na pudełko, Midge patrzyła na niego.

– Niech pan otworzy. To nie ugryzie.

Powoli wyjął pudełko z plastikowej torebki i położył je obok kuchenki. Starannie złożył torebkę na pół, wygładził i wsunął do szuflady na stertę innych schludnie złożonych torebek.

– No, niech pan otworzy. Ja wiem, co tam jest, i bardzo mnie ciekawi, czy wiedział pan, że jest to panu potrzebne. Proszę, niech pan otworzy. Nie będę czekać do wieczora.

Wyjął z kieszeni kurtki scyzoryk i precyzyjnie poprzecinał taśmę, którą pudełko zaklejone było na końcach. Zajrzał do środka i wytrząsnął zawartość. Siedziała ciasno i musiał kilka razy mocno potrząsnąć pudełkiem. Na blat kuchenny wypadł zwinięty przewód i dwie wtyczki. Doubler z zaskoczeniem poskrobał się po głowie, ale nie chciał szukać pomocy u Midge. Wpatrywał się w kabel i głęboko zastanawiał, aż nadeszło olśnienie. Z szerokim uśmiechem wziął przewód do ręki, wyszedł na korytarz i podłączył obydwa końce, a potem zdjął plastikową opaskę, która mocno ściskała wiązkę, i przyniósł telefon do kuchni, ciągnąc kabel za sobą.

– A niech mnie – powiedział. – Kto by pomyślał? – Postawił telefon na stole, usiadł, wziął do ręki słuchawkę i udawał, że wybiera numer. – Powiedziałbym, że to rewolucyjny wynalazek.

– Rzeczywiście rewolucyjny, panie Doubler. Z tym wynalazkiem wkroczył pan w dwudziesty wiek.

– Z całą pewnością. Jestem pionierem technologii. Popatrz tylko, mam przenośny telefon! – Wstał, zabierając aparat ze sobą, i przez korytarz poszedł do bawialni. Kabel ciągnął się za nim. Usiadł przy ogniu, postawił telefon na stoliku i wpatrzył się weń, jakby oczekując, że zaraz zadzwoni.

Midge z uśmiechem stanęła w progu.

– Mała rzecz, a cieszy.

Doubler uśmiechnął się jeszcze szerzej.

– Dla ciebie to może być mała rzecz, ale dla mnie to ogromne ulepszenie w życiu. Powiedziałbym nawet, że to wielki przełom. Mogę postawić telefon przy kominku albo w kuchni. Twoja kochana mama na pewno właśnie dlatego o tym pomyślała. To niezwykła kobieta. Czasami wydaje mi się, że ona rozumie mnie lepiej niż ja rozumiem samego siebie.

Midge przyjrzała mu się uważnie, a potem z uśmieszkiem potrząsnęła głową.

– Wie pan, to nie jest bardzo zaawansowane technicznie rozwiązanie. Wydaje mi się, że wynaleziono je razem z telefonem. Dlaczego nigdy nie zamontował pan sobie takiego przewodu?

Doubler zamyślił się, zatrzymując na niej szczere spojrzenie.

– Bo tak naprawdę aż do tej pory nie potrzebowałem telefonu. Nigdy nie przyszło mi do głowy, że telefon może służyć do czegoś więcej niż do przekazywania krótkich wiadomości, a to mogłem robić, stojąc w zimnym korytarzu. Ale teraz spędzam przy nim więcej czasu. Mówiąc szczerze, nie doceniałem tego wynalazku. Owszem, wiedziałem, że przydaje się w potrzebie, ale na co dzień? Dopiero teraz telefon odkrył przede mną swój potencjał.

Midge zaśmiała się, po czym powiedziała:

– Skoro już tu jestem, mama jeszcze o coś mnie poprosiła. Chciała, żebym rzuciła okiem na pańskiego land rovera. Ma pan coś przeciwko temu?

– Ależ skąd, choć kompletnie nie rozumiem, dlaczego wszyscy tak nagle zaczęli się interesować moim samochodem. Zaprowadzę cię.

Wyszli z domu, znów odprawiając rytuał butów i kurtek, tylko w odwrotnym kierunku. Doubler zgarnął po drodze wielki pęk kluczy i ruszył przodem.

– Dziękuję, że wpadłaś, Midge. Nie musiałaś przyjeżdżać.

– To było ważne dla mamy. Cieszy się, że pana doglądam.

– Hm... Czy jest jeszcze ktoś, kogo doglądasz na prośbę mamy?

– Na przykład kto?

– Derek? Czy twoja mama nie prosiła cię, żebyś doglądała Dereka? Ona go bardzo lubi.

– Boże, chyba się już pogubiłam. Który to jest Derek?

– Mniejsza o to – powiedział trochę uspokojony. Wiedział, że szuka na ślepo, i nie chciał podkreślać znaczenia Dereka, mówiąc o nim coś więcej, toteż zmienił temat. – Znasz się na samochodach?

– Całkiem nieźle. Tak to jest, kiedy ma się ojca mechanika i żadnego rodzeństwa. Tato uwielbiał samochody. Wiecznie siedział pod otwartą maską i coś odnawiał. Najbardziej lubił stare samochody. Mówił, że im mniej części, tym mniejsza szansa, że coś się zepsuje, i tym lepszy samochód.

– Mam podobne odczucia, gdy chodzi o telefony. A właściwie, jeśli się zastanowić, to gdy chodzi o całe życie. Tu jest – powiedział, otwierając drzwi garażu.

Midge potrzebowała kilku sekund, żeby oczy przyzwyczaiły się do mroku, ale gdy wreszcie udało jej się dostrzec samochód, gwizdnęła z podziwem.

– Co za cacko! – powiedziała, przesuwając dłonią po masce.

– Dowozi mnie z punktu A do punktu B. Rzadko go potrzebuję, ale nigdy mnie nie zawiódł. Czasami te stare sprzęty są znacznie solidniejsze.

– Zgadzam się w zupełności. Robiono je tak, żeby długo przetrwały. I oczywiście traktowano jak konie robocze. Są nie do zdarcia.

– No tak, ten samochód z pewnością swoje przepracował. Zasłużył na odpoczynek.

– I nigdy nie miał pan z nim żadnych problemów?

– Absolutnie żadnych.

– Nigdy nie był naprawiany w żadnym warsztacie?

– Nie, nic takiego sobie nie przypominam.

– Jest w takim stanie, w jakim wyjechał z fabryki? – pytała Midge z coraz większym podnieceniem w głosie. – Mogę? – dodała, wsuwając się do kabiny. Z uznaniem pogładziła kierownicę, poprawiła lusterko, jakby wybierała się w długą podróż, a potem zerknęła na deskę rozdzielczą. Światełko na suficie było słabe i niewiele pomagało w ciemnym garażu, więc zapaliła latarkę w telefonie i spojrzała na licznik.

– Mówił pan, że ten samochód bardzo dużo pracował! – wykrzyknęła, piszcząc radośnie. – Przecież on jest prawie nowy! Ma niecałe pięćdziesiąt tysięcy kilometrów przebiegu.

Doubler zajrzał do środka i spojrzał na deskę za kierownicą, jakby widział ją po raz pierwszy w życiu.

- Pięćdziesiąt tysięcy? Aż tyle? Dziwne, ale pewnie w końcu się uzbierało. - Zatrzasnął drzwi po stronie Midge, rejestrując przyjemny szczęk metalu uderzającego o metal, obszedł samochód i usiadł po stronie pasażera.

Midge spojrzała na niego.

- Panie Doubler, pan go bardzo mało używał!
- Ależ używałem. Kiedyś, na początku, używałem go bardzo często. Ale nie tak wiele na drogach. Marie miała większy samochód, którym jeździliśmy do miasta. Tym nie chciała jeździć. Prawdę mówiąc, nie cierpiała go i nie chciała jeździć nawet jako pasażerka. Kupiłem go zaraz po farmie i to była duża inwestycja, porządny farmerski samochód. Był czyściutki i prawie zupełnie nowy, miał tylko parę kilometrów na liczniku. Jak teraz o tym myślę, to było trochę zuchwałe, a nawet ryzykanckie. Nie mam pojęcia, co we mnie wstąpiło. Marie nie była zadowolona. - Doubler uśmiechnął się krzywo na to wspomnienie. - Jak myślę, dla niej był to wyraźny sygnał, że zdecydowany jestem na życie farmera. Może wtedy po raz pierwszy zrozumiała, na co się pisała. Całe życie przy ziemniakach.

Midge siedziała z rękami na kierownicy, a on oparł się wygodnie i zapiął pas. Marne światełko nad ich głowami przygasło, a potem zupełnie się wyłączyło. Ciemny garaż był doskonałym miejscem na szczerość i Doubler przygotował się, by powiedzieć coś jeszcze. Midge wyczuła to i podsunęła łagodnie:

- To nie mogło być dla niej łatwe.
- Nie, na pewno nie było. Ale przysięgam na Boga, że nigdy niczego nie udawałem. Nie obiecywałem jej niczego innego. Ta farma to nie był żaden kaprys.
- A czy ona ją kochała?
- „Kochała" to za wielkie słowo, ale kiedy miała małe dzieci, to chyba nie było jej tu tak źle. Mnóstwo miejsca, dzieci miały gdzie biegać, do tego miasto na tyle blisko, żeby można się stąd było bez

trudu wyrwać. Dom jest wielki, żyła zdrowo, miała dużo świeżego powietrza. I nigdy nie byliśmy głodni. W sumie radziliśmy sobie całkiem dobrze, chociaż może to był bardziej przypadek niż realizacja dobrego planu. Pieniądze napływały, lepsze niż u wielu innych farmerów, więc myślałem, że jest ze mnie dumna. Wydawało mi się, że dałem jej lepsze życie, niż mogła się spodziewać. Ciągle jeździła na zakupy, a ja nie narzekałem, bo przynajmniej miała się czym zająć. To pozwalało jej się oderwać.

– Od czego?

– Od ziemniaków, od przyziemności tego wszystkiego. Ale chyba w końcu uświadomiła sobie, że to nie ma żadnego znaczenia, jak dobrze nam się wiedzie, bo mnie nigdy nie będą interesować świecidełka, do tego nie mogłem sobie pozwolić na wakacje. Ona mogła i często to robiła, ale ja nie mogłem zostawić farmy. Zacząłem już wtedy swoje badania i wiedziałem, że mam szansę osiągnąć coś wielkiego. Miałem misję, ale od razu pogodziłem się z myślą, że to jest praca na wiele lat. Przełomowych wyników nie osiąga się z dnia na dzień. Nie przy ziemniakach. Trzeba wielu sezonów i nic tu się nie da przyśpieszyć. Nie można zmusić natury, żeby działała w tempie, które bardziej odpowiadałoby jakiejś żonie farmera. – Na jego twarzy odbił się smutek, gdy zalała go fala wspomnień. – Chyba przypominam sobie to ostatnie źdźbło, które przeważyło szalę, jeśli tak można powiedzieć.

Midge patrzyła prosto przed siebie, pozwalając Doublerowi mówić w tempie, które mu odpowiadało.

– Pamiętam, jak powiedziała, że ma już dość. Dość tych zim, dość tego błota, dość tych kartofli. Dzieci już podrosły i nie potrzebowały jej tak bardzo, więc mogła się czuć trochę przygaszona, jakby jej życie miało przeminąć w zupełnej monotonii. A ja się z nią zgodziłem. Zgodziłem się natychmiast. Wziąłem ją za rękę i powiedziałem, że tak, możemy robić coś innego, możemy się wynieść z farmy, ale trafiłem na coś ważnego i potrzebuję jeszcze trochę czasu. – Urwał na chwilę, starając się wiernie wygrzebać słowa spod dwudziestu lat stłumionych wspomnień. – Zapytała: „Ile czasu? Ile jeszcze czasu potrzebujesz?". A ja odparłem: „Dziesięć lat, maksimum piętnaście".

Midge zaśmiała się cicho.

– Jeszcze przez dziesięć lat miała robić coś, czego nienawidziła? Boże, trudno powiedzieć, żeby jej pan rzucił koło ratunkowe.

Zdruzgotała go łatwość, z jaką Midge podchwytywała punkt widzenia Marie.

– Byłem z nią szczery. Nie mogłem przyśpieszyć pracy. Zdecydowałem się poświęcić na nią całe życie i prowadzić badania tak długo, jak będzie trzeba. Wiedziałem już wtedy, że z moich eksperymentów może wyniknąć coś, co okaże się bardzo ważne dla wszystkich hodowców ziemniaków na całym świecie. To była ogromnie ważna praca, ale nic tu się nie działo z dnia na dzień.

Midge obróciła się twarzą do niego.

– Zrobił pan to, co było słuszne. To dobrze, że był pan z nią szczery, dlatego niech pan teraz w siebie nie wątpi. O wiele gorzej by było, gdyby jej pan składał fałszywe obietnice.

– Tyle że wcale nie byłem z nią szczery. – Ze wstydem zwiesił głowę. – Mówiłem o dziesięciu czy piętnastu latach tylko po to, żeby kupić sobie trochę czasu. Nigdy nie zamierzałem stąd wyjechać. Ani przed zakończeniem pracy, ani po. Teraz o tym wiem i pewnie wiedziałem już wtedy.

Wysiedli z samochodu. Midge zamknęła za sobą drzwi i jej głos odbił się od ścian garażu przyjemnym echem, gdy powiedziała głośno nad dachem samochodu:

– Niech pan się tak nie smuci. Pańska praca jest ważna, a czasami tak bywa, że praca musi być na pierwszym miejscu. Rzadko udaje się osiągnąć postęp bez wyrzeczeń. Ale niewielu ludzi ma odwagę i wystarczającą siłę przekonań, żeby doprowadzić pracę do końca. Jest pan bardzo dzielnym człowiekiem.

Chciał zamknąć samochód, ale powstrzymała go.

– Mogę? – Wskazała na maskę. – Ma pan coś przeciwko?

– Proszę bardzo. – Otworzył maskę i oparł ją na wsporniku.

Midge znów zapaliła latarkę w telefonie, przesunęła strumień światła w jedną i w drugą stronę po silniku i zamruczała z podziwem. Doubler patrzył na nią, zaciekawiony.

– Twój tato znał się na silnikach i myślisz, że masz genetyczne predyspozycje do tego, żeby lubić samochody?

– Jeśli pyta pan, czy mam to we krwi, to możliwe. Ale pewnie jest to bardziej nabyte niż wrodzone. Mój ojciec był pasjonatem samochodów. Żył z nich, ale przede wszystkim to była jego pasja.

– Tak jak ziemniaki dla mnie! – wykrzyknął Doubler.

– Właśnie tak. Dobrze jest, kiedy te dwie rzeczy zbiegają się ze sobą, prawda? Tato poświęcał prawie cały wolny czas na grzebanie w starych samochodach, a ja lubiłam być przy nim i w rezultacie też spędzałam dużo czasu przy samochodach. Wie pan, tato był najszczęśliwszy, kiedy pracował, i to wcale nie jest takie rzadkie. Często pokazujemy swoją najlepszą twarz, kiedy robimy to, co umiemy robić dobrze. Ale nie wszyscy widzimy rodziców przy pracy, więc czasami w ogóle nie znamy ich najlepszej twarzy.

– No tak... – Zastanawiał się przez chwilę. – Ciekaw jestem, czy moje dzieci uważają, że pokazuję swoją najlepszą twarz, kiedy pracuję. Pewnie w ogóle nie sądzą, żebym miał jakąś najlepszą twarz. Bardzo bym chciał, żeby trochę się zainteresowały tym, co robię, ale chyba nie ma na to szans. W każdym razie dopóki uważają, że to ja jestem winny temu, co się stało z Marie.

– Pańskie dzieci mają wiele powodów, żeby czuć wielką dumę z pana. Ale może powinien pan trochę popracować nad swoim wizerunkiem.

Doubler starannie zamknął samochód, a potem garaż, i podeszli do samochodu pani Millwood. Midge wsunęła dłoń pod ramię Doublera i szła tuż przy nim.

– Dobra wiadomość jest taka, że pański samochód to absolutne cudo.

– Cieszę się, że tak myślisz. Czasami trudno zauważyć wartość jakiejś starej maszyny na farmie, ale chciałbym myśleć, że potrafię go docenić.

– Jego piękno nie polega tylko na tym. Trochę posprawdzam, kiedy wrócę do domu, ale wydaje mi się, że to, co pan tu ma, warte jest wielki majątek.

– Naprawdę? – Zaskoczony Doubler zachichotał tak jakoś dziwnie. – Naprawdę ktoś mógłby dobrze za niego zapłacić, chociaż ma tyle lat?

– Właśnie dlatego, że ma tyle lat. Pańska żona może go nie lubiła, ale zrobił pan znakomitą inwestycję. Jeśli to jest to, co mi się wydaje, to naprawdę wart jest ogromne mnóstwo pieniędzy. Tym bardziej, że tych aut już nie produkują. Większość modeli to i tak okazy kolekcjonerskie, ale pański jest absolutnie wyjątkowy.

– Coś takiego. Muszę powiedzieć, że tego się nie spodziewałem. – Z niedowierzaniem potrząsnął głową. – Jest wart więcej niż te nowomodne wynalazki? – zapytał, wskazując na czerwony samochodzik.

Midge wybuchnęła śmiechem.

– Ten stary gruchot mamy? Boże drogi, o wiele więcej! Mógłby pan za niego kupić kilka zupełnie nowych samochodów.

– No to muszę powiedzieć o tym Julianowi. Zdziwi się. I powinien być ci bardzo wdzięczny. Z całą pewnością zaoszczędziłaś mu zażenowania. Wyobraź sobie, jak by się zdenerwował, gdyby zamienił mój samochód na jakiś nowoczesny śmieć, a potem by się dowiedział, co zrobił. Byłby przerażony.

– Och, panie Doubler – powiedziała Midge ze smutkiem.

Przypuszczał, że jej oczy wypełniły się łzami z powodu ostrego wiatru, ona jednak mocno objęła Doublera i uścisnęła.

– Mama ma rację. Jest pan cudowny. – Oderwała się od niego gwałtownie, wskoczyła do samochodu pani Millwood, zapaliła silnik i zamknęła drzwi, a wszystko to jednym szybkim ruchem.

Patrzył na nią, gdy wyjeżdżała z podwórza, a potem zamyślony wrócił do domu, zastanawiając się, czy to możliwe, by łzy w jej oczach nie były spowodowane wiatrem. Może to było coś zupełnie innego.

ROZDZIAŁ 17

Tego ranka Doubler przeszedł dwukrotnie dłuższy dystans niż zwykle. Przez całą noc spał niespokojnie i obudził się długo przed świtem. Nie mógł już zasnąć i zmęczyło go w końcu czekanie na wschód słońca, więc ubrał się szybko, wziął do ręki najmocniejszą laskę i wyszedł w mrok, zmierzając do stóp wzgórza i zastanawiając się nad nieoczekiwaną wiadomością, że Derek często odwiedza panią Millwood. Z każdym krokiem coraz bardziej zagłębiał się w zamęt panujący w jego emocjach, wyodrębniając z niego sprzeczne ze sobą elementy i próbując zrozumieć, dlaczego od czasu do czasu zupełnie nieoczekiwanie zalewa go fala zazdrości.

Wydawało się zupełnie oczywiste, że pani Millwood ma na farmie Grove wyjątkowego przyjaciela. W innym wypadku nie przejmowałaby się schroniskiem w czasie, gdy wszystkie jej myśli powinny być skupione na powrocie do zdrowia. Błyski zazdrości, które Doubler odczuwał, były bardzo złożone i bardziej kojarzyły się z nastolatkiem. Zaczął jednocześnie potępiać i usprawiedliwiać szczególny związek, jaki kwitł między panią Millwood a Derekiem. Zastanawiał się, czy za każdym razem, gdy pani Millwood odkładała słuchawkę po ich rozmowach, robiła to dlatego, że pojawiał się Derek, i wściekał się na siebie za głupią próżność, która podsuwała mu myśli o ich wyjątkowej relacji.

Ze złością schodził ze wzgórza, nieuważnie stawiając kroki w ciemnościach i nie przejmując się, gdy jego buty trafiały na ostre kawałki krzemienia. Kilka razy tylko laska powstrzymała go przed upadkiem, bo szedł krokiem znacznie bardziej zamaszystym, niż pozwalał na to mrok.

Tak, pomyślał Doubler, pewien już, że to, co do siebie mruczał w zacietrzewieniu – niektóre słowa wypowiadał głośniej, a niektóre brzmiały tylko jak syk wśród wirujących szaleńczo myśli – pomaga mu zbliżyć się do prawdy. Wyjątkowa, przynosząca radość relacja z Derekiem, którą należało chronić, wyjaśniałaby, dlaczego pani Millwood czuła tak nietypową dla siebie niechęć i wrogość wobec Pauli i Mabel. Widocznie żadnej z nich nie mogła zaufać, dopóki leżała w łóżku. Doubler poczuł szczerą niechęć na myśl o tej potencjalnej zdradzie.

Zatrzymał się i rozejrzał, żeby sprawdzić, gdzie jest. Dotarł już do końca drogi dojazdowej i skręcił w lewo na ścieżkę na skraju pól. Ścieżka przez chwilę biegła wzdłuż wiejskiej drogi, a potem odchodziła od niej, wyznaczając granice jego ziemi. Po lewej stronie na tle nocnego nieba widział szczyt wzgórza, na którym stał jego dom, z tym że akurat on był właściwie niewidoczny. Droga do domu wspinała się stromo. Jasne kawałki kredy i krzemienia wyraźnie odcinały się od ciemnobrązowych pól, które w bladym świetle księżyca wydawały się atramentowoczarne. Po prawej miał szeroki pas nieużytków zarośnięty gąszczem jeżyn i innych kolczastych krzewów, które stanowiły barierę nie do przejścia. Dalej był zielony zagajnik, który oddzielał jego pola od pól Peele'a.

Zatrzymał się na krańcach swojej posiadłości, pozwalając, by w jego umyśle zapanowała pustka. Wciąż było ciemno. Zatrzymał się i nasłuchiwał. Na gałęzi leszczyny w pobliżu odezwał się ptak. Jego głos przeciął mrok i wyrwał Doublera z odrętwienia.

– Cześć, rudziku! – powiedział pod nosem, żeby nie spłoszyć odważnego śpiewaka. – Trochę jeszcze za wcześnie na pobudkę, co?

Do samotnego, nieśmiałego głosu natychmiast dołączył inny, brzmiący jak refren odgrywany na flecie. Ptaki wyczuły świt, zanim jeszcze Doubler zauważył jakiekolwiek oznaki budzącego się dnia. Do tych dwóch – to był rudzik i być może kos – szybko dołączyły inne i już po chwili rozległ się cały chór, w którym rywalizujące dźwięki stapiały się ze sobą. Powinny tworzyć zgrzytliwą kakofonię, tymczasem łączyły się w zgrany chór, jakby prowadzony ręką niewidzialnego dyrygenta.

– Czy to ty, dzielny ptaszku? – zapytał Doubler rudzika. – Czy to ty dyrygujesz orkiestrą? Jakiś ty utalentowany!

Rudzik dalej ciągnął smętną pieśń złożoną z dłuższych i krótszych nut.

Doubler schodził drogą po zachodnim zboczu, bo chciał, żeby słońce, kiedy wzejdzie, znajdowało się po przeciwnej stronie wzgórza. Teraz uświadomił sobie, że zamiast powitać świt po wczesnej pobudce, niechcący go opóźnił, co bardzo mu odpowiadało, bo nie był jeszcze gotów na rozpoczęcie następnego dnia. Nie miał pojęcia, co z nim zrobić. Choć zwykle zajmował się tylko tym, co było pewne, teraz miał wrażenie, że stąpa po niepewnym gruncie wątpliwości. Zastanawiał się ze zniecierpliwieniem, dlaczego tak bardzo dotknął go podziw pani Millwood dla Dereka. W końcu była tylko jego gosposią i do tego miała kiepski gust, gdy chodziło o ser i jabłka.

Ale choć Doubler łatwo wpadał w irytację, optymizm ptaków i to, że traktowały nadejście dnia jako coś oczywistego i celebrowały świt, nim jeszcze zyskały naoczną pewność, że słońce rzeczywiście wstanie, wzbudziło iskrę optymizmu również w jego sercu. Ptaki nie czekały, aż dzień odsłoni się przed nimi w całej swej okazałości, żeby się z niego cieszyć. Zaczynały swoje śpiewy bez względu na wszystko, gotowe obudzić dzień, jeśli to okaże się konieczne. Doubler poszedł jeszcze kawałek dalej i chociaż ciemność nieco się już rozrzedziła i zmieniła w bledszą wersję siebie samej, ostrożnie stąpał po ścieżce, bo wciąż prawie nic nie widział i od czasu do czasu się potykał. Teraz, gdy wszystkie chyba gatunki ptaków, jakie można było znaleźć w tej okolicy, dodawały mu otuchy coraz głośniejszym śpiewem, uświadomił sobie, że ta niebezpieczna wędrówka sprawia mu przyjemność. Odwaga fizyczna pobudzała go do znalezienia w sobie odwagi emocjonalnej.

Zatrzymał go nagły chlupot. Odwrócił się i w mroku między leszczynami dostrzegł niedużą sadzawkę ledwie widoczną w świetle księżyca. Kaczor kaczki krzyżówki niezgrabnie wskoczył do wody obok samicy i ptaki zaczęły krążyć po malutkim akwenie w szczęśliwym, hałaśliwym duecie, trzepocząc skrzydłami i z trudem balansując w płytkiej wodzie.

Ten widok sprawił Doublerowi przyjemność. Sadzawka, w której było tylko tyle wody, by mogły się tam zmieścić zalecające się do siebie kaczki, wyraźnie pokazywała, że ogrom pracy, jaki włożył w swoją ziemię od ostatnich zbiorów, przyniósł owoce. Przekopał pole w głębokie bruzdy biegnące w poprzek zbocza, żeby ziemia nie spływała w dół. Wielokrotnie przejeżdżał pługiem po najbardziej stromych fragmentach, nadając bruzdom odpowiednią głębokość, żeby jego z trudem wypracowanej żyznej ziemi nie zmyły zimowe deszcze. Oprócz trzech sporych sadzawek, w których żyła nawet czapla, było jeszcze kilka mniejszych, rozsianych po obwodzie pól. Wypełniała je deszczówka i woda z kilku niedużych podziemnych źródełek. Skoro tuż przed nadejściem wiosny pełne były wody, a nie grząskie i zarośnięte sitowiem, znaczyło to, że bardzo głębokie bruzdy, jakie wyorał, spełniły swoje zadanie. Przegląd tych sadzawek wymagał od niego sporo dyscypliny, ale gdy zobaczył kaczki pływające radośnie w oczekiwaniu na wiosnę, pomyślał, że musi przychodzić tu częściej. Hałaśliwe kaczki sygnalizowały, że farma Mirth tętni zdrowiem. Nieco podniesiony na duchu znów ruszył pod górę, żeby popatrzeć na świat w całej jego wspaniałości.

Gdy wracał po własnych śladach z większą już determinacją i mniejszym defetyzmem, jego myśli powędrowały w innym kierunku. Zastanawiał się, jak wyjaśnić pani Millwood, że jest od niej zależny na wiele sposobów, których ona (ani Derek) nie jest w stanie zrozumieć. W porannym spokojnym powietrzu uznał, że nie może jej winić za to, jeśli pani Millwood nie odwzajemnia jego uczuć, ani za to, że nie zaprosiła go do odwiedzin w szpitalu. Doubler nie był podobny do kaczora, który z hałasem wskoczył do stawu. Przypominał raczej nieśmiałą łyskę, która przygląda się z boku, jak śmielsze i barwniej upierzone gatunki wskakują do wody i otaczają kręgiem panią Millwood. Czy gdyby był bardziej bezpośredni, to pani Millwood zaprosiłaby go do swojego kręgu przyjaciół?

Przeszedł przez dom, starając się przy tym zrobić coś pożytecznego. Wziął do ręki kilka książek i zastanowił się, czy ma ochotę je przeczytać, ale szybko porzucił ten pomysł i zostawił książki na stoliku przy kominku. Ponieważ telefon stał już sobie przy fotelu, Doubler zaczął krążyć w pobliżu, nie skupiając się na czekaniu, aż zadzwoni. W pokoju mógł robić wiele rzeczy, których nie mógłby robić w korytarzu. Mógł usiąść przy oknie i obserwować ptaki, mógł zwrócić lornetkę na furtkę i wypatrywać niechcianych gości albo nawet siedzieć przy ogniu i rozwiązywać krzyżówkę. Choć wciąż dręczyły go wątpliwości, gdy zajmował się czymś innym, to wystarczyło, że spojrzał na rozciągnięty po podłodze przewód telefonu i od razu przyznawał, że pod niektórymi względami jego życie wygląda teraz znacznie lepiej.

Zaczął odkurzać półki z książkami. Sprzątanie domu miało na niego terapeutyczny wpływ. Doszedł do przekonania, że choć niewiele wie o sprawach serca, to dobrze zna panią Millwood. Zaczeka, aż będzie gotowa opowiedzieć mu o swoich uczuciach do Dereka. Gdy doszedł do tego wniosku, poczuł się spokojniejszy i widmo konfrontacji chwilowo zniknęło z horyzontu.

Kiedy telefon zadzwonił, odczekał cztery sygnały, uspokajając oddech, a potem podniósł słuchawkę i powiedział szybko odmierzonym tonem:

– A co z Olive? Co pani wie o niej?

Pani Millwood nie wahała się, jakby ona również przygotowana była na podjęcie rozmowy w tym miejscu, w którym ją przerwali, mimo że od tej chwili minęły już dwadzieścia cztery godziny.

– Ach, Olive. Ona jest bardzo interesująca. To osoba dobra do szpiku kości. Okazała wielkie serce, przyjmując do siebie schronisko. Pozwoliła nam używać ziemi i budynków, chociaż musiała się tym samym wyrzec prywatności i samotności. Pozwoliła, żeby pułkownik postawił tuż obok domu ten kontener, w którym mamy biuro, a trzeba szczerze powiedzieć, że wygląda to okropnie. Nie wiem, czy byłabym w stanie posunąć się aż tak daleko. A z tego, co widzę, Olive nie dostała nic w zamian. Nie utrzymuje z nami kontaktu, więc nie zrobiła tego dla towarzystwa. Nie udziela się w żadnym komitecie dobroczynnym, więc nie zdobywa doświadczenia. Po prostu pozwala nam robić, co chcemy. To chyba świadczy o jej wielkim sercu, prawda?

– Mówi pani o bezinteresownym dawaniu? – Doubler natychmiast wciągnął się w tę rozmowę. Wszystkie jego wcześniejsze postanowienia zbladły wobec realnej materii tematu, który teraz poruszali.

– Tak, nie sądzi pan? Robienie czegoś, gdy człowiek nie oczekuje nic w zamian, to niezawodny znak dobrego serca, jak sądzę. Wydaje mi się, że Olive nie pragnie żadnego uznania ani wdzięczności. A nawet w najprostszych dobrych uczynkach zwykle jest jakiś okruch egoizmu, zgodzi się pan ze mną?

- To pewnie zależy, jak dużo dajemy. Oddanie komuś farmy do dyspozycji to bardzo duży dar. Ale wrzucenie pieniędzy do puszki, no wie pani, kiedy robią zbiórki przy supermarketach? To anonimowy dar i chyba nikt nie oczekuje za to wdzięczności czy uznania? To jest działanie na mniejszą skalę, ale chyba zupełnie altruistyczne? – Doubler był w pełni skupiony na tej rozmowie, by uszanować powagę, z jaką temat traktowała pani Millwood.

– Ale poczułby się pan rozczarowany, gdyby ten człowiek z puszką pod supermarketem zupełnie zignorował pański dar. Na pewno oczekuje pan co najmniej podziękowania. A poza tym, kiedy zatrzymuje się pan, żeby wrzucić pieniądze do puszki, robi pan to ze względu na ludzi dokoła. Żeby okazać im leciutką wyższość. To znaczy patrzy pan na tych, którzy przebiegają obok ze spuszczoną głową i rękami w kieszeniach albo zerkają na zegarek, żeby pokazać, jak bardzo są zajęci, i myśli pan sobie: „A ja się zatrzymam i wrzucę monetę do tej puszki, bo jestem lepszy od nich".

Doubler był szczerze zdziwiony. Przypomniał sobie, jak jego córka mówiła, że zbiórki na dobroczynność ją onieśmielają. Pomyślał o czasach, kiedy odwiedzał supermarkety, i zastanowił się, jakim człowiekiem był wtedy. Ale minęło już tak dużo czasu, że nie potrafił sobie tego przypomnieć wyraźnie, a poza tym i tak nie ufał własnej pamięci.

– To bardzo cyniczne podejście, pani Millwood – odrzekł z namysłem. – Mam wielką nadzieję, że większość ludzi tak nie myśli. Już dawno nie byłem w supermarkecie, ale o ile dobrze pamiętam, kiedyś wrzucałem drobne do puszki, żeby ten, kto zbiera, poczuł się lepiej. Żeby nie miał wrażenia, że stoi tam na darmo.

– Więc robił mu pan mały prezent i używał swojego wpływu, żeby poczuć się lepiej od niego? To nie jest tak całkiem altruistyczne.

Doublerowi zakręciło się w głowie. Pani Millwood doskonale rozumiała ludzi. Poza nią nie znał nikogo, kto potrafiłby tak mocno się zaangażować w nawet najbardziej banalną rozmowę.

– Może. Ale nie chciałbym przestać dawać na dobroczynność tylko dlatego, że nie potrafię robić tego całkowicie altruistycznie. Nikt by na tym nie wygrał.

– Ale mnie chodzi o to, że Olive jest stuprocentowo dobrą osobą. Gdyby oddanie domu na potrzeby schroniska miało ją uszczęśliwić, wówczas miałaby jakiś egoistyczny motyw, prawda? A mnie się wydaje, że ona i tak czuje się nieszczęśliwa.

– Czy jest samotna?

– Prawie na pewno. Wciąż siedzi na tej farmie zupełnie sama. O ile wiem, nie ma żadnej rodziny. Kto by nie czuł się samotny? My się pojawiamy i znikamy, zajmujemy się zwierzętami i wszystkimi sprawami schroniska, ale ona nie nawiązuje z nami żadnego kontaktu. To musi być paraliżująca samotność.

Doubler milczał. Dzisiejsza rozmowa nie przyniosła mu wyczekiwanej ulgi. Gdyby prowadzili ją przy lunchu, siedząc przy stole kuchennym, mógłby zmienić jej bieg. Mógłby podnieść się i nastawić czajnik, żeby zyskać na czasie. Nastawienie czajnika było najlepszym sposobem na zatrzymanie czasu. Ale to nie wchodziło w grę. Musiał ciągnąć tę rozmowę, jeśli nie chciał, żeby się skończyła. Nie mogła przecież trwać bez niego.

– To ciekawe, pani Millwood.

– Co takiego?

– Czy wszyscy jesteśmy po prostu produktem naszych relacji z innymi? Pułkownik trafił do schroniska, bo w domu został zdegradowany na drugą pozycję i jego ego nie może tego znieść. Paula zachowuje się tak, jak się zachowuje, bo chciałaby mieć męża i nikt nie potrafi jej zobaczyć w innym świetle tylko jako kobietę, której brakuje partnera. Ja jestem, powiedzmy otwarcie, sam na farmie, czyli trochę jak Olive, a dzieje się tak przez to, co zrobiła

moja żona. A pani, pani Millwood? Pani charakter też musiał się po części ukształtować pod wpływem męża.
– Tak. Albo pod wpływem jego nieobecności.
– Jednego i drugiego. Kombinacja tych dwóch rzeczy: wspólne szczęśliwe życie, a potem cierpienie, gdy go zabrakło. Musi pani być produktem tych dwóch rozdziałów.
– Chce pan powiedzieć, że mąż uczynił mnie tym, kim jestem, a teraz stałam się tylko połówką pary? – Jej głos brzmiał odlegle. Urwała, ale Doubler i tak podążył za tą myślą.
– Tak. Właśnie tak. Czy ktokolwiek z nas... czy w ogóle ktokolwiek potrafi być po prostu sobą? Nie człowiekiem zniszczonym czy spełnionym, postawionym na pierwszym planie albo schowanym w cieniu, tylko po prostu człowiekiem?
Przez chwilę milczała, a potem odparła, ostrożnie dobierając słowa:
– Wydaje mi się, że człowiek, który czuje się zadowolony, kiedy jest zupełnie sam, to bardzo rzadkie zjawisko. – Zastanawiała się jeszcze przez moment. – Może jakiś święty? Ktoś, kto potrzebuje samotności, żeby odnaleźć Boga? No, tego rodzaju rzeczy.
Natychmiast podał to w wątpliwość czy też w ogóle odrzucił ten argument, jakby już wcześniej się nad tym zastanawiał:
– Nie, bo wtedy Bóg staje się partnerem, tą drugą osobą w związku. Święty nie jest samotny, bo jest w mistycznym przymierzu z Bogiem, prawda? Gdyby przyznał, że czuje się samotny, tym samym przyznałby, że Boga nie ma.
– Tak, oczywiście, ma pan rację.
– Ale na przykład gdyby Olive starała się sprawiać wrażenie szczęśliwej, czy moglibyśmy uwierzyć, że jest naprawdę szczęśliwa, choć mieszka samotnie na farmie?
Pani Millwood krótko parsknęła, co oznaczało, że za chwilę się posprzeczają.

- A po co zastanawiać się nad Olive? Może rozejrzy się pan bliżej? A pan, panie Doubler? Przecież jest pan zupełnie sam na swojej farmie. Czy potrafi pan tam być szczęśliwy?

- Szczęśliwy? Ja? Ależ oczywiście, że tak! Najszczęśliwsze chwile mojego życia spędziłem samotnie. I nie są wcale rzadkie, zdarzają się często. Dobrze pani wie, że miałem swoje chwile rozpaczy. Ale są też chwile, pewnie kilka każdego dnia, kiedy jestem ogromnie szczęśliwy. To znaczy jestem zupełnie zadowolony. – Zadumał się na krótko. – Są takie sygnały, rzeczy, które zauważam i które przypominają mi, jakim jestem szczęśliwym człowiekiem.

- Na przykład co?

- Kiedy mam duży zapas drewna, to rozpalam porządny ogień. I coś jeszcze: gdy uda mi się go fachowo rozpalić, to znaczy trzema kawałkami gazety i jedną zapałką. I usłyszę te pierwsze trzaśnięcia, które mówią, że pali się drewno, a nie tylko papier, a ja wiem, że za chwilę będzie mi ciepło. Wtedy jestem naprawdę szczęśliwy. – Uśmiechnął się, gdy sobie to uświadomił. – Kiedy moje ziemniaki zachowują się nie tylko przyzwoicie, ale nadspodziewanie dobrze, kiedy robią właśnie to, czego od nich oczekuję, choć nigdy wcześniej nie udało się tego uzyskać żadnemu hodowcy, wtedy jestem bardzo, ale to bardzo szczęśliwy. Jednak moje szczęście nie bierze się tylko z osobistego sukcesu. Moje ziemniaki uszczęśliwiają mnie przez cały czas. Kiedy jednego dnia ziemia jest naga, zima trzyma ostro i nie chce ustąpić, a następnego widzę tysiąc zielonych kiełków, tak malutkich i drobnych, że każdy z nich jest prawie niewidoczny, a jednak razem tworzą wyraźne zielone linie, wtedy jestem najszczęśliwszym człowiekiem na świecie.

- Wtedy nie jest pan tylko wytworem nieobecności żony – z powagą stwierdziła pani Millwood.

- Nie. Wtedy jestem pionierem obdarzonym poczuciem celu i obietnicy.

– Pionier obdarzony poczuciem celu i obietnicy! – powtórzyła, zachwycając się brzmieniem tych słów. – Któż mógłby sobie życzyć czegoś więcej, panie Doubler? Odpowiedział pan na własne pytanie. Oczywiście, że możemy być szczęśliwi w samotności i oczywiście nie jesteśmy, że tak to nazwę, tylko „czyjąś nieobecnością" albo „dodatkiem do czegoś".

– Ale są jeszcze inne rodzaje szczęścia i kiedy się je pozna, te inne przestają mieć blask.

– Na przykład jakie, panie Doubler?

– Wie pani, jak to jest, kiedy wysprząta pani całą bawialnię od góry do dołu i wypoleruje okna aż do blasku? Nagle do środka wpada słońce i w jego promieniach widać tańczące w powietrzu pyłki kurzu i okazuje się, że jednak nie wysprzątała pani aż tak dobrze. Cała bawialnia pełna jest wirujących pyłków brudu, ale gdyby nie zaświeciło słońce, nigdy by ich pani nie zauważyła. Potrzebne jest światło, żeby zauważyć mrok.

– Mówi pan zagadkami, panie Doubler. Czuję się zbita z tropu.

Odetchnął głęboko, widząc, że ta metafora niezupełnie otworzyła drzwi do rozmowy, na jaką miał nadzieję.

– No cóż, na przykład ta nasza rozmowa. Chyba nigdy nie czułem się szczęśliwszy niż teraz, kiedy telefon zadzwonił i wiedziałem, że to pani, i wiedziałem też, że poczeka pani, aż przyniosę telefon do bawialni, i niosłem ten telefon, który dzwonił mi w rękach, i byłem zachwycony i zdumiony radością, jaką dał mi ten przedłużacz, i uśmiechałem się od ucha do ucha, bo wiedziałem, że usiądę sobie i będziemy mogli porozmawiać naprawdę długo. To było szczęście w czystej postaci.

Pani Millwood wybuchnęła śmiechem i skomentowała nad wyraz oryginalnie:

– Pan jest głupi jak but z lewej nogi!

Doubler wcale nie poczuł się zbity z tropu.

– Ale jest i druga strona medalu. Gdyby telefon przestał dzwonić, gdybym wiedział, że to nie pani dzwoni albo że już nigdy więcej do mnie pani nie zadzwoni... – Urwał i poczuł, że serce mu się łamie porażone wizją cierpienia, którego nie chciał nazywać po imieniu.

– Dlaczego? – zawołała pani Millwood z niepokojem. – Gdzie miałabym się podziać? Gdzie ja jestem w tym scenariuszu? Dlaczego do pana nie dzwonię?

Dramatycznie potrząsnął głową i powoli odetchnął.

– Zapewne już pani nie żyje, pani Millwood, albo uciekła pani gdzieś z Derekiem. – Skrzywił się wściekły na siebie, że wspomniał o Dereku, chociaż jeszcze przed chwilą obiecywał sobie tego nie robić.

Ale pani Millwood już odpowiadała.

– Z Derekiem?! – pisnęła. – Po co, na litość boską, miałabym to robić? Co za bezsensowny pomysł!

– No cóż – stwierdził Doubler ze smutkiem – nie uciekła pani z pułkownikiem, więc obawiam się, że musi chodzić o Dereka.

– Muszę uciec z Derekiem albo umrzeć? Chyba mam kiepski dzień. – Głos pani Millwood brzmiał ciepło, ale dla Doublera takie obnażanie duszy było bolesne.

– No tak, ten dzień w ogóle jest kiepski – zgodził się. – Ale najgorsze ze wszystkiego jest to, że gdyby nasze rozmowy telefoniczne skończyły się na zawsze, to już nigdy więcej nie potrafiłbym czerpać przyjemności z tych innych rzeczy.

– Z ognia, z dobrych kartofli, z pierwszych kiełków na wiosnę? – powtórzyła, odzwierciedlając jego smutek.

– No właśnie, z tego wszystkiego. Ani z czystej wykrochmalonej pościeli w poniedziałki. Znów znalazłbym się w otchłani rozpaczy.

– Prawdę mówiąc, czuję się okropnie, po prostu okropnie. Ja znikam gdzieś z Derekiem, a pan wpada w otchłań rozpaczy. Biedactwo! – Roześmiała się serdecznie.

Lekko urażony wyprostował się na fotelu.

– Wydaje mi się, że wcale nie jest pani tak smutno, jak powinno być.

– Ależ jest mi okropnie smutno z pańskiego powodu! To naprawdę straszne, że moja nieobecność mogłaby znów wrzucić pana w tę okropną przepaść. A jeszcze gorsze jest to, że biedny Derek, którego kocham całym sercem, też jest nieszczęśliwy.

Doubler poczuł ostry, przeszywający ból. Wyobrażając sobie tę stratę, rzeczywiście znalazł się na samym skraju przepaści wypełnionej rozpaczą, choć jeszcze tak całkiem do niej nie wpadł.

– Dlaczego Derek miałby być nieszczęśliwy? Przecież w tym scenariuszu to on wygrywa. – Poczuł dochodzącą z głębi trzewi nienawiść do Dereka i przez chwilę wyobrażał sobie, że ciska w niego wielką kulą ognia, żeby sczezł bez śladu. Ale ta brutalna wizja nie przyniosła mu ulgi.

– Derek jest nieszczęśliwy, bo on mnie wcale nie chce! Byłabym ostatnią osobą na świecie, z którą miałby ochotę uciec! – Pani Millwood wciąż śmiała się na głos.

Z powodu tego śmiechu Doubler czuł się coraz gorzej i miał ochotę zadać Derekowi jeszcze większe cierpienie. Ale to było niemożliwe, bo wyczerpał już zasoby swojej wyobraźni.

– Bardzo w to wątpię. Jest pani piękna, wiele pani osiągnęła, jest pani mądra i kocha go pani z całego serca. Gotów byłby uciec z panią w każdej chwili i nic nie mogłoby go powstrzymać.

Pani Millwood wykrztusiła swoją odpowiedź między wybuchami śmiechu:

– Panie Doubler, Derek jest gejem, więc raczej nie jestem w jego typie.

171

Porażony tą wiadomością Doubler prędko oczyścił umysł z brutalnych wizji, zawstydzony, że zazdrość doprowadziła go do takiego okrucieństwa. Zmiękł nieco, ale wciąż podejrzliwie odnosił się do uczucia, o którym pani Millwood wspomniała.

– Och, no cóż... No tak, rozumiem, że to może być pewna przeszkoda. Ale on i tak byłby szczęśliwy, gdyby mógł panią dostać.

– Nie, nie, nie – zaprzeczyła pani Millwood żarliwie. – Byłby najsmutniejszym człowiekiem na świecie, gdyby musiał wziąć kobietę za żonę, skoro najbardziej pragnie mieć mężczyznę za męża.

Wiadomość o smutku Dereka niezmiernie ucieszyła Doublera. Po raz kolejny wypuścił oddech, chociaż nie pamiętał, żeby w czasie tej rozmowy choć raz zaczerpnął powietrza.

– W takim razie pani nie żyje, pani Millwood, a to zawsze może się zdarzyć – powiedział zdecydowanym tonem.

– No cóż, w tych okolicznościach moja śmierć wydaje się znacznie zdrowszym rozwiązaniem. Lepiej niech mnie pan pochowa, zamiast wrzucać Derekowi w ramiona, dobrze?

– Dobrze! – wykrzyknął Doubler z euforią. Prześledził ciąg myśli, które doprowadziły go do tego miejsca, i dopiero teraz zauważył, że choć udało mu się wyrwać panią Millwood ze szponów Dereka, to i tak znów został sam. – Ale jeśli pani umrze, to znowu znajdę się w tej przepaści. Widzi pani? Więc chociaż jestem pionierem z poczuciem celu i obietnicy, to i tak grozi mi upadek w przepaść wypełnioną po brzegi rozpaczą.

– Ale pan już kiedyś był w tej przepaści, panie Doubler, i udowodnił pan, że to nie jest koniec świata.

– Ale nie tak. To co innego.

Pani Millwood jednak nie ustępowała, podniecona swoim odkryciem.

– Był pan tam i wyszedł. Widziałam to. Kiedy Marie odeszła, wpadł pan do tej przepaści i zagrzebał się pan razem z głową w jej najciemniejszej i najgłębszej części. A jednak udało się panu wydostać.

Przez moment wspominał to wydostawanie.

– Ale zrobiłem to z pani pomocą, pani Millwood. To pani wyciągnęła do mnie rękę, nachyliła się nad przepaścią i pomogła mi wyjść. Dzień po dniu, lunch po lunchu. Gdyby nie pani, nigdy bym stamtąd nie wylazł. Umarłbym tam, na dole.

– Nie jestem pewna, panie Doubler, czy dobrze pan to pamięta. Z całą pewnością nie docenia pan siebie. Byłam tylko świadkiem pańskiego wychodzenia, no, może trochę pomogłam, żeby znów się pan nie ześlizgnął, ale z całą pewnością wydobył się pan o własnych siłach. Widzi pan, miał pan cel. To ja byłam celem, który pomógł się panu wydostać. I Bogu dzięki. Czasami, kiedy się pan tak użalał nad sobą, zastanawiałam się, czy panu tam nie jest dobrze. Moim zadaniem było sprawić, żeby przestał pan się tam czuć dobrze, bo wtedy nawet by pan nie próbował wyjść.

Przypomniał sobie najciemniejsze dni, kiedy bał się nawet oddychać, bo to za bardzo bolało.

– Było mi tam okropnie źle. W żadnym razie nie czułem się tam dobrze.

– Myślę, że jednak tak. Myślę, że siedząc w tej przepaści, znalazł pan broń, którą chciał pan ukarać Marie i dzieci. To był pański sposób na odwet. Ktoś inny wyszedłby z domu i pograł w bingo, zapisał się na kurs tańca klasycznego czy coś w tym stylu, ale pan zdecydował, że wypędzi ze swojego życia każdą iskrę radości. Był pan rozgniewany, panie Doubler. Był pan bardzo, bardzo rozgniewany.

– Ale co by było, gdybym teraz znów tam wpadł? Skąd wziąłbym nowy cel? – Wciąż kontemplował życie bez pani Millwood, ale nie chciał już nazywać jej śmierci po imieniu, w każdym razie dopóki prowadziła te rozmowy ze szpitalnego łóżka. Teraz, gdy nawet wyjście awaryjne zostało zamknięte, śmierć wydawała się zbyt nieunikniona.

– Miałby pan nadal swoje ziemniaki, a dopóki będzie pan miał ziemniaki, będzie pan miał cel – oznajmiła karcącym tonem, jakim zwracała się do niego przed laty, gdy Doubler nie pozwalał się wciągnąć w rozmowę podczas lunchu. W tamtych czasach jego smutek był dla niej wielkim wyzwaniem. – Aha, mam dla pana jeszcze jedną dobrą wiadomość.

Choć był ponury, załamany i pozbawiony energii, to jednak zdobył się na cień zainteresowania i spytał:

– Co takiego?

– Jeszcze nie umarłam!

Otrząsnął się przerażony myślą, że odbył tę obsesyjnie skupioną na sobie podróż podczas ich rozmowy telefonicznej i po drodze prawie zapomniał o pani Millwood. Chciał być jak kaczor. Musiał z hałasem wskoczyć do jej stawu.

Uśmiechnął się szeroko.

– Nie, nie umarła pani, chociaż na chwilę panią zabiłem.

Wychwyciła w jego głosie lżejszą nutę.

– I choć na razie nie udaje mi się wynegocjować, żeby mnie stąd wypuścili, to przynajmniej na razie nie mam najmniejszego zamiaru wyciągać nóg. Muszę skończyć ten kocyk, a on jest piekielnie skomplikowany.

– To jest pani cel!

– Tak, to jest mój cel. Ten kocyk jest niewiarygodnie trudny. Czasami nie mam pojęcia, co ja właściwie robię. Widzi pan, mam wiele różnych nici, które jakimś magicznym sposobem powinny utworzyć wzór, ale kiedy już zaczynam wątpić, czy wystarczy mi umiejętności, cierpliwości i siły woli, wtedy nagle nadchodzi przełom i hop! Jeszcze kilka rzędów i zaczynam widzieć mój kocyk w całej jego wspaniałości. Mam wizję przyszłości i podoba mi się to, co widzę. Taka wizja, myśl, że to zostanie zrobione, skuteczniej na mnie działa niż te wszystkie trucizny, które we mnie wlewają.

– Może lepiej, pani Millwood, żeby nigdy pani nie kończyła tego kocyka, skoro to on nadaje pani cel.

– Nie, to tak nie działa. Nie będzie tak, że skończę kocyk, a zaraz potem skończę wszystko inne. Ale chcę zrobić go do ostatniego splotu. Po prostu jestem ciekawa zakończenia.

Doubler pomyślał, że on też jest ciekaw zakończenia.

– Muszę już kończyć. Jestem trochę zmęczona. To przez to całe gadanie o śmierci, panie Doubler. To pańska wina.

– Nie ma pośpiechu. To była wspaniała rozmowa, pani Millwood. Najlepsza. Chyba nawet najlepsza w całym moim życiu. Porozmawiamy znowu jutro?

– Ależ tak, panie Doubler. Nadal mamy niezakończone sprawy.

Zaśmiała się nisko i gardłowo – od tego śmiechu serce Doublera ścisnęło się – i odłożyła słuchawkę.

– To na razie – powiedział pogodnie i również odłożył słuchawkę.

ROZDZIAŁ 18

Nie miał wiele czasu, żeby przygotować się na wizytę wolontariuszy ze schroniska, ale zapewne tak było lepiej, bo gdyby musiał się zastanawiać nad zbliżającą się wizytą dłużej niż dwa dni, to z pewnością znalazłby jakiś powód, by odwołać imprezę. A tak po prostu zabrał się do roboty, żeby najlepiej jak potrafił przygotować dom, kuchnię i zawartość spiżarni.

A teraz, gdy ta chwila wreszcie miała nadejść, rozejrzał się po kuchni i zerknął na zegar. Miał jeszcze pół godziny. Zastanawiał się, jak powinien się zachowywać, bo dotychczas nie przyjmował gości, jeśli nie liczyć przymusowych najazdów rodziny oraz codziennych odwiedzin pani Millwood, których bardzo mu brakowało. Po długich deliberacjach uznał, że po to, by okazać się dobrym gospodarzem i wywrzeć na gościach pozytywne wrażenie, gotów jest na jakiś czas zrezygnować ze środków bezpieczeństwa, więc zjechał ze wzgórza i otworzył bramę, żeby gościom łatwiej było się do niego dostać. Nie wiedział, iloma samochodami przyjadą i czy przybędą wszyscy jednocześnie, czy pojedynczo, i nie chciał, żeby napotykali w drodze na przeszkody.

Wyjął z piecyka blachę z bułeczkami i zsunął je na kratkę do studzenia. Postawił na stole kuchennym filiżanki i spodki, ogrzał dwa imbryki, ułożył na talerzu keks. Najpierw ustawił go pośrodku stołu, potem przyjrzał się ze zmarszczonym czołem i przesunął trochę dalej, żeby nie wyglądał zbyt natrętnie. Wyjął z lodówki tort orzechowy i sprawdził, czy maślana polewa wystarczająco zastygła. Ustawił tort obok keksa i przesunął nieco obydwa talerze, żeby uniknąć wymuszonej symetrii. W końcu wrzucił kilka chlebków do najchłodniejszej przegrody kuchenki, żeby trochę się zagrzały. Stół wyglądał pięknie, dom był gotów na powitanie gości, w kuchni unosiły się zachwycające zapachy.

Doubler poczuł się dumny, ale wciąż jeszcze nie miał pewności, czy przygotował wszystko jak należy. Nie miał pojęcia, na ile oficjalne są te spotkania ani jak wiele starań dołożą inni gospodarze, gdy nadejdzie ich kolej, i obawiał się, że nie stanął na wysokości zadania. Na wszelki wypadek przygotował jeszcze dwa ciasta, cytrynowe oraz biszkopt przełożony domowym dżemem i posypany cukrem pudrem. Na razie znajdowały się poza zasięgiem wzroku, w spiżarni, i Doubler postanowił przenieść je na stół tylko wtedy, gdy goście będą wydawali się rozczarowani albo niewystarczająco dobrze podjęci. Może powinien zamówić gęstą śmietanę do bułeczek? Nie był pewien, czy masło i dżem wystarczą, ale nie miał już czasu na wątpliwości ani na zmianę decyzji, bo goście mieli się pojawić lada chwila.

Przybyli punktualnie i szybko poczuli się na farmie jak w domu. Doubler niezbyt dobrze pamiętał chwilę powitania. Czuł się jak aktor, który na scenie odgrywa rolę gospodarza. Jeden po drugim weszli do jego kuchni, wypełniając ją, i było wdać, że doceniają jego wysiłki, ale nie czują się nimi nadmiernie przytłoczeni. Przewodzący grupie Maxwell przedstawił mu Dereka, Paulę i Mabel, oraz ku zdziwieniu Doublera również Olive z farmy Grove. Prawie nic nie mówiła, wydawała się jednak zachwycona farmą Mirth i wszystkim, co się tu znajdowało.

Doubler był pewien, że sprawia wrażenie nadmiernie troskliwego gospodarza. Nie czuł się na siłach włączyć do rozmowy, ale chciał wywrzeć na wszystkich dobre wrażenie, więc choć milczał, przez cały czas był czymś zajęty. Już od kilku dni walczył z instynktem, który kazał mu uciec, ukryć się gdzieś i porzucić myśl o przyjmowaniu obcych na farmie, ale temu instynktowi przeciwstawiało się jeszcze większe pragnienie, by zadowolić panią Millwood i zrobić, co w jego mocy, żeby ją zastąpić, dopóki nie wróci do zdrowia. Słuchał zatem uważnie, zapamiętywał zwroty, spojrzenia i komentarze na boku, a także iskry napięcia, które czasem pojawiały się między gośćmi. Chciał dostrzec i zapamiętać jak najwięcej, żeby później przeanalizować to wspólnie z panią Millwood, więc chłonąc wszystko, sam prawie się nie odzywał.

W dwóch imbrykach zaparzył herbatę, czyli specjalną mieszankę Doublera. Zastanawiał się przez chwilę, czy nie zaparzyć dwóch różnych herbat, swojej mieszanki i czegoś zwykłego, ale uznał, że nie ma sensu podawać podrzędnego napoju. W końcu stworzenie idealnej mieszanki kosztowało go całe lata żmudnych prób i błędów, zatem jeśli uda mu się rozszerzyć horyzonty gości, serwując im najlepszą możliwą herbatę, z pewnością wyjdą od niego zadowoleni.

Nalano herbatę i pokrojono ciasta, które spotkały się z uznaniem. Doubler siadał przy stole tylko na krótkie chwile nieuniknionej integracji, ale natychmiast wstawał. Przynosił i odnosił, podawał i kroił, i na wszystkie pochwały reagował tylko milczącym, zadowolonym skinieniem głowy. Bez wielkich fanfar przyniósł ze spiżarni ciasto cytrynowe i pokroił je, gdy zobaczył, że te dwa, które wcześniej znalazły się na stole, zaczęły znikać.

Kiedy goście już się najedli, odsunęli nieco krzesła i zaczęli rozmawiać nie tylko o schronisku, ale również o wszystkim, co dotyczyło ich w taki czy inny sposób. Doubler nie miał nic do powiedzenia na większość tematów, ale starał się, jak mógł, zapamiętywać wszystkie szczegóły. Uważnie śledził rozmowę, zatrzymując wzrok na każdej osobie, która się odezwała. Obserwował przyjęte sposoby zachowania oraz maniery i przyglądał się wszystkim po kolei, przygotowując się na chwilę, gdy sam będzie mógł wnieść coś do rozmowy, o ile taka chwila nadejdzie.

I nadeszła wkrótce po tym, jak dopito herbatę i wszyscy odmówili trzeciej dokładki ciasta. Nagły zwrot w rozmowie zadziwił Doublera w równym stopniu jak jego gości.

Mabel opowiadała właśnie historię, która słuchaczy bardzo rozbawiła. Na ile Doubler rozumiał, dotyczyła dość nielubianego człowieka z miasta, który sprzedawał po wygórowanej cenie jajka kupione w sklepie jako domowe z wolnego wybiegu. Doubler nie mógł zrozumieć, dlaczego przy stole zapanowała tak wielka wesołość. Był pewny, że wszyscy potępiają zachowanie tego sąsiada i są wstrząśnięci jego bezczelnością, i zbijał go z tropu ich szczery śmiech. W jego oczach poważny występek powinien się spotkać z odpowiednio surową oceną.

Gdy to rozważał, próbując jednocześnie nie tracić wątku rozmowy, Derek, rycząc ze śmiechu, uderzył ręką o stół i oznajmił:

– O ile znam Mabel, to zaledwie początek. Zaczniemy od drobnych wykroczeń, a wkrótce opowie nam, kto ma na sumieniu jakieś poważne sprawki. Zapnijcie pasy, bo zaraz przyda nam się coś o wiele mocniejszego niż herbata!

Maxwell zgodził z nim i dodał z powagą:

– Ale pamiętajcie, że jest jeszcze za wcześnie na whisky. Chociaż whisky niewątpliwie jest najlepszym napojem do rozmowy. Rozluźnia języki, ale rzadko w sposób, którego przychodziłoby potem żałować. – Zajrzał na dno pustej filiżanki po herbacie, jakby próbował przewidzieć z niej przyszłość.

– Jest o wiele za wcześnie na cokolwiek mocniejszego niż herbata, przecież dopiero minęła piąta! – zawołała wyraźnie zaniepokojona Mabel.

Ale Maxwell przerwał jej niecierpliwie:

- Boże drogi, kobieto, przecież to nie jest dzień roboczy. W dzień roboczy czeka się do szóstej, a także w każdy dzień, kiedy ma się jakieś obowiązki. Ale w święto? Rany boskie, nie. Niektórych zasad ludzie trzymają się zbyt sztywno. W moich czasach nic sobie nie robiliśmy z tego, żeby rozlać butelkę dobrego porto w południe albo wymieszać jakiegoś drinka o czwartej. Mój ostatni dowódca otwierał butelkę przy śniadaniu w ogóle bez grama racji. Im wcześniej zacznie się pić, tym lepiej. Lepiej pić wtedy, kiedy jeszcze jest czas, żeby się tym nacieszyć, niż w paru ostatnich chwilach przed pójściem do łóżka.

Zapadła chwila milczenia, po czym Doubler odchrząknął.

- Bez dania racji - oznajmił, wsłuchując się w brzmienie własnego głosu w pełnej kuchni.

- Przepraszam? - zdziwił się pułkownik, który dotychczas w pełni aprobował brak wkładu Doublera w rozmowę.

- Mówi się „bez dania racji". - Ton głosu Doublera był przyjazny, ale przy stole natychmiast zapadło milczenie, jakby na pierwszy sygnał konfrontacji goście poczuli się nieswojo.

- Nie sądzę, stary. To prawniczy termin i tylko tam powinien być stosowany. A w normalnej mowie stosuje się zwrot „bez grama racji". Jestem tego pewien. - Dla większego efektu pułkownik zamaszyście dopił resztkę herbaty.

- To nie jest prawniczy termin, tylko potoczny zwrot o starym rodowodzie. Z całą pewnością powinno się mówić „bez dania racji", choć spotyka się błędne warianty, jak choćby „bez grama racji".

- Boże - mruknęła Paula, zaniepokojona tym, że ktoś ośmielił się sprzeciwić pułkownikowi. Uważała Maxwella za człowieka, który nigdy się nie myli, i szybko skierowała rozmowę na poprzednie tory. - Gdybym coś wypiła w środku dnia, to chyba padłabym trupem na miejscu. Nawet nie potrafię sobie tego wyobrazić. - Powiodła wzrokiem po pozostałych, szukając aprobaty, wyglądało jednak na to, że jeśli reszta grupy zaakceptuje propozycję Maxwella, to ona też się przyłączy.

– Jest wiele trunków, które moim zdaniem doskonale się nadają do picia w dzień – powiedział Doubler ze swojego końca stołu, zupełnie nieświadomy, że mógł wzbudzić pewną wrogość.

– A co byś polecał? – Słowa pułkownika wszyscy uznali za deklarację zawieszenia broni. Wszystkie spojrzenia skierowane były na Doublera, oczekując podobnie pojednawczego gestu.

Doubler, który często nie potrafił odczytać subtelności i wektorów sił pojawiających się w rozmowie, widząc tę nagłą zmianę frontu ze strony pułkownika, prawidłowo wydedukował, czego oczekuje Maxwell – tego, że naleje mu drinka, więc głęboko się zastanowił, zanim odpowiedział:

– Moim zdaniem do lunchu w dzień roboczy bardzo pasuje szklaneczka cydru. Ale mówię o lunchu farmera, a w każdym razie hodowcy ziemniaków. Może nie do lunchu biurowego.

– A co byś polecał pięć po piątej? – W tym pytaniu brzmiała wyraźna prowokacja, ale Doubler potraktował je dosłownie.

– Dżin z tonikiem. Doskonale pasuje do herbaty i zadziwiająco dobrze do ciasta.

Pułkownik uśmiechnął się szeroko, a pozostali wyraźnie się rozluźnili.

– Doskonały pomysł, stary! Dziękuję. Ale mnie zaskoczyłeś. Nie wyglądasz na człowieka, który pija dżin z tonikiem.

– Wiem o tym całkiem sporo. – Doubler uniósł brwi i kiwając głową, popatrzył na gości, zadowolony, że wreszcie udało mu się trafić na znany sobie temat w rozmowie, od której w większej części kręciło mu się w głowie. Ale ledwie wypowiedział te słowa, zauważył wymianę spojrzeń między gośćmi i był zupełnie pewien, że dostrzegł również leciutkie szydercze drgnienie ust Maxwella. Poczuł się zażenowany, choć nie miał pojęcia dlaczego. Wstał i zabrał się do zmywania naczyń, zwrócony plecami do gości, zastanawiając się, czy uważają go za głupca.

– W takim razie śmiało, powiedz nam, co wiesz – nalegał Maxwell.

Doubler znów stanął twarzą do nich. Był nieco zaróżowiony. Patrzyli na niego wyczekująco z jednakowymi uśmiechami. Miał rację, drwili z niego.

– Dlaczego się ze mnie wyśmiewacie? – W tym pytaniu było więcej szczerej ciekawości niż niepokoju. W końcu to nie byli jego przyjaciele. Jak do tej pory nie zainwestował w tę znajomość nic oprócz kilku ciast, a gdy stąd wyjdą, nigdy więcej nie musi ich oglądać.

– Chyba jesteś trochę przewrażliwiony. Nie wyśmiewamy się z ciebie. Gracie ostrzegła nas, że jesteś swego rodzaju ekspertem od jedzenia i masz niewzruszone poglądy na wiele tematów.

– Ostrzegała was? Naprawdę mam takie poglądy? Nigdy nie twierdziłem, że jestem ekspertem od jedzenia. Znam się dobrze na bardzo niewielu rzeczach, chociaż uważam się za jednego z czołowych ekspertów od ziemniaków. Wiem też coś o rzeczach, którymi zajmowałem się dokładnie, ale powiedziałbym, że nie ma ich wiele. Wiem dużo na kilka tematów i prawie nic o wszystkim innym. Znam się na chlebie, bo przez całe życie z nim pracuję. Znam się na serach, ale tylko angielskich. Tak samo znam się na angielskich jabłkach. I wiem bardzo dużo o dżinie.

Powiedział trochę więcej, niż zamierzał. Przyznanie się do dogłębnej znajomości tego tematu mogło być niebezpieczne, ale trudno poskromić ego, nawet jeśli tłumiło się je przez większą część życia. Doubler czuł się sprowokowany nie tylko przez tych ludzi, którzy siedzieli przy jego kuchennym stole, ale również przez nieobecną panią Millwood, która mogła powiedzieć o nim coś niemiłego. W jego umyśle zachodziły skomplikowane procesy.

Pragnął nie tylko przedstawić się w korzystnym świetle, ale równie całkowicie zawojować swoich gości.

Jego siła przekonania wyraźnie rozbawiła pułkownika.

– Dużo o tym wiesz, tak?

– Tak, bardzo dużo.

– No to podziel się z nami swoją wiedzą, a najlepiej przeprowadźmy praktyczną próbę. Nalej nam czegoś i wtedy się przekonamy, co wiesz.

Doubler bez słowa wyszedł z kuchni i skierował się do spiżarni. Ku zdziwieniu gości zamknął się tam. Patrzyli na drzwi i słuchali wysiłków, jakich Doubler dokonywał w ich imieniu. On zaś znalazł w kącie wyłącznik światła, zapalił je i odsunął na bok kilka worków mąki, odsłaniając ciężką drewnianą klapę. Nie zamknął drzwi po to, by go nie widzieli, lecz ze względów praktycznych, bo musiał oprzeć na nich klapę. Doskonale zdawał sobie sprawę, że stwarza w ten sposób atmosferę tajemniczości i konspiracji wokół czegoś, do czego właściwie nie powinien przyciągać uwagi. Mimo to chciał się popisać, więc zszedł po drewnianych schodkach i kierując się jasnymi punktami światła, które przenikało między cegłami tuż nad ziemią, dotarł do półek w najdalszym kącie, mijając kolejne rzędy równo poustawianych butelek bez etykiet.

Znalazł to, czego szukał, i wrócił ze swoją zdobyczą. Po części żałował już swojej śmiałości, ale było za późno, a skoro obwołał się ekspertem, z pewnością powinien poprzeć swoje słowa dowodami. Zamknął klapę, na drucianej półce znalazł twardą cytrynę i zabrał jeszcze dużą butlę toniku, przyjemnie chłodną od kamiennej posadzki. Wyszedł ze spiżarni i minął gości z wysoko uniesioną głową. Patrzyli na niego uważnie i w milczeniu.

Z zamrażarki przyniósł dzbanek z lodem i rozstawił przed sobą na stole wszystkie składniki jak chirurg, który rozkłada narzędzia, przygotowując się do szczególnie trudnej operacji.

- Tradycja - oznajmił pewnym siebie tonem, który pani Millwood bez wątpienia by rozpoznała - jest znacznie przeceniana, gdy chodzi o dżin. Bo dżin jest bardzo zmienny i serwuje się go na rozmaite sposoby, które wywodzą się z tego, w jaki sposób zrozumiemy ten trunek, a także przyjemności, której nam dostarcza. Nie zamierzam was jednak przytłaczać nadmiarem informacji. Przypuszczam, że wszyscy dobrze znacie dżin z tonikiem, cytryną i lodem. I to właśnie przygotuję, bo chcę, żebyście zwrócili uwagę na dżin, a nie na dodatki. Niektórym dżinom służy ten klasyczny sposób podawania, ale są też inne dodatki, które mogą podkreślić aromat dżinu. W kwestii tego trunku nie jestem pedantem, a właściwie powiedziałbym, że jestem bardziej liberalny niż większość ludzi.

Pokroił cytrynę na cienkie plasterki i kuchnia wypełniła się cytrusowym aromatem.

- Producenci dżinu używają mieszanek roślinnych, by nadać mu aromat. Wszyscy znamy i kochamy jagody jałowca i oczywiście przede wszystkim ten aromat kojarzy nam się z tym trunkiem. Jak z pewnością wiecie, jest to niezbędny składnik londyńskiego dżinu wytrawnego. Ale w zależności od destylarni można trafić na dodatki rozmaitych ziół, przypraw, roślin czy innych aromatów, takich jak kolendra, dzięgiel, skórka pomarańczowa, skórka cytrynowa, kardamon, kosaciec, cynamon, gałka muszkatołowa, cynamonowiec, migdały, lukrecja, pieprz kubeba. Kiedy sami przyrządzacie sobie drinka, najlepiej jest podkreślić aromat tych roślin, które zostały wykorzystane do jego sporządzenia, więc na przykład dżin aromatyzowany różą i ogórkiem dobrze jest podać z dodatkiem plasterka ogórka na kilku świeżo zerwanych płatkach róży. Jeśli nie ma w nim w ogóle nut cytrusowych, należy się wystrzegać cytryny i limonki.

- A niech mnie! - wykrzyknął Maxwell, który przez całe życie podróżował po świecie i pijał w rozmaitych klubach i pubach, w towarzystwie władców i bandytów, ale był pewien, że jeszcze nigdy nie słyszał niczego tak dziwnego.

Paula i Mabel patrzyły na Doublera z otwartymi ustami, jakby mówił w obcym języku.

Doubler upajał się swoją władzą nad publicznością. Kiedy znów zaczął mówić, głos miał odmierzony i spokojny.

– Inne odmiany, szczególnie te delikatne i z dodatkiem subtelniejszych aromatów z roślinnego spektrum, mogą skorzystać na dodatku gałązki rozmarynu czy kopru włoskiego. Do pewnego stopnia można eksperymentować przy zestawianiu aromatów, ale oczywiście istnieją podstawowe zasady, których należy się trzymać.

Ton Doublera stał się bardziej uroczysty, bowiem zbliżała się już chwila, gdy naleje gościom drinka.

– Dżin, który będziemy pili, jest wyjątkowo dobry. Dodatek cytryny nie ma przytłumić jego zapachu ani nawet dodać mu aromatu. Zapach cytrusa przyda mu złożoności i podniebienie będzie mogło się cieszyć grą aromatów. Oczywiście w kiepskim dżinie cytryna jest konieczna, bo to ona nadaje cały aromat.

Doubler nie był pewien, czy publiczność za nim nadąża, ale na szczęście siedzieli w milczeniu, gdy napełniał wysokie szklanki po sam brzeg lodem i wlewał do nich podwójną porcję dżinu, a potem dopełniał tonikiem.

– Trzeba używać mnóstwo lodu. Im więcej lodu się użyje, tym wolniej będzie się topił. Wtedy drink nie rozcieńcza się wodą, a to byłaby katastrofa.

Podał szklankę każdemu z gości, mieszając trunek ruchem ręki.

– Będziemy pili powoli. To bardziej odpowiednie do popołudniowej herbaty. Ten dżin jest tak dobry, że można go pić bez dodatków, i doskonale smakuje po kolacji z bardzo zimnej szklanki. Polecam z całego serca, ale tymczasem na zdrowie. – Podniósł szklankę i pociągnął duży łyk. Pozwolił, by aromaty zatańczyły na języku i przymknął oczy, by się nie rozpraszać.

Derek zareagował pierwszy. Również przymknął oczy i zaczekał, aż otworzy się bukiet.

– Muszę powiedzieć, że to całkiem niezłe. Niezupełnie taki, do jakiego przywykłem, ale rzeczywiście bardzo dobry. Trochę...

– Kwiatowy? – podsunęła nieśmiało Mabel.

– Właśnie tak, i jeszcze...

– Ziołowy? – zasugerowała Paula i pociągnęła drugi duży łyk.

– I jeszcze...

– Złożony? – pisnęła Olive, szukając na wszystkich twarzach potwierdzenia.

– Tak – zgodził się pułkownik. – Sam bym tego lepiej nie ujął.

Mabel machinalnie popijała swojego drinka, szukając w nim wspomnianych aromatów. Nie potrafiła ich rozróżnić, ale łyk zimnego alkoholu po gorącej herbacie i ciężkim cieście był bardzo przyjemny.

Paula piła łapczywie, z wyraźnym zachwytem.

– Jest dość mocny, prawda?

– Czterdzieści procent. Dobry mocny dżin. Mniej więcej tyle powinien mieć alkohol, który najprawdopodobniej będzie rozcieńczany.

Maxwell poczuł się ożywiony, ale zarazem miał wrażenie, że ten nieoczekiwany rozwój wypadków wytrącił mu z ręki kontrolę nad sytuacją, toteż zgrabnie skierował rozmowę na temat, o którym wiedział nieco więcej.

– Muszę przyznać, że mnie zaskoczyłeś. Skoro masz takie mocne przekonania na temat dżinu, to sądzę, że równie wiele możesz powiedzieć o whisky. Z wodą czy bez?

– Nie obchodzi mnie to – z powagą odparł Doubler, wpatrując się w swoją szklankę.

– Człowieku, to obchodzi wszystkich. Niektóre wojny toczono z bardziej błahych powodów.

Doubler podniósł na niego wzrok.

– Nie, no oczywiście, obchodzi mnie, jak ja piję whisky, ale nic mnie nie obchodzi, jak ty ją pijesz. Whisky to bardzo osobisty napój. Wątpię, żeby dla mnie miała taki sam smak jak dla ciebie, więc jak mógłbym dyktować, w jaki sposób należy ją pić? Dolej sobie wody, nie dolewaj wody, mnie to naprawdę nie obchodzi.

– A ty jak pijesz?

– Tylko whisky z wyżyn, nigdy z nizin. Równe proporcje dymu i torfu. Single malt, nie blended. Bez wody. Bez lodu. Kryształowa szklanka. – Doubler dopił dwój dżin, zadowolony z tego, jak się zaprezentował.

Maxwell ryknął śmiechem i znów pociągnął wielki haust. Zakręcił szklanką w dłoni, wsłuchując się w stukot kostek lodu.

– Muszę się zgodzić, że to doskonały napój na popołudnie.

Doubler był dumny z tego, że udało mu się utrzymać pozycję i że dżin chyba wszystkim smakował.

– Ależ tak, z całą pewnością. Na zimę i na lato. Przed jedzeniem i po jedzeniu, ale najlepiej nigdy razem z jedzeniem, żeby nie tłumić aromatu.

Zajrzał w głąb swojej szklanki i pociągnął jeszcze raz. Teraz już był pewien, że zdobył niezakłóconą uwagę publiczności.

– Najciekawszą rzeczą w dżinie jest to, że aromat nigdy nie jest przypadkowy. Dobry rok czy kiepski nie ma zbyt wielkiego znaczenia. Podstawowe składniki są zwykle takie same. Chociaż oczywiście dobrze jest zacząć od przyzwoitej wódki.

– Od wódki? – pisnęła Paula i spojrzała na swoją szklankę z przerażeniem, jakby chciała powiedzieć, że choć od czasu do czasu może się zgodzić na popołudniowy dżin z tonikiem, wódka po prostu nie wchodzi w grę.

– Oczywiście! Dżin to po prostu aromatyzowany alkohol. – Utkwione w nim spojrzenia sprawiały Doublerowi ogromną przyjemność. – Wódka to oczywista baza do produkcji dżinu, bo wytwarza się ją w wielkich ilościach i w różnych jakościach, więc finansowo jest to najbardziej opłacalne. Każdy może zrobić dżin, wystarczy kupić butelkę wódki i dodać wybrane przez siebie roślinne składniki.

– Coś takiego. – Maxwell spojrzał na swojego drinka z jeszcze większym szacunkiem.

– To elementarna wiedza. Ale idąc dalej, istnieje wiele różnych szkół myślenia. Ja jestem mocno przekonany, że jeśli chce się zrobić wyjątkowy dżin, jakość wódki jest podstawową sprawą. Im lepsza wódka, tym lepszy dżin.

– A co jest potrzebne, żeby uzyskać dobrą wódkę? – zapytał Derek.

– Oczywiście dobre ziemniaki.

– Ziemniaki? Aha, zatem docieramy do samych korzeni twoich zainteresowań – mruknął Maxwell znacząco.

– Byłbym kiepskim hodowcą ziemniaków, gdybym dokładnie i szczegółowo nie sprawdził wielu końcowych zastosowań moich plonów, prawda?

– To pewnie tak, jakby uprawiać winogrona i nie pić wina – podsunął Derek.

– Nie, niezupełnie. Mógłbym się interesować winogronami jako owocem, ich właściwościami, a produkcję wina powierzyć winiarzowi i w ogóle się nad tym nie zastanawiać. Ale ziemniak jest o wiele bardziej interesującą rośliną, bo pożytki, które z niego płyną, są naprawdę różnorodne. Jeśli hoduje się ziemniaki na dużą skalę, trzeba wiedzieć, dokąd one trafią, zanim wsadzi się w ziemię pierwszy sadzeniak, i dobrze jest, jeśli hodowana odmiana ma więcej niż jedno zastosowanie. Dzięki temu w niepewnych czasach można przetrwać w nie najgorszej formie.

– Więc robisz wódkę ze swoich ziemniaków? Słyszałem, że jesteś po trosze czarnym koniem. Czy to jest twój wielki sekret? – zapytał Maxwell.
– Nie, to nie jest sekret. Zawsze robiłem tutaj wódkę dla jednej konkretnej firmy. Są bardzo wymagający. Wódka uzyskana wyłącznie z ziemniaków nie jest tania. Pewnie kosztuje około trzydziestu razy więcej niż standardowy spirytus.
– Dlaczego ktoś miałby za nią płacić tyle pieniędzy? – zdumiał się Derek.
– Tylko ktoś, kto bardzo dba o jakość wódki, gotów jest tyle zapłacić, a takich ludzi raczej nie ma zbyt wielu. Ale ja mam tylko jednego klienta, który kupuje całą moją produkcję już od pierwszych lat, kiedy zacząłem uprawiać ziemniaki. Większości ludzi właściwie nie obchodzi, jak smakuje wódka, którą piją, zależy im tylko na tym, żeby była zimna, tania i dobrze łączyła się z innymi alkoholami w drinkach. Jeśli ktoś zamierza pić wódkę z sokiem pomarańczowym z kartonu, to z całą pewnością nie będzie pił wódki z mojej farmy. Ale jeśli chce nacieszyć się nią, pijąc powolutku po kolacji, to owszem, uzna, że była warta swojej ceny.
– Cóż, dziękujemy ci, Doubler. Znakomicie nas podjąłeś i wiele się nauczyliśmy. Więc gdzie można dostać w ręce butelkę tego wspaniałego dżinu? – Pułkownik wziął do ręki butelkę, szukając etykiety, ale nie było jej tam.
– Niestety nie można. Ten dżin to... moje hobby. Nie jest na sprzedaż. Robię go według własnej receptury dla kilku wyjątkowych klientów.
– A nie mógłbyś go robić dla kilku wyjątkowych klientów i jednego wyjątkowego przyjaciela? – zapytał pułkownik z błyskiem chciwości w oku.
– Zobaczymy. Robię bardzo niewiele i wszystko natychmiast rozdzielam. Ale jeśli zwiększę produkcję, to dam ci znać.

Pułkownik zmarszczył brwi, wyczuwając, że Doubler go zbył. Wrócił do swojej szklanki i zajął się kontemplacją aromatów, pozwalając, żeby powoli ujawniająca się moc alkoholu złagodziła jego przyrodzone wojownicze instynkty.

Gdy goście zaczęli zbierać się do wyjścia, atmosfera stała się nieco odświętna, choć Maxwell wydawał się bardziej zamyślony niż zwykle. Idąc do drzwi, poklepał Doublera po ramieniu i powiedział z namysłem:

– Dobry z ciebie chłop. Zasłużyłeś dzisiaj na swoje gwiazdki.

Paula, lekko zarumieniona, pochyliła się w stronę Doublera i na pożegnanie pocałowała go w policzek. Doubler nie przewidział tego i wyciągnął do niej rękę. Zapanowało krótkie zamieszanie. W końcu Paula potknęła się i ciężko wpadła w jego ramiona. Maxwell natychmiast spojrzał na nią surowo i pochwycił ją za łokieć.

– Chodź, staruszko, odprowadzimy cię do domu. Wystarczy już tego.

Derek tymczasem energicznie uścisnął dłoń Doublera. Wydawało się, że czuje ulgę, jakby Doubler przeszedł jakiś test, którego wynik był równie istotny dla nich obydwu.

Ostatnia wychodziła Olive. Wydawało się, że ociąga się nieco. Doubler odprowadził ją do samochodu. Przydzielono jej miejsce na tylnym siedzeniu małego renault należącego do Maxwella. Zanim wcisnęła się na wąskie siedzenie, zdecydowanie uścisnęła mu dłoń, ale jej głos był ledwie słyszalny nad dźwiękiem rozgrzewającego się silnika.

– Dziękuję za doskonałą herbatę. Naprawdę jesteś bardzo utalentowanym piekarzem i doskonale potrafisz opowiadać.

Doubler przytrzymał jej dłoń w obydwu swoich, pławiąc się w chwale, po czym ze zdumieniem uświadomił sobie, że były to pierwsze słowa, jakie usłyszał z jej ust. Pochylił się w stronę samochodu, wciąż trzymając jej rękę w swoich.

– Bardzo lubię piec, Olive, i rzadko mam gości, więc gdybyś miała kiedyś ochotę zajrzeć tu dowolnego dnia między trzecią trzydzieści a czwartą piętnaście, to możesz być pewna, że znajdę coś w pudełku na ciasto.

Olive rozpromieniła się, Maxwell tymczasem zatrzasnął drzwi po swojej stronie i skinął na Paulę, by usiadła obok niego. Doubler patrzył na ich odjazd, zdumiewając się, nad jak wieloma rzeczami będzie się musiał zastanowić. Nie mógł się już doczekać, aż podzieli się nowinami z panią Millwood. Ciekaw był, czy będzie dumna z jego nowo odkrytej umiejętności podejmowania gości. Miał wielką nadzieję, że tak. Chwilami czuł się niebezpiecznie obnażony, ale te wspomnienia bladły już wobec wyczekiwania na choćby najmniejszą pochwałę z ust pani Millwood.

ROZDZIAŁ 19

Gdy nadszedł czas na kolejny dyżur na farmie Grove, Doubler zmobilizował całą pewność siebie i wykorzystał ją, żeby dotrzeć do schroniska, zanim opuści go odwaga. Wzmacniało go poczucie celu, dzięki czemu udało mu się zamknąć dom, ostrożnie zjechać land roverem ze wzgórza, otworzyć bramę i zostawić farmę za sobą. Ale zbliżając się do farmy Grove, uświadomił sobie, że niepokój, który czuł, jadąc tu po raz pierwszy, zniknął, a w jego miejsce pojawił się dreszczyk podniecenia. Pewnie to było głupie, bo raczej nie powinien się spodziewać tylu akcji i zamieszania co poprzednim razem. W końcu jak często przydarza się okazja, by zostać wspólnikiem w przestępstwie? Jego poprzednia wizyta okazała się swoistym punktem granicznym, wyznaczyła bowiem koniec pustelniczego życia, a teraz zamierzał zaznaczyć swoją obecność na farmie Grove jakimś działaniem. Miał nadzieję, że osiągnie coś godnego uwagi, co będzie można uznać za cenny wkład.

Od poprzedniej wizyty prześladował go smutek Percy'ego. Zastanawiał się jednak, czy pani Millwood miała rację i czy prawdziwym dramatem nie był los osła, ale jego właścicielki. Zamierzał poznać wszystkie zwierzęta i dowiedzieć się czegoś więcej o historii pani Mitchell. Pani Millwood twierdziła, że może tam się kryć coś więcej, a w takich sprawach zwykle miała doskonałą intuicję.

Ku swemu zdziwieniu w czasie krótkiej wizyty gości na farmie Mirth zdążył polubić również cichą Olive, i choć nie chciał okazać się intruzem, zastanawiał się, czy uda mu się ją spotkać na jej farmie.

Kiedy mijał sklep farmerski, który regularnie dostarczał mu produkty spożywcze, pomyślał, że warto by się zatrzymać i kupić trochę marchewki dla osła. Zwolnił i włączył kierunkowskaz, ale jednak pojechał dalej prosto. Nie był jeszcze gotów do naruszenia dotychczasowego sposobu działania. Skrzynki z jedzeniem regularnie docierały na jego farmę, a on płacił nie gotówką, lecz sporymi ilościami swojego dżinu. Prawie nie znał swoich dostawców, ale choć ich układ był tajemny, od wielu lat działał bez zakłóceń, więc nie chciał go naruszać, szczególnie że i tak ze wszystkich stron napierały zmiany. Postanowił tylko, że dopisze marchew do listy cotygodniowych zamówień. Ten osioł potrzebował nie tylko życzliwości ochotników ze schroniska, ale przede wszystkim stałego źródła dobroci, na którym mógłby polegać. Doubler sądził, że jest w stanie się do tego zobowiązać. I może biedny Percy znów uwierzy, że można zaufać człowiekowi.

Zatrzymał się przed kontenerem, wyciągnął klucz spod wycieraczki i wszedł do środka. Nie wiedział, czy ogrzewanie jest racjonowane równie ściśle jak kostki cukru, ale mocno podkręcił grzejnik i włączył wiatrak, żeby pomieszczenie nagrzało się szybciej. Sięgnął po teczkę i przejrzał ją uważnie. Niewiele się zmieniło od jego ostatniej wizyty oprócz tego, że do schroniska przybyła spora gromada kur wcześniej trzymanych w klatkach, kilka kotów wróciło z kliniki po kastracji i ktoś nabazgrał pośpiesznie notatkę o próbie uprowadzenia osła przez panią Mitchell. Doubler spojrzał na kilka lakonicznych linijek, zastanawiając się, czy powinien napisać pełny raport.

Podniecające było to, że spoczywała na nim odpowiedzialność za tak wiele spraw. Dostał klucz do biura i miał raport do napisania, ale wiedział, że jeśli nie narzuci sobie jakiegoś rytmu, dyżur będzie mu się ciągnął. Postanowił przejść się po podwórzu i poznać zwierzęta. Na biurku, przygotowana do jego użytku (świadczyła o tym przyklejona na wierzchu żółta karteczka), leżała teczka pani Mitchell, którą zostawił tu pułkownik. Jeśli Doubler chciał zrozumieć osła, musiał poznać jego historię, spodziewał się jednak ujrzeć na tych stronach głębię rozpaczy i samotności, a na razie jeszcze nie miał na to wystarczająco wiele sił. Postanowił przeczytać zawartość teczki po powrocie.

Przed wizytą w stajniach najpierw poszedł poszukać Percy'ego. Nie było go tam, gdzie poprzednio, ale znalazł go na sąsiednim pastwisku. Osioł pasł się pogodnie w towarzystwie kilku długowłosych kóz, które skubały żywopłot, komponując sobie szwedzki stół z głogu, młodych wiązów, tarniny, wierzby i leszczyny. Wyciągały szyje, by dotrzeć do nielicznych zimowych listków, i metodycznie czyściły wszystkie gałęzie, jakby pracowały na akord. Doubler jeszcze nigdy nie widział, żeby jakieś zwierzę tak intensywnie przeżuwało. Jego wizyta zainteresowała osła nie bardziej niż kozy. Spoglądał na niego ostrożnie, nie wyciągając pyska z trawy.

Doubler mimowolnie zaczął do nich mówić, choć jego głos na pustym polu miał niepokojące brzmienie. Obiecał, że wkrótce wróci, i poszedł poszukać psów, kotów i innych małych zwierząt, które jak wiedział, mieszkały w stajniach. Budynki stajni otaczały duże podwórze z trzech stron. To było idealne miejsce na schronisko. Doubler przypuszczał, że kiedyś musiała się tu mieścić stadnina, bo miejsca było co najmniej na kilkanaście koni, a na jakiej farmie potrzebny jest więcej niż jeden? Ale stadniny już nie było, bo Olive użyczyła swojej przestrzeni tym biednym, odrzuconym, nieszczęśliwym istotom. Zapewne miały tu luksusy w porównaniu z życiem, jakiego doświadczały wcześniej.

W trakcie dyżuru nie miał żadnych obowiązków związanych bezpośrednio ze zwierzętami. Grupa studentów zaglądała tu rano w drodze na zajęcia, karmiła je i poiła, a potem zjawiała się pod koniec dnia, żeby wyprowadzić je na spacer i wyczyścić stajnie. Ale kiedy tu był, czuł, że są pod jego opieką, i choć nie musiał nic robić, żeby utrzymać je przy życiu, i tak czuł na barkach ciężar odpowiedzialności. Na próbę przeszedł się z nim po podwórzu i uznał, że jest to całkiem przyjemny ciężar.

Pierwsza stajnia podzielona była na kilka mniejszych boksów. Niektóre były puste, a w innych zobaczył znudzone koty, które nawet na niego nie spojrzały, gdy przechodził od jednej klatki do drugiej. Pomyślał o kotach, które znał w ciągu minionych lat, o kotach podwórzowych, które wciąż biegały z miejsca na miejsce, gdy wyczuły zapach nowej ofiary, i prężyły grzbiety, wyczekując sporadycznego kontaktu z człowiekiem. Pomyślał o tych wprawnych samotnych łowcach, które patrolowały swoje terytorium uważnie i z koncentracją czasami ukrytą pod pozorami nonszalancji. Ale te koty były inne. Pogodzone ze swoim losem, nie miały już o co walczyć i drzemały ze znużeniem, nie interesując się sobą nawzajem ani gościem. Tylko jeden z nich podniósł głowę i przeszył Doublera pogardliwym spojrzeniem, które dziwnie przypominało mu spojrzenie pani Mitchell. Wyszedł ze stajni przygnieciony poczuciem winy.

Wszyscy docieramy w życiu do etapu, kiedy nie jesteśmy już nikomu potrzebni, pomyślał. Ciekawe, co zmusza nasze serca, żeby wciąż biły.

Otworzył haczyk do drugiej stajni i zajrzał do środka. Była pusta. Głęboko wciągnął powietrze. Świeżo rozdzielone siano pachniało czysto i słodko, jakby czekało na nowych przybyszów. Ta myśl napełniła go smutkiem. Nowi przybysze mogli się tu pojawić tylko za sprawę czyjegoś okrucieństwa albo nagłego, nieplanowanego odejścia kogoś, kto kiedyś był silny i pełen energii. Ile przedśmiertnych obietnic nie zostało spełnionych, skoro te zwierzęta trafiły tutaj? – zastanawiał się.

Zostało mu jeszcze ponad dziesięć pomieszczeń, ale serce mocno ściskało mu się w piersi i groziło mu, że zaleje go fala wspomnień o bolesnym porzuceniu. Potknął się, gdy przez jego umysł zaczął przemykać ciąg absurdalnych obrazów. Zobaczył swoją żonę Marie, nie taką, jaką widział ją po raz ostatni, ale krążącą po klatce, czujną i rozzłoszczoną; panią Millwood, która leżała blada i wychudzona nie na czystym szpitalnym łóżku, lecz na stercie słomy; zobaczył pochmurne spojrzenie osła.

Kogut zapiał głośno, wzbudzając reakcję łańcuchową wśród otaczających go kur. Doubler słuchał tych dźwięków i powtarzał sobie, że to nie jest żaden zły omen, a potem zawrócił i szybko poszedł do kontenera, jakby pianie koguta przypomniało mu, że spóźni się na spotkanie.

Usiadł i żądny informacji, otworzył teczkę pani Mitchell. Poczuł jednak zdziwienie i narastające rozczarowanie, gdy się przekonał, że ma przed sobą tylko kilka pośpiesznie zapisanych stronic. Przeczytał je pobieżnie, a potem uważniej jeszcze raz, ale nie dowiedział się niczego oprócz garści podstawowych faktów. Zapisane tu były daty, incydenty, a także jej adres, ale nie było prawie żadnych szczegółów, a z pewnością nic, co świadczyłoby o tym, że ktokolwiek próbował wniknąć głębiej w historię pani Mitchell.

Jednego był pewien, że należy ufać intuicji pani Millwood. Musiała mieć rację. Nikt jeszcze nie zadał pani Mitchell właściwych pytań.

ROZDZIAŁ 20

Dom pani Mitchell był jednym z identycznych budynków w schludnej okolicy. Każdy z domków miał ganek, jaskrawo pomalowane drzwi i garaż na jeden samochód, a od sąsiadów oddzielony był gęstym laurowym żywopłotem. Doubler musiał zastukać kilka razy, zanim pani Mitchell otworzyła drzwi tego schludnego, lecz nijakiego domku.

Trudno było ją poznać. Była bez laski, nie miała chustki na głowie ani nie uciekała, a poza tym w jej oczach nie było już tego szalonego błysku. Ubrana była w białą bluzkę spiętą pod szyją dużą srebrną broszą i w długi kremowy kardigan wyrzucony na brązową sztruksową spódnicę. Na nogach miała schludne kapcie. Kiedy uchyliła drzwi, wydawała się wyciszona i łagodna, ale gdy rozpoznała gościa, jej twarz znów przybrała buntowniczy wyraz i pojawił się na niej błysk wrogości.

– Ach, to pan – powiedziała. – Ten nowy. – Było jasne, że nie ma zamiaru zapraszać go do środka. Świadczyły o tym pogardliwy ton oraz palce kurczowo zaciśnięte na uchylonych drzwiach.

– Dzień dobry, pani Mitchell. Czy możemy porozmawiać?

– Nie – odrzekła, nie próbując nawet ukrywać niechęci. – Sądzę, że nie możemy. Słyszałam już, co macie do powiedzenia, i okropnie się mylicie. Wszyscy. – Zaczęła zamykać drzwi.

Jednak Doubler podniósł rękę i potulnym głosem próbował rozbroić panią Mitchell:

– Nie wiem, co powiedziano pani wcześniej, bo jak pani zauważyła, jestem nowy, ale proszę mnie wpuścić i porozmawiać ze mną. Może uda nam się uporządkować cały ten bałagan. – Odsunął się o krok, stwarzając między nimi przestrzeń.

Pani Mitchell nieco złagodniała, ale wciąż podejrzliwie odnosiła się do motywów, które skierowały tu Doublera.

– Oczywiście, że to jest bałagan. Nic innego. Ukradli mi osła. Zabrali go bez żadnych konsultacji. Jeśli nie jest pan mi go w stanie zwrócić, to nie mamy o czym rozmawiać.

– Nie mogę niczego obiecać, ale chcę panią wysłuchać. Chcę wysłuchać, jak ta sprawa wygląda z pani strony. Przeczytałem pani teczkę od początku do końca i nic się z niej nie dowiedziałem. Znam fakty widziane z naszej strony, chociaż właściwie były tam tylko zapisane daty wszystkich incydentów i środki, które zostały podjęte. Ale nikt nie zapisał, jak to wygląda z pani punktu widzenia, i o ile wiem, nikt nie zadał pani podstawowych pytań, na przykład dlaczego to się ciągle powtarza. Proszę, czy mógłbym wejść?

– Jeśli zechce pan słuchać, to będzie pan pierwszy. – Przypatrywała mu się przez chwilę, po czym wzruszyła ramionami i z rezygnacją odsunęła się na bok, a gdy wszedł, w milczeniu poprowadziła go w głąb mieszkania.

Poszedł za nią do bawialni. Dom był niewielki i niezbyt bogato umeblowany, ale nieskazitelnie czysty. Chociaż informacje w teczce były bardzo skąpe, Doubler wyobrażał sobie, że ta kobieta żyje w nieustannym chaosie.

Usiadł i pogodzony z myślą, że zapewne nie dostanie herbaty ani ciasteczek, zaczął zadawać pytania w takiej kolejności, w jakiej przychodziły mu do głowy.

– Mam prośbę, byśmy zaczęli od początku. Jak długo miała pani tego osła? Co pani robi całymi dniami?

Po każdym pytaniu zapadało długie milczenie. Gdy Doubler uświadomił sobie, że ma bierną publiczność i nic do stracenia, zaczął mówić o sobie:

– Mam swojego bohatera, pani Mitchell, i on prowadzi mnie przez każdy dzień życia. Nazywał się John Clarke. Urodził się w końcu dziewiętnastego wieku i dożył późnej starości. Był człowiekiem wielkich zasad, uczciwym dżentelmenem o niewiarygodnie wysokiej etyce pracy, obdarzonym palącym, altruistycznym pragnieniem, by dać światu coś dobrego.

Choć nie uzyskał żadnej odpowiedzi, był pewien, że udało mu się przyciągnąć jej uwagę.

– Wie pani, co on dał światu?

Pani Mitchell wciąż się nie odzywała, ale przechyliła głowę na bok i utkwiła w Doublerze badawcze spojrzenie jak sroka.

– Dał nam ziemniaki maris piper. – Urwał dla większego wrażenia. – Można by pomyśleć, że miał na imię Maris, prawda? Albo Piper. Ale nie, nie był tak zadufany w sobie. Widzi pani, on był bardzo skromnym człowiekiem, zwykłym panem Clarkiem. Nie miał wykształcenia, formalną edukację zakończył w wieku dwunastu lat i całe życie poświęcił ulepszeniu ziemniaka. Ten człowiek nakarmił miliony ludzi, a nikt nie zna jego nazwiska. O ile wiem, nigdzie nie ma nawet pomnika, żeby uczcić jego pamięć. Teraz można stać się znanym na całym świecie z byle powodu. Wystarczy zjeść w telewizji żywego świerszcza i już wszyscy panią znają. Nie przestaje mnie to zdumiewać.

– Po co, na litość boską, ktoś miałby zjadać świerszcza? – Teraz pani Mitchell była wyraźnie zainteresowana. Przesunęła się do przodu na krześle, nie spuszczając błyszczących oczu z gościa, zdumiona tym obrotem rozmowy.

– I to jest właściwe pytanie, pani Mitchell. Po co jeść świerszcza? I czy od tego coś na świecie zmieni się na lepsze? – Potrząsnął głową, zdumiony zawiłością życia. Rozejrzał się po pokoju, omiatając metodycznym spojrzeniem puste półki na książki. Zauważył, że nie było tu żadnych osobistych drobiazgów, nawet z kuchni nie dochodziły zapachy jedzenia. – Proszę mi wybaczyć, jeśli wydam się pani wścibski, ale domyślam się, że jest pani bardzo samotna.

Pani Mitchell westchnęła ciężko.

– Chyba tak. Ale tu nie chodzi o mnie. To on jest taki samotny, że go to zabija.

– Tak pani sądzi? Myślę, że to jest dla niego najlepsze miejsce. Tam ma dobrą opiekę, chyba musi pani to przyznać?

– Och, oni wszyscy tak mówią. A pan wcale nie jest inny niż pozostali. – Podniosła się i wyszła z pokoju. Widział, jak otwiera i zamyka szafki w kuchni, ale nadal nie słyszał szumiącego na gazie czajnika ani kojącego grzechotu puszki z ciasteczkami.

– Ale rozumie pani chyba – Doubler podniósł głos – praktyczne trudności? Rozumie pani, dlaczego wszyscy uważają, że tam jest mu lepiej niż tutaj?

Pojawiła się w drzwiach, wetknęła głowę do środka i potrząsnęła nią energicznie.

– Tak naprawdę to nie. Nie. Nie. Po prostu nie mogę się z tym pogodzić.

Zamiast wdawać się w utarczkę, Doubler zdobył się na spokój i kojący, łagodny ton.

– Ale on ma swoje potrzeby, a pani nie byłaby w stanie się nim zająć. Wiem, że to nie jest łatwe dla was obojga. Ale może go pani przecież odwiedzać, prawda?

– Tak, tak. Mogę. I odwiedzam go. Ale to dla mnie takie trudne. Próbuję być silna, ale tylko płaczę i płaczę, a jego to jeszcze bardziej denerwuje. On też nie potrafi tego zrozumieć.

– Naprawdę rozumiem, jakie to trudne dla pani. Tak mi przykro. Rozumiem, że byliście sobie bardzo bliscy.
– Bliscy? No oczywiście. Tak bliscy, jak tylko mogą być dwie istoty.
– Jak długo on z panią mieszkał?
– Ile ze mną mieszkał? – Zastanawiała się przez chwilę. – Chyba... – Zmarszczyła czoło i uśmiechnęła się, gdy przez jej umysł przebiegały wspomnienia. – Właśnie teraz świętowalibyśmy pięćdziesięciolecie. Już wkrótce.
– Pięćdziesiąt lat! Boże drogi! Nie miałem pojęcia! – Doubler z niedowierzaniem potrząsnął głową. – Pięćdziesiąt lat! Coś takiego! A ile to jest w latach życia osła?
– Ma pan rację. – Pani Mitchell ze smutkiem pokiwała głową. Wróciła do bawialni i znów usiadła naprzeciwko Doublera. – W latach osła.
– No cóż, nic dziwnego, że to rozdzielenie było dla pani takim dramatem. Zaczynam rozumieć, jak głęboki był wasz związek. Ale mimo wszystko przecież on nie może mieszkać tutaj!
– A dlaczego nie? Tego właśnie nie potrafię zrozumieć. To duży dom. Dwie sypialnie. I jeszcze jadalnia. Po co mi jadalnia, na litość boską? Przecież nie wydaję przyjęć. Przeważnie jem przy telewizorze. Sama. Gdyby nie był w stanie wchodzić po schodach, to mogłabym mu oddać jadalnię.
– Ależ pani Mitchell, po prostu nie może pani tego zrobić. Na tym właśnie polega problem. Rozumie pani, jak to wszystko niedorzecznie brzmi?
– Ale dlaczego? Niech mi pan poda jeden dobry powód, dlaczego nie mogę tego zrobić. Nikt by się nim nie zajął lepiej niż ja.
Na jej twarzy pojawił się błagalny wyraz, a Doubler zrozumiał, że pani Mitchell prowadzi taką rozmowę już nie pierwszy raz.
– Nie wątpię w pani dobre intencje, ale to niemożliwe. Po prostu musi to pani zrozumieć.

Skrzywiła się boleśnie. Znów wstała, stanowczo oparła ręce na biodrach i oświadczyła z namacalną wręcz niechęcią:

– Sam pan trafi do wyjścia.

– Zaraz, zaraz, pani Mitchell, proszę się tak nie zachowywać. Spróbujmy znaleźć jakiś kompromis. Przyszedłem tu, żeby pani pomóc.

– Nie może mi pan pomóc. Pan już i tak wie swoje. Niczym się pan nie różni od pozostałych.

– Ale ja jestem inny. Mogę pani pomóc. – Doubler popatrzył na stojącą przed nim ludzką istotę. Ramiona miała opuszczone, w jej oczach widział rozpacz.

Znowu wzięła głęboki oddech, który przypominał oddech tonącego, po czym oznajmiła:

– Zawrzyjmy układ. Jeśli poda mi pan jeden dobry powód, dlaczego on nie może tu mieszkać ze mną, to będę pana słuchać. Ale to musi być dobry powód. – W jej oczach znów pojawił się płomień. Wyzywająco złożyła ramiona na piersiach.

– Jest mnóstwo dobrych powodów, ale zacznę od tego najbardziej oczywistego. Dlatego, pani Mitchell, że on potrzebuje trawy, na której mógłby się paść.

– Czego potrzebuje?

– Trawy, pani Mitchell. Chyba to pani rozumie, prawda?

Obrzuciła go wzrokiem od stóp do głów, a na jej twarzy odbiła się zadziwiająca mieszanka emocji – niechęci, złości i zdumienia. A potem zamilkła. Gdy Doubler niespokojnie poruszył się na krześle, usiadła i pochylając się do przodu, jeszcze raz uważnie mu się przyjrzała. Już nie była zła i zdumiona, a jej twarz wyrażała zrozumienie.

– Ojej – powiedziała z szerokim uśmiechem, który starł z jej rysów cierpienie wyryte tam przez dziesięciolecia. – Ojej, ojej.

Doubler przełknął, obawiając się, co usłyszy za chwilę.

– Ty głupi baranie, ja nie mówię o ośle. Ja nie tęsknię do osła! Ja nie byłam w związku z osłem, ty głupku! Ja mówię o moim mężu! Ja tęsknię do Thomasa!

Doubler popatrzył na nią z przerażeniem.

– Do męża? Pani ma męża? I on jeszcze żyje?

Pani Mitchell zerwała się na nogi.

– Oczywiście, że żyje. Jak najbardziej – powiedziała, a potem dodała pod nosem: – Chociaż on sam na pewno wolałby już nie żyć – i znów usiadła.

Przebiegł w myślach dotychczasową rozmowę, próbując złożyć w całość wszystko, czego się dowiedział i czego się nie dowiedział podczas tej wizyty. Ale jeśli każde z nich mówiło o czym innym, to rzeczywiście dowiedział się niewiele.

– Uprawialiśmy kartofle – powiedziała pani Mitchell jakby w reakcji na to, co Doubler wcześniej mówił o pochodzeniu gatunku maris piper.

– Uprawialiście? Pani i Thomas?

– Tak, ja i mój mąż. I proszę nazywać mnie Maddie. Uprawialiśmy kapustę i brokuły. Fasolkę szparagową też. Nie zawracaliśmy sobie głowy sałatą i takimi innymi, ale bardzo lubiliśmy wszystkie odmiany kapusty. Na kapuście i warzywach korzeniowych można przeżyć całą zimę.

– To prawda, Maddie. Mieliście kawałek ziemi, tak?

– Kawałek? Mieliśmy tyle, że nie dawaliśmy sobie z nią rady. To nie była działka, tylko farma. Niektórzy mówili, że to małe gospodarstwo, ale nie wydawało się takie małe, kiedy trzeba się było zajmować wszystkim, co się wsadziło do ziemi i co się z niej wyjęło. Nie wydawało się małe, kiedy trzeba było przekopywać i uprawiać ziemię oraz karmić zwierzęta, bo bez odpowiedniej opieki by zginęły. Ta praca nie miała końca. Ciężko harowaliśmy i szkoda, że... – Urwała niepewna, czy powinna o tym rozmawiać z obcym człowiekiem.

- Szkoda, że co?

- Szkoda, że nie harowaliśmy jeszcze bardziej. Żałuję, że nie zapracowaliśmy się na śmierć. Byłoby o wiele lepiej, gdybyśmy obydwoje padli trupem przy łopacie.

Doubler zaczekał, aż Maddie zapanuje nad sobą i aż jej pierś przestanie unosić się w szybkim oddechu, po czym zapytał łagodnie:

- Co się stało z Thomasem?

- Nie umarł. A wielka szkoda. Ciągle jeszcze żyje... ale tylko, że tak powiem, w sensie technicznym. Lecz jego życie już się skończyło. Żałuję, że nie umarł, taka jest prawda. I żałuję, że ja nie umarłam razem z nim. Dostał zawału i to był początek końca. Powiedzieli, że praca na farmie jest dla niego za ciężka. Zmusili nas, żebyśmy sprzedali większość ziemi. Niedługo potem miał udar i oddali go do domu opieki. Pieniądze ze sprzedaży farmy poszły na to, żeby utrzymać go przy życiu. Co za ironia.

Doubler skinął głową i w uszach zadźwięczał mu własny głos:

- To nie jest jedyna taka historia. Ciągle słyszę coś podobnego. Ale przez to wcale nie jest łatwiej to przełknąć. Maddie, bardzo mi przykro z powodu twojej straty.

- Nigdy w życiu nie powinnam się stamtąd ruszać. Nigdy. O wiele lepiej by było, gdybyśmy tam zostali, nawet gdybyśmy mieli wszystko zapuścić. Ale oni mieli inne plany.

Doubler patrzył na nią uważnie. Wiedział, że jest to dla niej trudny temat, ale czuł, że Maddie zaczyna tajać, jakby samo to, że opowiedziała mu swoją historię, podziałało na nią terapeutycznie. Starał się mówić spokojnie i kojąco, i delikatnie wyciągnąć z niej coś jeszcze.

- Kim są „oni"? Ci ludzie, o których mówisz? Pracownicy z opieki społecznej?

– Boże, nie! Opieka społeczna radziła sobie całkiem dobrze, chociaż nieźle im dawałam w kość. Nie. Moi synowie. – Ze wstydem schyliła głowę.

– Ach, Maddie, tak bardzo mi przykro.

Cierpienie wyryło ostre bruzdy na jej twarzy. Łatwo było dostrzec miejsca, gdzie cierpienie i złość stopiły się i stały się nierozdzielne.

– Opowiedz mi, jak dałaś w kość tym ludziom z opieki społecznej. Co robiłaś?

– Sama nie wiem. Dobrze sobie radzę, przez kilka dni wszystko jest w porządku, a potem ogarnia mnie ta okropna ciemność i po prostu chcę go stamtąd wydostać. On jest nieszczęśliwy, ja jestem nieszczęśliwa, więc jadę tam, by zabrać go siłą. Ale wszystko mi się miesza i doprowadzam się do takiego stanu, że jakoś... och, w ogóle nie wiem, jak to się dzieje!... zamiast do Thomasa, jadę na farmę i kradnę tego przeklętego osła.

Umilkła i dotknęła chusteczką kącika oka, a Doubler jej nie ponaglał, czując, że tak jest lepiej.

– Zabrali wszystko. Widzisz, mój Tom bardzo kochał Percy'ego. Na całej farmie tylko jeden Percy nie musiał pracować i nikt nie miał mu tego za złe. Kury musiały znosić jajka, bo jak nie, to trafiały do garnka, koty musiały łapać myszy, bo inaczej umarłyby z głodu, warzywa miały rosnąć albo znów trafić do ziemi. Tylko nie Percy. Jak pan i władca. Czasami wydawało mi się, że to on tam wszystkim rządzi. Wybierał sobie najlepsze pastwiska. Specjalnie dla niego hodowaliśmy marchew! Możesz to sobie wyobrazić? Ale Thomas kochał tego osła i mówił, że widzi w nim coś świętego. Kiedy trafił tam, gdzie jest teraz, błagał, żebym zajęła się Percym, a ja nie wiedziałam, co mam zrobić. Ciągle opłakiwałam koniec mojego świata, znanego mi wcześniej, i koniec Thomasa, jakiego wcześniej znałam. I akurat w chwili, kiedy powinnam okazać się silna, nie byłam na tyle silna, żeby się oprzeć tym wszystkim okropnym zmianom, do których mnie zmuszano. Trudno opisać, jaki to był straszny czas. Zupełny koszmar. Biedny Thomas leżał w szpitalu, ale to mnie traktowano w taki sposób, jakbym miała martwicę mózgu. Nikt mi nic nie mówił. Moi synowie sprzedali farmę i kupili mi ten dom. Pewnie myśleli, że tak będzie najlepiej, ale nie przypominam sobie, żeby choć raz zapytali mnie o zdanie.

Znów zamilkła, a Doubler znów czekał.

– Niedługo po tym, jak się tu wprowadziłam, przyszedł mi do głowy doskonały pomysł: sprowadzę tutaj osła, żeby zamieszkał ze mną. Byłam nieznośnie samotna i wydawało mi się, że to świetny plan. Taki bunt. Osioł był na tej farmie, zostawili go tam. Pewnie wiedzieli, że któregoś dnia ktoś po niego przyjedzie i go zabierze, więc przyjechałam. Nikt mnie nawet o nic nie zapytał. Założyłam mu uzdę i poprowadziłam ścieżką. To był piękny spacer. Przeszliśmy kilka kilometrów tylko we dwoje, rozmawiając, a potem po prostu przyprowadziłam Percy'ego tutaj i urządziłam mu stajnię w garażu. Wiem, że tak się nie powinno robić. To było bardzo złe, ale wtedy myślałam, że Thomas może wrócić do domu i Percy powinien na niego czekać. Nie mogłam znieść myśli, że może być inaczej.

– Tak, rozumiem – mruknął Doubler, bo naprawdę rozumiał.

– Starałam się nim opiekować, jak mogłam, ale Boże drogi, jak one brudzą! Nie zauważa się tego, kiedy są na pastwisku, ale wystarczy go zamknąć w pomieszczeniu, i na każdą taczkę jedzenia, jakie w niego wchodzi, z drugiej strony wychodzą trzy taczki gnoju. Zupełnie mnie to przytłoczyło. I to jest ciężkie, trudno to wynieść. Więc przez jakiś czas próbowałam upychać to w śmieciach, które wywożą co tydzień, ale im więcej machałam łopatą, tym więcej ten osioł produkował. Kiedyś czytałam swoim dzieciom bajkę o złym człowieku i magicznym garnku z owsianką. Kiedy owsianka wylała się z garnka, zajęła całą kuchnię, a potem cały dom. Był tam okropny obrazek tej owsianki, która ucieka przez drzwi i ma zamiar zalać całą wieś. Tak właśnie się czułam. Byłam pewna, że ja i Percy udusimy się przywaleni górą gnoju.

Doubler próbował sobie to wyobrazić i musiał się uśmiechnąć, gdy zobaczył oczami duszy, jak ta wojownicza kobieta wygarnia łopatą odchody osła do pojemnika na śmieci. Bardzo go uradowało, że tak swobodnie opowiedziała mu tę historię. Zastanawiał się wręcz, czy pani Mitchell kiedykolwiek przestanie mówić, gdy już raz zaczęła. Zamilkła jednak i w jej oczach pojawił się niepokój na wspomnienie rosnącej góry odchodów i własnej narastającej paniki.

– I co było potem? – zapytał łagodnie.

– Sąsiedzi coś wyczuli. Wyczuli, rozumiesz? Z całą pewnością wyczuli. To tak śmierdziało, że pewnie cała okolica zastanawiała się, co ja tutaj robię. – Nagle poweselała. – Pewnie to przez ten smród albo przez szczury. Nigdy się nie dowiem, co mnie zdradziło, ale najpierw zastukali do mnie ludzie z opieki społecznej, a potem Towarzystwo Zapobiegania Okrucieństwu wobec Zwierząt i zaczęli mi prawić kazania, jakbym znęcała się nad tym osłem. A przecież się nie znęcałam. Chciałam tylko, żeby tu był, kiedy mój Thomas wróci do domu. I chyba dalej chcę.

– A czy on kiedyś wróci do domu? To znaczy twój mąż.

– Tak. Nie. Nie wiem. Kiepsko z nim. Nawet nie tyle chodzi o ciało, ale jego już nie ma. Myślę też, że raczej by mu się tu nie podobało. Nie znalazłby tu nic znajomego. Ale nienawidzi tego domu opieki. Wiem o tym i nie mogę tego znieść. To taki człowiek, który by muchy nie skrzywdził. Ciężko pracował i dawał wszystko, co mógł, każdemu, kto czegoś potrzebował. I był takim dobrym ojcem. Nie zasłużył na taki koniec.

Doubler zmarszczył czoło.

– A co z osłem? Oczywiście były z nim kłopoty, ale czy jego też ci brakuje? Czy właśnie dlatego ciągle po niego wracasz?

– Nie. Na tym polega cały dowcip. Trzymanie osła w garażu było okropne, po prostu okropne, ale kiedy patrzę mu w oczy, po prostu widzę Thomasa. W głowie nie potrafię oddzielić jednego od drugiego. Kiedy mam dobry dzień, oczywiście potrafię, ale kiedy mam kiepski dzień, to przestaję wiedzieć, co jest co. Po prostu czuję się strasznie samotna i zdradzona, i wszystko mi się miesza.

– A kto cię zdradził?

– Moi synowie, dlatego że upchnęli mnie tutaj i nie szanowali moich decyzji. Przez całe życie opiekowałam się nimi, rozwiązywałam ich problemy, zawsze byłam, kiedy mnie potrzebowali. Ale kiedy ja zaczęłam ich potrzebować, zrobili to, co było najwygodniejsze dla nich. Więc tak, z pewnością mnie zdradzili. Ale przede wszystkim Thomas. Jego zdrada była najgorsza. Mieliśmy umowę. Szliśmy przez życie razem. To było małżeństwo. A on mnie zostawił.

– Nie jesteś dla niego niesprawiedliwa? To znaczy wydaje mi się, że on nie miał w tej sprawie wiele do powiedzenia.

– Przecież mi obiecał! Zobowiązał się, że zostanie ze mną na dobre i na złe, a potem się poddał. Pozwolił im decydować, co jest najlepsze.

– Waszym synom?

– Tak. Nie wiem, kiedy upadł w nim duch. Tak bardzo chciał, żeby wyrośli na dobrych ludzi, że był zupełnie ślepy, kiedy zachowywali się inaczej. Uważał, że wszystko, co robią, jest doskonałe, więc kiedy powiedzieli mu, jak będzie po jego zawale, po prostu się poddał. Nie chciał przyznać, że może nie chodzi im o jego dobro, więc po prostu zgodził się ze wszystkim, co mówili.

– I uważasz, że w ten sposób cię zdradził?

– Oczywiście, że tak. Ale to są też moje dzieci. Nikt nie ma ochoty przyznać, że jego dzieci nie są dobrymi ludźmi. Wychowanie niedobrych ludzi to największa klęska, jaką może ponieść rodzic. Ale jeśli się powie to głośno, to ludzie uważają, że słabniesz na umyśle, a nie że po prostu nie umiałeś wychować dzieci.

– Naprawdę? Ja potrafię przyznać, że mój syn jest nieudany. Musiałbym być niespełna rozumu, żeby uważać inaczej. Ale czy to moja wina? Chyba nie. Czy to nie jest tak, że niektóre dzieci od początku nie są dobrymi ludźmi? Czy to zawsze musi być czyjaś wina? – Poczuł się tak, jakby po raz pierwszy w życiu pomyślał o Julianie, i był wstrząśnięty, że to on go spłodził.

– Tak – stwierdziła Maddie ze współczuciem. – Ktoś musi wziąć za to odpowiedzialność albo w każdym razie przyznać, że wychował okropnego człowieka. Ale nie ma co udawać, że nasze dzieci są lepsze, niż są, tylko dlatego, że to nasza krew. To jest słabość, życie w iluzji, nie sądzisz?

– Rany, nigdy się nad tym nie zastanawiałem. Wydaje mi się, że mój syn nie ma żadnych wartości. Albo może ma wartości, tylko zupełnie inne niż moje. Zastanawiam się, czy ma jakąś chociaż jedną cechę, która mogłaby go odkupić, i nic takiego nie mogę znaleźć. – Zamilkł, a przed jego oczami przewijały się obrazy postępków syna. – Nie ma ani jednej. Ale nie jest złem wcielonym ani żadnym psychopatą. Tylko że to po prostu nie jest człowiek, z którym miałbym ochotę spędzać czas. Czy to moja wina? Wydaje mi się, że tu chodzi wyłącznie o genetykę. – Znów zamilkł, szukając przykładu, który pomógłby mu zilustrować ten punkt widzenia, aż w końcu znalazł. – Weźmy ziemniaki. Dwa ziemniaki, które wyglądają zupełnie identycznie, kiedy wkłada się je do wody, żeby je ugotować. Jeden może sczernieć podczas gotowania, a drugi nie. Dopóki się ich nie włoży do wody, nie ma sposobu, żeby przewidzieć, który sczernieje, ale można przewidzieć, że tak się stanie. Dopóki istnieje taki gen, jest jedna szansa do czterech, że to się zdarzy, bez względu na to, jak ziemniak wygląda z zewnątrz. Z nami pewnie jest tak samo. Jeśli dobry charakter jest cechą dominującą, a niedobry recesywną, to nie ma żadnego zna-

czenia, jakimi rodzicami jesteśmy, i tak mamy dwadzieścia pięć procent szansy na to, że trafi nam się niedobre dziecko.
– To spore szanse.
– Spore. I może nam się wydaje, że potrafimy wychować i wykształcić to dziecko tak, że nie wypełni swojego prawdziwego przeznaczenia i stanie się kimś innym. Ale nie, ten niedobry charakter jest wrodzony i prawdopodobnie przejawi się też w następnym pokoleniu.
– Więc ty też wychowałeś niedobry kartofel? – zapytała Maddie z wyraźną ulgą. – Jeszcze nigdy nie spotkałam człowieka, który potrafiłby się do tego przyznać. Przeważnie ludzie opowiadają na okrągło, jakie mają wspaniałe dzieci i jakie wspaniałe rzeczy te dzieci osiągnęły. Czytam listy, które dostaję na Boże Narodzenie, i można by pomyśleć, że każde z tych cudownych dzieci dostało co najmniej pokojowego Nobla.
– Może ci ludzie popełniają ten sam błąd co ty, to znaczy czują się odpowiedzialni za swoje dzieci, uważają, że są dokładnym odbiciem ich samych, kiedy w gruncie rzeczy są tylko pewną sekwencją kodu genetycznego.
– Szkoda, że z nikim tak nie rozmawiałam wiele lat temu. Trzeba było ich przekonać, żeby się nie rozmnażali. Niestety, już na to za późno.
– Ale to z całą pewnością też nie jest właściwa odpowiedź. Bo masz siedemdziesiąt pięć procent szans, że spłodzą dobre dziecko. Chociaż ja mam kilkoro wnuków i muszę powiedzieć, że jeszcze nie wiem, co z nich wyrośnie.
– Więc trafiło ci się jedno zgniłe jabłko. Masz więcej dzieci?
– Tylko dwoje. Julian, moje zgniłe jabłko, i Camilla, która jest taka sama jak jej matka.
– A jaka jest twoja żona? Czy ona świata nie widzi poza swoimi dziećmi, tak jak mój Thomas?
Doubler zawahał się.

– Ona... jej już nie ma z nami. Byłem jej bardzo oddany, ale nie potrafiłem być mężem, jakiego potrzebowała. Chciała, żebym stał się kimś innym, a ja za późno to zauważyłem. Myślałem, że zakochała się we mnie, ale ona chyba zakochała się w osobie, jaką miała nadzieję, że się stanę. Czy to ma sens? Gdybym zauważył to wcześniej, to może próbowałbym stać się takim mężem, o jakim marzyła, i może wszystko by się skończyło inaczej. Ale widzisz, ja miałem swoje ziemniaki. Bardzo długo się obwiniałem i dzieci też mnie obwiniały. – Doubler pomyślał o Marie i o tym wszystkim, co musiałby zmienić, żeby ją zadowolić. – Naprawdę nie chciałbym mówić o niej źle, ale może ona też była trochę egoistyczna.

– Bardzo łatwo jest przypisywać ludziom, których straciliśmy, dobre cechy, jakich w ogóle nie mieli. To się często zdarza. Więc może gdybyś pogodził się z wadami swojej żony, to łatwiej by ci było pogodzić się z jej odejściem?

Doubler popatrzył na nią, jakby chciał coś powiedzieć, ale zamknął usta. Maddie tymczasem próbowała zrozumieć smutek w jego oczach i porównać go z własnym.

– A może nie. Może wspomnienia, czy to dobre, czy złe, są tylko przedestylowanym cierpieniem, jeśli nie możesz już zmienić zakończenia.

– To bardzo skomplikowane, Maddie, ale ty i ja nie różnimy się tak bardzo. Prawdę mówiąc, jesteśmy zadziwiająco podobni. I ciebie, i mnie dotknęła zaraza. – Doubler złagodniał. – Ale twój mąż, twój Thomas, on cię tak naprawdę nie zdradził. Po prostu został styranizowany przez dzieci. I pewnie czuje się z tym tak samo źle jak ty. Pewnie ciągle go to dręczy.

Maddie ze smutkiem potrząsnęła głową.

– Sama nie wiem. Czasami nawet mnie nie poznaje, kiedy go odwiedzam. Tylko pyta o nich, ciągle od nowa i od nowa. Oni oczywiście nie odwiedzają go często. Pewnie myślał, że jeśli podporządkuje się ich życzeniom, to będzie ich częściej widywał,

ale widuje ich znacznie rzadziej. Chyba zapominają o nim już w chwili, kiedy stamtąd wychodzą.
– On pewnie nie potrafi tego zrozumieć.
– A mnie to bardzo boli. Gdybyśmy zostali na farmie, to może Thomas miałby kłopoty ze zdrowiem, może nawet straciłby rozum, ale wszystko przebiegałoby łagodniej. Ja też tracę rozum, więc we dwójkę jakoś ciągnęlibyśmy ten wózek. Razem mielibyśmy dość rozumu.
– Nawet o tym nie myśl. Musielibyście ze wszystkim zdać się na Percy'ego – zażartował Doubler, skrywając emocje, które ogarnęły go wielką falą.
– No tak, sama powinnam na to wpaść. Najwyższa pora, żeby ten osioł coś dla nas zrobił i odwdzięczył się wreszcie za całe swoje słodkie życie.
Pełne zrozumienia milczenie przerwało głośne burczenie w brzuchu Doublera.
– O rany, Maddie. Masz może jakieś herbatniki? Mój organizm niestety domaga się ciągłego zasilania, bo inaczej robię się bardzo niemiły.
– Nic nie mam – odrzekła z zakłopotaniem. – Tak mi przykro. Nikt mnie nie odwiedza, a nie ma sensu trzymać puszki z ciasteczkami tylko dla siebie. Ale może wyskoczę do sklepu? Potrzebuję dwudziestu minut, żeby tam dojechać. Za niecałą godzinę byłabym z powrotem.
Doubler westchnął i poszedł do kuchni.
– A masz mąkę, masło i cukier? – Otworzył lodówkę, zajrzał do szafek i zaczął z nich wyjmować paczuszki i słoiki.
– Chyba mam – powiedziała Maddie niepewnie, próbując sobie przypomnieć, kiedy ostatnio uzupełniała zapasy.
– Bo jeśli masz mąkę, masło i cukier, to jeszcze lepiej, niż gdybyś miała puszkę z ciasteczkami. Chodź, pomożesz mi i niech ta kuchnia zacznie wreszcie pachnieć jak kuchnia. Zrobię kruche

ciasto szybciej, niż ty złapałabyś autobus. A kiedy będzie się piekło, zastanowimy się, co zrobić z tobą i twoim osłem.

— I z Thomasem? — zapytała z nadzieją.

— Dlaczego nie? Skoro już będziemy się zastanawiać, to możemy się zastanowić również nad twoim mężem.

Maddie odzyskała już równowagę. Podała Doublerowi fartuszek w paski i rozejrzała się po swojej kuchni, jakby widziała ją po raz pierwszy w życiu.

ROZDZIAŁ 21

Doubler opowiedział pani Millwood o swojej wizycie u Maddie Mitchell. Słuchała uważnie i nie przerywała, aż zreferował jej każdy najdrobniejszy szczegół, włącznie z zachwytem na twarzy Maddie, kiedy spróbowała maślane kruche ciasto prosto z piekarnika.

– Bardzo dobrze pan zrobił, panie Doubler. Wygląda na to, że trzeba ją było po prostu zapytać, dlaczego jest taka smutna.

– To było właściwe pytanie – zgodził się Doubler.

– Jest smutna, bo ona i jej mąż nie zasłużyli na taką samotność i poczucie dezorientacji. Powinni przeżyć ostatnie lata razem, może nie w pełni świadomi, ale kompletni, nawet gdyby to było niewygodne dla ludzi, którzy próbują się nimi opiekować.

– Właśnie tak, pani M. Razem stawiliby czoła wszystkim trudnościom życia, a nawet śmierci.

Wsłuchiwał się w milczenie pani Millwood, która przez chwilę się nad tym zastanawiała.

– Czy pan się boi śmierci, panie Doubler? – zapytała wreszcie.

– Pani czy własnej? – spytał po chwili namysłu.

– Pańskiej śmierci, panie Doubler. Czy boi się pan swojej śmierci?

To pytanie nie wstrząsnęło nim, ale czuł, że nie powinien odpowiadać na nie, gdy siedzi w wygodnym fotelu otoczony jego ciepłem. Podniósł się, zabierając ze sobą telefon, usiadł przy oknie i dopiero wtedy odrzekł ostrożnie:

– Czasami, kiedy się budzę w mglisty dzień, tutaj, na farmie, często przejaśnia się szybciej niż tam, na dole, i wtedy czuję się tak, jakbym został sam na całym świecie. Szczególnie późną wiosną albo w lecie. Wtedy jest bardzo pięknie. Jestem sam na farmie, siedzę sobie tutaj, a pode mną rozpościera się morze gęstych białych chmur. Nic nie widzę na dole, a nad sobą tylko błękitne niebo, i nie jestem pewien niczego oprócz mojej małej wyspy na szczycie wzgórza, którą otacza białe pieniste morze. Wtedy jest zadziwiająco cicho. Ta cisza jest niesamowita. Nie mam pojęcia, co wtedy sobie myślą ptaki. W takich chwilach wyobrażam sobie, że zostałem sam jeden na świecie, że jestem ostatnią żyjącą osobą. Być może całą resztę ludzkości zmiotła kula ognia albo szalejąca epidemia, a ja nic o tym nie wiem.

– Jak się pan wtedy czuje? Samotny, przestraszony?

– O dziwo, ani samotny, ani przestraszony. Jestem spokojny i wydaje mi się to zupełnie naturalne. Tak czy owak, zawsze czuję się tu osamotniony i całkiem mi z tym dobrze, ale kiedy nie widzę nic więcej, trochę to przypomina śmierć. Jestem sam na tej pływającej wyspie i podoba mi się to. Bardzo mi się podoba! To chyba znaczy, że jestem pogodzony z perspektywą fizycznej śmierci.

Pani Millwood wydała dźwięk, który Doubler znał już bardzo dobrze. Było to po części niechętne prychnięcie, po części okrzyk dezaprobaty, a połączenie jednego z drugim zwykle stanowiło wstęp do głośnego oburzenia. Doubler uśmiechnął się ciepło, przygotowując na nieuniknione.

– Cóż. Następnym razem, kiedy nadejdzie mglisty dzień, na pewno sobie to przypomnę. Będę wiedziała, że tam, na górze, pławi się pan w słońcu i nie czuje smutku ani żalu przez to, że mnie i wszystkich innych na dole usmażyła kula ognia albo zmiotła szalejąca epidemia.

– Ależ nie, pani Millwood. Zupełnie nie to chciałem powiedzieć. Nie chcę, żeby trafiła w panią kula ognia. Chcę, żeby była pani ze mną tu, nad chmurami, na mojej wyspie.

Ale nie pozwoliła się tak łatwo ułagodzić. Mówiła dalej wciąż z tym samym oburzeniem:

– Ale ja mam przyjaciół tu, na dole, panie Doubler. Mam też rodzinę. I nie chciałabym zostawiać ich na tak ponury los, pławiąc się tam, w górze, w słońcu w pańskim towarzystwie. Widocznie nie jestem tak nieczuła jak pan. Ja mam obowiązki.

Przez umysł Doublera przemknął obraz ognistej kuli zmierzającej w stronę pani Millwood, która własnym ciałem osłania Midge.

– Może tego nie przemyślałem – przyznał. – Nie myślałem o końcu świata w kontekście pani, pani przyjaciół i rodziny. Myślałem raczej o tym, że jestem daleko od was wszystkich, i że siedzenie tutaj samotnie i w zawieszeniu, jakby w pół drogi do śmierci albo w samej śmierci, nie napełnia mnie lękiem. A gdy jestem tutaj, nad chmurami, właściwie o niczym nie myślę. Po prostu cieszę się spokojem, ciszą i bielą na dole. Myśl, że jestem na górze sam, daje mi pociechę. To wszystko.

– No cóż, miło wiedzieć, na czym stoję – powiedziała pani Millwood z odcieniem humoru w głosie.

– Ale myśl, że pani jest tam, na dole, i mi zazdrości, trochę to zmienia. To znaczy nie jest już tak przyjemnie być jedynym ocalonym z globalnego kataklizmu, kiedy wiem, że pani gdzieś tam na dole wije się z bólu albo w każdym razie jest na mnie zła za to, że cieszę się samotnością. Nagle mój spokój znika.

– Mam nadzieję, panie Doubler. – Przez chwilę milczała, po czym wykrzyknęła żarliwie: – Dobrze znam te poranki, kiedy odsuwa się zasłony i niebo ma kolor starej pościeli. Ale nawet jeśli mgła dotarła aż do okien, to żeby docenić jej piękno, trzeba wiedzieć, że gdzieś tam istnieje daleki horyzont. A jeśli mgła zasłania tylko pojemniki na śmieci i płot ogrodowy, to ta biel nie wydaje się już taka piękna.

– Mam inne zdanie. Jeśli mgła jest bardzo gęsta, to skąd pani wie, co zasłania? Czy na pewno są to pojemniki na śmieci? Wątpię. Może się w niej czaić wszystko.

– Pewnie ma pan rację. Następnym razem, kiedy nadejdzie taka pogoda, sprawdzę, czego mi brakuje. Ale lubię dni, kiedy mgła zalega nad miastem i okolicą, a teraz polubię jeszcze bardziej, bo będę wiedziała, że pan tam siedzi nad nami wszystkimi jak jakiś Bóg.

– Gdybym miał boskie moce, pani Millwood, to użyłbym ich, żeby zabrać panią ze szpitala. Sprawiłbym, żeby pani wyzdrowiała, i zabrałbym panią tutaj. Siedziałaby pani razem ze mną w chmurach.

Znów zamilkła, po czym odpowiedziała z powagą:

– To zabawne, panie Doubler. Są też takie dni, kiedy w miasteczku powietrze jest przejrzyste, ale szczyt pańskiego wzgórza otoczony jest chmurami, które zasłaniają pańską farmę jak czapka. Wszyscy na dole cieszymy się pięknym porankiem, a ja patrzę w stronę farmy i widzę, że u pana jest pochmurno. Zawsze wtedy było mi pana żal. Jak to jest, panie Doubler, być samemu we własnej chmurze, wiedząc, że cała reszta świata pławi się w słońcu?

– Często jestem tu otoczony chmurami, ale w ogóle mi to nie przeszkadza. Nie musi pani się nade mną użalać. Kiedy tu jest pochmurno, po prostu zakładam, że wszędzie jest pochmurno. Nigdy mi nie przyszło do głowy zastanawiać się, jak jest gdzieś dalej. Ale teraz to się zmieni. Będę myślał o tym, że pani pławi się w słońcu, mając nadzieję, że pomacha mi pani ręką. To będzie bardzo przyjemne.

– Cieszę się, że pan mi to wyjaśnił! Na pewno panu pomacham. Ale to ciekawe, panie Doubler, że kiedy mnie było smutno na myśl, że siedzi pan samotnie wśród chmur na szczycie swojego wzgórza, pan nie myślał właściwie o niczym oprócz tego, co widział pan tuż przed sobą. Prawdę mówiąc, czuję się trochę głupio.

– Ale kiedy jestem w przepaści, to nie widzę nikogo więcej i nie ma nawet mowy, żebym próbował dostroić się do czyichś uczuć. Nic nie widzę nawet w najbardziej pogodny dzień. W przepaści, pani Millwood, jestem bardzo skupiony na sobie i zakładam, że każdy inny też siedzi w swojej przepaści i nie potrafi niczego czuć ani nikomu współczuć. Pewnie tylko dlatego udaje mi się przetrwać. Gdyby mi przyszło do głowy, że świat szczęśliwie toczy się naprzód beze mnie, życie wydałoby mi się nieznośne.

– Ale czy my rozmawialiśmy o przepaści, panie Doubler? Wydawało mi się, że rozmawiamy o fizycznych chmurach, a nie o metaforycznych.

Mocno zacisnął powieki, żeby lepiej widzieć.

– Tak. Nie. Sam nie wiem. Trudno to od siebie oddzielić, chmury i przepaść. Chyba wyobraziłem sobie, że kiedy jestem w przepaści, z dołu widać tę czapkę z chmur, o której pani wspomniała. Tak czy owak, czy jestem w chmurach, czy w przepaści, mój własny świat staje się o wiele mniejszy.

– Ale ostatnio był pan znacznie weselszy, panie Doubler. A może tylko mi się wydawało? Przeważnie miałam wrażenie, że jest pan bardzo zadowolony z siebie.

– Nie jestem zadowolony z siebie, pani Millwood. Jestem zadowolony z pani.

– To znaczy, że moja choroba pana ucieszyła?

– Boże drogi, nie. Pani choroba może zniszczyć nas oboje. Ale brakuje mi pani i przez to czuję się bardzo żywy, tak bardzo, jak nie czułem się już od lat. Brakuje mi pani i przez to przypomniałem sobie, jak się czuje człowiek, który może coś stracić.

– To wszystko jest bardzo skomplikowane, panie Doubler, i trudno mi to zrozumieć z perspektywy szpitalnego łóżka. Ale wydaje mi się, że powiedział mi pan komplement, tak?
– Nie wiem, czy podziw kogoś takiego jak ja można uznać za komplement.
– Mój Boże, jaki pan jest męczący. Czy mógłby pan przestać mówić zagadkami? Czuję się zbita z tropu, kiedy pan tak robi. Muszę mieć odpowiedni nastrój na pańskie gry, a w tej chwili nie mam. Czy pod tymi pańskimi zagadkami krył się komplement, czy nie?
– No cóż, jeśli uważa pani za komplement... – wymamrotał z desperacją, próbując zyskać na czasie, ale pani Millwood była już zniecierpliwiona i wyczerpana.
– Panie Doubler!
– Podziwiam panią, pani Millwood.
– Doskonale. – W jej głosie słychać było uśmiech. – Tak mi się zdawało, że właśnie to próbował pan powiedzieć.
Przygryzł usta, nie chcąc zaburzać ciszy niestosownym komentarzem.
– Ja też pana podziwiam, panie Doubler. Najbardziej podziwiam pańską odwagę.
– Moją odwagę? – zdziwił się, natychmiast podając w wątpliwość szczerość pani Millwood. – Nie mam wielu cech, które można by podziwiać, ale sądziłbym, że byłoby to przede wszystkim oddanie mojej pracy, a nie odwaga. I moja wiedza o ziemniakach. To pewnie byłoby na samej górze listy.
– Jest pan dzielnym człowiekiem, panie Doubler. Trochę się pan już posunął w latach, ma pan swoje nawyki, ale wciąż gotów jest pan zrobić coś, co nie przychodzi panu łatwo. Przyjmowanie gości ze schroniska na pańskiej farmie wymagało od pana odwagi. Podobnie jak wyjście z przepaści. Albo samodzielne wychowanie dzieci. I przeciwstawienie się ziemniaczanym gigantom też.

Zamilkł. Midge też mówiła, że jest dzielny. Ale pani Millwood uważała, że jest dobry i dzielny. Zastanawiał się, czy sama jej wiara w niego mogłaby wystarczyć, żeby naprawdę taki się stał.

W końcu pani Millwood powiedziała:

– Porozmawiamy jutro, panie Doubler?

– Porozmawiamy. Ale nie musimy mówić o śmierci. Jeśli pani chce, porozmawiamy o czymś weselszym.

– Nasza rozmowa o śmierci bardzo mnie rozpogodziła, panie Doubler. Naprawdę bardzo mi poprawiła nastrój.

Niezręcznie wymamrotał pożegnanie, delikatnie odłożył słuchawkę, a potem podniósł się powoli i zrobił coś, czego nie robił chyba jeszcze nigdy w życiu: zatańczył ze szczęścia na środku bawialni w obecności ścian i mebli, książek i dywaników, zupełnie nie dbając o to, co mogą sobie pomyśleć ptaki, które być może akurat w tej chwili przelatywały za oknem.

ROZDZIAŁ 22

Telefon zadzwonił wcześnie, gdy Doubler przygotował sobie śniadanie. Serce podskoczyło mu z radości na myśl, że może to pani Millwood pomyślała o nim zaraz po obudzeniu. On w każdym razie myślał o niej przez cały czas. Ale głos w słuchawce był szorstki, stanowczy i męski.

– No więc, stary, chciałbym u ciebie zamówić wiesz co.

– Kto mówi? – Wprawdzie Doubler od razu rozpoznał ten głos, ale chciał trochę zyskać na czasie. – Czy to ty, Maxwell?

Pociągnął za sobą kabel telefonu i usiadł przy oknie. Słuchając pułkownika, patrzył na gałęzie jabłoni, między które wpadał wiatr.

– No jasne, że ja. Nie mogę zapomnieć o tym twoim przeklętym wynalazku. Chciałbym złożyć zamówienie na większą ilość, jeśli znajdziesz taką możliwość. Dzięki temu uniknę suszy, jeśli rozumiesz, o czym mówię.

– Jeśli chodzi ci o dżin, to po prostu niemożliwe. Bardzo mi przykro. – Doubler usłyszał, że Maxwell wstrzymał oddech, gdy usłyszał słowo „dżin". Najwyraźniej był przekonany, że jest to nielegalny proceder, i być może po raz pierwszy w życiu próbował zrobić coś nielegalnego.

Pułkownik ściszył głos do donośnego szeptu.

– Co to znaczy: niemożliwe? Przecież wiem, że go sprzedajesz, sam o tym mówiłeś. Ja bym na twoim miejscu uważał na słowa. Małe słuchawki mają wielkie uszy – dodał niejasno.
– Chyba nikt nie słyszy naszej rozmowy. I owszem, zgadza się, ale ja go właściwie nie sprzedaję, tylko wymieniam. Sprzedaję wódkę, żeby zarobić na życie, ale dżin wymieniam, żeby to życie wzbogacić.
– W porządku. Chętnie wymienię kilka nowiutkich dziesięciofuntowych banknotów na twój dżin. I twój sekret będzie u mnie absolutnie bezpieczny. – Pułkownik znów ściszył głos do konspiracyjnego szeptu. – Dam ci dobrą radę, stary, jak mężczyzna mężczyźnie. Lepiej nie zdradzać swoich najgłębszych i najmroczniejszych tajemnic, jeśli nie masz pewności, że ci, którzy je poznali, zatrzymają to dla siebie. Nie mówię, że mógłbym zrobić coś paskudnego, ale pewnie wolałbyś nie sprawdzać tego na własnej skórze.
– Maxwell, tu nie ma żadnej konspiracji i groźbą niczego nie wskórasz.
– W porządku. Więc jak będzie? Nie jestem zachłanny. Skrzyneczka w zupełności mi wystarczy.
– Skrzyneczka? Miałbyś szczęście, gdybyś dostał jedną butelkę. Nie mam żadnych zapasów.
– Jak to żadnych?
– Żadnych. To znaczy mam kilka butelek dla siebie, ale ani jednej, którą mógłbym przeznaczyć dla nowego klienta. Dałbym ci butelkę, gdybym mógł, ale muszę dokładnie monitorować wcześniejsze produkty.
Z pułkownika uszło powietrze.
– Jestem bardzo rozczarowany. Już się zdążyłem nastawić. – Zamilkł na chwilę i Doubler słyszał w słuchawce jego ciężki oddech. – Mogę zapłacić więcej. Dużo więcej. Podobno wszystko jest na sprzedaż, to tylko kwestia ceny.

- Z największą radością sprzedałbym ci mój dżin, gdybym go tylko miał. A poza tym i tak sprzedaję go po dobrej cenie. Dżin z farmy Mirth kosztuje dwa i pół razy więcej niż dżin w przeciętnym supermarkecie.

- Dwa i pół razy więcej? - Pułkownik przeprowadził w myślach szybkie obliczenia. - To i tak nie jest wygórowana cena za tę jakość. Nie potrafię o nim zapomnieć. Był bardzo dobry. Doskonała robota, jeśli mogę tak powiedzieć. Wart każdego pensa.

Te słowa sprawiły Doublerowi przyjemność.

- Mam taką nadzieję. Co roku sprawdzam, ile przeciętnie kosztuje butelka zero siedem litra dżinu z supermarketu, mnożę to przez dwa i pół i otrzymuję cenę, za jaką wymieniam swój. W ten sposób nie muszę się martwić wszystkim, co się dzieje w łańcuchu dostaw. Jestem przekonany, że mój dżin jest dwa i pół razy lepszy od przeciętnego.

- Tylko tyle? Mówię zupełnie szczerze, jest wyjątkowy. Powiedziałbym nawet, że dziesięć razy lepszy.

Doubler przez chwilę zastanawiał się nad tym bardzo poważnie, ale porzucił tę myśl.

- To niemożliwe. Cechy alkoholu ocenia się według określonej skali. Ustaliłem ją bardzo precyzyjnie. Oczywiście można poprawiać jakość wyjściowego alkoholu, podając go w specyficzny sposób albo za pomocą poszczególnych dodatków, ale sprawdzając mililitr po mililitrze, doszedłem do wniosku, że mój jest dwa i pół razy lepszy od przeciętnego.

Pułkownik przyjął to do wiadomości i zupełnie nieporuszony, nadal dążył do swojego celu.

- Więc kiedy będziesz robił następną partię? Czy mogę zamówić sobie skrzyneczkę albo dwie?

Doubler wyjrzał przez okno, sprawdzając, czy nie zbiera się na kolejną burzę.

– Jeszcze trochę za wcześnie, żeby mieć pewność, ale niedługo zacznę wiosenną destylację. Pewnie w końcu kwietnia albo na początku maja, zależy od pogody w najbliższych tygodniach. Ale niestety wiosenna partia jest już zarezerwowana.

– Cała? Co do ostatniej kropelki?

– Tak. Ale mogę cię wpisać na listę rezerwową. Kilku moich klientów ma już swoje lata... – Zawiesił głos, pozwalając, żeby pułkownik sam wyciągnął wnioski z tego stwierdzenia.

– Chyba żartujesz. Nie miałem pojęcia, że to będzie takie trudne.

– Nie próbuję ci stwarzać trudności, po prostu nie robię go dużo. Tysiąc butelek wiosną i tysiąc jesienią. Te dwie destylacje są zupełnie inne, a ja zawsze zalecam, i mówiąc prawdę, jest to dla mnie bardzo ważne, żeby pić wiosenną destylację jesienią i na odwrót.

– Ciekawe. A co piliśmy wtedy?

– Jesienną – odrzekł z naciskiem, jakby to powinno być oczywiste.

– Wspaniała. Cholernie doskonała – powiedział pułkownik, przypominając sobie ten smak.

Doubler odchrząknął i zapytał z odrobiną nieśmiałości:

– Jak się po niej czułeś?

– Jak się czułem? Czułem się tak, jakbym skosztował najlepszego dżinu z tonikiem w życiu. A rozmawiasz z człowiekiem, który przez lata trochę tego wypił w kantynach oficerskich.

– Tak, tak. Ale poza tym, że ci smakował, jak ten dżin wpłynął na twój nastrój?

Pułkownik wrócił myślami do tamtego dnia.

– Cóż, właściwie trudno to określić. Musiałbym spróbować jeszcze raz, żeby sobie dokładnie przypomnieć. Ale powiedziałbym, że wróciły do mnie moje najpiękniejsze dni. Czy to możliwe? Może trochę przesadziłem?

Doubler był bardzo zadowolony z tej odpowiedzi.

– Nie, mniej więcej czegoś takiego się spodziewałem. – Zawahał się, po czym dodał niepewnie: – Jesteśmy przyjaciółmi, tak?

– Tak – odpowiedział pułkownik szybko. – Jeśli to oznacza, że pomyślisz o mnie, kiedy będziesz odkładał kilka butelek dla swoich najbliższych. – Zaśmiał się głupawo, a gdy Doubler nie zareagował, dodał już poważniej: – Oczywiście, stary.

– To nie jest przypadek, że potrafię zrobić bardzo dobry dżin – ciągnął Doubler. – Zaczynam od bardzo dobrej wódki i używam najlepszych składników roślinnych. Robienie dżinu to proces naukowy. Potrzebne są do tego pewne umiejętności, nos szefa kuchni, molekularna wiedza chemika i oko botanika. I pochlebiam sobie, że osiągnąłem w tej sztuce niemal doskonałość. – Usłyszał chrząknięcie Maxwella, który przygotowywał się, by mu przerwać. – W żadnym razie nie ujawnię nikomu składników. Tę recepturę prawie na pewno zabiorę ze sobą do grobu. Ale mogę się z tobą podzielić kilkoma myślami.

Pułkownik chrząknął potwierdzająco.

– Bardzo mi zależy na tym, by destylaty jesienne były pite wiosną, a wiosenne jesienią, i moi klienci szanują to życzenie. Kiedy robię dżin, lubię tworzyć. Chcę, żeby w równym stopniu składał się ze wspomnień i z obietnic. Wkrótce wyprodukuję tysiąc butelek i wszystkie już są zarezerwowane. Prześlę je jesienią szczęśliwym wybrańcom, żeby pili je wtedy, kiedy dni stają się krótsze, a ostatnie rośliny w roku zapowiadają koniec sezonu. Te butelki, które wysłałem niedawno, pochodziły z ostatniej jesiennej partii. Tego właśnie próbowałeś. Według mojej teorii picie dżinu poza właściwym sezonem może, ogólnie mówiąc, wywołać dwa rodzaje skutków: wprawić pijącego w nostalgię albo dodać mu nadziei.

– A jak to sprawdzasz? – W tonie pułkownika słychać było wyraźne zainteresowanie.

- Moim zdaniem ten dżin sprawi, że zaczniesz się zastanawiać nad minionymi jesieniami albo wyczekiwać tych jesieni, które życie ma ci jeszcze przynieść, zależnie od tego, jakim jesteś typem człowieka.
- Więc ja jestem...? - zapytał pułkownik, niepewny, jaki werdykt usłyszy.
- Moim zdaniem prawdopodobnie masz skłonności do nostalgii. Sądzisz, że twoje najlepsze dni są już za tobą.
- No cóż, to dla mnie pewien cios. - Pułkownik starał się zdobyć na leki ton, ale trudno było nie zauważyć rozczarowania w jego głosie.
- Moim zdaniem to nie jest złe! Statystycznie w twoim wieku jest prawdopodobne, że najlepsze dni masz już za sobą. Ale jeśli potrafisz na nie patrzeć z dumą i szczęściem, to bardzo dobrze. To nie znaczy, że nie czekają cię już żadne jesienie, ale z pewnością powinieneś się postarać, żeby każda z nich była warta przeżycia.
- Rany boskie. Zadzwoniłem, bo chciałem kupić trochę dżinu. Nie przypuszczałem, że usłyszę wróżbę na przyszłość.
- Ha! No tak, pewnie brzmi to tak, jakbym był wróżbitą. Ale reakcja na dżin nie kłamie i każdy z nas powinien się nad nią zastanowić, nawet ja po tylu latach. Na przykład kiedy piłem ten dżin ostatnio, z wami, to po raz pierwszy, odkąd pamiętam, zacząłem sobie wyobrażać przyszłość, zamiast zastanawiać się nad przeszłością.

Pociągnął telefon za sobą do kuchni, umieścił go na klocu do rąbania mięsa i nastawił czajnik. Pochylił się nad kuchenką, mówiąc z namysłem:

- Pociągnąłem łyk i zacząłem się zastanawiać, co jeszcze mogą mi przynieść pory roku. Przyszło mi do głowy, że mógłbym zrobić galaretkę jeżynową, i zastanawiałem się, czy to będzie dobry rok na dzikie jabłka. Wyobraziłem sobie, że obok mnie jest ktoś jeszcze, ktoś zdrowy i silny, kto pomógłby mi zbierać ostatnie plony tego lata, i poczułem nadzieję.

Pułkownik wydał taki dźwięk, jakby znów chciał mu przerwać, ale Doubler gdy mówił, uświadamiał sobie różne rzeczy i nie chciał stracić wątku.

– Jeszcze do niedawna martwiłem się, że już nigdy nie zaznam takiego poczucia wspólnoty, a teraz zobaczyłem, jak we dwójkę drepczemy po naszym wspólnym życiu. I kiedy już ten obraz się pojawił, wiedziałem, że może się urzeczywistnić. To nie była tylko nadzieja. Przypłynęła do mnie pewność przyszłości. – Wydawał się zdziwiony tą wizją, faktem, że nosił ją w sobie. Im dłużej się jej przyglądał, tym bardziej wierzył, że może się urzeczywistnić.

– I to wszystko pod wpływem jednego łyku dżinu? – Podniecenie pułkownika wzrastało. Jeszcze bardziej zależało mu na tym, by dostać w ręce trochę tego trunku, który miał magiczną zdolność przepowiadania przyszłości.

– Tak. Składniki roślinne są proste i łatwo dostępne. Pochodzą z jesiennych żywopłotów uchwyconych i rozpuszczonych w alkoholu. Wódka, którą robię, jest doskonałym nośnikiem, który zatrzymuje te aromaty, te uczucia, jeśli wolisz to tak nazwać, i uwalnia je wprost do mózgu, gdy tylko trunek zetknie się z językiem. Jestem przekonany, że twój mózg analizuje te aromaty i zachęca cię, żebyś sobie wyobraził przyszłą jesień albo przyjrzał się tym, które już minęły.

Pułkownik nie wydawał się ani trochę sceptyczny i Doubler nie poczuł się głupio, mówiąc o tych bardzo realnych właściwościach swojego napoju.

– Wszystko wydaje się możliwe – stwierdził pułkownik z entuzjazmem. – Ten drink mną wstrząsnął, zmusił do myślenia. Kiedy teraz o tym myślę, przypomniał mi najszczęśliwsze dni mojego życia. Może właśnie dlatego tak mi zależy, żeby znowu go dopaść. – Urwał na chwilę. – Wiesz, Doubler, ja byłem kimś.

Byłem dowódcą. Ludzie mnie szanowali i moje słowo decydowało o wszystkim. Nikt we mnie nie wątpił ani nie próbował podkopać mojego autorytetu. Jedno słowo, jedno skinienie głową i wszyscy robili to, co rozkazałem. To było wspaniałe uczucie i wiem, że nigdy więcej się nie powtórzy.

Doubler usłyszał w jego głosie szczerość i próbował dodać mu otuchy.

– Rozumiem, że zmiana musiała być dla ciebie wielkim wstrząsem, ale wcale nie musi być smutna. Potraktuj te lata jako okres swojej chwały i przeżywaj na nowo. Pamiętaj, że możesz być dumny ze swojego życia. Zabierz ze sobą tę świadomość, kiedy będziesz umierał, a umrzesz jako szczęśliwy człowiek. Twoje życie było spełnione, pełne sensu i celu, i teraz o tym wiesz. Niczego nie musisz żałować, masz po prostu piękne wspomnienia. To godny pozazdroszczenia stan.

Pułkownik westchnął. Nie do końca był przekonany.

– Chyba tak. Ale trudno jest się przyzwyczaić do zmiany i pogodzić z myślą, że jesteś już zupełnie nieważny.

– Na pewno masz jeszcze mnóstwo do zaoferowania. A poza tym – wiesz, wszyscy możemy się zmienić. Nawet ja. Przez wiele lat zajmowałem się tylko moimi ziemniakami, ale dzięki pani Millwood zrozumiałem, że wszystko, czego nauczyły mnie ziemniaki, mogę zastosować do siebie. Nie miałem pojęcia, że jestem dobrym człowiekiem, dopóki ona mi nie powiedziała, że byłem dobry dla ziemniaków. Nie wiedziałem, że dobroć dla ziemniaków w ogóle się liczy. Ale jestem jej bardzo wdzięczny. Po tym, co mi powiedziała, poczułem się odważniejszy, bardziej odpowiedzialny, zdolny do wielu rzeczy. I widzisz, Maxwell, po jednym kiepskim sezonie, a nawet po kilku, może nadejść wyjątkowo dobry sezon. Tak samo dobroć może przerwać zły cykl. Wszyscy jesteśmy podatni na zarazę, ale u większości z nas zaraza ogranicza się do liści i jeśli jeszcze nie przegniliśmy na wylot, to możemy powstrzymać dalsze zniszczenia.

Zapadło długie milczenie. Doubler uświadomił sobie, że stracił uwagę pułkownika, gdy tylko wspomniał o ziemniakach, toteż wrócił do tematu.

– Może nie prowadzisz teraz armii na wojnę, ale nie musisz marnować następnych kilku lat na użalanie się nad sobą. Uwierz mi, sam to robiłem przez bardzo długi czas. To tylko sugestia, ale wydaje mi się, że jeśli skupisz uwagę na ludziach, od których jesteś zależny, to nie zmarnujesz reszty czasu, jaki jeszcze został ci na tym świecie.

– Nie jestem pewny, co właściwie czuję, stary. Zadzwoniłem, żeby kupić trochę dżinu, a teraz jestem zupełnie wytrącony z równowagi.

– Emerytura musi być dla ciebie trudna. Ale pamiętaj, że pewnie jest trudna też dla twojej żony.

Te słowa natychmiast poruszyły Maxwella.

– Wielki Boże, chyba nie. Myślę, że ona bardzo wyczekiwała naszej wspólnej emerytury. Widzisz, ja przez cały czas byłem bardzo zajęty, a ona musiała się czuć okropnie samotna, siedząc bezczynnie i czekając, aż wrócę do domu. Teraz mogę być z nią. To jedna z niewielu korzyści z emerytury.

– Na pewno. Ale bądź takim mężem, jakiego ona potrzebuje, Maxwell. Zwróć uwagę na wszystko, co robi dla ciebie i dla wszystkich innych dokoła. Nie wystarczy czekać na żal, który przychodzi razem z samotnością. Zaczynam rozumieć, że prawdziwe uczucie się nie liczy, jeśli nie można odpowiednio wyrazić go w czynach. Jeśli będziesz potrafił się na to zdobyć, to zobaczę, może uda mi się dołączyć cię do zamówienia. Kto wie, może nawet zrobię dodatkową skrzyneczkę dobrego produktu specjalnie dla ciebie.

– Zrobiłbyś to dla mnie?

– Myślę, Maxwell, że masz w sobie dobro. Potrzebujesz tylko znaleźć jakiś sposób, żeby to okazać. Dobro zamknięte w tobie jest bezwartościowe, jeśli z nikim się nim nie dzielisz.

Odpowiedź pułkownika zagłuszył głośny pisk czajnika. Woda zawrzała i z dzióbka uniósł się strumień pary. Doubler odłożył słuchawkę i zajął się parzeniem herbaty.

ROZDZIAŁ 23

Kiedy pani Millwood znów zadzwoniła, Doubler odebrał telefon z entuzjazmem, jaki jeszcze kilka tygodni temu był u niego nie do pomyślenia.

– Na pewno się pani ucieszy, kiedy powiem, że gdy pani marnuje czas w szpitalu, który chyba wyjątkowo przypadł pani do gustu, wiosna coraz bardziej przypomina wiosnę i wygląda na to, że już nie da się jej zatrzymać. Farma Mirth kipi życiem, dosłownie wrze! – Był bardzo zadowolony z siebie. Własna radość dodawała mu skrzydeł i zachwyt nad tym stanem ducha niósł go coraz wyżej, aż na same szczyty euforii.

– To miło – powiedziała pani Millwood cicho, niezdolna dorównać mu w radości.

– A w stawie, wie pani, w tym małym, najbliżej bramy, zamieszkała para kaczek. Bardzo mnie to ucieszyło. Tam wcześniej nie było kaczek. To musi być znak czegoś dobrego. Dobry omen, nie sądzi pani?

W słuchawce rozległo się cichutkie, niemal niedostrzegalne westchnienie.

– Tam co roku mieszkają kaczki – odrzekła pani Millwood bezbarwnym, monotonnym głosem.

- Nie, nie, chodzi mi o ten mały staw, ten zbiornik na deszczówkę w pobliżu bramy. Właśnie tam jest para kaczek.
- Wiem, o którym stawie pan mówi, i zawsze tam były kaczki. Już wcześniej wysiadywały małe i często widywałam te kaczki, jak szły razem. Przechodziły przez drogę i powoli wracały do domu. Wyglądały jak pogrążone w rozmowie. – W głosie pani Millwood zabrzmiał smutek, ale Doubler wciąż nie zauważał dysonansu z jego własną wylewnością.
- Jest pani pewna? Nigdy ich nie zauważyłem.
- Tak, panie Doubler, jestem pewna – parsknęła ostro. – To, że pan się nie zatrzymuje, żeby coś zauważyć, nie znaczy jeszcze, że tego nie ma. Przez te wszystkie mroczne lata, które pan spędził w tej swojej przepaści, żonkile wciąż kwitły, kaczki wysiadywały jajka, bazie wyrastały na wierzbach w ciągu jednej nocy. To wszystko tam było i nadal jest. Wiosna nadchodzi niezależnie od wszystkiego, panie Doubler. Nawet jeśli pan jej nie zauważa.

Tak bardzo był podniecony swoimi nowinami, że dopiero po dłuższej chwili zauważył jej płaski ton, ale teraz usłyszał jej irytację.
- Dobrze się pani czuje, pani M? Wydaje się pani nieswoja. Ma już pani dość tego wszystkiego?
- Tak, mam dość. Oczywiście, że mam dość, panie Doubler. Chciałabym zdrowieć, a nie zdrowieję.

Jego serce boleśnie załomotało w piersi, a umysł ruszył na najwyższych obrotach, szukając możliwych przyczyn pogorszenia jej stanu.
- Poszła pani do szpitala po to, żeby poczuć się lepiej, pani M. Więc co oni, do diabła, tam z panią robią?
- Pewnie już sami nie wiedzą. Wygląda na to, że jestem dla nich zagadką.
- Ale wyleczą panią. Będą panią leczyć i tylko się obejrzeć, jak wstanie pani z łóżka, prawda?

Przez chwilę milczała, a gdy znów się odezwała, jej głos był jasny i silny.

– Tak, panie Doubler. Taki jest plan i nie jestem w odpowiednim nastroju, żeby słuchać czegokolwiek innego, ale brakuje mi mojego łóżka i czuję się okropnie zmęczona.
– A może powinienem dać pani spokój i pozwolić odpocząć?
– Gdyby to było takie proste. Potrzebuję snu, ale sen nie przychodzi. To pewnie przez tę bezczynność. Mój umysł nie chce się uspokoić, bo ma za mało amunicji, która pozwoliłaby mu się zmęczyć.
– No tak, oczywiście, bezczynność bywa wyczerpująca. Pamiętam to doskonale z tych czasów, które sam spędziłem w przepaści. Czasami tak bardzo brakowało mi energii, że z trudem wstawałem z łóżka. Więc zastanówmy się. Czy jest coś, co mogłaby pani robić, żeby się zmęczyć?

Pani Millwood nawet nie próbowała żartować z tego pytania.
– Tutaj? Chyba nie mówi pan poważnie.
– Może mógłbym panią odwiedzić? – zapytał nieśmiało. Wiedział, że jeśli ona się zgodzi, za ułamek sekundy będzie zjeżdżał samochodem ze wzgórza. Wystarczyłoby jedno jej słowo.
– Mam mnóstwo gości, panie Doubler. Ale to nie ten rodzaj zmęczenia.
– Rozumiem. – Podobnie jak ona nie próbowała ukrywać wyczerpania, jemu również nie udało się ukryć zazdrości zawartej w tym jednym krótkim słowie.

Zauważyła jego rozczarowanie i natychmiast spróbowała załagodzić sytuację.
– Naprawdę nie musi mnie pan odwiedzać. Niech mi pan wierzy, tak będzie dla pana lepiej. Na oddziale w porze wizyt panuje wielki zamęt i personel często traci cierpliwość. Dobrze sobie radzą z chorymi, ale po prostu nie mają już czasu dla zdrowych, a z mojego doświadczenia wynika, że zdrowi potrafią być bardzo, bardzo wymagający. Parking? To czysty żart. Wjeżdżając na parking, bierze pan kwitek, a potem, jeśli ma pan szczęście, to znajduje pan wolne miejsce już po godzinie. Tym-

czasem płaci pan jak za zboże za przywilej niemożliwości zaparkowania. Zanim goście dotrą do mojego łóżka, kipią już z irytacji i zupełnie zapominają, że ja tu leżę i tęsknię do takich ekscytujących przygód jak wyścig do miejsca na parkingu. – Urwała, żeby zaczerpnąć oddechu, i dodała cicho: – Te nasze rozmowy przez telefon są doskonałe, prawda? Równie dobre jak nasze lunche. Pamięta pan nasze lunche, panie Doubler?

– Oczywiście, że tak! Jak mógłbym ich nie pamiętać? Przecież jedliśmy razem każdego dnia przez piętnaście lat! Te lunche ocaliły mi życie.

– To zabawne. Właśnie któregoś dnia o tym myślałam. Nigdy nie byłam pewna, czy jemy lunch razem, czy też jemy dwa zupełnie osobne lunche obok siebie.

– Z całą pewnością jedliśmy razem. Powiedziałbym nawet, że to była komunia.

– Ale nie jedliśmy tego samego.

– Może też bym tak pomyślał, ale odkąd pani nie ma, moje ziemniaki nie smakują tak jak trzeba. Powiedziałbym nawet, że wolałbym zjeść jedną z pani okropnych kanapek razem z panią niż moje własnoręcznie wyhodowane ziemniaki w samotności.

Pani Millwood zaśmiała się z radością.

– To dopiero, panie Doubler! Widziałam przez te wszystkie lata, że patrzył pan łakomie na moje kanapki.

– Och, tak daleko bym się nie posunął. Ale myślę, że nie trzeba jeść tego samego, żeby to była komunia. W naszych lunchach nie chodziło o jedzenie, prawda? A poza tym ani pani, ani ja nie lubimy zmieniać przyzwyczajeń. Pani lubiła swoje kanapki, a ja lubiłem swoje ziemniaki, ale codziennie jadaliśmy razem.

– Komunia. Podoba mi się to. Jest w tym coś świętego.

– To było święte, pani Millwood.

Zapadło milczenie. Obydwoje się nad tym zastanawiali.

Pani Millwood odezwała się pierwsza:

- Czy mógłby pan coś dla mnie zrobić?
- Co tylko pani zechce! Pani życzenie jest dla mnie rozkazem. Co mogę zrobić?
- Czy mógłby mi pan poczytać? Nie teraz, ale kiedy zadzwonię jutro. Chciałabym mieć coś, o czym mogłabym myśleć, coś oprócz tego. Nie potrafię na zawołanie odciąć się od całego świata. Może znajdę trochę spokoju, jeśli będę mogła posłuchać czegoś innego niż bzdurne myśli we własnej głowie.

Doubler poczuł przypływ dumy i zadrżał z radości na myśl, że będzie mógł z nią dzielić coś tak intymnego jak książka.
- Oczywiście. To będzie dla mnie zaszczyt. Co chciałaby pani, żebym przeczytał?
- Cokolwiek. Ma pan na farmie tysiące książek, więc na pewno znajdzie pan coś odpowiedniego. Zna mnie pan wystarczająco dobrze. W końcu byliśmy w komunii przez prawie piętnaście lat.
- To była najlepsza część tych piętnastu lat, pani Millwood. Nasze lunche były ich najlepszą częścią.
- Czyżby stawał się pan sentymentalny, panie Doubler?
- Trochę.
- Ale nie ckliwy?
- O Boże, nie! Hodowca ziemniaków nie może być ckliwy. Ckliwy człowiek niewiele wyhoduje. Ja się tylko trochę rozkrochmaliłem. Hodowca ziemniaków z pewnością może się rozkrochmalić.
- Jest pan zabawny! To była bardzo dowcipna odpowiedź, panie Doubler.
- Bardzo się cieszę, że pani tak uważa.

Pani Millwood pozwoliła, żeby jej uśmiech zgasł, i mówiła dalej z naciskiem:
- Ale nie chcę, żeby czytał mi pan książkę, która może mnie rozkrochmalić. Taka nie będzie się nadawać.
- Obiecuję. Nic ckliwego ani nic, co mogłoby panią rozkrochmalić.

– Coś refleksyjnego. Poruszającego. Coś, o czym będę mogła myśleć jeszcze długo później, kiedy już przestanie pan czytać.

Umysł Doublera gorączkowo przetrząsał półki z książkami.

– Mój Boże, wyznaczyła mi pani zadanie. Może się pani na mnie zdać. Znajdę coś odpowiedniego.

Odłożył słuchawkę i ruszył do półek. Waga tego zadania onieśmielała go, ale był to niewątpliwy zaszczyt i Doubler zdecydowany był znaleźć tę właściwą książkę. Książkę, która pomogłaby pani Millwood zasnąć i zmusiła ją do myślenia. Książkę, która nie byłaby ani ckliwa, ani rozkrochmalająca. Książkę, która mogłaby się stać częścią ich własnej historii.

Patrzył na wypakowane po brzegi półki w bawialni. Jeszcze trochę książek stało przy ścianach podestu na górze. Żałował, że nigdy ich nie uporządkował, chociaż często miał taki zamiar. Powiódł palcami po powyginanych grzbietach. Zagłębienia i fałdy opowiadały własną historię, zupełnie inną niż historia zawarta w słowach między okładkami. Każda z nich przywodziła do niego jakieś wspomnienie albo stan umysłu. Po raz pierwszy uświadomił sobie, jak wiele o nim mówią jego książki. Zajmowały każdy centymetr wolnej przestrzeni, a na tych, które stały na półkach, płasko leżały inne, przez co między półkami nie było ani odrobiny wolnego miejsca.

Jego palce znieruchomiały, gdy dotarł do dużej partii nieskazitelnych grzbietów. Tu, na tych półkach, stały książki, które nigdy nie zostały przeczytane. Cofnął się o krok i popatrzył na całą ścianę, próbując zinterpretować wzór, który zaczynał się wyłaniać. Powoli potrząsnął głową i przyjrzał się książkom uważniej. Tytuły wydawały się znajome i przywodziły wspomnienie jakiegoś stanu umysłu, ale nie czytał tych książek. Zdziwiony patrzył dalej, przebiegając wzrokiem półki od dołu do góry, od lewej do prawej, i zastanawiając się, z czym mu się kojarzą te książki. Półki położone najdalej na prawo nie były zapakowane tak ciasno i stały na nich tytuły, które czytał wielokrotnie, poobijane i posiniaczone jak wszystkie książki, które są kochane, dokładnie czytane, z którymi się usypiało, które spadały na podłogę, w letni dzień trafiały na stół piknikowy i gdyby je otworzyć, ukazałyby się wymowne ślady okruszków i potu.

Zaskoczony zrozumiał wreszcie, na co patrzy. To była chronologia jego życia podzielona na istotne rozdziały. A więc jednak książki były ułożone według jakiejś logiki i był pewny, że pani Millwood nie zaburzyła tego wzoru. Jego książki znalazły się na półkach w takiej kolejności, w jakiej je czytał, od góry do dołu, od lewej do prawej, składając się na uporządkowane kolumny czasu. Troska lub obojętność, jaką im okazywał, obrazowały przebieg jego życia. Jeszcze raz popatrzył na nieprzeczytaną sekcję. To była z pewnością półka, którą zapełnił książkami w latach po Marie. Teraz przypomniał sobie, że gdy był w przepaści, nie był w stanie czytać. Może po prostu było tam za ciemno. Był pewny, że próbował. Dostawał książki, otwierał je, nawet udawał, że czyta, ale wszystkie go zawodziły, żadna nie była w stanie wyciągnąć go z bagna. Nie spełniły swojego obowiązku i z tego powodu zostały skazane na nieprzeczytanie i brak miłości. Teraz mogły opowiedzieć tylko fragmenty smutnej historii rozwijającej się w tle. I jakoś tak się zdarzyło, że zapomniał znów do nich sięgnąć.

Czy właśnie do tych książek powinien wrócić? Przechylił głowę na bok, przyjrzał się tytułom i autorom. Niektórzy należeli do jego ulubieńców. Zastanawiał się, czy powinni dostać drugą szansę, żeby dać mu to, czego nie potrafili dać kiedyś. Popatrzył na puste miejsca, które zostały w najdalszym kącie. Te miejsca wyznaczały jego przyszłość, ale niewiele już mogło się tam zmieścić. Potrzebował tej przestrzeni na książki, które przeczyta w najbliższych miesiącach i latach. I będzie musiał wybierać je bardzo starannie, bo muszą to być książki, w których będzie mógł się zakochać.

ROZDZIAŁ 24

– **B**ył starym człowiekiem, który łowił ryby w Golfstromie, pływając samotnie łodzią, i oto już od osiemdziesięciu czterech dni nie schwytał ani jednej. Przez pierwsze czterdzieści dni pływał z nim pewien chłopiec. Ale po czterdziestu jałowych dniach rodzice oświadczyli mu, że stary jest teraz bezwzględnie i ostatecznie salao, co jest najgorszą formą określenia „pechowy", i chłopiec na ich rozkaz popłynął inną łodzią, która w pierwszym tygodniu złowiła trzy dobre ryby. Smuciło go to, że stary co dzień wraca z pustą łodzią, więc zawsze przychodził i pomagał mu odnosić zwoje linek albo osęk, i harpun, i żagiel owinięty dokoła masztu. Żagiel był wyłatany workami od mąki, a zwinięty wyglądał jak sztandar nieodmiennej klęski*.

– O Boże, nie jestem pewna, czy mam dość siły na nieodmienną klęskę. O czym to jest, panie Doubler?

– O starym człowieku i jego walce – powiedział niecierpliwie, chcąc już wrócić do czytania.

– O jakiej walce?

– Pani M, czy mogę po prostu czytać dalej?

Podjął czytanie melodyjnym, odmierzonym głosem:

---

* Ernest Hemingway, *Stary człowiek i morze*, tłum. Bronisław Zieliński (przyp. red.).

– Stary był suchy i chudy, na karku miał głębokie bruzdy. Brunatne plamy po niezłośliwym raku skóry...

Pani Millwood znów mu przerwała.

– O Boże, panie Doubler, czy to jest książka o śmierci i raku?

– Nie. Oczywiście, że nie. To byłoby bardzo niestosowne, gdybym czytał pani taką książkę, pani Millwood. To jest książka o łowieniu ryb.

– Książka o łowieniu ryb? Nie mam najmniejszej ochoty słuchać o łowieniu ryb. To już chyba wolałabym książkę o śmierci i raku.

– Łowienie ryb to metafora. Nie musi się pani tym przejmować.

– Oczywiście, że muszę. Wydaje mi się, że w tej książce chodzi o łowienie ryb.

– Nie, chodzi o walkę. To jest walka starego mężczyzny, żeby udowodnić, że jego życie wciąż ma jakiś cel. Przez pewien czas miał pecha, ale w końcu łapie wielką rybę, najwspanialszą rybę, chociaż musi użyć wszystkich swoich sił, żeby wyciągnąć ją na brzeg.

– I udaje mu się ją wyciągnąć?

– Nie mogę pani powiedzieć, jak książka się kończy, ale może pani być pewna, pani Millwood, że ten stary człowiek jest bardzo uparty.

– Ta metafora wydaje mi się trochę bardziej interesująca niż łowienie ryb, ale i tak nie mam wielkiej ochoty słuchać książki o starym człowieku, który szuka celu w życiu, kiedy zbliża się do śmierci. Niech pan mi poczyta *Małego Księcia*, panie Doubler.

– To dla dzieci!

– Wcale nie. To bardzo głęboka książka. Myślę, że to książka o tym, jak zauważać ważne rzeczy w życiu mimo całej presji, jaka się wiąże z dorosłością. To jest książka o życiu, miłości i poszerzaniu horyzontów.

Doubler nie był przekonany.

- Ale to bardzo krótka książka. Moja książka o łowieniu ryb i tak być może jest za krótka, ale *Mały Książę* jest jeszcze krótszy.

- To dobrze, że jest krótka! Potrzebuję krótkiej książki, gdzie dobre zakończenie jest całkiem blisko. Obydwoje tego potrzebujemy.

- Nie, moim zdaniem powinniśmy zacząć czytać coś, co pozwoli pani zaangażować się na długo, pani Millwood. Potrzebujemy czegoś, co pozwoli pani myśleć o podróży, a nie o jej celu. Moja książka nie jest zbyt długa, ale za to bardzo gęsta. Każde słowo liczy się tu za dziesięć albo więcej słów. Ta książka zmusi panią do myślenia i na pewno będzie dobrym tematem do rozmowy. - Przerzucił strony aż do końca. - Nie sądzi pani, że to bardziej odpowiednie dla naszych celów?

Pani Millwood zaśmiała się lekko, gdy zaczęła rozumieć sens słów Doublera.

- Panie Doubler, czy uważa pan, że ja się przygotowuję na śmierć? Czy myśli pan, że to moja ostatnia książka?

Doubler przełknął.

- Owszem, przeszło mi to przez głowę.

- I dlatego wybrał pan powolną historię?

- Tak, ale bardzo poruszającą. Sprawdziłem też, czy spełnia pozostałe kryteria. To nie jest ckliwa książka, pani Millwood. I moim zdaniem nie można się przy niej rozkrochmalić. Na koniec staruszek pokonuje rekiny, wychodzi z tego żywy i znów wypływa na ryby. Walcząc z fizycznymi demonami, zwycięża również te metaforyczne. Powiedziałbym, że ta książka bardzo podnosi na duchu.

- Podoba mi się to, co pan mówi, panie Doubler. Może mi ją pan przeczytać. Nie chciałabym czekać przez tyle stron, gdyby w końcu miało się okazać, że ten staruszek wróci do domu z pustymi rękami. Szkoda by mi było czasu na taką historię. Ale jeśli zakończenie ma mnie podnieść na duchu, to chętnie wybiorę się z panem na ryby.

Doubler był zadowolony. Usiadł wygodnie w fotelu, wrócił do początku i zaczął czytać od nowa.

ROZDZIAŁ 25

Ściągnął ze stęknięciem zabłocone buty i usłyszał odgłos samochodu.
– Kiedyś nikt tu nie przyjeżdżał, a teraz nie mam odrobiny spokoju – mruknął. Znów założył buty i wyszedł sprawdzić, kto to taki.

Okrążył róg domu i ze zdziwieniem stwierdził, że zamiast niepokoju czuje podniecenie i wyczekiwanie. Spodziewał się zobaczyć Midge, jak wyskakuje z czerwonego samochodziku, i jego twarz się ściągnęła, gdy dostrzegł nieznajomy pojazd – długą brązową furgonetkę. Kiedy podszedł bliżej, zrozumiał, że brąz pochodził od błota, spod którego nie widać lakieru, więc samochód mógł mieć dowolny kolor. Kierowca, w tej chwili niewidoczny, już wysiadł i grzebał w bagażniku. Doubler szybko stłumił lęk, który pojawił się na myśl, że może to być Peele. Z całą pewnością to nie był samochód, jakim mógłby jeździć największy plantator ziemniaków w hrabstwie.

Bagażnik zatrzasnął się z brzękiem i zza samochodu wyłoniła się Olive. Nieco zdenerwowana pomachała mu ręką. Ubrana była w dobrej jakości dwuczęściowy tweedowy kostium w kolorach beżu i khaki, stalowoszare włosy spięła w schludny węzeł z tyłu głowy. Buty na płaskim obcasie były skórzane, sznurowane i bardzo rozsądne.

Doubler podszedł do niej z wyciągniętą ręką. Dzień był piękny, wciąż jeszcze chłodny, ale niebo czyste i powietrze pachniało świeżością. W przypływie dobrego nastroju ciepło powitał gościa.

– Co za niespodzianka, Olive. Nie przypuszczałem, że przyjmiesz moje zaproszenie.

– Mam nadzieję, że nie masz mi za złe tego, że wpadłam bez zapowiedzi, ale postanowiłam trochę odkurzyć swoje prawo jazdy. Nie mogłam się oprzeć myśli o kawałku ciasta z twojej puszki. – Jej głos przeciął popołudniowe powietrze ostrym, przenikliwym dźwiękiem.

Doubler rozluźnił się. Kobieta, którą pamiętał z poprzedniej wizyty, była boleśnie nieśmiała, przez co budziła w nim niepokój. Ale dzisiaj zobaczył znacznie bardziej pewną siebie wersję Olive.

– Boże, oczywiście, że nie mam nic przeciwko temu. Gdybym miał, to przecież bym cię nie zapraszał. Chodź do środka. Zejdźmy z tego zimna.

– Mieszkasz w bardzo pięknym miejscu, Doubler. – Zatrzymała się i zatoczyła wzrokiem krąg obejmujący również zamknięte stodoły oraz schludne podwórze. Nie było tu typowego dla farm bałaganu, jaki panował również wokół jej domu.

Otworzył drzwi i wpuścił ją pierwszą do ciepłej kuchni.

– Kiedy się tu podjeżdża, właściwie nie wiadomo, czego się spodziewać. Nie słychać szczekania psów, na drodze nie ma grzebiących kur. Żadnego znaku życia w samym środku zimy. Tylko naga ziemia, a nagie pola wyglądają bardzo ponuro, prawda? A jednak kiedy wcześniej jechałam tu z Maxwellem i pozostałymi, pomyślałam, że to jeden z najbardziej przyjaznych domów, jakie widziałam w życiu. Nawet gdyby nie było tu żadnych śladów ludzkiego życia, i tak czułabym się tu mile widziana. – Zatrzymała się i odetchnęła głęboko, sprawdzając kuchenne aromaty.

Doubler zarumienił się z dumy.

– Celna obserwacja. Farma Mirth bardzo lubi przyjmować gości. Niestety, jej obecny lokator nie zawsze był równie gościnny.

– Mam nadzieję, że w niczym nie przeszkadzam. – Olive powiesiła już kurtkę, zdjęła buty i usiadła w drewnianym fotelu u szczytu stołu. Wydawała się tu bardzo na miejscu. Brała do ręki słoiki z dżemem, oglądała je i odstawiała, jednocześnie rozglądając się po pomieszczeniu i chłonąc wszystkie szczegóły. Marszczyła brwi, gdy napotkała coś zagadkowego lub niespodziewanego, co stanowiło część osobowości Doublera, i kiwała głową, widząc rzeczy, z którymi mogła się zidentyfikować i które aprobowała.

Doubler był zachwycony. Pogwizdując cicho pod nosem, nastawił czajnik i zniknął w spiżarni. Przyniósł stamtąd kilka bułeczek do podgrzania i rozpakował duży bochenek chleba z daktylami i orzechami włoskimi. Ustawił na stole dwa nakrycia i rozłożył jedzenie.

– Masz szczęście, Olive. W tym tygodniu miałem nastrój na pieczenie.

– Jeszcze nigdy nie spotkałam mężczyzny, który piecze tak jak ty. Widziałam takich w telewizji, ale żadnego nie spotkałam na żywo.

– Och, na pewno nie jest to aż taka wielka rzadkość. Pieczenie to satysfakcjonujące połączenie nauki i sztuki, dlatego bardzo do mnie przemawia. To nie to samo co inne części mojego życia. Nie można zbyt wiele eksperymentować, trzeba się nauczyć podstawowych przepisów, ale gdy się już je opanuje, potem można je zmieniać i ulepszać, ile dusza zapragnie.

– Twój dżin na pewno jest eksperymentalny.

– To prawda, każda partia jest inna. Dżin bardzo mocno zależy od sezonu, od pogody i od tego, co akurat urośnie w żywopłotach. Ja to dumnie nazywam botaniką jednego gospodarstwa, ale to po prostu oznacza, że rzadko wychodzę z domu.

– Nie czujesz się tu samotny? Ja muszę od czasu do czasu gdzieś wyjść, żeby nie umrzeć z nudów i osamotnienia. – Urwała na chwilę i zajęła się herbatą. – Kiedyś bardzo lubiłam piec, ale częściej piekłam chleb niż ciasta. Nie przepadam za słodyczami. – Mówiąc to, pochyliła się nad stołem, wsunęła bułeczkę do wnętrza słoika i zgarnęła sporą porcję dżemu.

– Wspaniale! – wykrzyknął Doubler ze szczerym podziwem. – To wymaga dużych umiejętności!

Nawet jeśli ta pochwała była nieco dwuznaczna, Olive nie zwróciła na to uwagi.

– Tak, ćwiczyłam to przez prawie dwadzieścia lat. Ale nie ma sensu piec tylko dla siebie. Nie zjadłabym wszystkiego. Nie jadam teraz dużo.

Patrząc, jak smaruje dżemem drugą bułeczkę, Doubler zastanawiał się nad jej losem. Próbował sobie wyobrazić swoje życie pozbawione nie tylko ludzkiego towarzystwa, ale również wszystkich pociech domowych.

– Ja piekę tylko dla siebie, nie przeszkadza mi to. Nie ma nic piękniejszego niż zapach rosnącego ciasta na chleb albo piekącego się placka. Pewnie przyjemność byłaby jeszcze większa, gdyby się z kimś ją dzieliło, ale nie potrafię jej sobie odmówić. Bez tego zmarniałbym. Zawsze uważałem, że trzeba mieć jakieś przyjemności tylko dla siebie, a pieczenie to jedna z moich przyjemności. Uspokaja mnie, a to, co upiekę, podtrzymuje moje siły.

– Na pewno masz rację. Brakuje mi tego. To prawda, w pieczeniu jest coś, co przynosi wielkie zadowolenie. To uczucie, kiedy dobrze wyrobione ciasto staje się chlebem. Jest sprężyste w dotyku, jak żywe, i nic go nie powstrzyma przed przyjęciem właściwej formy. Może właśnie na tym polega urok pieczenia? Wiesz, że nie jesteś w stanie kontrolować wszystkiego, więc każdy sukces to mały cud. Tak wiele rzeczy może pójść źle, potencjał katastrofy jest ogromny. Ale kiedy wszystko się uda i wiesz, że wyszło doskonale, nie ma lepszego uczucia. – Olive starannie przeżuła wielki kęs bułeczki i popiła haustem herbaty, a potem mówiła dalej, patrząc na własny talerz, a nie na Doublera: – Ale pieczenie już nie sprawia mi radości. Boję się, że niedojedzony bochenek przywiódłby do mnie zbyt wiele wspomnień o szczęśliwym domu pełnym ludzi.

Doubler przerwał to, co akurat robił, i usiadł obok niej.

– Gdzie jest twoja rodzina, Olive? Dlaczego mieszkasz w tym wielkim domu zupełnie sama?

– Mogłabym ci zadać to samo pytanie. – Spojrzała na niego wyzywająco.

– Moja sytuacja jest zupełnie prosta. Ale z tego, co mówił Maxwell, odniosłem wrażenie, że ty jesteś odludkiem z wyboru.

– Odludkiem? To trochę upokarzające określenie. Owszem, jestem sama, ale czy z wyboru? Po prostu tak się złożyło. A co do Maxwella, nie za bardzo rozumiem, o co mu chodzi. – Spojrzała na Doublera, jakby nie była pewna, czy powinna mu zaufać. Uznała, że podoba jej się to, co widzi, i mówiła dalej tak szybko, że słowa niemal zderzały się ze sobą. – To on zaproponował, żeby umieścić schronisko na mojej farmie. Był bardzo przekonujący. O ile sobie przypominam, niewiele miałam w tej sprawie do powiedzenia, ale pomysł wydawał się znakomity. Byłam tam przez cały czas, miałam mnóstwo miejsca, nie chciałam się wyprowadzać do mniejszego mieszkania i wiedziałam, że przydałoby mi się towarzystwo. Kiedy Maxwell przyszedł i zaproponował, żebym podzieliła się domem i ziemią ze schroniskiem, pomyślałam, że to świetny pomysł. Powiedział, że to nada mojemu życiu sens, a ja mu uwierzyłam.

– To był bardzo wielkoduszny gest.

– Nie jestem tego pewna. Zgoda nic mnie nie kosztowała, a dostrzegałam wiele dobrych stron takiego rozwiązania. Pomyślałam, że to wypełni pustkę, wprowadzi w moje życie trochę ruchu i barw. Wyobrażałam sobie, że będę brała we wszystkim udział. – Jej twarz zachmurzyła się na chwilę, a potem równie nieoczekiwanie rozświetliła. – O, zobacz! Szczygieł! – Wskazała na okno, za którym podobny do klejnotu ptak przysiadł na nagiej gałęzi dzikiej róży. Kolczaste pędy rozrosły się tak bardzo, jakby chciały zadusić cały dom.

– Jakie on ma piękne kolory. Chyba jeszcze nigdy nie miałem przyjemności go tu widzieć! – Doubler siedział nieruchomo, wpatrując się w ptaka, dopóki nie odleciał.

– Jeśli się nie mylę, to samiczka. Przyleciała do nasion. Dobrze zrobiłeś, że nie wyciąłeś jesienią starych pędów. Ogrodnicy czasami są zbyt gorliwi. Wycinają wszystko, zapominając, że w chudych miesiącach nasiona przyciągną do nich całą chmarę gości. Uroczy, po prostu uroczy. Dobra robota!

Doubler rozpromienił się. Nie miał nic przeciwko temu, by jego zaniedbania zostały mylnie uznane za powstałe z dobrych intencji, jeśli wynikały z nich wizyty małych gości z plamkami żółtego i czerwonego upierzenia.

– Uroczy – ciągnęła Olive. – Naprawdę uroczy. Wiesz, Doubler, że na stado szczygłów mówi się „urok"?

– Naprawdę?

– Nie ma bardziej uroczego widoku niż duże stado, które leci nisko nad ziemią i przysiada na płocie, błyskając czerwienią i złotem. To prawdziwa radość dla oczu.

Doubler wciąż patrzył na ptaka, który odlatywał już w poszukiwaniu nowego paliwa, nieustannie obracając jaskrawą głowę w jedną i w drugą stronę, wypatrując niebezpieczeństw.

– Urok szczygłów. Ale jeśli się zobaczy jednego, to chyba jeszcze nie jest urok?

– Nie, pojedyncze nie są takie czarujące. Nie ma sensu pokazywać uroku, jeśli nie ma się przed kim popisywać, prawda?

– I tak jest śliczna, nawet jeśli nie ma kogo czarować. – Znów popatrzył na Olive. – Więc co się stało? Wydaje mi się, że zupełnie się nie angażujesz w pracę schroniska.

– Sama nie wiem. Na początku było tak, jak sobie wyobrażałam, ale niedługo potem Maxwell trafił na mnie, kiedy miałam zły dzień. Miewam czasem takie dni. Takie, kiedy życie za bardzo boli. Trudno to opisać, właściwie nigdy nie próbowałam tego opisywać. Jeśli powiem, że czuję się wtedy smutna, to za mało. Jestem zupełnie zrozpaczona. To po prostu przychodzi, chociaż nic się nie zmieniło od poprzedniego dnia, nie ma żadnego bodźca ani wydarzenia, które by to spowodowało. Po prostu budzę się i mam absolutną, niewzruszoną pewność, że nie dam sobie z niczym rady. Albo jeszcze gorzej, nawet nie mam ochoty próbować.

Dobrze wiedział, o czym mówiła, i skinął głową.

– Znam to, a w każdym razie coś podobnego. Ale u mnie miało to przyczynę, więc może nie rozkładało mnie aż tak jak ciebie.

Olive wydawała się bardzo smutna. Doubler nie był pewien, czy przyczyną jest jej własny smutek, czy jego.

– To się chyba nazywa depresja – powiedziała melancholijnie, patrząc w okno. – Ale to żałośnie nieodpowiednie słowo. Słowo „depresja" przywodzi mi na myśl płytki dołek albo zagłębienie. Coś takiego, jak odcisk palca w cieście na chleb, zanim jeszcze podniesie się z powrotem. Ale to, co ja mam, to coś innego. To jest okropne, ma poszarpane krawędzie i tak bardzo staram się to zdusić, zanim to coś zadusi mnie, że czasem wydaje mi się, że umrę od tego próbowania.

Doubler skinął głową ze zrozumieniem. Dobrze znał ostre krawędzie jej smutku.

– Więc Maxwell trafił na ciebie, kiedy byłaś w tym dole? Ja to nazywam przepaścią. I jak to zmieniło sytuację w schronisku?

Olive drgnęła, gdy usłyszała jedno ze słów wypowiedzianych przez Doublera.

– „Przepaść" to lepsze określenie niż „depresja"! Dziękuję ci za to! Tak, Maxwell trafił na mnie, kiedy byłam przygnębiona i odprawiłam go ostro. Czasem tak robię, kiedy nie mam odpowiedniego nastroju na towarzystwo. A on potraktował to dosłownie. Powiedział wszystkim, że nie wolno mi przeszkadzać, że mają mnie zostawić w spokoju. Na początku wszyscy ze schroniska używali mojej jadalni jako sztabu. Bardzo się z tego cieszyłam. W domu był ruch i czułam się doceniona. Ale niedługo po tym incydencie Maxwell oświadczył, że postawi obok domu kontener, żebym miała więcej przestrzeni. Oczywiście to było zupełnie niepotrzebne. Powiedział, że nie chcą plątać mi się pod nogami i czuć się wobec mnie nadmiernie zobowiązani. I znowu był bardzo przekonujący, a ja właściwie nie miałam prawa głosu. Teraz tylko słyszę czasami, że ktoś przyjeżdża albo odjeżdża. Miałam nadzieję, że to będzie wyglądać zupełnie inaczej.

W pierwszej chwili poczuł oburzenie, szybko zastąpione ulgą, gdy uświadomił sobie, jak można naprawić tę nierównowagę i znów wprowadzić radość i zgiełk w jej życie.

– Ależ Olive, bardzo łatwo temu zaradzić! Możemy to zmienić w mgnieniu oka. Jak najbardziej powinnaś brać udział w życiu schroniska. Przecież to twoja ziemia, twoje stajnie i twój dom, na litość boską. Jesteś naszą gospodynią i dobrodziejką i nie można dopuścić do tego, żebyś się czuła bezużyteczna. Nie ma nic ważniejszego.

– Ale co z Maxwellem? – zapytała niespokojnie. – Z pewnością woli, żebym siedziała sama. W ogóle nie próbuje się ze mną zaprzyjaźnić. Przeciwnie, robi, co może, żeby mnie unikać.

– Na pewno tak nie jest. Owszem, Maxwell jest trochę bombastyczny i lubi rozstawiać wszystkich po kątach, ale wydaje mi się, że w środku jest całkiem przyzwoitym facetem.

– Sama nie wiem. Tylko ten miły młody Derek zawsze pilnuje, żeby mnie zapraszano na zebrania personelu. To on upierał się, że powinnam przyjechać do ciebie. Maxwell powtarzał, że nie będzie mi się tu podobało, że to może być dla mnie za duży wysiłek, i mówił to wszystko w mojej obecności!

Doubler uśmiechnął się, gdy coś sobie przypomniał.

– Pewna bardzo mądra kobieta wyjaśniła, jak działa Maxwell. Powiedziała mi, że on ma syndrom przywódcy w kryzysie. Trudno mu się pogodzić z myślą, że nie jest już kimś bardzo ważnym, dlatego uwielbia wszystkimi rządzić.

– Z pewnością właśnie o to chodzi. – Zaśmiała się i pochyliła do niego konspiracyjnie. – Wiesz, usłyszałam kiedyś, jak komuś rozkazywał, i pomyślałam, że rozstawia po kątach studentów, więc wybiegłam na zewnątrz. Ale on mówił do kotów! Kazał im czekać na swoją kolejkę i spodziewał się, że ustawią się w szereg! Jakby można było zmusić kota, żeby zrobił coś, czego nie chce robić!

Wybuchnęli śmiechem. Doubler nie posiadał się ze zdumienia z powodu swego szczęścia. Nie prosił o to nieoczekiwane zakłócenie swojej samotności, ale teraz wydawało mu się, że z jego życia zniknęły wszelkie ograniczenia.

Poczekał, aż śmiech wybrzmi, pomyślał o pułkowniku i dodał poważnie:

– Oczywiście on jest wojskowym, w dodatku trochę staroświeckim, i pewnie nie miał okazji nauczyć się rozmawiać z ludźmi, którzy wyrażają emocje. Kiedy trafił na twój kiepski dzień, prawdopodobnie się wystraszył, że będzie musiał cię pocieszać, więc uciekł najdalej, jak mógł.

Na twarzy Olive odbiła się ulga. Cieszyła się, że wreszcie komuś o tym opowiedziała. Oczy jej błyszczały i nie wydawała się już tak bardzo przytłoczona lękiem.

– Jak to dobrze, że piekę ciasta! – zawołał Doubler. – Jesteś jak ten ptak. Gdybym nie zostawiał dla niego jedzenia na parapecie, to nie przyleciałby tu sprawdzić, czy czegoś nie znajdzie. A gdybym nie miał w spiżarni wszystkiego, co potrzebne do upieczenia ciasta

i bułeczek, ty też byś mnie nie odwiedziła. – Na jego twarzy odbił się smutek. – Długo musiałem czekać na tego szczygła.
– Miałaś kiedyś rodzinę? – zapytał po chwili. – Nie wyobrażam sobie, żebyś przez całe życie obijała się o puste ściany tego wielkiego domu.
– Ależ nie, miałam dużą rodzinę. Mam troje dorosłych dzieci, dwie córki i syna. To moja radość i duma. Następne pokolenie mnoży się jak króliki. Razem mają już pięcioro dzieci i spodziewam się, że będzie ich jeszcze więcej.
– To wspaniale mieć troje dzieci, z których można być dumnym! – Poczuł ulgę. Po usłyszeniu opowieści Maddie i znając własną historię, nie miał ochoty na kolejny ładunek osamotnienia.
– I patrzeć, jak rosną wnuki. Myślałem, że jesteś samotna jak ja. Bardzo się cieszę, że tak nie jest.
– Och, kocham ich całym sercem. I tak szybko rosną!
Jednak w uśmiechu Olive wyczuł odrobinę nieszczerości.
– Ale chyba czegoś mi nie mówisz. Nie jesteś szczera ze mną albo ze sobą. Okłamujesz jedno z nas, Olive.
– Nie kłamię. Naprawdę jestem z nich bardzo dumna. To piękne dzieci, światło mojego życia, a moje wnuki są do nich bardzo podobne. Zupełnie nowe pokolenie pięknych, utalentowanych ludzi.
Od razu wychwycił pewną niekonsekwencję i powiedział o niej:
– Ależ Olive, ty już nie pieczesz. I masz pusty dom.
– Mieszkają za daleko, żeby wpadać do mnie na herbatę. Taka jest prawda – odrzekła nieco zbyt stanowczo.
– Ale widujesz ich? Odwiedzają cię? Ty ich odwiedzasz? – Próbował się trzymać wcześniejszej nadziei, ale szybko ulatywała.
Olive potwierdziła jego obawy.
– Moja najstarsza córka mieszka w San Francisco, syn w Sydney, a młodsza córka w Melbourne.

- Och - westchnął Doubler, kontemplując ruiny swoich nadziei.

- No właśnie. Trudno kogoś odwiedzać na taką odległość - stwierdziła Olive lekkim tonem, który miał umniejszyć wagę problemu.

- To drugi koniec świata. - Smutno pokiwał głową.

Olive wyczuła w jego głosie oskarżenie i natychmiast rzuciła się bronić swoich dzieci i ich decyzji.

- Wyjechali z moim błogosławieństwem. Dla tego pokolenia świat jest bardzo mały. Mogą zapuścić korzenie, gdzie tylko zechcą i kiedy zechcą. To byłoby małostkowe, gdybym próbowała ich zatrzymać, skoro wszyscy kochali dalekie podróże.

- Ale aż na drugi koniec świata? Co oni sobie myśleli, zostawiając cię tutaj? - Niedowierzanie Doublera było tak wielkie, że stłumiło poczucie taktu.

- To skomplikowane. Kiedy wyjeżdżali, mój mąż jeszcze żył, a my wystarczaliśmy sobie nawzajem. Mieliśmy bardzo konkretne plany na emeryturę. Zamierzaliśmy ich odwiedzać, może nawet połowę każdego roku spędzać na podróżach i odwiedzinach u rozrastającej się rodziny. Ale zaraz po przejściu na emeryturę mąż niespodziewanie zmarł. A potem okazało się, że bardzo lubiłam podróżować w jego towarzystwie, ale nie mam wielkiej ochoty robić tego sama. Przecież nie mogłam wcześniej o tym wiedzieć, prawda?

- Oczywiście, że nie. Nikt z nas nie wie, kim może się stać, i nie potrafimy się na to z góry przygotować. Więc jak często ich odwiedzasz? - zapytał, próbując sprowadzić rozmowę na bardziej optymistyczne tory.

- Jeszcze nigdy u nich nie byłam - cicho przyznała Olive.

- Nigdy?

- Nie, nigdy. - Popatrzyła mu w oczy, zdecydowana nie okazywać wstydu.

Nie potrafił zinterpretować jej spojrzenia.
- A jak często one odwiedzają ciebie?
- To nie jest dla nich łatwe. Mają pracę, rodziny i przyjaciół, za to bardzo mało urlopu. - Machnęła ręką. - Przyjazd tutaj z małymi dziećmi wymagałby od nich olbrzymiego wysiłku.
- Ale przyjeżdżają? - upewnił się Doubler.

Olive zawahała się.
- Jeszcze nie. Ale przyjadą. Będzie znacznie łatwiej, kiedy dzieci trochę podrosną.
- Na pewno okropnie za nimi tęsknisz!
- Tak, oczywiście. Ale oni wszyscy bez wyjątku też bardzo za mną tęsknią. Wiem o tym. Przez cały czas proszą mnie, żebym sprzedała farmę i przeprowadziła się do któregoś z nich. Moja córka w San Francisco ma bardzo duży dom i chciałaby mieć mnie w pobliżu. A dwoje pozostałych dzieci stworzyło sobie życie w Australii, więc...
- Kusi cię to.
- To oni próbują mnie skusić. Obiecują lepszy standard życia, lepszy klimat, lepszą opiekę zdrowotną. Na okrągło powtarzają, jak lepiej by mi się żyło, gdybym się do nich przeprowadziła. - Urwała na chwilę, a potem podjęła z wysiłkiem: - Ale mój dom jest tutaj. Nie w tym rzecz, że nie lubię przygód. W młodości dużo podróżowałam, kiedy jeszcze byłam sama, a potem z mężem. Ale teraz jestem już trochę zmęczona. Chcę żyć tutaj i tutaj umrzeć. Po prostu chcę być z mężem.

Patrzył na jej twarz, spodziewając się lada chwila zobaczyć na niej łzy, lecz Olive trzymała się doskonale.
- Ale twój mąż już umarł, a ty żyjesz - powiedział łagodnie, patrząc na tę silną kobietę, która miała przed sobą jeszcze wiele lat życia, może nawet całe dekady.
- Ja też niedługo umrę - odrzekła ze stoickim spokojem, wzruszając ramionami. - W każdym razie oni teraz myślą, że

wszystko by się ułożyło, gdybym przeniosła się do któregoś z nich, ale szybko zaczęliby czuć do mnie niechęć. Owszem, mogłabym pomóc przy dzieciach, ale byłabym też dla nich ciężarem. Im bardziej lat by mi przybywało, tym mniej mogłabym zrobić i tym trudniej byłoby mi wrócić tutaj samej. Nie potrafię sobie tego wyobrazić w praktycznych kategoriach. Poza tym dobrze jest, gdy młodzi mogą zbudować własne gniazda i znaleźć swój sposób na życie. Tęskniłam do takiej wolności, kiedy byłam młoda, więc im również muszę na to pozwolić, bo inaczej będę się czuła jak egoistka. Byłam prawie dzieckiem, kiedy opuściłam rodzinny dom. Miałam osiemnaście lat, kiedy wyszłam za mąż.

Próbował usłyszeć słowa, których Olive nie wypowiedziała, ukryte pod tym krótkim, pogodnym opisem jej losu, i przycisnął nieco mocniej:

– Mówisz, że szukałaś wolności, ale wątpię, żebyś musiała w tym celu jechać na drugi koniec świata.

– Czy mógłbyś przestać to powtarzać? Czuję się przez to gorzej, a nie lepiej – zażartowała, ale w jej wzroku błysnęła panika.

Wcześniej nie przyszło mu do głowy, że powinien się starać poprawić jej nastrój. W rozmowach z panią Millwood po prostu wymieniali się historiami, opowiadali sobie na przemian, co u nich słychać, albo komentowali bieżące sprawy, szczególnie te, które dotykały ich najmocniej. Ale ich nieustanny dialog zawsze poprawiał Doublerowi nastrój. Może więc pani Millwood robiła to przez cały czas – poprawiała mu nastrój?

– Czy znasz panią Mitchell? – zapytał, zręcznie zmieniając temat.

– Oczywiście. W każdym razie dużo o niej słyszałam. – Wyraźnie poczuła ulgę, że przesłuchanie dobiegło już końca.

– I co o niej wiesz?

– Podobno to zupełna wariatka – stwierdziła pogodnie.

Doubler zastanowił się nad tym.

– Prawdę mówiąc, nie jestem przekonany, czy jest bardziej zwariowana niż ty albo ja. Wszyscy troje, ty, pani Mitchell i ja, znajdujemy się w niemal identycznej sytuacji. W ten czy inny sposób związani jesteśmy z ziemią, nasze ciała składają się z mięsa, krwi i gleby. Serca też mamy takie same. Wszyscy jesteśmy samotni, bo opuścili nas partnerzy. Nie jest to właściwie samotność z wyboru, ale sami też w żaden sposób sobie nie pomogliśmy.

– Twoja żona też zmarła? – zapytała Olive, którą to pytanie dręczyło od chwili, kiedy po raz pierwszy przybyła na farmę Mirth.

– Nasze historie trochę się od siebie różnią. Mąż pani Mitchell wciąż żyje, chociaż ona wolałaby, żeby nie żył. Twój mąż zmarł w najbardziej nieodpowiednim momencie. Moja żona... cóż, ona miała swoje powody. Ale wszystko sprowadza się do tego, że to, co nas uszczęśliwia, jednocześnie oddziela od rodzin. – Pomyślał o Julianie, o jego pogardzie dla ojca i jego sposobu życia. – Szczerze mówiąc, mamy szczęście, że trafiliśmy na siebie. To spotkanie z tobą, to, że się dowiedziałem, że masz dzieci, które są ci bliskie, ale z którymi nie możesz się zobaczyć... To znacznie gorsze niż mój los. Niewiele mnie obchodzi mój syn, a córka jest mną bardzo rozczarowana, więc odpowiada mi to, że rzadko się z nimi widuję. – Doubler uśmiechnął się do Olive na dowód, że w tym stwierdzeniu nie ma żadnej goryczy.

– Czy to znaczy, że Tennyson miał rację? Często się nad tym zastanawiałam. Czy naprawdę lepiej jest kochać i stracić, niż nigdy nie kochać?

Myślał o tym przez chwilę, po czym odparł:

– Pani Mitchell kocha swoje dzieci, ale okropnie ją zawiodły, więc jest na nie zła. Chciałaby tylko, żeby mąż wrócił do domu. Ale ona bardzo mocno kochała swojego męża. Ich małżeństwo było długie i szczęśliwe. Przypuszczam, że nie chciałaby zmienić ani jednego przeżytego dnia.

– Doskonale potrafisz odwracać uwagę i skupiać rozmowę na kimś innym, Doubler. Ale co z tobą? Co z twoimi dziećmi? Czy opiekują się tobą, tak jak powinny?

Wstał, odwrócił się do niej plecami i wyjrzał przez okno.

– A powinny? Nie wiem, czy powinny się mną opiekować, czy nie. To prawda, że tego nie robią, ale nigdy ich nie prosiłem, więc trudno powiedzieć, żeby mnie pod tym względem zawiodły.

– Nie masz z nimi dobrego kontaktu?

– Bardzo trudno mi się z nimi dogadać.

– Chcesz mi o tym opowiedzieć?

– Właściwie nie. Nie wstydzę się, nie czuję się skrępowany, po prostu jest, jak jest. Moje dzieci podjęły decyzję już wiele lat temu, kiedy moja żona odeszła. Uznały, że to moja wina. Może to była moja wina, a może nie. Ale rzecz w tym, że ja tu zostałem. Ja ich nie opuściłem. Nie porzuciłem ich. Nie doszedłem do wniosku, że zasługuję na lepsze życie. Byłem tu, kiedy mnie potrzebowały. Tylko że one wolały miłość nieobecnej matki od niedoskonałej miłości obecnego ojca. Wszystko w porządku, wcale mi to nie przeszkadza, ale to był ich wybór.

– Musiały bardzo cierpieć.

– Naprawdę? – Doubler spojrzał na Olive z zaciekawieniem.

– Oczywiście, że tak. Przypuszczam, że były zdruzgotane.

– Nie wiem. Trudno mi zrozumieć, co myślą inni ludzie. Wolałbym, żeby po prostu mi o tym mówili. Dlatego tak bardzo cenię sobie przyjaźń z panią Millwood. Ona nigdy nie każe mi się niczego domyślać. I bardzo dobrze, bo przeważnie nie mam pojęcia, co się dzieje dokoła mnie. – Zaśmiał się z siebie, gdy sobie uświadomił, jak niewiele rozumie bez cennych wskazówek i interpretacji pani Millwood.

– Wiedziałam, że Gracie Millwood sprzątała u ciebie, ale nie wiedziałam, że się przyjaźniliście. Tak okropnie mi przykro z jej powodu, Doubler. Zdaje się, że sytuacja nie wygląda najlepiej. Była taką dobrą kobietą.

– Była? – Popatrzył na nią ostro. – Chcesz chyba powiedzieć, że jest dobra. Zostało w niej jeszcze mnóstwo dobroci, bardzo dziękuję. Pani Millwood wraca do zdrowia – oznajmił stanowczo, nie zostawiając miejsca na dalszą dyskusję.

Olive przeraziła się swoją gafą.

– Ogromnie się cieszę, że to słyszę, Doubler – wyjąkała. – Słyszałam jakieś plotki i widocznie coś źle zrozumiałam. Ale oczywiście ty wiesz lepiej, jak jest naprawdę. Wybacz mi. O czym to mówiliśmy? Chyba o twoich dzieciach, tak?

Poczuł ulgę, że nie musi ciągnąć rozmowy na temat pani Millwood, i próbował wyjaśnić Olive swoją sytuację najlepiej, jak potrafił, wiedząc, że o wielu rzeczach mówi po raz pierwszy.

– Wiem tylko, że kiedy Marie odeszła, Julian zaczął mnie traktować bardzo chłodno i odsunął się ode mnie. Camilla? Co mogłem zrobić dla Camilli? Ona potrzebowała matki, potrzebowała dowiedzieć się rzeczy, których ja nie mogłem jej wyjaśnić. I zawsze było bardzo trudno ją kochać. Nadal taka jest.

– Dlatego, że traktowała cię chłodno, tak jak Julian?

– Nie, dlatego, że czuła się mną rozczarowana, podobnie jak jej matka. I nadal tak jest. Widzę to w jej oczach za każdym razem, kiedy na nią patrzę. Chciałaby, żebym był innym ojcem, niż jestem, a ja nie potrafię być inny. Nie wiem, skąd jej przyszło do głowy, że mógłbym być ojcem z jej marzeń. Ktoś taki nigdy nie istniał.

– Ale przypuszczam, że przeszedłeś z nimi przez najtrudniejszy okres, prawda? Czy w końcu zbliżyliście się do siebie? Czas często jest najlepszym lekarzem.

– Nie – powiedział Doubler pragmatycznie. – Uznałem, że ich nie potrzebuję. Ich matka mnie nie potrzebowała. One potrzebowały matki. Nie widziałem miejsca dla siebie w całym tym bałaganie, jaki zostawiła. Po prostu pozwoliłem im odejść i zbudować sobie własne życie.

– Boże. Jesteś trochę zbyt surowy, Doubler.

– Naprawdę? Tak myślisz?

– Tak. Brutalny.

– Och... – To stwierdzenie bardzo go zaciekawiło. – W sumie nawet nie miałem pojęcia, czego się ode mnie oczekuje. Po prostu tu zostałem i nadal tak żyłem, jak potrafiłem. Uprawiałem ziemniaki i nadal je uprawiam. To, co po sobie zostawię, to nie moje dzieci. Zostawię po sobie ziemniaki.

– Tak, jesteś bardzo, ale to bardzo brutalny.

– Czy mogłabyś przestać się powtarzać? – zażądał Doubler, który oczekiwał, że skoro okazał wiele zrozumienia dla Olive i okoliczności jej życia, to ona powinna mu się odwzajemnić podobną wielkodusznością.

Olive jednak mówiła dalej.

– Co to znaczy, że nie zostawisz po sobie dzieci? Przecież to one są twoją spuścizną. To właśnie po sobie zostawisz.

– Nigdy tak o tym nie myślałem. Są z mojego ciała i z mojej krwi, ale nie widzę w nich siebie. Kiedy uprawiam ziemniaki, a powiedzmy sobie szczerze, że wyhodowałem znacznie więcej ziemniaków niż dzieci, to mogę powyrywać te, które nie zapowiadają się dobrze, i pozwolić rosnąć tylko tym dobrym. Udoskonalałem je przez wiele lat i miałem wpływ na to, jakie będą. Tymczasem na własne dzieci nie miałem żadnego wpływu. Nie widzę w nich nic z siebie. Nie interesują się mną, moją farmą ani pracą całego mojego życia.

– Zrozum, naprawdę nie chciałabym cię urazić... – Olive szykowała się do powiedzenia czegoś, co właśnie mogło urazić Doublera – ...ale to tylko ziemniaki. Młodym ludziom ziemniaki pewnie nie wydają się zbyt ekscytujące. Trudno im się zachwycić warzywami korzeniowymi, które rosną w ziemi. Czy naprawdę masz im za złe to, że próbowały znaleźć własną ścieżkę?

– Ale to, co ja robię, ma przełomowe znaczenie! – wykrzyknął i zaraz sobie uświadomił, że rzadko o tym mówi. Ściszył głos. – Stworzyłem ziemniaka, który w świecie ziemniaków zostanie uznany za świętego Graala.

– No cóż, to już brzmi trochę lepiej. Mówisz, że za świętego Graala? Bardzo mnie zaciekawiłeś. Święty Graal każdego może zainteresować. – Zastanowiła się chwilę i wróciła do wcześniejszego wątku: – Ale nie młodzież. Oni mają u stóp cały świat, nie wspominając już o YouTubie. Nie jestem pewna, czy czymkolwiek jeszcze potrafią się ekscytować. Pewnie uznaliby, że święty Graal to zacofane pojęcie.

– Zacofane? – sprzeciwił się Doubler. Olive właśnie umniejszała dzieło całego jego życia.

– No bo to jest przeszłość, prawda? Wszyscy zawsze szukali świętego Graala. Ale święty Graal nie spłaci hipoteki ani nie załatwi awansu. Nie można nim jeździć ani zabrać go na wakacje. Więc po co komu teraz święty Graal?

– Ale to jest święty Graal w świecie ziemniaków.

– Nie kupuję tego. Prawdę mówiąc, właśnie stracił trochę w moich oczach przez to, że tak to ująłeś.

Rzadko mówił o swoim Wielkim Eksperymencie Ziemniaczanym, ale siła jego wiary w to przedsięwzięcie jeszcze nigdy nie była poddana takiej prowokacji jak teraz, pod uważnym spojrzeniem Olive.

– Rzecz w tym, że jestem pewny, że mój patent będzie wart majątek. Nadejdzie dzień, gdy wszyscy hodowcy ziemniaków w całym kraju, co do jednej, będą chcieli kupować moje ziemniaki – oświadczył śmiało.

– A masz ich tyle? Wystarczy dla wszystkich? To jest kwestia podaży i popytu, Doubler, i jeśli chcesz zaopatrywać w ziemniaki wszystkich hodowców w kraju, to będziesz ich potrzebował bardzo dużo.

– To nie jest aż tak proste. Uprawialiście kiedyś ziemniaki na waszej farmie?

– Tak, przez jakiś czas uprawialiśmy, ale prawdę mówiąc, zrezygnowaliśmy. Przykro mi, że umniejszam wartość dzieła twojego życia, ale z ziemniakami są same kłopoty. Nie można ich uprawiać rok po roku w tej samej glebie, bo stają się podatne na choroby, szkodniki i zarazę ziemniaczaną. Ta przeklęta zaraza! – Zaśmiała się z nostalgią, jakby gotowa była oddać wszystkie nowoczesne wynalazki za możliwość powrotu do dni, kiedy prześladowała ją zaraza ziemniaczana.

– Właśnie o tym mówię, Olive. Wyhodowałem ziemniaka odpornego na zarazę. Można go uprawiać na tej samej glebie rok po roku przez wiele lat.

– Och, to bardzo ciekawe! – Szeroko otworzyła oczy. – Dona też by to bardzo zainteresowało. Pamiętam, jak kiedyś próbował mnie przekonać, że nie warto sobie zawracać głowy ziemniakami, ale gdyby nie było zarazy? Gdyby nie ta zaraza, pewnie ciągle byśmy je uprawiali. Ale ja byłam żoną farmera, żyliśmy na farmie i takie rzeczy mnie ciekawią. Interesuje mnie twoja farma, to co uprawiasz, a także ziemia. To nasze wspólne farmerskie zainteresowania. Rozumiem, jak ważna może być praca nad udoskonalaniem ziemniaka. Ale nie wyobrażam sobie, żeby twoje dzieci mogły się tym zachwycić. To nie jest wystarczająco efektowne.

– Nie robię tego po to, żeby było efektowne – upierał się Doubler.

– Wiem. Robisz to, bo chcesz coś po sobie zostawić. I wszystko w porządku, nie zamierzam cię osądzać. Zresztą gdybym już chciała cię osądzać, to przede wszystkim powiedziałabym, że miałeś skrajne podejście do dzieci i jak sądzę, nie przywiązywałeś większej wagi do powiedzenia, że krew jest gęściejsza niż woda.

– Pewnie masz rację... – Zastanawiał się, czy istnieje jakieś inne powiedzenie, które wydałoby mu się bliższe. – Raczej stosowałem się do powiedzenia, że krochmal jest gęściejszy niż krew.
– Tak, to lepiej określa twoje podejście do rodzicielstwa.
– No cóż, nie wszyscy możemy być idealnymi rodzicami.
– A także nie wszystkie nasze dzieci mogą być idealne – rozsądnie odparła Olive i tym jednym zdaniem powiedziała więcej niż podczas całej wcześniejszej rozmowy.
Doubler zamilkł, zastanawiając się nad jej wyrozumiałością. Ich historie były bardzo różne, ale rezultat ten sam. Ani jej, ani jego dzieci nie odgrywały zadowalającej roli w ostatnich latach ich życia, a oni stoicko pogodzili się z sytuacją. Jednak Olive z trudem skrywała rozczarowanie. Czuła się opuszczona, a Doubler nie potrafił jej pomóc. Wiedział o opuszczeniu zbyt wiele, by szczerze ją pocieszyć, zastanawiał się jednak, czy może jej pomóc w wypełnieniu pustych dni.
– Myślę, że bardzo byś się przydała w schronisku. Brakuje nam rąk do pracy – rzekł śmiało, choć sam jeszcze niewiele wniósł w pracę tej grupy, a nawet nie był jej pełnoprawnym członkiem. – Na pewno możesz pomóc przy zwierzętach. Znam też pewną wyjątkową osobę, która moim zdaniem mogłaby wiele skorzystać na twoim towarzystwie. Czy pozwolisz, żebym cię z nią poznał?
– Z wyjątkową osobą? Ależ naturalnie, będę zachwycona. Przydałoby mi się paru przyjaciół, wyjątkowych czy nie. Przedstawiaj mnie śmiało, Doubler. – Zerknęła na bułeczki na stole, potem podniosła wzrok na gospodarza, pytając o pozwolenie, i sięgnęła po trzecią już z kolei.

ROZDZIAŁ 26

Telefon ostro zadzwonił w bawialni i zaniepokojony Doubler odebrał. Było jeszcze wcześnie i obawiał się, że telefon o takiej porze może oznaczać, że pani Millwood się pogorszyło, albo jakieś inne złe wiadomości. Tymczasem usłyszał szorstki głos pułkownika:

– Dzień dobry, stary. Jeśli moje źródła się nie mylą, podobno udało ci się zaprzyjaźnić z tą wariatką Maddie Mitchell?

Ulga, jaką Doubler poczuł w pierwszej chwili, szybko przeszła w irytację.

– Tak, odwiedziłem ją – odpowiedział ostro. – Początek był trudny, ale potem dobrze nam się rozmawiało. Wydaje mi się, że słowo „wariatka" jest niewłaściwe i niesprawiedliwe.

– No cóż, może zmienisz zdanie, kiedy usłyszysz, co się stało. Ale dobrze wiedzieć, że osiągnąłeś jakiś przełom, bo jak dotąd nie udało się to nikomu z nas. To znaczy, że musisz się tym zająć. Jak sądzę, zbyt często odgrywałem przy niej rolę złego policjanta, więc nie będę mógł pomóc przy tej ostatniej awanturze.

Umysł Doublera zaczął pracować na przyśpieszonych obrotach. Uświadomił sobie, że właśnie o tym mówiła Olive: pułkownik prześlizgiwał się przez trudne sytuacje, z góry zakładając własną wyższość.

– A co się stało? Co za awantura? Chyba nie chodzi znowu o osła?
– Nie, tym razem nie. Zdaje się, że pani Mitchell próbowała spalić swój dom.
– Co?! – wykrzyknął Doubler. – Nic jej się nie stało?
– Chryste, nic – odrzekł pułkownik niecierpliwie. – Podobno to była zupełnie nieudana próba, ale przyjechała policja i wezwali opiekę społeczną, więc Bóg jeden wie, co z nią teraz zrobią. Myślę, że dobrze by było do niej zajrzeć.
– Już jadę. – Odłożył słuchawkę bez słowa podziękowania czy pożegnania, zanadto zaabsorbowany troską o Maddie, by się przejmować takimi drobiazgami. Bez wahania i bez śladu wcześniejszego niepokoju pobiegł do garażu, zdecydowany dotrzeć do przyjaciółki, zanim władze zwiążą ją i zamkną.

Spodziewał się zobaczyć pogorzelisko, być może zwęglony dach albo dom otoczony wymowną czarno-żółtą taśmą, budynek jednak wydawał się nienaruszony, a Maddie otworzyła mu drzwi zupełnie spokojna, z rozbrajającym uśmiechem na twarzy.

– Maddie! Omal nie zwariowałem z niepokoju. Wszystko w porządku?

– Ach, słyszałeś o moich kłopotach, tak? Wejdź.

Zaraz za drzwiami Doubler poczuł gryzący kwaśny zapach. Nie wiedząc, czego się spodziewać, poszedł za Maddie do saloniku i ujrzał welurową kanapę pokrytą brzydkimi brązowymi plamami. Dywan pobrudzony był sadzą.

– Muszę powiedzieć, że jestem rozczarowany. Słyszałem, że spaliłaś dom!

– Ależ nie miałam zamiaru palić domu! Po co miałabym to robić? Chciałam spalić tę kanapę, ale jest dość nowa i pokryta wkurzającym ognioodpornym materiałem. Nie chciała się porządnie rozpalić.

– Właśnie widzę. Co się stało? Sama wezwałaś straż pożarną?

– Nie, nie było potrzeby, prawie nie było ognia. Ale uruchomiły się czujniki dymu i kiedy ci mili ludzie zadzwonili, nie mogłam ich przekonać, żeby tu nie przyjeżdżali. Miałam bardzo zachrypnięty głos, bo ten przeklęty materiał kurczył się tylko, zamiast palić, ale okropnie śmierdział i dym drapał mnie w gardło, więc bali się, żebym nie udusiła się dymem, i dlatego przysłali strażaków.

Popatrzyli na kanapę, a Maddie wzruszyła ramionami.

– Widziałam, że byli na mnie źli. Zachowywali się grzecznie, ale byli niezadowoleni. A potem wezwali policję, bo okazuje się, że podpalenie własnej kanapy jest przestępstwem, a potem opiekę społeczną, i to był największy problem, bo oni i tak już uważali, że ja jestem stuknięta. Podobno żaden zdrowy na umyśle człowiek nie podpala własnej kanapy.

– Możliwe, że mieli trochę racji. Coś ty sobie myślała, Maddie? – Doubler otworzył przesuwane drzwi, za którymi znajdował się nieduży taras, i popatrzył na niewielkie podwórko za domem.

– Chyba nic nie myślałam. Po prostu miałam już serdecznie dosyć tej kanapy i chciałam się jej pozbyć.

Zmarszczył nos i pchnął kanapę w stronę otwartych drzwi. Była lżejsza, niż się spodziewał, więc przesuwając ją, mógł jednocześnie mówić:

– A co ta nieszczęsna kanapa takiego zrobiła? Czym ci się naraziła?

– Kpiła sobie ze mnie.

– No to dałaś jej nauczkę. Dobra robota. Teraz już nie będzie sobie z ciebie kpić. Tylko na nią popatrz. Teraz to z niej można się śmiać. Pomóż mi przesunąć ją przez próg.

Maddie roześmiała się i z grymasem niechęci pochwyciła za drugi koniec kanapy. Wspólnymi siłami przenieśli ją nad metalowym progiem i wystawili na zewnątrz.

– O Boże, pewnie myślisz, że jestem zupełnie pomylona. Może i jestem. Po prostu miałam już dość tego, że ten cholerny mebel jest największą rzeczą w moim życiu. Od zawsze tu stał i zasłaniał mi widok. Nawet zaczęłam z nią rozmawiać i bardzo możliwe, że się zdenerwowałam, kiedy nie chciała mi odpowiedzieć. Wciąż tu stała taka pokorna, taka uległa. Nie było w niej ani odrobiny życia.

Doubler wypchnął kanapę na taras, wrócił do środka, znów zasunął drzwi i powiedział łagodnie:

– Maddie, to tylko kanapa.

– Wiem. Teraz o tym wiem. Przedtem mieszało mi się w głowie. Popatrzył na puste miejsce na podłodze.

– Czy ta kanapa też pomyliła ci się z mężem?

– Naturalnie, że nie. – Wydawała się urażona. – Po co miałabym podpalać własnego męża? Przecież jeszcze nie zwariowałam. – Wpatrywała się uporczywie w kanapę, jakby szukała u niej odpowiedzi. – Nie pamiętam, co wtedy myślałam. Może uznałam, że ona jest bezużyteczna. Tak, właśnie tak musiało być. Po co mi tutaj dwuosobowa kanapa? – Złagodniała i przeniosła uwagę na Doublera. – Ale to był idiotyczny pomysł, żeby ją spalić, prawda? Och, jaka ja jestem głupia.

Wziął ją za ramię i podprowadził do jedynego fotela w pokoju. Pchnął ją lekko, żeby usiadła, pochylił się i popatrzył jej w oczy.

– Rozumiem, że pomieszało ci się w głowie, ale mam nadzieję, że nie chciałaś nikogo skrzywdzić? – zapytał z wahaniem, przyglądając się jej uważnie. – To znaczy wydaje mi się, że podpalenie kanapy tylko dlatego, że nie chciała z tobą rozmawiać, to dosyć skrajna reakcja.

Maddie zamyśliła się, po czym odparła z przekonaniem:

– Byłaby skrajna, gdyby chodziło o męża, ale jeśli chodzi o kanapę, to nie.

– Moja droga Maddie, chyba masz trochę wygórowane oczekiwania wobec tego mebla.

Ze smutkiem rozejrzała się po pokoju.

– Wiesz, Doubler, co jest najgorsze w tym miejscu? Zimy. – Urwała na chwilę. – To śmieszne, nie? Moi synowie mówili, że nie mogą myśleć spokojnie o tym, że miałabym spędzić kolejną zimę na farmie, ale oni nie mają pojęcia, jak ważne były dla mnie te ciemne miesiące.

Skinął głową, bo natychmiast zrozumiał, co miała na myśli.

– Zima to błogosławieństwo, prawda? – stwierdził. – To znaczy nie jest łatwo, jeśli ma się zwierzęta, które trzeba nakarmić i napoić bez względu na pogodę, ale zima dla farmera to czas odpoczynku.

– Tak, właśnie. Te wczesne wieczory były wielkim błogosławieństwem. Kiedy tylko zaczynało się ściemniać, trzeba było wrócić do domu, bo nic już nie dało się zrobić na zewnątrz. I oczywiście jeśli człowiek dobrze się przygotował, to mógł wygodnie przeżyć na zapasach, które zgromadził własnym wysiłkiem.

Doubler znów się z nią zgodził.

– Kiedy przepracowało się ciężko cały rok, te późne poranki to jak święta, prawda? Można się powylegiwać w łóżku! Nic nie ma do roboty, dopóki się nie rozwidni! Ale myślę, Maddie, że tak było kiedyś. Teraz farmerzy nie muszą czekać na wschód słońca. Traktory mają mocne reflektory i są sterowane komputerami! Można pracować przez całą dobę.

– To głupie! Zima jest po to, żeby odłożyć trochę tłuszczyku! Dotyczy to tak samo ludzi, jak zwierząt. W zimie zawsze odpoczywaliśmy. Czytałam, uczyłam się i prawie wszystko robiłam przy kominku. Kiedy jest widno przez osiemnaście godzin, to pracuje się przez osiemnaście godzin, prawda?

– Racja. Nigdy nie zwracałem uwagi na to, czy zegar przesuwa się do przodu, czy do tyłu. I teraz jest tak samo. Wychodzę z domu, kiedy się rozwidnia, a wracam, kiedy już nie widzę własnych rąk. Chociaż teraz, kiedy jestem trochę starszy, nie potrzebuję wiele snu. Często leżę w łóżku i czekam na świt.

– No cóż, będziemy mieli mnóstwo czasu na sen, kiedy już umrzemy. – Spojrzała na pochmurne poranne niebo. – Ale to? To jakiś żart! W tym domu przez cały czas jest ta sama, nijaka pora roku. Termostat wszystko kontroluje. To wygodne, tak bardzo wygodne, że aż za bardzo. Przestaje się cokolwiek czuć, bo trudno odczuwać przyjemność, kiedy nie ma niczego nieprzyjemnego do porównania. Zegary same przestawiają się do przodu i do tyłu, bojler wytwarza odpowiednią ilość ciepła bez względu na to, jaka jest pogoda, wszystko jest wydajne i skuteczne. Mam gaz z sieci i nie muszę sprawdzać, czy nie kończy się olej w zasobniku. Nawet nie mogę sama zdecydować, czy potrzebuję straży pożarnej, bo czujniki dymu same ich zawiadamiają. Właściwie nie powinnam narzekać. Kiedy narzekam przy synach, czuję się jak ostatnia niewdzięcznica. Oni wszystko by oddali za takie wygody na emeryturze. Ładny dom, miła okolica, pieniądze w banku, emerytura przychodzi na czas.

– A jednak?

– A jednak nie czuję się już jak człowiek. Moje życie przestało mieć sens. Kiedy żyłam z ziemi, zawsze czułam się potrzebna i zawsze było coś do zrobienia. Prawie wszystko wymagało ode mnie fizycznego wysiłku. Żyłam na farmie, oddychałam nią, oddychałam porami roku. I zawsze byłam zadowolona. Czasami czułam się bardzo szczęśliwa, nie tak często, ale czasami. A czasami ogarniała mnie rozpacz, kiedy działo się coś, z czym nie potrafiłam sobie sama poradzić. Ale ogólnie byłam zadowolona i myślę, że każdy mógłby sobie życzyć takiego życia.

Doubler wstał i rozprostował plecy.

– Zadowolenie to teraz bardzo niedoceniany stan.

– Młodzi na pewno go nie doceniają. Moi synowie gardzą zadowoleniem. Krzywią się lekceważąco na widok ludzi, którzy są zadowoleni ze swojego życia. Nie żartuję. Zupełnie jakby zadowolenie z życia oznaczało porażkę.

- Ale jednak próbowali ci zapewnić wygodne miejsce do życia. Przecież po to przenieśli cię z farmy do tego domu?
- Nieustannie dręczę się tą myślą. Tylko czy to było dobre dla mnie, czy dla nich? Obawiam się, że dla nich. Pewnie się obawiali, że będą mieli ciężkie życie z trochę pomyloną matką na rozsypującej się farmie. Poza tym mogli się popisać zdolnościami negocjacyjnymi z deweloperami przy sprzedaży farmy. Podzielili ziemię na działki. Moim zdaniem to było zbędne okrucieństwo, ale byli przekonani, że tak lepiej na tym wyjdę finansowo.

Doubler pomyślał o Julianie, co nasunęło mu następne pytanie.
- Czy oni zabrali te pieniądze?
- Boże drogi, skąd! - zawołała wstrząśnięta. - Zamienili je na dożywotnią rentę dla mnie.

Na twarzy Doublera odbiło się powątpiewanie.
- To chyba rozsądne wyjście.
- Chyba tak. Z tego żyję. Ale ja prawie nic nie wydaję. Pieniądze przychodzą na konto i wychodzą z niego, a ja nie muszę nawet kiwnąć palcem.
- Masz szczęście! Zaczynam myśleć, że wielu ludzi może ci zazdrościć tego tragicznego życia.
- A ty? Z czego ty żyjesz, Doubler? Jesteś w moim wieku i ciągle harujesz jak wół. Masz jakiś plan emerytalny?

Uśmiechnął się, bo słowa Maddie brzmiały zdumiewająco rozsądnie.
- Owszem, coś w tym rodzaju. Może ten plan jest trochę dalekosiężny, ale w tej chwili zarabiam okrągłą sumkę na produkcji wódki i podobnie jak ty, potrzebuję bardzo mało pieniędzy. Prawda wygląda tak, że produkuję na boku dżin, który cieszy się wielkim powodzeniem, i wymieniam go na wszystkie zakupy spożywcze. Nawet drewno na opał przywożą mi w zamian za to, co mam najlepszego.

– Coś takiego. Żyjesz z barteru? Towar za towar? – Maddie wydawała się przerażona.
– Pewnie tak to można ładnie nazwać.
– Czy to w ogóle legalne?
– Chyba nie. Raczej nie.
– No cóż. – Uśmiechnęła się obłudnie.
Popatrzył na nią uważnie. Jeszcze przed chwilą wydawała się absolutnie zdrowa na umyśle, ale teraz, gdy tak spoglądała na niego ze szczęśliwym uśmiechem, zastanawiał się, na ile spójnie działa jej umysł.
– I co my teraz z tobą zrobimy, Maddie?
– Nie wiem. Jestem zdesperowana. Muszę coś zrobić. Może gdzieś stąd uciec, ale nie wiem jak. Prawdę mówiąc, gdyby nie to, że Thomas ciągle tam żyje, to pewnie bym się otruła.
Doubler, który przechadzał się po pokoju, zatrzymał się jak wryty.
– Nie wolno ci tak myśleć!
– A dlaczego nie? Nie ma już ze mnie żadnego pożytku, zostało mi tylko czekanie. Chciałabym to trochę przyśpieszyć. – Popatrzyła na Doublera i kilkakrotnie powoli zamrugała. – Czasami mam ochotę udusić Thomasa poduszką.
Znów do niej podbiegł, przyklęknął obok i ujął jej dłoń.
– Maddie, musisz być ostrożna. Jeśli ktoś usłyszy, że tak mówisz, to naprawdę cię zamkną.
– Ale dla nas obojga nie ma już żadnej nadziei. Gdyby on umarł, to ja też mogłabym umrzeć i nie musiałabym przez resztę swoich dni kłócić się z kanapą.
Popatrzył na milczącą kanapę za oknem. Zaczęła padać lekka mżawka, przez co kanapa wyglądała jeszcze smutniej.
– Albo z osłem? – zapytał z nadzieją.
– Z całą pewnością lepiej rozmawia się z osłem niż z kanapą, muszę mu to przyznać.

– Stary Percy ma szczęście. Wyobraź sobie, jaki los mógłby go spotkać, gdyby nie potrafił ci odpowiedzieć. – Doubler ruchem głowy wskazał na szklane drzwi i żałosną scenę za nimi. – Ale mówiąc poważnie, musimy jak najszybciej porozmawiać z opieką społeczną, może też z twoją rodziną.

– Chłopcy nie będą stwarzać żadnych problemów. Wiedzą, że nic mi się tu nie stanie. Nie sądzę, żeby próbowali mi w czymś przeszkadzać.

– Ne byłbym taki pewien. To na pewno dobrzy ludzie, ale co będzie, jeśli usłyszą, że powinni cię oddać do domu całodobowej opieki? Nie zdziwiłbym się, gdyby się okazało, że tym ostatnim numerem ściągnęłaś na siebie uwagę. Będę musiał się porządnie zastanowić. Tymczasem po prostu nic nie rób. Nie zapalaj zapałek, nie truj się, nie duś męża i nie kradnij osła. Musisz mi obiecać, że będziesz grzeczna. Daj mi dwadzieścia cztery godziny, a jeśli ktoś w tym czasie do ciebie przyjdzie, po prostu ktokolwiek, to natychmiast do mnie zadzwoń.

Rozejrzał się po pokoju, szukając kawałka papieru i długopisu, aż znalazł jedno i drugie w kuchni. Zapisał swój domowy numer i wsunął karteczkę pod telefon.

– Natychmiast, rozumiesz?

– Rozkaz. – Uśmiech Maddie był nieco zbyt radosny.

ROZDZIAŁ 27

– Ja też wiele zdziałałam przed południem, panie Doubler. Opowiedział pani Millwood historię Maddie Mitchell i zamierzał oddać się spekulacjom na temat potencjalnych konsekwencji ostatnich wydarzeń. Bardzo chciał wszystkim się z nią podzielić, bo był pewien, że pani Millwood wyrazi jakąś opinię o stanie umysłu Maddie. Ale pani Millwood również chciała się podzielić nowinami, więc w końcu zamilkł i zaczął słuchać.

– Betty, którą bardzo polubiłam, zmarła dzisiaj rano, panie Doubler.

– Betty? – zapytał zaniepokojony Doubler. – Nie słyszałem o niej. Kim jest Betty i jakie miejsce zajmuje w kręgu pani przyjaciół?

– Chciał pan chyba zapytać, kim była Betty. Leżała na sąsiednim łóżku i bardzo ją polubiłam. Była trochę starsza ode mnie, ale bardzo chciała przeżyć jeszcze z dziesięć lat. Nikt nie mógł wątpić w jej wolę życia, tylko że ta siła wyższa, która o tym decyduje, miała inne zdanie, i Betty po prostu zmarła.

– To bardzo smutne, pani Millwood. Przykro mi, że straciła pani ledwie co poznaną przyjaciółkę.

– Była uroczą kobietą. – Westchnęła. – Bardzo kulturalną. Poznałam ją całkiem dobrze. To znaczy dowiedziałam się o niej tyle, że byłam pewna, że ją lubię i raczej nie ma nic takiego, po czym musiałabym zmienić zdanie.

– A czy ma pani już nową sąsiadkę?

– Oczywiście. W szpitalnym grafiku nie ma czuwania przy zwłokach, zresztą słusznie. Jest mnóstwo innych ludzi, których życie trzeba ratować. – Ściszyła nieco głos. – Ale na razie nie odsunęli jeszcze zasłonek wokół nowej pacjentki, więc dopiero za jakiś czas dowiemy się, co jest warta i czy potrafi godnie zastąpić Betty. Poprzeczka została zawieszona bardzo wysoko.

– Wolałbym, żeby zanadto się pani nie przywiązywała do tych, którzy przychodzą i odchodzą z pani oddziału, pani M. Lepiej się tam za bardzo nie zadomawiać. Musi pani jak najszybciej wyzdrowieć i wrócić do domu. Przecież taki jest plan.

– Muszę potraktować go z pewną elastycznością, panie Doubler. – Jej głos nie ujawniał żadnych uczuć. – I choć to nic mądrego przywiązywać się w szpitalu do czegoś lub kogoś, to staram się jak najlepiej wykorzystać sytuację, w której się znalazłam.

– Oczywiście, pani M. To z pewnością doskonale pani potrafi.

Pani Millwood wróciła do swoich nowin:

– Panie Doubler, Betty ma siostrę. Przyjechała tu zaraz po jej śmierci. Odwiedzała ją codziennie i były sobie bardzo bliskie, więc okropna szkoda, że przyjechała tuż po tym, jak jej siostra zmarła. Ale nigdy nie wiemy, która rozmowa będzie tą ostatnią. Warto o tym pamiętać, żeby zawsze powiedzieć coś miłego, żegnając się z ludźmi, których kochamy. Lepiej niczego potem nie żałować, prawda?

– A czy Betty i...

– Maureen.

– Czy Betty i Maureen mają czego żałować?

– Jeśli chodzi o rozmowy, to nie. Ale Maureen i tak była niepocieszona. Na koniec usiadła przy moim łóżku i wypłakiwała oczy.

Musiałam odesłać swoich gości, nawet nie zdążyłam z nimi porozmawiać, bo biedna Maureen była w takim stanie.
– Straciła siostrę, którą kochała. Musiała być zrozpaczona. – Doubler zadał sobie w duchu pytanie, czy jego dzieci kiedyś poczują ze sobą taką więź.
– To było jednocześnie prostsze i bardziej skomplikowane. Okazuje się, że te dwie siostry we wszystkim się uzupełniały. Potrafiły robić zupełnie różne rzeczy. Maureen bardzo lubi robić na drutach, tak jak ja. Ale o dziwo, i to wydaje mi się trochę niedorzeczne, ale kim ja jestem, żeby to osądzać?
– Pani nie osądza, pani M.
– Staram się. Niedorzeczne jest to, że Maureen nigdy się nie nauczyła nabierać oczek.
– Czego się nie nauczyła? – Doubler błyskawicznie przeszukał zawartość swego umysłu, ale nie znalazł żadnych odnośników do tych słów.
– To te pierwsze oczka, które nabiera się na druty, kiedy zaczyna się robić coś nowego. Robi się to jednym drutem i palcami. Ale z jakiegoś powodu Maureen nigdy się tego nie nauczyła, a ponieważ nigdy tego nie robiła, uwierzyła, że nie jest w stanie się tego nauczyć. Dużo robiła na drutach, ale Betty zawsze musiała zacząć.
– I czy tego właśnie żałowała, pani M?
– Bardzo tego żałowała. Była już przekonana, że nigdy więcej nie będzie mogła robić na drutach, bo kto jej nabierze oczka, skoro nie ma już siostry? Zastanawiałam się, czy to taki rodzaj smutku, który chciałaby zatrzymać na jakiś czas, ale musiałam szybko podjąć decyzję. W końcu Maureen nie należy już do najmłodszych i czas nie jest jej sprzymierzeńcem, więc to byłoby tragiczne, gdyby po śmierci siostry miała już nigdy nie robić na drutach. Ale nauczyłam ją.
– I okazało się, że potrafi?

– Przy kilku pierwszych próbach nie chciała przyjąć do wiadomości, że może się tego nauczyć, ale wydaje mi się, że po prostu chciała być lojalna wobec zmarłej siostry. Każdy z nas chciałby być niezastąpiony, prawda? I pewnie uznała, że jest to winna Betty. Ale wytłumaczyłam jej najdelikatniej, jak potrafiłam, że robótki na drutach to nie jest robota dla dwóch osób. Czasami potrzebujemy kogoś, kto nas uzupełnia i bez tego kogoś czujemy się niekompletni. Bardzo możliwe, że Maureen już nigdy nie będzie czuła się kompletna, nie mając obok siebie Betty. Ale to jest potrzeba duchowa, tu nie chodzi o wełnę i druty.

– I udało się pani w końcu ją nauczyć?

– Najpierw musiałam pogrzebać trochę głębiej, i okazało się, że oprócz robienia na drutach Maureen we wszystkim innym była lepsza od Betty. Znacznie lepiej gotowała i umiała prowadzić samochód, a Betty nigdy się tego nie nauczyła. Kiedy już się tego dowiedziałam, mogłam jej wyjaśnić, że Betty zapewne bardzo potrzebowała wierzyć, że Maureen by sobie bez niej nie poradziła, ale teraz, skoro Betty już nie ma, nic nie stoi na przeszkodzie, by Maureen mogła się nauczyć sama narzucać oczka. Potem Maureen była już zdeterminowana i tak się zaparła, jakby coś ją opętało.

– I nauczyła się nabierać oczka?

– Nabierała jak szatan! Nie mogła się nadziwić, jakie to łatwe!

– To ciekawe, pani M. Jak pani myśli, czego to panią nauczyło?

– To mi pokazało, że czasami ludzie są sobie potrzebni, bo się uzupełniają, ale czasem to bywa bardziej skomplikowane, niż może się wydawać na pierwszy rzut oka. Maureen myślała, że Betty jest jej potrzebna, żeby nabierać oczka. Ale ja myślę, że to Betty potrzebowała, żeby Maureen jej potrzebowała.

Pomyślał o lunchach w towarzystwie pani Millwood i o tym, jak bardzo potrzebował jej przy stole, żeby czuć się kompletnym. Miał nadzieję, że więź między nimi ma charakter duchowy, a nie taki jak przy drutach i włóczce.

– A czego pan nauczył się z dzisiejszej rozmowy z Maddie Mitchell, panie Doubler? – zapytała pani Millwood, odbijając jego pytanie.

– Maddie Mitchell potrzebuje męża, żeby ją uzupełniał. Wszystko inne w jej życiu tylko jej o tym przypomina. Ona nie jest wariatką ani nie jest okrutna. Po prostu jest samotna.

Pani Millwood odpowiedziała cicho, prawie szeptem:

– Jestem z pana dumna, panie Doubler. Obydwoje bardzo wiele się dzisiaj nauczyliśmy.

ROZDZIAŁ 28

Nagie gałęzie wzdłuż ścieżki pokryte były drobnymi bladymi pączkami, które łatwo było wziąć za kropelki rosy. Pod stopami miał pełne nadziei błękitne dzwonki, które walczyły o przestrzeń z wcześniejszymi i mocniejszymi narcyzami. Doubler szedł wzdłuż zachodniej granicy swoich pól, zachwycając się licznymi przejawami wiosny, które walczyły o jego uwagę. Było zimno, ale w powietrzu nie wisiała już groźba przymrozków. Jedyną obietnicą, jaką wyczuwał, była obietnica cieplejszych i dłuższych dni oraz zieleni, która wkrótce pokryje jego płodne pola wraz z nową generacją życia.

Zdawał sobie sprawę, że przez wiele lat nie widział wyraźnie. Nie pozwalał mu na to mrok czający się w głowie, tuż za oczami. Zależnie od nastroju ta warstwa mroku była czarna jak smoła lub szara jak pochmurne niebo, ale zawsze tam była. Zawężała mu pole widzenia, zmuszając, by przyglądał się z bliska, spod przymrużonych powiek, temu, co jak mu się wydawało, potrafił kontrolować i co ponoć rozumiał absolutnie jasno.

Ale w ostatnich tygodniach ta zasłona zaczęła się stopniowo unosić, i choć nie zniknęła jeszcze do końca, to jednak stała się bardziej przejrzysta, dzięki czemu pole widzenia rozszerzyło się i mógł zajrzeć dalej w przyszłość.

A dzisiaj widział bardzo jasno, tak jasno, że wszystkie odpowiedzi zdawały się oczywiste, nawet na pytania, których nie miał zamiaru zadawać. Widział jasno ścieżkę prowadzącą do swojego szczęścia, równie wyraźną jak biała droga do farmy w blasku zimowego księżyca.

Kiedy tylko wrócił do domu po obchodzie, zadzwonił do Maddie Mitchell. Była to stanowcza i jednostronna rozmowa, żaden tam dialog, tylko zestaw prostych instrukcji.

– Jest piękny dzień, Maddie. Jedziemy na wycieczkę. Załóż coś wesołego. – Uśmiechnął się, słuchając potoku pytań. – Masz najwyżej pół godziny.

Wiedział, że to jest nowa i zupełnie inna wersja jego samego, nie taka jak przed Marie ani po Marie. Ten dzisiejszy Doubler miał szczery zamiar doskonale się bawić.

Zostawił farmę Mirth z przekorną determinacją na twarzy. Naciągnął czapkę nisko na uszy, żeby osłonić się przed żywiołami, wsiadł do land rovera i zapalając silnik, powtarzał wciąż od nowa swoje krótkie mantry.

Prawdę mówiąc, czuł się odważny. Znów wychodził z domu i miał coraz większą pewność, że nawet gdyby nie wrócił, to nikogo nie zawiedzie; co więcej, wiedział, że zawiódłby kogoś, gdyby nie wyszedł z domu. Sterowany tym przekonaniem, pokonał strome zbocze, nie zwalniając na zakrętach, i pojechał na osiedle, gdzie mieścił się niechciany dom pani Mitchell.

Dotarł do uliczki, przy której mieszkała, minąwszy kolejne szeregi pełnych charakteru domów, których poprzednim razem w pośpiechu prawie nie zauważył. Skręcił w Laurel Drive i powoli jechał ślepą uliczką, obliczając w głowie. Minął przecznicę, która nazywała się Sunrise Avenue. Miał nadzieję, że prowadzi na wschód, ale jakoś w to wątpił. Spoglądał na nazwy budynków, które powoli mijał, szukając domu Maddie. Czyściutkie nowe budynki nosiły takie nazwy jak Brookview, Lakeside, Meadow

Charm i Oakdene. Zapewne w miejscu, gdzie je zbudowano, wcześniej rozciągała się łąka otoczona dębami, może był tu również staw zasilany bulgoczącym strumieniem. Jednak w tych nazwach wychwytywał smutek i tęsknotę, a nie chęć upamiętnienia chwalebnej przeszłości. Postanowił, że nie pozwoli, by go to przygnębiło; zastanawiał się też, czy pani Millwood zauważyła w jego najmroczniejszym okresie, jak ironicznie brzmi ucieszna nazwa farmy Mirth.

Wkrótce odnalazł schludny domek pani Mitchell i zahamował ostro. Stary land rover z mocnymi oponami pokrytymi głębokim bieżnikiem był wymarzonym pojazdem na wycieczkę, którą planował. Mocno nacisnął klakson i niemal w tej samej chwili pani Mitchell stanęła w drzwiach. Krótko pomachała mu ręką, ale na jej twarzy widział zmarszczkę niepokoju.

– Dobra robota. Jesteś gotowa?

– Tak. Co za przygoda. Denerwuję się, odkąd zadzwoniłeś. Nie przywykłam do składania nikomu wizyt, ale proszę bardzo, oddaję się w twoje ręce. – Wsunęła się do land rovera i usiadła obok Doublera.

– Dobrze. Nie jedziemy daleko, ale rozgość się.

W roli opiekuna i przewodnika poczuł jeszcze większy przypływ pewności siebie, a kiedy wyprowadzał stary samochód ze względnie spokojnego osiedla w labirynt zatłoczonych jednokierunkowych miejskich ulic, ogarnęło go coś zbliżonego do radości. Pod nosem przemawiał do land rovera, dodając mu odwagi, gdy droga wiodła pod górę i na ostrych zakrętach. Maddie Mitchell siedziała prosto jak struna i obiema rękami przytrzymywała się fotela, niepewna, czy powinna protestować przeciwko brawurze Doublera, czy też podziwiać jego dotąd ukrywaną jowialność.

– Już prawie jesteśmy na miejscu! – zawołał Doubler, przekrzykując ryk silnika, i skręcił w polną drogę prowadzącą do farmy

Grove. – Do tego właśnie zostałeś stworzony, stary – powiedział do samochodu.

Maddie rozpoznała drogę i pisnęła.

– Zabierasz mnie w odwiedziny do Percy'ego? O to ci chodzi? Wycieczka do tego cholernego osła? Nie mogę powiedzieć, żebym była zachwycona, Doubler.

– Możesz się przywitać z Percym, jeśli masz na to ochotę, chociaż lepiej się z tym nie śpieszyć. Musisz się trochę postarać, żeby odzyskać jego zaufanie. Tak się jednak składa, że nie przyjechaliśmy tu do osła. Chciałbym, żebyś poznała kogoś innego. – Zatrzymał się przed domem i pomógł jej wysiąść. – Spodziewałaś się nas? – zapytał, kiedy Olive otworzyła drzwi.

– Oczywiście. Nastawię czajnik, dobrze?

Przytrzymał drzwi przed Maddie i poszedł za nią do kuchni, nie przestając mówić. Chciał, żeby panie poczuły się swobodnie, przez co zapomniał, że zwykle w towarzystwie czuje się onieśmielony.

– Jak tu pięknie pachnie! Piekłaś coś, Olive? To jest Maddie Mitchell. Przypuszczam, że już się znacie.

– Miło mi cię poznać – powiedziała Olive, wyciągając rękę.

Maddie uścisnęła jej dłoń krótko i bardzo lekko. Była niespokojna i mocniej owinęła się swetrem, szukając pociechy i ochrony w tym nieznanym otoczeniu. Ale choć spoglądała na Olive nieco podejrzliwie, dom na farmie wyraźnie ją zaintrygował. Widziała go już wiele razy, ale nigdy nawet nie marzyła o tym, że mogłaby tu wejść. Rozglądała się po wnętrzu i uważnie przypatrywała wszystkim drobiazgom, tak jak Olive na farmie Mirth.

Ona również starała się stworzyć swobodną atmosferę.

– To zabawne, ale chyba nigdy się nie spotkałyśmy, prawda, moja droga? Nie wiem, jak to się mogło stać. Dwie żony farmerów w takiej małej społeczności. Wydaje się, że powinnyśmy się spotykać przy wielu okazjach, ale nigdy tak się nie stało.

Maddie, choć nie do końca zdawała sobie z tego sprawę, czuła się nieco onieśmielona i zajęła pozycję obronną, ale słowa „dwie żony farmerów", które stawiały ją na równi z Olive, przywróciły równowagę.

– Mieszkałyśmy po dwóch przeciwnych stronach miasta, a nasze dzieci chodziły do różnych szkół – odpowiedziała z zaciekawieniem, przyznając tym samym, że już przed laty słyszała o farmie Grove i jej mieszkańcach. – Twoje dzieci chodziły do St Joseph, tak?

Olive skinęła głową.

– To wszystko wyjaśnia – odparła. – Różne szkoły, różne kościoły, różne puby.

– Poza tym nasza farma była niewielka, nie tak duża jak wasza.

– Ale twój Thomas i mój Don na pewno się znali, jak myślisz? Jestem pewna, że musieli się spotykać. Farmerzy zawsze trzymają się razem i pomagają sobie bez względu na wielkość gospodarstwa. Nasi mężowie mieli własny krąg znajomych, własną społeczność. Na pewno też korzystali z usług tych samych rzeźników i sprzedawców paszy.

Doubler pozwalał, żeby Olive wypełniała ciszę, a sam z zadowoleniem obserwował Maddie, która wyraźnie zaczęła tajać i usiadła wygodniej. Siedzieli przy niedużym stole w kuchni. Olive nalała herbatę, nie przestając mówić:

– Wasze gospodarstwo było nieduże, tak, kochana? Pewnie nasi mężowie nie mieli wielu okazji, żeby się spotykać, chyba że twój Thomas jeździł na targ farmerski. Mój Don był tam prawie w każdy weekend. Ale w małym gospodarstwie są takie same problemy jak w dużym.

– Tak, ale my uprawialiśmy ziemię tylko na własne potrzeby. Nie mieliśmy wielu znajomych. Nie chodzi o to, żebyśmy byli jakimiś odludkami, tylko że i tak zawsze było co robić. W gospodarstwie ciągle jest coś do roboty. Czasami tej roboty jest za dużo.

Ludzie myślą, że takiego życia można pozazdrościć, ale tak naprawdę to jest po prostu życie chłopa. Często miałam wrażenie, że żyję w średniowieczu.

– Ależ wiem. Oczywiście, że to ciężka praca. Trzeba się zajmować tym, co żywe, tym, co martwe i jeszcze tym, co trafiło do garnka! Na pewno trzeba do tego mocnych nerwów. – Olive zawiesiła głos i wyjrzała przez okno. – Kiedyś mieliśmy bardzo dużo ziemi, ale potem skupiliśmy się tylko na gruntach ornych. Z tego był najlepszy dochód. Nie działaliśmy na taką skalę, żeby zainteresowały się nami supermarkety, poza tym biurokracja zaczęła się za bardzo rozrastać. Ale tuż przed śmiercią Dona sprzedaliśmy część ziemi. To miał być nasz plan emerytalny. Chcieliśmy zmniejszyć obciążenie pracą, ale zachować dokoła domu spory bufor pól, które miały zapłacić za nasze podróże i za wszystko inne, za kilka drobnych luksusów na starość. W każdym razie taki był plan.

– Ale to wciąż wielka farma. Wygląda na to, że można się tu zaharować na śmierć. – Maddie też spojrzała przez okno, szacując rozciągające się za nim pola nie w kategoriach wartości pieniężnej, lecz wysiłku fizycznego.

– Prawda jest taka, że teraz farma jest już za mała, żeby się utrzymać na powierzchni. Mamy czterdzieści hektarów, a kiedyś było pięć razy tyle. Mimo wszystko nie jest tak źle. Lubię chodzić po polach, dopóki się nie zmęczę, i podoba mi się to, że przez cały czas jestem na swojej ziemi. Moim zdaniem to przywilej.

Maddie z zapałem pokiwała głową.

– Święta racja. Nasze gospodarstwo było znacznie mniejsze, ale wykorzystywaliśmy każdy metr i to było widać, wystarczyło obejść je dokoła. A teraz mam za domem ogródek mniejszy od tej kuchni. Od biedy wystarczyłby, żeby posadzić tam jakieś warzywa, ale nawet tego nie mogę zrobić, bo cały jest wybrukowany kamieniami i zasłonięty pomostem.

Doubler, który słuchał tej rozmowy z przyjemnością, choć prawie się nie odzywał, teraz się zaśmiał.

– Pomostem? To co to właściwie jest, ogród czy przystań dla łódek?

Maddie też się zaśmiała.

– Wiem. Na tym pomoście można tylko hodować ślimaki.

– I kanapy, Maddie. Podobno pomosty są bardzo dobre dla kanap.

Obie panie śmiały się, chociaż Olive umknęła na chwilę wzrokiem, niepewna, czy powinna zdradzać, że wie o incydencie z kanapą.

Maddie szybko spoważniała.

– To mieszkanie miało być łatwe w utrzymaniu. Moi synowie pomyśleli o wszystkim, kiedy je kupowali. – Po chwili dodała: – Chociaż widzicie, gdyby byli naprawdę mądrzy, toby mi kupili coś trudnego w utrzymaniu. Powinni mi kupić mały wąski domek z mnóstwem stromych schodów i długim trawnikiem, i posiać na nim jakąś szczególnie szybko rosnącą trawę, którą trzeba codziennie kosić. To by mnie wykończyło znacznie szybciej i nie musieliby się już o mnie martwić. A teraz nie mam się czym zmęczyć, więc pewnie jeszcze trochę pożyję. Chyba że umrę z nudów, co jest całkiem możliwe.

Doubler, szczerze zaniepokojony taką możliwością, a także tym, że melancholijny wątek może się odbić na Olive, próbował odwieść panią Mitchell od tematu ostatecznego kresu.

– Daj spokój, Maddie. Za dużo rozmawiamy o śmierci. Przywiozłem cię tu, żebyś napiła się herbaty i porozmawiała o czymś przyjemniejszym. Jak się miewa Percy, Olive?

Ale Maddie właśnie przyszło do głowy coś, o czym nigdy wcześniej nie myślała, a z całą pewnością nie mówiła głośno, i desperacko chciała ująć to w słowa, zanim ucieknie.

- Przecież śmierć i tak jest w każdej rozmowie. To nie jest nawet zwykły słoń pośrodku salonu, tylko cholernie wielki potwór, który stoi w kącie, ma ogromne uszy, trąbę, aureolę i skrzydła, i niecierpliwie postukuje w zegarek. Śmierć zawsze jest z nami, zawsze krąży w pobliżu. Można ją ignorować, ale ona przez to nigdzie sobie nie pójdzie.

Olive i Doubler zaśmiali się, rozbawieni tym emocjonalnym opisem, ale Maddie uciszyła ich ściągnięciem brwi.

- Wszystko jest w porządku, dopóki chodzi o nas, dopóki to my stajemy przed śmiercią, szczególnie jeśli nic już nie robimy, tylko darmo siedzimy i czekamy, aż przyjdzie. Ale gdy chodzi o bliskich? Nie można niczego zaplanować, jeśli trzeba się opiekować starszą osobą. Oni nie mają pojęcia, kiedy się wreszcie poddamy, i jeśli się nad tym dobrze zastanowić, z naszej strony to jest bezduszne.

- Ha! Wcale się nie mylisz! – zawołał Doubler. – Mój syn Julian bardzo by chciał, żebym wreszcie wyciągnął nogi. Jest przekonany, że marnuję szansę na zarobienie pieniędzy, jaką moja farma dałaby jemu, i nawet nie próbuje ukrywać zniecierpliwienia. Tylko że chociaż on jest już dobrze po trzydziestce, ja mogę żyć jeszcze kilkadziesiąt lat, więc będzie musiał długo poczekać. A on z pewnością nie marzy o tym, by na starość zamieszkać na farmie. Za bardzo już przywykł do wygodnego życia. Tylko i wyłącznie z tego powodu postanowiłem gospodarzyć u siebie tak długo, jak tylko się da. I jest to twarde postanowienie. Pożyję sobie niedorzecznie długo tylko po to, żeby go wkurzyć. Będę jeszcze w pełni sił, kiedy on już się zestarzeje. To by mi sprawiło wielką przyjemność.

Olive patrzyła na Doublera uważnie, zapamiętując informacje o jego kłopotach, żeby zastanowić się nad nimi później, na razie jednak podtrzymała lekki ton rozmowy:

- No cóż, można przypuszczać, że jeszcze trochę pożyjesz, prawda? Prowadzisz bardzo zdrowy styl życia. Tlen i dżin. –

Uśmiechnęła się do gości i powoli potrząsnęła głową. – Sami zobaczcie, wystarczy na nas popatrzeć: troje starych nieszczęśników i żadne z nas nie ma dziecka, które chciałoby przejąć farmę i któremu moglibyśmy przekazać miłość do ziemi. Co za pech, prawda? Jakie może być prawdopodobieństwo takiej sytuacji?

Doubler szybko policzył w głowie, jakby chodziło o kolejne generacje ziemniaków wyrastających z systemu korzeniowego w jego głowie.

– Powiedziałbym, że bardzo niewielkie. We troje mamy razem siedmioro dzieci i żadne z nich nie chce tego, czego my chcieliśmy w ich wieku. Przyjmując, że szanse na to, by każde z nich chciało pójść w nasze ślady, wynoszą pięćdziesiąt na pięćdziesiąt, to prawdopodobieństwo, że żadne tego nie zechce, wynosi tylko jeden do stu dwudziestu ośmiu. Powiedziałbym, że to kiepski wynik.

– Ale czy tak się dzieje przez coś, co zrobiliśmy? – zapytała Maddie. – Może następnemu pokoleniu życie na farmie po prostu nie wydaje się atrakcyjne.

Na zmęczonej twarzy Olive odbiło się intensywne skupienie, a potem przepłynęła przez nią wielka fala rozczarowania i smutek zrodzony z niezbitego przekonania.

– Nasze dzieci tak naprawdę nigdy nie pobrudziły sobie rąk ziemią. Nie wychowywaliśmy ich tutaj, tylko w trzypokojowym mieszkaniu przy West Mead Park. Więc nic dziwnego, że chciały rozwinąć skrzydła, prawda? Owszem, to wygodne życie. Mały, łatwy do utrzymania domek na pewno jest kuszący, kiedy trzeba opiekować się rodziną, ale od takiego życia można dostać klaustrofobii. Wszystkie moje dzieci chciały uciec stąd jak najdalej. Kiedy dorastały, byliśmy tylko dzierżawcami. Kupiliśmy ten dom, dopiero kiedy ostatnie z nich poszło na uniwersytet. Don zawsze marzył o tym, żeby wrócić na farmę. On sam wychował się na farmie. Ale nasze dzieci nie, więc nic ich nie wiąże z tym miejscem. Dorastając, nie patrzyły przez okno na te wzgórza, na te widoki. Patrzyły w telewizor, na to, co w nim pokazywano. A widoki w telewizorze są znacznie bardziej rozległe, horyzont jest znacznie dalej. Patrzyły w ekran i ich pejzażem był cały świat. To był ich widok, ich perspektywa. Przyzwyczaiły się do tego i dowiedziały się, że mają nieograniczone możliwości, więc wyjechały w poszukiwaniu czegoś, co obiecywali im wszyscy oprócz własnej matki.

Doubler spojrzał na nią ze współczuciem.

– To na pewno trudne, Olive. Opiekowałaś się nimi przez całe życie. – Ale odnosiło się to również i do niego, i do Maddie.

– To prawda. A kiedy dzieci po kolei wyjechały na drugi koniec świata, przez następne lata opiekowałam się moimi rodzicami, a potem również rodzicami Dona.

– A teraz zostałaś sama – powiedział znów w imieniu całej trójki.

– Tak. Wydaje się to trochę niesprawiedliwe – przyznała Olive. – Ale przecież nie podpisywałam żadnego kontraktu. Opieka nad dziećmi zawsze jest bezwarunkowa. Nigdy nie robiłam tego z myślą o tym, co one będą mogły zrobić dla mnie później. Nawet gdybym wiedziała, że kiedy dorosną, zostawią mnie i wyjadą na drugi koniec świata, przecież nie przestałabym się nimi opiekować. Niczego bym nie zmieniła.

– A jednak wiedziałaś, że twoim obowiązkiem jest zaopiekować się własnymi rodzicami.

– Byłam przekonana, że tak trzeba, że to moja powinność. W moim pokoleniu wszyscy tak myśleli. I chciałam się nimi opiekować, cieszyło mnie to. Bardzo ich kochałam i często odwiedzałam. Któregoś dnia, kiedy do nich pojechałam, zauważyłam, że wyglądają okropnie krucho. Naprawdę byli jak dzieci. Myślę, że prosili o pomoc, ale nie słowami. Widziałam w ich oczach światło, które powiedziało mi, co mam robić, i robiłam to instynktownie, w ogóle się nad tym nie zastanawiając.

– A teraz twoje dzieci nie widzą, że ich potrzebujesz? – Doubler chciał pomóc Olive poukładać to sobie w głowie, choć wiedział, że to może być bolesny proces. Jego również dręczyły wątpliwości na temat własnych dzieci. Zastanawiał się, czy Julian rzeczywiście chciał mu pomóc. Może naprawdę leżało mu na sercu dobro ojca, a on uwierzył w najgorsze.

Gdy tak przemyśliwał nad ostatnimi wydarzeniami, Olive mówiła dalej:

– Na pewno by odczuły i zrozumiały moje cierpienie, gdyby stanęły ze mną twarzą w twarz. Ale moje dzieci przecież mnie nie odwiedzają. Rozmawiamy czasem przez Skype'a i cieszę się tymi chwilami, ale jeśli nie mam na to siły, jeśli mam kiepski dzień, to po prostu nie odbieram rozmowy. Nie mam wtedy ochoty ich widzieć. A potem, kiedy znów czuję się lepiej, mówię, że byłam zajęta, co oczywiście bardzo im się podoba. Moje dzieci chcą słyszeć, że ich matka prowadzi bogate, pełne życie i za bardzo ich nie potrzebuje. – Do jej oczu napłynęły łzy, nie próbowała ich jednak obetrzeć, tylko mówiła dalej: – Zresztą kiedy na mnie patrzą, widzą mnie na bardzo małym ekranie. Nie mogą zauważyć ani zrozumieć żadnego światła w moich oczach. Zresztą myślę, że tego się nie da odtworzyć cyfrowo. Rozmawiamy, wymieniamy się nowinami, opowiadam im o schronisku, powtarzam wszystkie te drobne informacje, jakimi pułkownik podzielił się ze mną w ostatnim tygodniu, i za każdym razem zapewniam, że robią to, co najlepsze dla ich własnych rodzin. Zresztą wierzę w to całkowicie. To właśnie robią. Świat daje im mnóstwo najrozmaitszych możliwości i wspaniale, że mogą posmakować tych owoców.

Doubler wciąż myślał o Julianie. Zastanawiał się, czy jego syn również ma w sobie tego rodzaju emocje, czy też jest zupełnie pozbawiony poczucia synowskiego obowiązku.

– Czy myślisz, że oni boją się własnej starości? Na pewno wiedzą, że ich dzieci nie będą się nimi opiekować. Wyjadą gdzieś bardzo daleko, tak jak ich rodzice.

Olive parsknęła z niechęcią.

– To pokolenie w ogóle nie martwi się o swoją starość. Nie wierzą, że się zestarzeją. Teraz obowiązuje nowy Kościół, Kościół Wiecznej Młodości, a oni wszyscy modlą się przy jego ołtarzu. Bezustannie próbują walczyć z upływem czasu, opierać mu się, jakby czasowi naprawdę można było wypowiedzieć wojnę, mając za całą broń jarmuż i owoc granatu. – Odpędziła mruganiem łzy, żeby wyraźniej widzieć swoją publiczność. – Myślicie, że żartuję, ale ja nie żartuję. Co rano robią sobie koktajle z zielonych liści i imbiru. Wpisują w program każdego dnia coś, co się nazywa „mój czas", i jeszcze coś, co się nazywa „dbanie o siebie". Jedno i drugie to to samo, ale oni mnie zapewniają, że to zupełnie co innego i że trzeba to robić osobno. Są przekonani, że nigdy się nie zestarzeją, jeśli będą nieustannie skupiać uwagę na sobie. Więc po co robić plany na czas, który nigdy nie nadejdzie? A jeśli nie modlą się przy ołtarzu młodości, to wychwalają bożka gotówki. Bo jeśli pracujesz wystarczająco ciężko i zgromadzisz wystarczający majątek, to na starość będzie cię stać, żeby zapłacić za opiekę nad sobą i tym sposobem zwolnić z obowiązku kolejne pokolenie.

– Wydaje mi się – powiedział Doubler – że oni non stop są tak zajęci, że nie mają czasu, żeby wypełniać swoje obowiązki.

– Nie rozumiesz, że opieka nade mną tak naprawdę nie jest ich obowiązkiem? Gdyby chcieli się mną zająć, kiedy się zestarzeję, to tylko z własnej woli, bo inaczej dla nas wszystkich byłoby to piekło. Możesz to sobie wyobrazić? Pomyśl tylko, jakie to byłoby dla nich bolesne i jaką poczuliby do mnie niechęć, gdyby wyrzuty sumienia zmusiły ich do zamiany tego życia w pełnym słońcu na to. – Olive zatoczyła ręką krąg obejmujący kuchnię, zakurzone deski podłogi, stare odrapane półki na książki, a także jeszcze starsze pola za oknem i łagodne wzgórza, na których angielska zima trzymała się jeszcze nieźle.

– Praca też wygląda teraz zupełnie inaczej. Jeśli ma się dobrą pracę, ciągle trzeba z kimś rywalizować. Kiedyś pracowało się całe życie w tej samej firmie, a pod koniec życia zawodowego wszyscy oczekiwali, że trochę zwolnisz, i nawet szanowali cię za to, że zaczynasz usuwać się w cień. A teraz ciągle trzeba się gdzieś przeprowadzać i za każdym razem awansować coraz wyżej. Tu awans, tam awans, i pędzisz po tej elektrycznej bieżni ustawionej na najszybsze tempo, a młodsi, bardziej zmotywowani i bardziej głodni, przez cały czas depczą ci po piętach, czekając, aż się pośliźniesz. Ale nie można zrezygnować z tego wyścigu i porzucić swoich zawodowych obowiązków, żeby zaopiekować się rodzicami. Nikt nie będzie trzymał dla ciebie miejsca, kiedy weźmiesz sobie wolne, w dodatku nie wiadomo na jak długo. Czy nam się to podoba, czy nie, żyjemy coraz dłużej. Możliwe, że jutro nagle umrę, ale równie dobrze mogę żyć jeszcze dwadzieścia lat. A może nawet trzydzieści, nie daj Boże. Skąd dzieci mają wiedzieć, na co się piszą? Nie mogą przecież zawiesić swojego życia na kołku, żeby zająć się mną, ryzykując, że w ogóle nie przeżyją własnego życia. Nie, to jest postęp, a postęp nie pozwala, żeby w nowoczesnej rodzinie jedni hamowali drugich, troszcząc się o siebie nawzajem.

Doubler czuł się rozdarty. Nie był pewien, czy powinien pozwolić Olive wyrzucić z siebie te silne emocje, czy też rozjaśnić trochę atmosferę dla dobra psychiki ich wszystkich. Nie wiedział też, czy ten temat równie mocno porusza Maddie, która już od dłuższego czasu siedziała w milczeniu.

– A ty co o tym myślisz, Maddie? – zaryzykował.

Olive opamiętała się. Dotychczas chodziła po kuchni w jedną i drugą stronę i popijając herbatę i wyglądając przez okno, odpowiadała na pytania, których dotychczas nie odważyła się sobie zadać. Dopiero teraz, przekonana do swoich racji, zadowolona i dumna z podjęcia decyzji, która uwolniła dzieci od obowiązku opieki nad nią, zdała sobie sprawę, że obok siedzi jeszcze jedna kobieta, którą jej punkt widzenia mógł mocno urazić. Wiedziała od Doublera, że stosunki Maddie z synami nie były ostatnio najlepsze.

Jednak ona wzruszyła ramionami i powiedziała obojętnie:
– Myślę, że masz rację. Zupełną rację.
– Naprawdę tak myślisz?
– Tak. Ja bym podjęła taką samą decyzję. Chyba wiesz, że nie jesteś w tym tak do końca bezinteresowna. Gdybyś chciała, żeby twoje dzieci naprawdę dobrze się poczuły, to mogłabyś sprzedać to gospodarstwo i zainwestować część pieniędzy w nowoczesne mieszkanie niedaleko któregoś z nich. Wtedy nie musiałyby się o ciebie bać i nie dręczyłyby ich wyrzuty sumienia, co pewnie czasem im się zdarza. Ale dobrze zrobiłaś, nie ruszając się stąd. Wybrałaś życie, jakie znasz, w towarzystwie zmarłego męża, zamiast życia, jakiego nie znasz, w towarzystwie żyjących dzieci. Moim zdaniem to bardzo rozsądna decyzja i w zupełności ją pochwalam.

– No tak. Bardzo ci dziękuję. Czasami czuję się rozpaczliwie samotna, ale masz rację, nie zostawiłabym Dona. Nie teraz. Nie po tym wszystkim, przez co przeszliśmy razem, żeby tu zamieszkać.

Maddie ze zrozumieniem skinęła głową.

– Weź na przykład moich synów. Widzisz, oni mogą spać spokojnie. Opowiadają znajomym, że podjęli absolutnie słuszną decyzję. Wiem, bo słyszałam, jak mówili to lekarzom. Wszystko uporządkowali, zapewnili opiekę Thomasowi, a mnie umieścili w wygodnym domu, który nie wymaga dużo wysiłku. Muszę bardzo uważać, żeby nie okazywać przy nich żadnych objawów starzenia. Nawet nie mogę się przy nich skrzywić, bo boję się, że zanim się obejrzę, umieszczą mnie na jakimś oddziale opieki albo w jeszcze gorszym miejscu.

– Przecież to by było okropne. Co my byśmy zrobiły bez schodów? Jak bym się czuła, gdybym nie musiała iść na górę, żeby się położyć? – Olive wzdrygnęła się, rozważając perspektywę zamieszkania w parterowym budynku. Najwyraźniej nie potrafiła sobie nawet wyobrazić, co Maddie miała na myśli, mówiąc o czymś jeszcze gorszym.

Doubler także próbował sobie wyobrazić życie pozbawione powolnego wstawania rankiem w półmroku, kiedy zaspany szuka dłonią poręczy schodów, ale gdy schodzi z ostatniego stopnia na chłodną posadzkę korytarza, jest już w pełni przytomny. Nie mieściło mu się w głowie, że mógłby się budzić inaczej.

– Zupełna racja – stwierdził i w duszy poczuł wdzięczność, że ma dom i że jest niezależny.

– Ale widzicie, moi synowie ani razu nie zapytali mnie, czego ja bym chciała. W ogóle ze mną o tym nie rozmawiali, powiedzieli tylko, że chcą mi oszczędzić cierpienia. A prawda jest taka, że ja nienawidzę tego domu. Nienawidzę tych wykładzin od ściany do ściany, tych powierzchni, które łatwo jest zetrzeć, tego samoczyszczącego piekarnika i tych desek w ogrodzie. Tęsknię za brudnymi paznokciami i za tym, jak całe ciało boli, kiedy się wraca do domu pod koniec dnia. Tylko ten ból pozwalał mi zasnąć. Na farmie spałam jak dziecko, a teraz oczywiście w ogóle nie mogę spać. Jak mam zasnąć, skoro nigdy nie jestem zmęczona?

Maddie wydawała się na skraju łez, jakby dopiero teraz dotarło do niej, jak bezbarwne są jej dni, choć oczywiście już od dawna tkwiła w okropnym cyklu zaprzeczenia, zrozumienia, przerażenia i zapomnienia.

– Tak bardzo bym chciała znowu poczuć się zmęczona – ciągnęła. – Chciałabym się poczuć tak wyczerpana, żeby resztką sił wczołgać się na górę i pójść do łóżka. I zostawić odsłonięte okno, bo wtedy budzi mnie świt, bez względu na to, jak mocno śpię i jak daleko podróżuję w snach. – Popatrzyła na swoją publiczność oczami szeroko otwartymi z przerażenia, próbując im przekazać okropność swego obecnego życia. – Nawet nie mogę odsunąć zasłon, bo tuż za oknem mojej sypialni stoi latarnia. I nie mogę otworzyć okna, żeby wpuścić świeże powietrze, bo, rozumiecie, te okna się nie otwierają!

– Co? – zawołali jednogłośnie Olive i Doubler, którzy zaczęli się już czuć nieco winni przez to, że bez większych kłopotów nadal mieszkali na farmie.

– Naprawdę! Mam takie specjalne okna z podwójnymi szybami, między którymi jest ciepłe powietrze i dzięki temu rachunki za ogrzewanie są niższe, ale tych okien się nie otwiera. Można na nie tylko patrzeć. Ale nie mam pojęcia, po co przez nie patrzeć, skoro za oknem mam tylko drugi taki sam dom, który patrzy na mnie.

Olive pocieszająco położyła rękę na jej ramieniu.

– Ale wiesz chyba, że masz szczęście? Mnóstwo ludzi mogłoby ci pozazdrościć i uznać, że jęczysz bez potrzeby. To osiedle, na którym mieszkasz, jest bardzo ładne. Twoi synowie zatroszczyli się o ciebie i zapewnili ci łatwiejsze życie. Pewnie zrobili to dlatego, że cię kochają.

Maddie zacisnęła usta i lekko potrząsnęła głową.

– Kochają? Nie sądzę. Miłość idzie w parze z szacunkiem, a oni nigdy w życiu nie zapytali mnie, czego ja bym chciała. Ani razu. Wszystko, co zrobili, zrobili mnie, a nie dla mnie. Owszem, może wydaję się niewdzięczna, bo czuję się niewdzięczna. Miałam dom, miałam życie, które mi odpowiadało, i nie mogę im darować, że wyrwali mnie stamtąd.

Dłoń Olive przesunęła się z ramienia Maddie na jej dłoń i uścisnęła ją mocno. Po twarzy Maddie spłynęły wielkie łzy.

– Głupia jestem, że płaczę. Ale nie jest mi smutno. Jestem wściekła.

Olive, również ze łzami w oczach, próbowała ją pocieszyć własną wersją tej samej opowieści:
- Jesteś wściekła i smutna, i masz prawo do jednego i drugiego. Ja też jestem zła na moje dzieci. Jestem zła, że mnie zostawiły. Jestem zła, bo nie znam własnych wnuków. Jestem zła, że zmusiły mnie do wyboru. Jeśli chcę widzieć, jak dorastają moje wnuki, to muszę zrezygnować z farmy. Muszę wyrzec się wszystkiego, co znam i kocham. Nie chcę tego robić. Jestem zła, bo wychodzi na to, że nie jestem dobrym człowiekiem i że mam za mało uczuć macierzyńskich, bo nie chcę wyrzec się tego wszystkiego dla jakichś wnuków, których nigdy nawet nie widziałam na oczy. - Olive urwała, gdy znów przyszło jej do głowy, że wie bardzo niewiele o Maddie i mogła ją czymś niechcący urazić. Przełknęła głośno i zapytała łagodnie: - A ty, moja droga? Masz wnuki, które uprzyjemniają ci życie?
- Mam, czworo. To kochane dzieci, ale ja nie umiem być babcią w tym domu. Ja tam nawet nie czuję się człowiekiem. Co mam z nimi robić? Co mogę im pokazać? Czego mogę nauczyć? Chciałam, żeby moje wnuki poznały farmę. Pokazałabym im, skąd się bierze ich lunch. Nauczyłabym je siać marchewkę. To by wystarczyło. Trzymam dla nich jakieś układanki, ale one po prostu włączają telewizor i siedzimy i gapimy się razem, a potem idą do domu. Nic dziwnego, że za bardzo się mną nie interesują. Bo nie jestem interesującą osobą.

Doubler poczuł wyrzuty sumienia i obiecał sobie, że nauczy swoje wnuki siać marchewkę. Oczywiście, że tak, musi to zrobić. Społeczeństwo nieodwracalnie cofnęłoby się w rozwoju, gdyby nikt nie umiał posiać marchewki. Użalając się nad sobą przez wiele lat, zaniedbał swoje obowiązki. Uświadomił sobie, że jego wnuki powinny już umieć kiełkować ziemniaki. Ale gdy uderzył pięścią w stół, by zwrócić uwagę pań na swoje okropne niedopatrzenie, odezwała się Olive.

- Wiesz, Maddie, to wszystko jest zupełnie niedorzeczne.
- Tak? - odrzekła Maddie i jej dolna warga nieco zadrżała.
- Tak. Ty mieszkasz w domu, którego nienawidzisz, i czekasz na śmierć. Ja mieszkam na farmie, o jakiej ty marzysz, ze zwierzętami, które trzeba karmić, i można tu siać marchewkę. I nie ruszę się stąd, dopóki nie wyniosą mnie w skrzynce, a prawdę mówiąc, nawet wtedy będę wierzgać i wrzeszczeć. Chciałabym, żeby pochowano mnie gdzieś tutaj, na skraju pola.
- Co sugerujesz? - zapytał Doubler, przenosząc wzrok z jednej twarzy na drugą.
- Nie rozumiesz? To oczywiste. Przychodź tutaj, Maddie, i pracuj razem ze mną.
- Tutaj? - zapytała z jawnym przerażeniem na twarzy.
- Wiem, że to brzmi idiotycznie, ale tak naprawdę nie radzę sobie tutaj sama. Nigdy nie byłam farmerką, raczej żoną farmera. Przychodź tutaj i naucz mnie różnych rzeczy. Ja też chciałabym wreszcie mieć brud za paznokciami.
- Przecież prawie mnie nie znasz - pisnęła Maddie bardziej urażona niż ucieszona.
- Nie znam nikogo oprócz własnego cienia i prawdę mówiąc, mam już tego powyżej uszu. Chcę zacząć od nowa i w następnym rozdziale robić coś innego. Przejmijmy znowu kontrolę nad własnym życiem!

Te słowa rozbudziły zainteresowanie Maddie, która już od dawna miała wrażenie, że zupełnie tę kontrolę straciła.
- Ale czy to możliwe? Nie jesteśmy za stare?
- Mój Boże, nie! Jeśli chodzi o kontrolę nad własnym życiem, jesteśmy w najlepszym wieku. Możemy już do śmierci robić, co tylko zechcemy, prawda? Jeśli w ogóle na cokolwiek zasłużyłyśmy, to na pewno na to. Jeśli zechcesz, to do końca życia możesz siać marchewkę. - Zauważyła światło w oczach Maddie i mówiła dalej: - Nie jestem pewna, czy ty powinnaś mieszkać sama. Z tego, co

słyszałam, trzeba się tobą trochę opiekować. Ale może gdybyśmy opiekowały się sobą nawzajem, to nie zrobiłybyśmy krzywdy ani sobie nawzajem, ani nikomu innemu.

– Czy ty mnie zapraszasz, żebym wpadła tu od czasu do czasu jako gość, czy też mogę przychodzić i odchodzić, kiedy mi się będzie podobało? Bo nie jestem pewna, co właściwie proponujesz.

– Możesz przychodzić i odchodzić, kiedy zechcesz. Tu jest dużo miejsca dla ciebie i na wszystkie twoje rzeczy.

Maddie zamilkła. Przez chwilę rozważała praktyczną stronę tej propozycji, a potem, ze zmarszczką niepokoju na czole, znów zaczęła wypytywać:

– Jak dużo masz miejsca? Nie będę ci się plątać pod nogami? Zmieścisz tu kilka moich rzeczy?

– Ten dom jest tak duży, że nawet we dwie będziemy mogły się po nim ganiać – zapewniła Olive, po czym dodała: – Ale nie zrobisz nic głupiego, prawda? Nie będziesz porywać zwierząt ani podpalać mojej farmy? Tak naprawdę nie jesteś wariatką, Maddie?

– Nie wiem. Chyba nie. Wydaje mi się, że jestem po prostu samotna i bardzo możliwe, że od tego trochę miesza mi się w głowie.

Doubler uśmiechnął się do siebie. Przywożąc tutaj Maddie, miał nadzieję, że coś takiego się wydarzy. Od jakiegoś czasu wszystko wydawało się możliwe. Wypełniło go szczęście na myśl, że te dwie kobiety mogą się doskonale uzupełniać.

– Olive, jesteś absolutnie genialna. To nie jest zły pomysł, Maddie. Mogłybyście sobie nawzajem pomagać i pilnować, żeby żadna nie wpadła w kłopoty. I do tego miałabyś w pobliżu Percy'ego, żeby Thomas mógł go znaleźć, jeśli wróci do domu.

– Och, jestem pewna, że Thomasowi bardzo by się tu podobało. A co z Thomasem, Olive? Czy on też mógłby tu zamieszkać, jeśli mu się poprawi? Może zacząłby wracać do zdrowia, gdyby wiedział, że jest ziemia do skopania. – Maddie zawahała się. Mroczne wspomnienie zaćmiło jej umysł, wysysając całą radość, która ogarnęła ją na kilka krótkich chwil. – Percy mnie nienawidzi – powiedziała cicho, patrząc w stół.

– No cóż – rzekł Doubler nieco niecierpliwie – nie zawsze dobrze go traktowałaś, prawda? Na Boga, kto chciałby mieszkać w garażu? I ty uważasz, że cierpiałaś, kiedy przeniesiono cię z domu na wsi do domku w mieście? A wyobraź sobie, jaką traumę przeszło to biedne zwierzę. Osioł z całą pewnością powinien czuć ziemię pod kopytami. Ale – złagodniał nieco – Percy z czasem na pewno ci wybaczy. Wydaje mi się, że osły całkiem dobrze potrafią wybaczać.

– Nie jestem tego pewna. Osły cierpią po cichu. Przy tym ośle już zawsze będę czuła się winna. Widziałeś, jak on na mnie patrzy?

– Może nauczy się znowu cię kochać, jeśli będziesz mu codziennie zanosić marchewkę i nigdzie z nim nie będziesz uciekała. – W głosie Olive również zabrzmiało lekkie potępienie i Doubler uświadomił sobie, że ta kobieta nie pozwoli się wykorzystać. Maddie będzie musiała zapracować na swoje utrzymanie.

– Za pierwszym razem, kiedy zabrałam go z farmy, był szczęśliwy, słowo daję. Szedł ze mną ścieżką, jakby myślał, że czeka nas jakaś przygoda. Był posłuszny jak anioł.

– Bo myślał, że wraca do domu – syknęła Olive. – Pewnie był przekonany, że zabierasz go do Thomasa.

– Pewnie tak. Zawsze najbardziej lubił Thomasa.

– Ale ty zamknęłaś go w garażu bez światła dziennego.

– W tym garażu było okno. Jeszcze nie zwariowałam. Chociaż wychodziło na północ.

Doubler surowo pokiwał głową.

– Właśnie. Jedno okienko od północy nie wystarczy, żeby zrobić z garażu dobry dom opieki dla osła. Ale możesz mu to teraz wynagrodzić. Posiej dla niego marchewkę i kiedy będziesz odwiedzać Thomasa, opowiesz mu o tym. Zresztą nie tylko o Percym, ale i o swoich warzywach. Opowiesz mu, że widziałaś pierwsze dzwonki w tym roku, pierwsze jaskółki, słyszałaś pierwszą kukułkę. Może poczuje się trochę szczęśliwszy, jeżeli się dowie, że ty jesteś mniej nieszczęśliwa.

Maddie szybko doszła do siebie po naganie i zaczęła rozważać szansę na to, by wszystko rozpocząć od nowa.

– To bardzo atrakcyjna propozycja. Przejęcie kontroli nad własnym życiem. Brzmi doskonale.

– Będziecie mi winni przysługę, więc w zamian pomożecie mi przejąć kontrolę od pułkownika – oznajmiła Olive. – Mam już dość tego, że zupełnie odciął mnie od schroniska i od wszystkiego, co się tu dzieje. To zupełny brak szacunku.

– On tak naprawdę nie chciał cię odcinać – przerwał jej Doubler. – Po prostu trochę się boi histerycznych kobiet.

– Ja jestem histeryczką?! Dobre sobie. Chyba jeszcze nic nie widział w tym swoim życiu. Zobaczymy, jak sobie poradzi z dwiema kobietami, z których jedna jest histeryczką, a druga ma nie po kolei w głowie. Wtedy dopiero będzie miał o czym myśleć. – Olive spojrzała na Maddie i mrugnęła. Tworząca się między nimi solidarność wyraźnie je cieszyła.

– Ale dwie żony farmerów? Czy to się może udać? – zapytała Maddie, znów przetrawiając tę samą myśl w swoim zatłoczonym, chaotycznym umyśle, próbując rozplątać niektóre węzły i wydłubać z nich informacje, których mogłaby się trzymać.

– Ty nigdy nie byłaś żoną farmera. Zawsze byłaś farmerką. A ja chciałabym się nauczyć czegoś więcej. Przestałam się uczyć w dniu, kiedy zmarł Don, ale od ciebie z pewnością mogę się nauczyć mnóstwo.

Maddie usiadła prosto, chłonąc pochwały.

– To będzie dla mnie zaszczyt. Chętnie sprawdzę, co jeszcze pamiętam. Na pewno da się tu zrobić coś pożytecznego – powiedziała bez większego przekonania.

– Mogę was mieć na oku na wypadek, gdyby znów ci się coś pomieszało – zaproponował Doubler wspaniałomyślnie.

Olive roześmiała się.

– Dziękuję ci bardzo, ale raczej nie będziemy potrzebować pomocy farmera od kartofli. Chociaż możesz nam od czasu do czasu pożyczyć traktor.

Doubler skrzywił się na myśl, że miałby powierzyć komuś swój cenny sprzęt. Skinął głową, choć w głębi serca żywił nadzieję, że zanim do tego dojdzie, obie panie nieco przyhamują swoje ambicje.

Olive znów zwróciła się do Maddie i powiedziała z powagą:

– Jeśli to ma się udać, to musimy się czymś zająć. Nie możemy przez cały czas tylko szlochać nad herbatą i użalać się nad tym, jak okropne mamy rodziny albo jak bardzo tęsknimy do mężów. Będziemy uprawiać ziemię, hodować warzywa. Znowu będziemy miały brud za paznokciami. Taka musi być umowa. Musi być w tym trochę ciężkiej pracy.

Oczy Maddie zalśniły.

– Albo będę od tego żyła o wiele dłużej, albo mnie to zabije. Ale tak czy owak, to lepsze niż umierać z nudów, długo i w cierpieniach.

– We dwie na pewno nie będziemy się tu nudzić. Spodziewam się raczej ciągłego zamieszania. Umówmy się, że prędzej jedna drugą udusi poduszką, niż pozwolimy sobie na nudę.

Doubler westchnął głośno.

– Uważaj, co mówisz, Olive, bo ona może potraktować to dosłownie. Wystarczy, że raz ziewniesz, a Maddie rzuci się na ciebie z poduszką, żeby wybawić cię od nieszczęścia. Ja bym na twoim miejscu nie tracił czujności i pilnował, żebyście przez cały czas miały coś do roboty. – Roześmiał się, ale popatrzył wymownie na Maddie, która odpowiedziała mu niewinnym spojrzeniem, mrugając powoli.

Mam nadzieję, że postąpiłem słusznie, pomyślał Doubler i uderzył się rękami w uda, co miało oznaczać koniec spotkania.

– Pociesza mnie myśl, że żadnej z was nie będzie gorzej niż przedtem – powiedział, po czym wstał i popatrzył przez okno. Widok nie był tak wspaniały ani rozległy jak z jego farmy, ale na swój sposób uroczy i niewątpliwie lepszy niż widok na żywopłot z okna domu Maddie.

Panie za jego plecami rozmawiały z podnieceniem, a Doubler zastanawiał się z odrobiną dumy, co pani Millwood powie o jego intrydze.

ROZDZIAŁ 29

Następnego ranka Doubler obudził się nagle, wyczuwając, że dzieje się coś złego. Zacisnął dłonie na prześcieradle, usiadł i rozejrzał się gorączkowo. Odgłos czegoś, co upadło, rozbrzmiewał mu w uszach, walcząc o lepsze z odgłosem bicia serca. Na pewno obudził go jakiś hałas. Nasłuchiwał intruza, niepewny, czy dźwięk, który wciąż odbijał się echem w jego głowie, był wyśniony, czy prawdziwy.

Po chwili paniki napędzanej adrenaliną znów opadł na poduszkę i uświadomił sobie, że przyczyną jego nagłego przebudzenia było niezwykłe światło w sypialni. Po raz pierwszy od dwudziestu lat zdarzyło mu się zaspać.

Przebiegł w głowie listę potencjalnych powodów do niepokoju. Przejrzał spis codziennych trosk, na których rutynowo koncentrował się zaraz po przebudzeniu, i stwierdził, że jest zadziwiająco wolny od zmartwień. Wszystkie obowiązki, które zwykle wyganiały go z łóżka już o świcie, jakoś zaczęły się wydawać mniej naglące w obliczu udanego spotkania Maddie i Olive. Przypomniał sobie ich rozmowę i poczuł się zupełnie rozbudzony. Już nie mógł się doczekać chwili, gdy będzie mógł opowiedzieć o tym sukcesie pani Millwood.

Owinął się w szlafrok i zszedł na dół. Nieznaczne wyrzuty sumienia, spowodowane tym, że wstał później niż zwykle, szybko ustąpiły, bowiem spał wyjątkowo dobrze. Ale schodząc po schodach, zauważył brązową paczkę na wycieraczce przy drzwiach i przeklął swoje zadowolenie z siebie. Peele znowu wkroczył do akcji.

W pierwszej chwili miał ochotę ukryć paczkę w szufladzie komody i otworzyć ją kiedy indziej, ale gdy przechodził obok telefonu, wydawało mu się, że słyszy w korytarzu głos pani Millwood: „Jest pan dzielnym człowiekiem, panie Doubler". Nagle ośmielony, zdecydowanym krokiem podszedł do drzwi, wziął paczkę i rozerwał papier.

W środku znalazł niedużą ilustrowaną książkę – atlas ptaków ogrodowych Anglii w miękkiej oprawie. Spomiędzy kartek wypadła pocztówka przedstawiająca zamek Hever. Obrócił ją i przeczytał słowa wypisane schludnym charakterem pisma Camilli:

Drogi Tato, mam nadzieję, że ta książka przyda Ci się przy Twoim nowym hobby. Mój ulubieniec to kos, strona 28. Kiedyś wydawały mi się nudne, ale są znacznie ciekawsze, niż może się wydawać na pierwszy rzut oka. Czy on Ci kogoś nie przypomina? Z miłością, Camilla.

PS. Zabrałam dzieci do zamku Hever i wybrałam dla Ciebie tę pocztówkę. Pamiętasz?

Przeczytał wszystko jeszcze raz od początku do końca. Rzucił papier na wycieraczkę, poszedł do kuchni i zajął się parzeniem herbaty. Czekając, aż woda zawrze, przerzucił kartki atlasu, znalazł stronę dwudziestą ósmą i przyjrzał się kosowi. Miał jaskrawożółty dziób i takąż obwódkę wokół oczu. Zdaniem Doublera wcale nie był nudny. Był ładny i pewny siebie. Ale kogo miałby mu przypominać? Popatrzył na ptaka z podziwem i wykluczył siebie. Może Camilla miała na myśli siebie, a może kogoś zupełnie innego. Ten jej mąż z pewnością był nudny.

Odmierzył porcję liści herbaty, wrzucił je do imbryka i machinalnie zamieszał, próbując sobie przypomnieć, z czym kojarzy mu się zamek Hever. Na pewno kiedyś tam był, ale nie potrafił się dogrzebać do tego wspomnienia. Czy dla jego córki było to dobre wspomnienie? A może rozczarował ją również i wtedy? Ale choć starał się, jak mógł, nie potrafił sobie przypomnieć szczegółów, doszedł zatem do wniosku, że musiała to być przyjemna wycieczka, ponieważ bolesne wspomnienia wracały do niego znacznie łatwiej. Czy tak samo było z innymi ludźmi? Postanowił porozmawiać o tym z panią Millwood, kiedy zadzwoni.

Ale kiedy zadzwoniła, nie była z niego tak zadowolona, jak miał nadzieję. Spodziewał się bardzo przyjemnej rozmowy, takiej, którą będą chcieli przedłużyć, toteż zaparzył świeży imbryk herbaty, ustawił na tacy herbatniki i zaniósł wszystko ostrożnie do bawialni. Postawił telefon obok siebie, usiadł wygodnie i czekał, aż telefon zadzwoni.

Kiedy wreszcie zadzwonił, Doubler krótko zapytał panią Millwood o samopoczucie, a potem uraczył ją szczegółową opowieścią o ostatnich wydarzeniach.

– Kto by pomyślał, pani M? Wystąpiłem w roli swata. I w dodatku zeswatałem ze sobą Maddie i Olive! – Zaśmiał się uszczęśliwiony. – Jestem przekonany, że będą się doskonale ze sobą czuły. Z całą pewnością od czasu do czasu podziałają sobie na nerwy, bo powiedzmy sobie szczerze, że obie mają gorsze momenty, prawda? Ale myślę, że będą sobie nawzajem dostarczać mnóstwo stymulacji. Już wczoraj rozmawiały jak stare małżeństwo, które bardzo chętnie wybacza sobie wady, bo oboje wiedzą, że radości znacznie przeważają nad gorszymi chwilami.

Pociągnął duży łyk herbaty i poprawił się w krześle, przygotowując się na dłuższą rozprawę o ostatnich wydarzeniach. Pani Millwood czekała na tę chwilę przerwy, pierwszą, podczas której udało jej się coś wtrącić:

– A jak pan się miewa, panie Doubler?
– Ja? Fantastycznie, pani M! – wykrzyknął i zaczerpnął oddechu. – Szkoda, że nie widziała pani twarzy Maddie, kiedy Olive po raz pierwszy zaproponowała, żeby pomagała jej na farmie. Między nami mówiąc, po cichu liczyłem na to, że coś takiego się wydarzy, ale nie miałem pojęcia, że stanie się to tak szybko i naturalnie. To było bezcenne!
– Panie Doubler? – powtórzyła pani Millwood surowo. – Pytałam, jak pan się czuje.
– A ja powiedziałem, że doskonale, pani M! – powtórzył i znów zaczerpnął oddechu, żeby podjąć opowieść.
– Midge nie jest tego taka pewna. Martwi się o pana. Jeśli mam być szczera, to ja też.
– Ależ pani M! O mnie nie trzeba się martwić. Jestem zdrów jak ryba!
– Nie wydaje się to panu dziwne, że rozwiązuje pan problemy innych ludzi, ale zupełnie nie zajmuje się własnymi? Bo mnie i Midge wydaje się to bardzo dziwne.

Zmarszczył czoło w głębokim namyśle.
– Moimi problemami, pani M? Nie mam żadnych problemów. Aha, i odbyłem rozmowę od serca z Maxwellem! – podjął radośnie. – Kto by pomyślał? Teraz jeszcze tylko pani, pani M. Jeśli zacznie pani zdrowieć i wróci do domu, będę tak szczęśliwy, jak nie byłem już od bardzo wielu lat. A może nawet w ogóle nigdy. Peele przestał się odzywać, więc chyba niepotrzebnie się martwiłem. Tak jakby ten nic niewart propagator GMO rzeczywiście mógł zagrozić mojej farmie. Sam nie wiem, co ja sobie właściwie myślałem.

Pani Millwood znów musiała mu przerwać:
– Istotnie, wydaje się, że jest pan bardzo wesoły. Ale obydwoje wiemy, przez co pan wcześniej przeszedł, i muszę mieć pewność, że jeśli mnie tu już zabraknie i nie będę już miała pana na oku, to

będzie pan mógł liczyć na kogoś, kto zajmie się panem na dłużej. A to nie będzie ani Olive, ani Maddie Mitchell. Z tego, co pan mówi, i tak mają dosyć na głowie. I z całą pewnością to nie będzie też pułkownik. Midge bardzo pana lubi, ale nie mogę zrzucić na nią odpowiedzialności za pana. To nie byłoby w porządku.

– Odpowiedzialności za mnie? Ja nie jestem projektem do wykonania, pani M. – Nastrój Doublera przygasł. Próbował porozdzielać informacje, które spływały po linii telefonicznej od pani Millwood jak brudna woda ze szmaty do podłogi. – Poza tym ja chcę, żeby to pani mnie doglądała i żebym ja mógł doglądać pani. Tak jak zawsze – powiedział rozzłoszczony, że jego dobry nastrój prysł.

– Panie Doubler, to po prostu nie jest praktyczne rozwiązanie. Kto wie, jak długo tu jeszcze będę? A tylko na mnie można było liczyć, że dotrzymam panu towarzystwa na farmie, więc jeśli mnie nie będzie, to nie mam pojęcia, co się może zdarzyć.

– Ale przecież będzie pani tutaj, pani M. Zdrowa jak rybka. Obiecała mi pani. – Miał ochotę tupnąć nogą, żeby dodać temu stwierdzeniu mocy, na jaką zasługiwało, ale tylko osunął się niżej w fotelu i jego wojowniczy nastrój rozwiał się, zanim jeszcze zdążył się przekonująco wyrazić. – Będzie tu pani, prawda? – dodał cicho.

– Robię, co mogę, panie Doubler. Bóg jeden wie, czy to wystarczy. Ale mogę panu złożyć obietnicę, której będę w stanie dotrzymać. Obiecuję, że kiedy mnie stąd wypuszczą, to od razu przyjadę na pańską farmę na lunch.

Ożywił się nieco i znów usiadł prosto.

– Obiecuje pani? – Pozwolił, by nadzieja wkradła się do jego głosu.

– Obiecuję. Ale chcę, żeby najpierw coś pan dla mnie zrobił. Bez żadnych protestów.

– Wszystko. Zrobię, co tylko pani zechce – powiedział, wybiegając myślami w przyszłość i planując już posiłek, który przygotuje dla rekonwalescentki. Tym razem to nie będą kanapki. Żadnych więcej kanapek. – Rybne paszteciki – wymamrotał głośno, choć zamierzał tylko to pomyśleć.

– Zrobi pan to, o co proszę? – powtórzyła pani Millwood niecierpliwie.

– Oczywiście. Obiecuję, że zrobię wszystko, co pani zechce.

– Chcę, żeby porozmawiał pan ze swoimi dziećmi i szczerze im powiedział, co leży panu na sercu. Żeby porozmawiał pan z Camillą i oczyścił atmosferę, żeby porozmawiał pan z Julianem i żeby był pan z nim zupełnie szczery. Koniec z zamykaniem wszystkiego w tej pańskiej głowie pełnej kartofli. Koniec z omijaniem ważnych tematów. Oni są już dorośli, więc mogą przejąć część tego ciężaru, który nie pozwala panu spać po nocach. Nie musi pan już ich chronić. Nadszedł czas, kiedy to oni powinni chronić pana.

– Och – zdziwił się Doubler. – Miałem nadzieję, że ta obietnica będzie dotyczyła świń albo kur. Wie pani chyba, że zgodziłbym się bez problemu.

– Cóż, Midge na pewno się ucieszy, kiedy to usłyszy, ale lepiej nie obarczać pana odpowiedzialnością za żywe stworzenia, dopóki nie nauczy się pan szczerze rozmawiać z najbliższymi ludźmi.

Pomyślał o tym, o co pani Millwood go prosiła, i przez jego umysł przemknął cień lęku. Dlaczego ton pani Millwood był taki naglący? Przecież obiecała, że wróci na jego farmę, prawda?

– Zaufam pani. Zdumiewająco często ma pani rację. Kiedyś, gdy potrzebowałem pomocy, zawsze szukałem jej u pana Clarke'a, ale teraz tą osobą jest pani, pani M.

– Trzeba to zapisać sadzą w kominie! – zawołała rozbawiona. – Jestem panu bliższa niż nieżyjący hodowca ziemniaków? Mój Boże, bardzo mi pan pochlebia.

Nagle nabrał przekonania, że może ją zapytać niemal o wszystko, toteż zaczął od pewnej kłopotliwej sprawy:

– Pani Millwood, czy uznałaby pani to za komplement, gdyby porównano panią do kosa?
– Ależ oczywiście, że tak. Słyszał pan kiedyś śpiew kosa?
– Nie chodzi o śpiew. Każdy uznałby to za komplement, gdyby usłyszał, że śpiewa pięknie jak ptak. – Próbował zebrać myśli. – Poleciła mi pani oczyścić atmosferę z Camillą. Nie wiem, od czego mam zacząć.
– Niech pan zacznie z nią rozmawiać, panie Doubler. Tylko tyle sugeruję. Niech pan zacznie z nią rozmawiać. Jeśli będą jakieś słowa, które należy powiedzieć, to niech pan je wypowie. Słowa są po to, żeby je wypowiadać.
– Ale ona będzie chciała rozmawiać o przeszłości. A jeśli moje wspomnienia z okresu jej dzieciństwa są inne niż jej wspomnienia? Jeśli coś źle pamiętam? Co wtedy?
– Z mojego doświadczenia wspomnienia rzadko się ze sobą zgadzają. Wydarzenia są te same, ale jak zostają zapamiętane, to zależy wyłącznie od pańskiego stanu umysłu w danej chwili i od tego, co później robił pan z tymi wspomnieniami. Jeśli za każdym razem, kiedy wygrzebuje pan jakieś wspomnienie, żeby do niego wrócić, odkłada je pan potem w inne miejsce, to wkrótce może zostać zniekształcone.

Ta odpowiedź w zupełności zadowoliła Doublera. Wydawało mu się bardzo prawdopodobne, że dobre wspomnienie można odłożyć gdzieś razem ze złymi z powodu różnych rzeczy, które wydarzyły się po drodze.

– Może ma pani rację, pani M. Może rzeczywiście zapamiętuje się to samo na różne sposoby.

Zadowolony, że pani Millwood znów poświęca mu całą swoją uwagę, wrócił do opowieści o Maddie, Olive i pułkowniku, pilnując, żeby nie opuścić żadnego szczegółu.

ROZDZIAŁ 30

Następnego ranka usiadł przy telefonie, próbując przekonać siebie, że ma dość odwagi, by podnieść słuchawkę i wybrać numer starannie zapisany na leżącej przed nim karteczce. Wciąż miał na sobie kurtkę i kaszkiet po porannym obchodzie, zdecydowany był bowiem wykorzystać przypływ energii, jakiego doznał po spacerze na świeżym powietrzu pełnym pierwszych obietnic wiosny.

Kilkakrotnie podnosił słuchawkę i znów ją odkładał na widełki. Wiedział, że musi to zrobić dla pani Millwood, ale w głowie przez cały czas rozbrzmiewała mu rozmowa z Maddie i Olive. Wspomnienie ich łzawej wspólnoty budowanej pod znakiem samotności umocniło w nim zamiar zaszczepiony przez panią Millwood, i ten wspólny grunt w końcu zmusił go do wybrania numeru.

– Camilla – powiedział, kiedy usłyszał jej głos.

– Tato? Czy wszystko w porządku? – zapytała córka, nie kryjąc niepokoju.

– Tak, wszystko w porządku, dziękuję. Pomyślałem tylko, że zapytam, co u ciebie słychać. Jak się mają dzieci?

– Dobrze... – odrzekła Camilla niepewnie.

– A twój mąż, Darren? Jak on się miewa?

– Dobrze... – odrzekła Camilla.

Przez całą długość kabla telefonicznego Doubler wyczuwał, że Camilla zastanawia się, co mu przyszło do głowy. Zamilkł na chwilę. Jak to możliwe, że tak trudno mu nawiązać rozmowę z córką? Pomyślał o tym, jak łatwo rozmawiało mu się z Midge, i brnął dalej:

– Dziękuję za książkę o ptakach, Camillo. To był bardzo przemyślany prezent.

– Mam nadzieję, że ci się przyda. Było tak wiele książek, spośród których mogłam wybierać, że zakręciło mi się w głowie. Ta jest bardzo prosta, ale jeśli zechcesz, zawsze mogę ci kupić coś większego na urodziny.

– Och nie, ta jest doskonała. Dobrze będzie, jeśli nauczę się rozpoznawać połowę tych ptaków, które w niej są. Myślę, że na razie to zupełnie wystarczy.

– Cieszę się, że masz jakieś hobby, tato. Najwyższa pora. Julian jest przekonany, że zaczynasz wariować z samotności.

W myślach podziękował jej za to, że wprowadziła Juliana do rozmowy, co pozwoliło mu płynnie podążyć w tę stronę.

– Dobrze, że wspomniałaś o bracie, Camillo. Wygląda na to, że Julian chce mi odebrać samochód. Uważa, że powinienem jeździć czymś praktyczniejszym. „Zwinniejszym", chyba tak to określił. Chce zabrać ode mnie land rovera i dać mi w zamian coś innego, ale okazuje się, że ten mój stary gruchot wart jest majątek. – Zamilkł na chwilę, żeby do Camilli dobrze dotarło, co powiedział.
– To była prawdziwa niespodzianka.

Camilla westchnęła przesadnie głośno.

– Jezu Chryste, tato. Julian chce zabrać twój samochód właśnie dlatego, że jest wart majątek. Chyba o tym wiesz, prawda?

– Och... – mruknął z namysłem. Pozwolił, by na chwilę zapadło milczenie, po czym dzielnie brnął dalej: – Przyszło mi to do głowy, ale tylko na krótką chwilę. Sądzisz, że on wiedział, co robi?

– Oczywiście, że wiedział! Julian jest bardzo wyrachowany. Raczej nie słynie ze spontanicznej wielkoduszności, prawda?

Fakt, że Camilla natychmiast doszła do takiego wniosku, wstrząsnął Doublerem.

– Och... – powtórzył.

– Chyba cię to nie dziwi, tato. Julian nie po raz pierwszy coś takiego robi. Pamiętasz, jak dałeś nam obrączkę i pierścionek mamy? On dostał obrączkę, a ja pierścionek zaręczynowy. Wymusił na mnie, żebym się z nim zamieniła. Powiedział, że robi to z sentymentalnych powodów, a potem od razu poszedł i sprzedał brylant. Obrączka, którą dał mi w zamian, była warta o wiele mniej.

– To znaczy, że tobą manipulował. – Zastanawiał się, czy słyszał o tym wcześniej, a jeśli tak, to dlaczego tego nie pamiętał.

Camilla roześmiała się w słuchawkę.

– To spore niedomówienie. Ale tak naprawdę nie miałam nic przeciwko temu. Po prostu cieszyłam się, że mam coś, co należało do mamy, i nie miało dla mnie znaczenia, ile to jest warte. Zresztą chyba wolę nosić obrączkę. Ale on pewnie uznał, że jestem za głupia, żeby zauważyć, co on robi. To mi się nie podobało.

– Pewnie, że nie. Nikomu by się to nie podobało. – Poczuł przypływ solidarności i to uczucie, choć go nie zapraszał, nie było nieprzyjemne. Ostrożnie mówił dalej: – Czy mogę cię o coś zapytać, Camillo?

– Po prostu zapytaj, tato.

– No więc gdy odkryłaś jego obłudę, czy powiedziałaś mu o tym?

– Nie. To nie był jedyny raz, kiedy zachował się jak skończony egoista. Ale, tato, jego rodzina i tak jest rozbita. Nie chciałam jeszcze się do tego dokładać. On chyba potrzebuje czuć, że ma nad nami wszystkimi kontrolę, i to pomaga mu się uporać z de-

monami. Każdy z nas musi znaleźć własny sposób, żeby poradzić sobie z życiem, prawda? Kim ja jestem, żeby go osądzać?
– A co twoim zdaniem powinienem zrobić z samochodem?
– Nie wiem, tato. To zależy tylko od ciebie. A jeśli chodzi o mojego brata, to po prostu pozwoliłabym mu zrobić to, co chce zrobić. To bardzo nieszczęśliwy człowiek i jeśli od czasu do czasu pozwolimy mu myśleć, że nas przechytrzył, to może będzie czuł się mniej oszukany przez życie.
– Naprawdę tak myślisz? Myślisz, że powinienem pozwolić, żeby zabrał mój ukochany samochód i dał mi w zamian jakieś nowoczesne jeździdełko?
– No nie, oczywiście, że nie. Jeśli kochasz ten samochód, to nie – wymamrotała Camilla, niezdolna ukryć, że ten konflikt powoduje w niej bolesne rozdarcie wewnętrzne.
– Co byś mi radziła, Camillo? Proszę cię o pomoc.
– Nigdy wcześniej nie prosiłeś mnie o pomoc ani o rady, więc nie mam w tym wprawy, tato. Zawsze sprawiasz wrażenie, jakbyś nie potrzebował niczyjej pomocy.
Odczekał chwilę i powiedział cicho:
– Pewnie potrzebuję, ale wygląda na to, że nigdy aż do tej pory nie zdawałem sobie z tego sprawy.
Camilla wyraźnie złagodniała.
– Julian jest skomplikowany – odparła w zadumie. – Bardziej skomplikowany niż ja. A ja zwyczajnie nie lubię konfrontacji. Zależy mi tylko na tym, żeby utrzymać *status quo* i rodzinę.
– Chcesz powiedzieć, że mnie się nie udało utrzymać rodziny?
– Próbował sobie wyobrazić, jak to musiało wyglądać z perspektywy córki, która została porzucona przez matkę.
– Och, tato, wychowanie dwojga nastolatków nie mogło być łatwe, a ty dobrze sobie z tym poradziłeś. Robiłeś, co mogłeś, żeby zastąpić mamę, i pilnowałeś, żeby nam nie brakowało podstawowych rzeczy, których mama nie mogła nam dać, bo jej nie

było. Ale może gdzieś w tym wszystkim, kiedy próbowałeś być dla nas matką, nie zawsze potrafiłeś być ojcem dla Juliana. Może tego właśnie Julianowi zabrakło.

– Naprawdę w to wierzysz? Myślisz, że z mojego powodu stał się tym, kim jest? Człowiekiem, który gotów jest oszukać własnego ojca?

Camilla, przygnębiona tym, że uraziła ojca, natychmiast się wycofała:

– Och, wyraziłam się zbyt ostro. Przepraszam cię, tato. Nie chciałam tego powiedzieć. Naprawdę robiłeś, co mogłeś.

– Na pewno próbowałem robić, co mogłem, ale gotów jestem przyznać, że to nie wystarczyło. – Znów pomyślał o tym, jakim człowiekiem stał się jego syn. – Ale ja nie jestem gotów spuścić Juliana z haczyka tak łatwo, jak ty byś to zrobiła. Zgadzam się, że miał trudny start w życiu. Nie podobało mu się, jakim byłem dla niego ojcem, zgoda. Ogólnie rzecz biorąc, rozczarowałem go, to też przyznaję. Ale czy to znaczy, że ty i ja mamy się godzić z takim jego zachowaniem? Czy będzie szedł przez życie jako podły człowiek, usprawiedliwiając się tym, że nie miał idealnego dzieciństwa? Może ktoś powinien mu powiedzieć, że nie wolno kłamać i oszukiwać?

– To twoje zadanie, tato, nie moje. Ja nie chcę się w to mieszać. To mój brat, jedyny, jakiego mam. Poza tym, o ile pamiętam, zawsze taki był. Jeśli teraz chcesz mu udzielać ojcowskich wskazówek, to twoja sprawa. Tylko proszę, nie kłóćcie się podczas naszych rodzinnych spotkań. Chciałabym, żeby moje dzieci miały jakieś pozytywne wzorce.

– Takie jak zamek Hever? – odważył się zapytać, mając nadzieję, że intuicja go nie zawiodła i że dla Camilli było to dobre wspomnienie.

– No właśnie! – wykrzyknęła. – Beztroski czas spędzony z rodziną! Każde dziecko na to zasługuje, prawda? Wiem, że wtedy strasznie marudziłam, bo wydawało mi się, że jestem już za duża na taką wycieczkę, a Julian przez cały dzień zachowywał się okropnie. Dopiero dużo później zrozumiałam, jaki to musiał być dla ciebie wysiłek, zabrać nas na wycieczkę niedługo po tym, jak mama odeszła. Rozumiem, co próbowałeś zrobić. Chciałeś nas przekonać, że nasze dzieciństwo nie skończyło się z dnia na dzień, i to było bardzo dobre, tato. To nie mogło być dla ciebie łatwe.

Przymknął oczy i wreszcie zaczęły do niego docierać obrazy. Trzymając córkę pod rękę, szedł z nią noga w nogę przez wielki trawnik. Biegali po labiryncie, przykucali i chowali się, zaśmiewając się do utraty tchu, a potem rzucili się na Juliana. Później czekali na swoją kolej w pełnej przeciągów kafejce. Doubler postawił na stoliku tacę z herbatą i kanapkami. Oskarżycielskie lub współczujące spojrzenia matek siedzących w pobliżu z całymi rodzinami, gdy on był tylko z dziećmi, paliły ich żywym ogniem. Dwa talerze zostały nietknięte, Camilla i Julian stracili zainteresowanie jedzeniem. Skrawki. To były tylko skrawki wspomnień. Ale skoro Camilla zapamiętała to jako beztroski czas spędzony z rodziną, to kim on był, by zanegować jej wspomnienia?

Myślał jeszcze przez chwilę, po czym spytał:
– Jak ty sobie radzisz, Camillo? Jaki jest twój sposób na radzenie sobie z życiem? Jakie są twoje demony?

Zbyła go płytkim śmiechem i nijaką odpowiedzią:
– Powiem ci, kiedy sama już to zrozumiem, dobrze? – Ale gdy głębiej zastanowiła się nad pytaniem ojca, dotarło do niej, że powinna szczerze zareagować na jego dociekliwość, i odparła z właściwym sobie pragmatyzmem: – Po prostu próbuję budować jak najbardziej stabilne środowisko moim dzieciom. Staram się pokazać im pozytywne fragmenty mojego dzieciństwa, żeby dorastając, stworzyły sobie w sercach jak najlepszy obraz farmy Mirth, zanim poznają bolesne rozdziały, bo na to mają jeszcze mnóstwo

czasu. – Jej głos stał się odległy. Po chwili dodała jeszcze: – Bardzo się staram nie rozczarować mojego męża ani dzieci.

– Och – powiedział Doubler i głośno przełknął.

A potem Camilla uzupełniła, jakby czytała listę wcześniej przygotowanych odpowiedzi:

– I staram się wybaczyć mamie.

Powiedziała to z zadziwiającą pewnością w głosie. Dla Doublera brzmiało to tak, jakby istniała jeszcze szansa na to, by mogła wybaczyć ojcu.

ROZDZIAŁ 31

Dzwonek zadźwięczał i Olive podbiegła do drzwi.
– Wejdźcie, wejdźcie – powiedziała, otwierając je szeroko. Zaniepokojony pułkownik cofnął się o krok, przydeptując palce Dereka, który jak zwykle stał tuż za nim.
– Dzisiaj jesteśmy w bawialni. Chodźcie. – Olive wciągnęła pułkownika do środka, a gdy Derek ją mijał, uścisnęła jego ramię. Derek zupełnie niewłaściwie odczytał jej intencje i uznał ten uścisk za groźbę.

Pułkownik był oburzony tą relokacją z kuchni do bawialni i przygotował sobie plan zręcznego odwrotu, wprawnie obliczając w głowie kolejne posunięcia. Jego niechętny krok miał jasno okazać, że Pan Pułkownik woli zatrzymać się w korytarzu, niż zgodzić się na nieplanowaną zmianę miejsca spotkania. Aby dodatkowo podkreślić brak entuzjazmu dla tych nowych ram organizacyjnych, pozostał z tyłu, przez cały czas zastanawiając się nad najlepszą metodą odzyskania kontroli nad sytuacją. (Byłoby miło, pomyślał z irytacją, gdyby ludzie od czasu do czasu po prostu robili to, czego się po nich oczekuje).

Jakby tego było mało, Olive zachowywała się jak nie ona. Nie próbowała wciągnąć go w rozmowę na progu bawialni, tylko żartobliwie przepchnęła przez próg do środka. Pułkownik, którego niezwykła pewność siebie gospodyni wprawiła w osłupienie, poczuł się jeszcze bardziej zaniepokojony, gdy niechętnie wszedł do pokoju i znalazł się twarzą w twarz z panią Mitchell, która siedziała na wygodnym krześle w kącie, a na jej kolanach leżała schludnie złożona gazeta.

– Co za niespodzianka – powiedział przez ramię mniej więcej w kierunku Olive, która właśnie wieszała kurtkę Dereka.

Pułkownik przycisnął swoją kurtkę do siebie, obawiając się, że Olive może mu ją wyrwać siłą i tym sposobem przedłużyć wizytę.

– Mówisz o Maddie? Urocza niespodzianka, prawda? Tak się cieszę, że mam towarzystwo.

Pułkownik stanął plecami do Maddie i ściszył głos, chociaż nie na tyle, by nie mogła go słyszeć.

– Nie daj jej się nabrać. To ryzykowna zabawa. Ucieknie z tym osłem, ledwie odwrócisz głowę.

– Nie sądzę. Nie ma takiej potrzeby, prawda? – Olive skierowała to pytanie do Maddie.

– Nie ma jakiej potrzeby? – zapytała tamta niewinnie, podnosząc wzrok znad gazety, ale w jej oczach zamigotała iskierka, a stłumiony uśmiech wskazywał na spisek z Olive, chociaż ani Derek, ani pułkownik nie mieli pojęcia, czego może dotyczyć ta konspiracja i jaką formę ma przybrać.

– Pułkownik obawia się, że uciekniesz z Percym, gdy tylko odwrócę głowę, ale martwi się niepotrzebnie, prawda, kochana?

– Teraz mogę odwiedzać Percy'ego, kiedy zechcę, i muszę powiedzieć, że dzięki temu wcale nie wydaje mi się już taki pociągający. Ale jeśli Thomas kiedyś wróci do domu, przynajmniej będzie wiedział, gdzie szukać nas obojga. – Maddie z satysfakcją skinęła głową i wróciła do czytania gazety. Tylko jej palce, które co chwilę lekko dotykały broszki, zdradzały niepokój. Poza tym wydawała się bez reszty zaabsorbowana wiadomościami.

– Usiądźcie, panowie. Usiądźcie wygodnie. Przyniosę poczęstunek. Upiekłyśmy ciasto, prawda, Maddie?
– Właściwie ty upiekłaś, a ja tylko patrzyłam. Ale mam nadzieję, że czegoś się nauczę. Nigdy nie jest za późno, żeby zdobyć nowe hobby. – Maddie doskonale odgrywała rolę niewinnej starszej obserwatorki, ale ani pułkownik, ani Derek nie dali się na to nabrać. Pułkownik przyjrzał się jej spod przymrużonych powiek, a Derek uśmiechnął się, zafascynowany, a nawet oczarowany tą transformacją.

Olive zatrzymała się w progu i powiedziała do wszystkich:
– Nie sądzicie, że ten Doubler to prawdziwy czarodziej? Spędził z nami trochę czasu, pomógł Maddie się zadomowić i nauczył nas podstaw pieczenia. Macie szczęście, bo będziecie dzisiaj królikami doświadczalnymi i spróbujecie kilku znakomitych ciast, które próbujemy opanować. Wczoraj były tu Paula i Mabel i chyba im smakowało. Naprawdę macie szczęście, że zostało jeszcze coś dla was.

– Mam nadzieję, że jest jeszcze kawałek ciasta cytrynowego dla pułkownika? To gwóźdź programu. – W głosie Maddie brzmiał szczery niepokój, ale Olive zniknęła już w kuchni.

Derek przysunął sobie krzesło i usiadł obok Maddie.
– Cóż to za wielka zmiana, Maddie. Nie wiedziałem, że się zaprzyjaźniłyście.
– Owszem, powiedziałbym, że to pewna zmiana. Kłusownik został leśniczym – mruknął pułkownik i pogodzony z losem usiadł ciężko na krześle po drugiej stronie pokoju.
– To znaczy, że często tu przychodzisz? – wypytywał Derek.
– Jestem tu prawie przez cały czas. Spędziłam tu pięć ostatnich nocy. Myślę, że teraz to jest mój dom. – Przy tym słowie jej usta zadrżały. Zamrugała, żeby odpędzić łzy, i mówiła dalej głosem nabrzmiałym emocjami: – Nie mogę uwierzyć we własne szczęście.

Każdego ranka, kiedy otwieram oczy, muszę się uszczypnąć. – Znów przełknęła łzy. – Wiesz, co widzę, kiedy budzę się rano?

Derek spojrzał w stronę okna i wyobraził sobie, że budzi się na tej farmie.

– Pewnie jakiś piękny widok. Co dokładnie widzisz? Pola? Drzewa? Niebo? – Uśmiechnął się do niej ciepło. – Opowiedz.

– Widok jest rzeczywiście piękny, ale pierwszą rzeczą, jaką widzę, jest plamka pleśni i bardzo stary zaciek na suficie w kącie. Patrzę na to i wiem, że znowu jestem w domu, który żyje i oddycha, który wpuszcza do środka żywioły, ale jeśli zmarzniesz, to ogrzeje cię jak ciepły pled. Patrzę na ten zaciek, myślę o wszystkich historiach, jakie ten sufit mógłby opowiedzieć, i czuję się niewiarygodnie szczęśliwa, jakbym uciekła z jakiegoś koszmaru.

Derek popatrzył na nią, zastanawiając się, czy naprawdę można się zachwycić zapleśniałym sufitem, ale oczy miała błyszczące, a na twarzy ani śladu grymasu, do którego cała grupa przywykła.

– Jestem najszczęśliwszą kobietą na świecie – powtórzyła z patosem.

Pułkownik przyjrzał się jej uważnie.

– Boże drogi, Maddie Mitchell. Myślałem, że cię zamknęli, a ty tymczasem zyskałaś zupełnie nową wolność.

– O, jeszcze nie spuścili mnie z haczyka. Zdaje się, że kilka osób mnie szuka, a Doubler próbuje je uspokoić. Moi synowie myślą, że zostałam porwana, policja myśli, że się ukrywam, bo grozi mi oskarżenie o podpalenie, a służby społeczne myślą, że jestem zagrożeniem dla innych. Nie wszystko idzie tak gładko.

– Na pewno. Struktury społeczne po coś wymyślono, Maddie. Jeśli kradniesz osły i podpalasz swój dom, to musisz ponieść konsekwencje.

Przy tych ostatnich słowach do pokoju weszła Olive.

– Wystarczy już tego. Maddie ma dzisiaj dzień bez konsekwencji i bardzo jej się to podoba, prawda, kochana? – Dumnie ustawiła tacę na stole i zabrała się do nalewania herbaty.

Derek gwizdnął z uznaniem, patrząc na rozstawione ciasta, i nawet pułkownik musiał niechętnie przyznać, że wyglądają znacznie lepiej niż markizy z budyniem.

– Ogromnie nam się podoba nasze nowe życie. Od lat mieszkałam na tych wszystkich hektarach, ale okazuje się, że prawie nic nie wiem o uprawie ziemi. Przy Maddie zaczynam planować, co możemy tu osiągnąć, oczywiście biorąc pod uwagę wszystkie nasze ograniczenia. Okazuje się, że to Maddie jest prawdziwą farmerką, a tymczasem nasz uroczy Doubler uczy mnie, jak być żoną farmera.

– Uroczy Doubler? Na litość boską, kiedy ten ponury stary farmer od kartofli został „uroczym Doublerem"? – Pułkownik z wyraźnym niezadowoleniem przewrócił oczami.

– Wygląda na to, że wy obie odnajdujecie się w zupełnie nowych rolach – zauważył Derek. Był zachwycony, choć wciąż zaskoczony. – Muszę powiedzieć, że to zupełnie niespodziewane.

– To się zdarzyło bardzo szybko, prawda, kochana? – odrzekła Olive w imieniu ich obu. – To Doubler nas ze sobą poznał. Maddie miała trochę kłopotów, a Doubler wiedział, że ja czuję się samotna, więc pomyślał, że może będziemy potrafiły pomóc sobie nawzajem. Poznał nas ze sobą i okazało się, że wszystko doskonale pasuje. Ja wariowałam tu z samotności i prawdę mówiąc, byłam już chyba niepoczytalna w jakichś osiemdziesięciu procentach.

– Ha! – wykrzyknęła Maddie z zachwytem. – A ja byłam stuprocentową wariatką z certyfikatem!

– No więc razem ustaliłyśmy, że dwadzieścia procent rozumu na nas dwie to lepsze niż nic.

Derek zauważył, że śmieją się bardzo podobnie, jakby przyjaźniły się od zawsze.

– Ale mówiąc poważnie – ciągnęła Olive – mam opiekuńczą naturę. Tym się zajmowałam przez całe życie. Opiekowałam się dziećmi i mężem, moimi rodzicami, jego rodzicami, a potem nagle, ku mojemu wielkiemu zaskoczeniu, okazało się, że jestem zupełnie sama i bardzo źle się to odbiło na moim zdrowiu. – Popatrzyła na pułkownika szeroko otwartymi oczami. – Żaden dzień nie przynosił nic, czego mogłabym wyczekiwać. Dlatego kiedy mnie zapytałeś, czy nie znalazłabym tu trochę miejsca na zwierzęta, byłam uradowana i natychmiast się zgodziłam. Myślałam, że pomoże mi to przezwyciężyć poczucie izolacji i nada mojemu życiu jakiś sens. Ale wyszło całkiem inaczej, prawda? Szczerze mówiąc, ignorowaliście mnie od pierwszego dnia. Byliście tu, ale jakby was nie było. Słyszałam tylko odgłosy przyjeżdżających i odjeżdżających samochodów, ale nikt nie zawracał sobie głowy, żeby do mnie zajrzeć i choćby się przywitać. Przez to czułam się jeszcze bardziej samotna, niż gdyby w ogóle was tu nie było. – Mówiła to bez śladu oskarżenia, po prostu prezentowała fakty w takim ujęciu, jak wyglądały z jej strony. Nie użalała się nad sobą, raczej wydawała się zadowolona ze swojej analizy.

Derek z przerażeniem pochwycił ją za rękę.

– Ależ Olive, przecież staramy się tu wpadać co tydzień, żeby się z tobą przywitać i opowiedzieć ci o wszystkim na bieżąco. Jeśli miałaś wrażenie, że cię lekceważymy, to z całą pewnością możemy zaglądać częściej. Nie miałem pojęcia, że tak cierpisz.

– Nie, nie, to wszystko moja wina – powiedział pułkownik, który siedział w wielkim fotelu i wydawał się mniejszy niż zwykle.

– Tak, pułkowniku, to twoja wina. – Olive po prostu się z nim zgodziła, w jej głosie nadal nie było ani śladu wrogości. – Przekonałeś mnie do tego, bo tak ci było wygodniej. I ledwie zdążyliście się tu urządzić, zupełnie mnie opuściliście.

– Nie miałem takich zamiarów – wyznał pułkownik. – Ale jeśli tak wyszło i tak się czujesz, muszę przyjąć za to pełną odpowiedzialność. Na swoją obronę mogę powiedzieć, że obawiałem się, że jesteśmy dla ciebie ciężarem. Bardzo jasno dałaś mi do zrozumienia, że nasza obecność cię denerwuje, dlatego uznałem, że lepiej będzie dać ci trochę przestrzeni.

– Z całym szacunkiem, ale to nie była wasza przestrzeń, więc nie mieliście prawa mi jej dawać. Miałam już tyle przestrzeni, ile tylko chciałam.

– Przecież wyraźnie mi powiedziałaś, żebym zostawił cię w spokoju. Pamiętam to bardzo dobrze. Derek, wesprzyj mnie. Olive kazała nam się wynosić z domu, prawda?

Derek zaczął coś mówić, ale Olive uciszyła go uniesieniem ręki.

– Miałam wtedy kiepski dzień. Pamiętam tę rozmowę. Nie miałam ochoty na towarzystwo ani na twoje nieustające pytania.

– No właśnie. Po prostu na to zareagowałem. Chciałem uszanować twoją potrzebę prywatności i od tej pory bardzo się staraliśmy nie rzucać się w oczy.

– Wielka szkoda, że was wtedy odesłałam. Ale to uczucie, że nie jestem w stanie sobie z niczym poradzić, nie zdarza mi się często. Kiedy tylko minęło, znów próbowałam się zaangażować w to, co robicie, ale wy już mnie odcięliście od wszystkiego.

– Właśnie. – Maddie pokiwała głową, udzielając Olive wsparcia. – Przez was czuła się jeszcze bardziej samotna niż wcześniej.

– Boże drogi, Olive, od jak dawna się tak czułaś? – zapytał Derek, wyrzucając sobie własną bierność. Poczuł się okropnie na myśl, że choć zauważył despotyzm pułkownika, prawie nic nie zrobił, żeby chronić i bronić Olive.

– Od samego początku – odparła rzeczowo, wzruszając ramionami.

– Czuję się okropnie – wyznał Derek.

– Czuję się okropnie – powiedział pułkownik niemal w tej samej chwili.

– Czujemy się okropnie – powtórzyli razem.

Pułkownik wstał i zaczął się przechadzać po pokoju. Wydawał się przygnieciony wyrzutami sumienia.

– Nie, doprawdy, muszę jakoś naprawić swoje błędy. Źle oceniłem sytuację, źle ją odczytałem. Nie okazałem się dobrym przywódcą.

– Doubler mówi, że nie umiesz sobie radzić z histerycznymi kobietami – stwierdziła Maddie życzliwie.

Pułkownik zatrzymał się i zmarszczył czoło.

– On nie ma prawa wygłaszać takich stwierdzeń. Nic nie wie ani o mnie, ani o moich umiejętnościach radzenia sobie z histerycznymi kobietami.

– Czy on powiedział właśnie to, kochana, czy może raczej, że pułkownik w ogóle nie potrafi sobie radzić z kobietami? – zapytała Olive, jakby pułkownik wtopił się w nicość i nie mógł ich już słyszeć.

– Nie, nie, powiedział to bardzo wyraźnie. Z całą pewnością powiedział, że histeria nie jest mocnym punktem pułkownika.

Roześmiały się głośno i pułkownik musiał podnieść głos, żeby je przekrzyczeć:

– Drogie panie, czy mogłybyście zwrócić uwagę na to, że ja wciąż tu jestem?

– O mój Boże, najmocniej przepraszam, ale może teraz poczujesz, jak to jest przebywać w twoim towarzystwie. Ja coś mówię albo w każdym razie próbuję coś powiedzieć, a ty ledwie wejdziesz, już przygotowujesz się do wyjścia. To zupełny brak szacunku.

Pułkownik, który właśnie przygotowywał się do wyjścia, znów usiadł w fotelu i wyzywająco popatrzył na niepokorne damy, jakby je zachęcał, by pokazały, co potrafią.

Ale zamiast nich odezwał się Derek:

- Nie jest nam przyjemnie to słyszeć, Maxwell, ale Olive ma rację. Przychodzimy tutaj, żeby jej donieść o wszystkim, ale robimy to w piątek po południu, kiedy już zbieramy się do domu, i zaglądamy tu w pośpiechu. A w końcu to jej farma.

Pułkownik przechylił głowę na bok.

- Rozsądna uwaga. Może powinniśmy spotykać się częściej. Czy to by pomogło?
- To byłby dobry początek – przyznała Olive.
- Ale to nie wystarczy, prawda? Nie po tak długim okresie ignorowania ciebie. Ja bym się nie zgodziła, Olive. Ja bym się nie zgodziła znosić tego ani chwili dłużej – powiedziała Maddie, podejrzliwie mrużąc oczy, bowiem jej zdaniem Olive poddała się zbyt szybko.
- Myślę, Maddie, że ty nie masz w tej sprawie nic do powiedzenia. O ile mi wiadomo, praktycznie rzecz biorąc, jesteś uciekinierką, więc im mniej będziesz się odzywać, tym lepiej – przeciwstawił się pułkownik.

Jednak Olive przerwała mu szybko:

- Nie, pułkowniku, nic z tego. Proszę nie mówić tak w moim domu do pani Mitchell. Jest moim gościem i należy ją traktować z odpowiednim szacunkiem.

Derek znów się wtrącił, ośmielony metamorfozą obu pań:

- Co możemy zrobić, żeby ci to wynagrodzić, Olive? Czuję się okropnie przez to, że czułaś się wykorzystywana, chociaż okazałaś nam tyle serca.

Olive uważnie popatrzyła na Dereka i pułkownika, po czym zdecydowanym ruchem złożyła ramiona na piersiach.

- Panowie, chcę zacząć wszystko od nowa, tak jak razem z Maddie też zaczynamy wszystko od nowa. I tak jak Doubler zaczyna wszystko od nowa. Niedawno powiedział, że na nowo odkrywa siebie w roli ojca. A to dowodzi, że nigdy nie jest za późno.

– Dobrze, możemy zacząć wszystko od nowa. Z radością powitamy cię w drużynie jako jedną z nas. Będziemy spotykać się częściej i te spotkania będą trwały dłużej, będziemy rozmawiać z tobą o wszystkich szczegółach. Czy to pomoże? – zapytał Derek i uświadomił sobie, że występuje w imieniu pułkownika, który nawet nie próbuje mu przerywać.

– Nie chcę, żeby Olive zgodziła się na mniej, niż jej się należy – powiedziała Maddie. Ugodowa postawa przyjaciółki wcale nie zmniejszyła jej stalowej determinacji. – Moim zdaniem to ona powinna wszystkim dowodzić. Powinna zostać prezesem.

– Prezesem? Czy my potrzebujemy prezesa? Wydaje mi się, że to przesada – odezwał się pułkownik, zastanawiając się, co się stanie z jego starannie wypracowaną hierarchią, jeśli Olive nagle zostanie wyniesiona z niebytu do wszechmocy.

– Zawsze musi być jakiś prezes – upierała się Maddie.

– Olive w roli prezeski to doskonały pomysł. Myślę, że to powiększy nasze ambicje i sprawi, że zaczniemy myśleć trochę śmielej. To świetny pomysł, Maddie, żeby wprowadzić jakąś strukturę i rozdzielić odpowiedzialność – oznajmił Derek, który widział ten krok jako pierwszy z wielu, które miałyby wprowadzić więcej sprawiedliwości na świecie.

Olive promieniała.

– Muszę powiedzieć, że jestem zachwycona. Prezeska! Nigdy nie byłam prezeską niczego. – Usiadła ciężko, jakby przygniotły ją emocje. – Dziękuję ci, Maddie. To bardzo miła propozycja z twojej strony. I tobie też dziękuję, Derek. Zawsze traktowałeś mnie uprzejmie i jestem ci za to wdzięczna. Pułkowniku, przykro mi, jeśli od czasu do czasu trafiał mi się zły dzień. Na pewno trochę cię to przestraszyło. Nic nie może bardziej przestraszyć takiego zablokowanego mężczyzny jak ty niż kobieta, która ma kiepski nastrój.

Pułkownik otworzył usta, żeby zaprotestować, ale Olive jeszcze nie skończyła.

– A skoro już o tym mówimy, to możecie zrobić też coś dla Maddie.

Pułkownik wydawał się zupełnie wyczerpany i zdołał tylko skomentować:

– Idziecie dzisiaj naprzód jak burza.

– Prawdę mówiąc, czuję w sobie wielką energię. Już od jakiegoś czasu nie byłam z nikim w parze i ogromnie mi się to podoba. Nie sądzicie, że życie staje się piękniejsze, gdy trzeba się opiekować swoją drugą połówką? Mam nadzieję, że razem będziemy niezwyciężone.

Pułkownik otrząsnął się z niemocy.

– Obawiam się, że może się tak stać. Ale nie wiem, co jeszcze mógłbym zrobić dla Maddie. Już od lat próbowałem ją wyciągać z kłopotów. Uważasz, że nie okazywałem ci szacunku, ale jak ci się wydaje, kto odwoził Maddie do domu za każdym razem, kiedy pojawiała się tutaj i próbowała ukraść – tak, właśnie ukraść – tego osła? I kto przekonywał właścicieli traktorów, wózków dla koni i ciężarówek, które przechwytywała, żeby nie wnosili oskarżeń? Kto rozmawiał po cichu z policją, żeby nie aresztowali jej za którekolwiek z wielu przestępstw, za które grożą surowe kary? Na przykład prowadzenie samochodu bez prawa jazdy, włamanie, porwanie, kradzież... Jak sądzicie, kto ją asekurował przez te wszystkie lata?

– Przepraszam – powiedziała Maddie cicho. – Wiem, że byłam bardzo uciążliwa.

Olive podniosła się i stanęła obok niej w geście solidarności.

– Obie jesteśmy bardzo wdzięczne za pomoc, jaką otrzymałyśmy od ciebie w przeszłości, i nadal potrzebujemy twojej siły przekonywania. Rozmawiałam z Doublerem i obydwoje sądzimy, że musisz znów się zaangażować, żeby dali Maddie spokój.

- Dobrze, spróbuję jeszcze ten jeden raz, choć nie chodzi już tylko o policję i straż pożarną. Teraz w grę wchodzi opieka społeczna, a Bóg jeden wie, co oni będą próbowali zrobić. Wiecie przecież, jaką mają siłę rażenia. Zajmę się tym, ale jeśli uznają, że ona nie może mieszkać sama, to nie sądzę, żeby udało mi się cokolwiek zdziałać.

- W tym rzecz, że Maddie już nie mieszka sama. Mieszka tu ze mną. Będziemy odpowiedzialne za siebie nawzajem i zobaczymy, jak nam pójdzie. Może z tego wyniknąć zupełny chaos, ale z tym damy sobie radę. Ostatnie dni były chaotyczne, ale też najszczęśliwsze od lat. Dzisiaj rano zjadłyśmy gotowane śniadanie! I to nie służby społeczne nas martwią, tylko synowie.

- Tak, Olive ma rację. To oni będą chcieli mnie zamknąć - powiedziała Maddie z lękiem.

- Nie bądź taka melodramatyczna - rzucił pułkownik. - Synowie cię nie zamkną. Mają o tobie bardzo dobre zdanie, a ja nie mam najmniejszych wątpliwości, że chcą dla ciebie tego, co najlepsze.

- Są bardzo rozzłoszczeni na Doublera i uważają, że Olive próbuje mnie wciągnąć do jakiejś sekty.

- Do sekty! To byłaby chyba najdziwniejsza sekta na świecie. Potworna sieć złożona z dwóch starych kobiet i osła. Nie jestem pewny, czy taka sekta mogłaby skusić wielu wyznawców.

- Nie jestem starą kobietą, tylko nowo mianowaną prezeską zarejestrowanego towarzystwa dobroczynnego - oznajmiła Olive z wielką godnością i jawną urazą.

- No właśnie. Dobrze powiedziane - rzekł Derek, który już od dawna tak doskonale się nie bawił.

- Tak czy owak, chyba nie będzie trudno ich przekonać, że ten układ ma swoje zalety - westchnął pułkownik, wiedząc, że ma przed sobą trudne pertraktacje.

– No właśnie. Co złego mogłoby z tego wyniknąć? – zapytała Olive niewinnie.

– Mam nadzieję, że wszyscy się zgodzą, że to najlepsze rozwiązanie. Ja będę szczęśliwsza, wiedząc, że nie jestem obciążeniem dla rodziny, a poza tym to jest piękne miejsce, do którego można przywozić wnuki. Będę z nimi siała marchewkę.

– Planujemy ogródek warzywny, prawda, kochana? – dodała Olive.

– Więc chcesz, żebym porozmawiał z twoimi synami i przemówił im do rozsądku? – zapytał pułkownik.

– Tak. To dobrzy chłopcy i bardzo rozsądni. A potem oni porozmawiają z opieką społeczną – odrzekła Maddie pogodnie.

– A opieka społeczna może porozmawiać z policją – zasugerowała Olive.

– Która z kolei szepnie kilka życzliwych słów straży pożarnej – dodał Derek.

– Boże drogi. Mam nadzieję, Olive, że wiesz, w co się pakujesz. Maddie to tykająca bomba zegarowa.

Maddie podniosła wzrok i zarumieniła się nieco.

– Dziękuję, pułkowniku. Już dawno nie słyszałam niczego równie miłego.

Olive wstała.

– Panowie, to było bardzo udane spotkanie, ale nie możemy tak tu siedzieć i gadać przez cały dzień. Powinniśmy się zająć obowiązkami. Przy następnym spotkaniu opowiesz nam, jak poszła rozmowa z synami. – Wprawnie odprowadziła pułkownika do drzwi, odwróciła się do Dereka, mrugnęła do niego ostentacyjnie i przesłała mu pocałunek.

Derek uścisnął ją, po czym Olive wypchnęła ich z domu. Gdy wychodzili, stała już przy Maddie i zaczęły planować następną eskapadę.

ROZDZIAŁ 32

Deszcz nie ustępował. Przez całą noc niestrudzenie dudnił o dachówki, a przed południem wciąż zacinał w północne okno farmy Mirth. Na parapetach woda zbierała się w miejscach, gdzie stare drewniane ramy nie były szczelne, i deszcz wdzierał się do środka. Przy tylnych drzwiach, w miejscu, gdzie woda spłynęła z kurtki i butów Doublera, zgromadziła się spora kałuża.

Doubler jeszcze raz narzucił niewygodny płaszcz przeciwdeszczowy na nieprzemakalną kurtkę, naciągnął kaptur na głowę i przebiegł przez podwórze, wracając do pracy. Choć ciągle lało, zatrzymał się, podniósł wzrok i podziękował ciemnemu niebu za ten zimny, oczyszczający deszcz, który zmywał brud z farmy i pomagał przygotować ziemię na nadchodzący rok.

W Doublera wstąpiła nowa nadzieja, a wraz z nią apetyt na nowe przedsięwzięcia. Pierwsze zaczynało już nabierać kształtu i rysować krajobraz przyszłości. Zaczął eksperymentować. Wymienił butelkę swojego dżinu na pięć worków jęczmienia i rozsypał ziarno, żeby wykiełkowało. Pod osłoną szopy, przy akompaniamencie kropel deszczu spadających z hałasem na blaszany dach, który to odgłos roznosił się donośnym echem w pustej przestrzeni, patrzył na zielony słód i rozważał kolejne kroki, jakie należy podjąć, by zmienić go w coś znacznie bardziej interesującego.

Wpatrując się w rozsypane na podłodze ziarno, nagle uświadomił sobie, że łomot, który słyszy, nie pochodzi od deszczu dudniącego o dach. Poszedł za tym dźwiękiem i obok garażu zobaczył Midge w żółtym przeciwdeszczowym kapeluszu. Zbijała gwoździem dwa kawałki drewna.

– O, dzień dobry – powiedziała pogodnie spod ronda kapelusza, jakby majsterkowanie na cudzym podwórzu bez zgody właściciela było najnormalniejszą rzeczą na świecie. – Wydawało mi się, że dzisiaj rano miał pan być w schronisku. Miałam nadzieję, że uda mi się skończyć, zanim pan wróci. To miała być niespodzianka. – Uśmiechnęła się radośnie, próbując otrzeć twarz przemoczonym rękawem kurtki.

– Jestem zaskoczony, więc po części ci się udało – stwierdził Doubler, patrząc na zaczątki konstrukcji widniejące u stóp Midge. Nie wyłonił się jeszcze nawet szkielet, na razie była to tylko sterta pociętych kawałków sklejki i kilka desek pięć na dziesięć centymetrów, które Midge łączyła ze sobą z wyraźną łatwością i pewnością siebie. – Nie mów mi, sam zgadnę. Twój tato lubił pracę z drewnem.

– Prawdę mówiąc, nie. To moje hobby. Bardzo lubię majsterkować w drewnie.

– Twoje talenty nie przestają mnie zdumiewać. Nie zechcesz wyjawić mi tego sekretu?

– Myślałam, że od razu się pan domyśli. Buduję dla pana kurnik. Niezupełnie sama – dodała przepraszająco. – Kupiłam gotowy zestaw. Ale zrobię ogrodzony wybieg, żeby kury nie biegały po całym podwórzu i żeby pan nie musiał się martwić, że podziobią kartofle.

– To pewnie byłoby najmniejsze z moich zmartwień. – Zawiesił głos. – Powiedz mi, często to robisz?

– Składam kurniki? Boże, nie. To mój pierwszy.

– Chciałem zapytać, czy często budujesz coś na ziemi innych ludzi, nie pytając ich wcześniej o zdanie.

– Ach tak, rzeczywiście ominęłam tę przeszkodę. Rozmawiałam z mamą i ona stwierdziła, że gdy przyjdzie co do czego, to w ostatniej chwili znajdzie pan milion wymówek, żeby jednak nie hodować kur, i że lepiej wziąć byka za rogi. Uknułyśmy ten plan razem, a właściwie to jest plan mamy. Ja jestem tylko siłą roboczą i działam według jej wskazówek.

– To całkiem prawdopodobne. I żadnej z was nie przyszło do głowy, że grzecznie byłoby najpierw mnie zapytać?

– Ależ przyszło. Najpierw zgodnie stwierdziłyśmy, że powinnyśmy najpierw z panem porozmawiać, ale potem przekonałyśmy siebie, że lepiej tego nie robić. Uznałyśmy, że ryzyko jest większe niż potencjalne korzyści. I że będzie pan miał mniej powodów do sprzeciwu, jeśli kurnik będzie już gotowy. – Spojrzała na instrukcję i znów pochyliła się nad deseczkami. – Ten model nazywa się arka – dodała nonszalancko.

– To dobrze. Jeśli będzie padać przez czterdzieści dni i czterdzieści nocy, będę mógł nią odpłynąć.

– To nie taka arka. Poza tym nawet gdyby zalało dolinę, to panu tutaj nic się nie stanie. Nie musiałby pan nigdzie się stąd ruszać. Zresztą nie wiem, dokąd miałby pan popłynąć, nawet mając do dyspozycji arkę starego Noego.

– To prawda. – Wzruszył ramionami.

– O ile tylko nie miałby pan nic przeciwko temu, żeby żyć na samych kartoflach.

– Ależ nie miałbym nic przeciwko temu. Żyję na kartoflach już od kilkudziesięciu lat.

Midge sięgnęła po kolejny kawałek sklejki, wsunęła go na miejsce i wbiła jeszcze jeden gwóźdź. Kurnik zaczynał nabierać kształtu.

– Tak szybko pracujesz, że zanim przestanie padać, pewnie będę miał już jajka do jedzenia.
– Właśnie o to chodzi. Zamiast skupiać się na tym, że robię coś niedozwolonego, skupiam się na najbliższym celu. Przepraszam, jeśli pańskim zdaniem to jest nadużycie, ale mamie bardzo się spodobał pomysł, żeby zaczął pan hodować kury, i plan jakoś sam się narodził. Zastanawiałyśmy się, czy nie urządzić kurnika w którymś z budynków, ale mama uznała, że bardziej się pan rozzłości, jeśli zaczniemy wszystko przesuwać.
– Naprawdę nie musisz przepraszać. Jestem bardzo wzruszony. Serio.

Midge podniosła wzrok, z uśmiechem sięgnęła po następny kawałek drewna, wsunęła kilka gwoździ do ust i przybiła kolejny element struktury.

– Okropnie mi brakuje twojej mamy – powiedział Doubler ni stąd, ni zowąd. Jego głos był prawie niesłyszalny, zagłuszony przez deszcz dudniący o dach.

Midge wciąż trzymała gwoździe w ustach i mówiła do niego jednym kącikiem.

– Wiem, że panu jej brakuje. Myślę, że jej też brakuje tej farmy. A na pewno martwi się o pana. Ten plan dał jej mnóstwo radości. Uważa, że kury będą dla pana doskonałym towarzystwem.

– Na pewno ma rację. Obie macie rację. Chociaż nie ma takich kur, które mogłyby zastąpić twoją mamę.

Midge wyjęła dwa gwoździe z ust.

– Nikt nie oczekuje, że ją zastąpią, ale musi pan czasem czuć się tu bardzo samotny.

– Kiedyś tak było. A teraz nie mogę się opędzić od gości. Z trudem znajduję pięć minut spokoju.

– Przykro mi – powiedziała Midge, nie odrywając się od pracy, choć wcale nie wyglądało na to, by było jej przykro.

– Cieszę się, że tu zajrzałaś. Bardzo mi ją przypominasz.

– Dziękuję. Uznam to za komplement, tym bardziej że ma pan o niej tak dobre zdanie.
– Ależ tak. Mam bardzo dobre zdanie o twojej mamie i o tobie. Jesteście niesamowite.

Doubler spojrzał na rozłożone na ziemi plany i znalazł następną deseczkę do przybicia.

– Proszę – powiedział, wsuwając ją w wyciągniętą rękę Midge.
– Wiesz, tu jest bardzo dużo do zrobienia. Ziemniaki, oczywiście, i cała praca w domu. Mówiąc szczerze, dla mnie to trochę za wiele, więc gdybyś kiedyś potrzebowała zarobić parę groszy, zawsze coś się tu znajdzie.

– Niech pana Bóg błogosławi. – Roześmiała się. – To bardzo miłe z pańskiej strony. – Doubler wydawał się zażenowany, więc znów uśmiechnęła się do niego promiennie i dodała: – Ale ja już mam pracę.

– Masz? Przepraszam, głupio to zabrzmiało. Ale pomyślałem, że skoro możesz tu zaglądać i zajmować się moim kurnikiem, to masz sporo czasu. Jestem ci bardzo wdzięczny za wszystko, co robisz. Po prostu nie chciałem cię wykorzystywać, bo przecież ci nie płacę.

– Rozumiem. Nie musi pan przepraszać. Normalnie pracuję na pełny etat, ale teraz zeszłam do trzech dni w tygodniu, żeby spędzać więcej czasu z mamą. Opiekuję się też jej domem.

– Jesteś aniołem. Ale przecież nie zobowiązywałaś się, że będziesz mi pomagać. Wiesz, że nie musisz tego robić.

– Nie tak to sobie wyobrażałam, ale nie miałam żadnego konkretnego planu. Nie wiedziałam, jak najlepiej pomóc mamie, i spodziewałam się, że będzie już w domu, więc pomyślałam, że będę przy niej. Ale ona leży w szpitalu i mam więcej czasu, niż sądziłam. Poza tym zdaje się, że dla niej priorytetem jest opieka nad panem.

– To bardzo miłe. Więc czym się zajmujesz? Pewnie masz jakiś praktyczny zawód – spekulował, patrząc, jak Midge dopasowuje do siebie deseczki tworzące dach kurnika.

– Jestem prawnikiem.

– Och... – Westchnął, bo nie przyszła mu do głowy żadna bardziej inteligentna odpowiedź.

– Jestem partnerem w kancelarii w mieście. Jest nas czworo. Pracujemy razem już od lat. To dobrzy ludzie. Okazali mi pełne zrozumienie, kiedy powiedziałam, że muszę wziąć trochę wolnego.

Wciąż oswajał się z tą informacją.

– Nie przestajesz mnie zadziwiać, Midge. Nie miałem pojęcia, że masz taką ważną pracę. Teraz czuję się jeszcze bardziej skrępowany tym, że mi pomagasz.

– Pomoc może przybierać bardzo różne formy. Lubię robić coś rękami, a rzadko mam okazję. Dla mnie to przyjemność. Pewnie zakładał pan, że skoro mama jest sprzątaczką, to ja też robię coś podobnego?

– Nie, oczywiście, że nie. I nie myślę o twojej mamie jak o sprzątaczce. Oczywiście nie ma nic złego w tym, że ktoś się zajmuje sprzątaniem – jąkał speszony Doubler, który rzeczywiście zakładał, że Midge pracuje fizycznie. – Twoja mama na pewno jest z ciebie bardzo dumna! – zawołał w końcu, jakby dopiero teraz przyszło mu to do głowy.

– Tak, chyba tak.

– Ale nie chwali się tobą – dodał ze zdziwieniem.

– Nie?

– Nie miałem pojęcia, że masz taką doskonałą pracę. Dziwię się, że nigdy o tym nie wspominała.

– A mnie to w ogóle nie dziwi. Mama nie lubi się chwalić. To nie w jej stylu. Poza tym uważa, że moje sukcesy nie są jej sukcesami.

– Ale w tym jest pewna sprzeczność.

- Tak?
- Tak. Gdyby naprawdę uważała, że twoje sukcesy nie są jej sukcesami, to mogłaby o nich mówić, nie chwaląc się jednocześnie. A gdyby lubiła się chwalić, to mówiłaby o twoich sukcesach tylko wtedy, gdyby uważała, że sama miała w nich udział. I na odwrót.
- Skoro pan tak uważa - rzekła Midge bez przekonania.
- Tak uważam. Mama na pewno jest z ciebie bardzo dumna, ale nie chce się chwalić. To bardzo prawdopodobne.
- Może ma pan rację. To bardzo skromna kobieta. Chyba nawet nie wierzy, że jej geny mogły mieć wpływ na to, kim się stałam. Ja oczywiście widzę to inaczej. Mama miała na mnie wielki wpływ. - Popatrzyła na Doublera, a jej oczy zalśniły dumą. - Pracowała bardzo ciężko i wiele poświęciła. - Jej głos odpłynął, jakby przypominała sobie zmagania matki z życiem. - Czasem mi się zdaje, że mama uważa siebie za coś w rodzaju etapu pośredniego w ewolucji. Jej życiową rolą było stworzyć możliwości rozwojowe dla mnie.

Skinął głową. Mógł uwierzyć, że pani Millwood tak myśli, ale nadal był zdziwiony.

- Więc jak myślisz, dlaczego nigdy mi nie opowiadała o twoich sukcesach? Szczerze rozmawialiśmy o wszystkim, ale ona nigdy ani słowem nie wspomniała, że jesteś prawnikiem. Prawnikiem w kancelarii w mieście! A przecież w ciągu tych ostatnich lat czasem potrzebowałem prawnika. Nie potrafię tego zrozumieć.
- Nie sądzi pan, że może zrobiła to z szacunku do pana?
- Z szacunku?
- Ona wie, że czuje się pan rozczarowany swoimi dziećmi. Może nie chciała, by czuł się pan jeszcze gorzej.
- Ależ nie jestem rozczarowany karierami moich dzieci! Mój syn jest bogaty i odnosi sukcesy. Nie mam pojęcia, jaki on ma właściwie cel w życiu, ale wydaje się, że osiągnął sukces finansowy i jest bardzo z siebie zadowolony. Moja córka nigdy nie pracowała,

ale to był jej świadomy wybór. Wyszła za człowieka, który wyznaje tradycyjne wartości.

– Tradycyjne wartości? – Midge spojrzała na niego, unosząc brwi.

– Nie, to nie jest właściwe słowo. Ma żałośnie staroświeckie poglądy. Może nie tego dla niej chciałem, ale podjęła serię własnych decyzji, które doprowadziły ją do obecnej roli. Nie jestem rozczarowany tym, co moje dzieci robią. Ale ja sam okazałem się dla nich rozczarowaniem pod wieloma różnymi względami.

– Przykro mi, że nie ma pan z nimi dobrych relacji. Musiało panu być trudno samotnie je wychować, a jeszcze trudniej przez to, że nie ma pan z nimi więzi, która odzwierciedlałaby te wysiłki.

– W większym stopniu wychowała je matka. Kiedy odeszła, mnie zostało już tylko wykończenie roboty, ale i tak wydaje się, że niezbyt dobrze sobie z tym poradziłem.

– Miały co jeść i pić i wprowadził je pan w dorosły świat. Na tym polegało zadanie. Tylko tyle musiał pan zrobić. I prawdę mówiąc, bez względu na to, ile miłości jest w domu, dzieci są tak zaprogramowane, że opuszczają rodziców. Przez to, że nie jest pan z nimi blisko, oszczędził pan sobie wielu innych rozczarowań, prawda?

– Pewnie można tak na to spojrzeć, ale jednak szkoda, że wszystko poszło nie tak. Chciałbym być lepszym ojcem, ale oni nigdy nie dali mi na to szansy. Kiedy Marie odeszła, zaczęli mnie obwiniać. Oczywiście nie mogli obwiniać siebie, bo to by było autodestrukcyjne, ale zawsze się zastanawiałem, dlaczego nie winili jej.

– Bo to byłoby dla nich zbyt bolesne?

– Możliwe. Ale Julian po prostu uznał, że to moja wina, i w ogóle się nie zastanawiał nad przyczynami. Uznał, że to ja ją doprowadziłem do tego, co zrobiła, i nie zostawił ani odrobiny miejsca na wątpliwości.

- Nasi rodzice nas tworzą. Taka jest prawda – odparła rzeczowo. – Albo nam się podoba to, skąd pochodzimy, albo czujemy do tego niechęć. Ale nie możemy tego zmienić, tylko możemy to zaakceptować albo odwrócić się do tego plecami. Pańskie dzieci obwiniały pana i odwróciły się do pana plecami pewnie dlatego, że chciały oszczędzić sobie większego bólu. Myślę, że mama dostrzegła pańskie cierpienie i nie chciała podkreślać różnic między jej sytuacją a pańską. Ona i ja zawsze byłyśmy ze sobą bardzo blisko.

- Julian wstydzi się mnie. Uważa, że powinien mieć prawo do lepszego startu w życiu, a startował jako syn farmera, który uprawia ziemniaki. Czuje się przez to upokorzony.

- To bardzo niesprawiedliwe. Nie potrafię sobie wyobrazić, żebym miała się wstydzić mojej mamy. Jestem z niej dumna. Mama nie miała takich możliwości jak ja, ale jest bardzo inteligentna, i to widać na wiele sposobów. Czasami trudno mi się pogodzić z tym, że musi chodzić po domach i sprzątać. Myślę, że zasługuje na coś lepszego. Ale prawda jest taka, że ona jest bardzo niezależną kobietą. Mimo wczesnej śmierci taty, wychowała mnie i utrzymała nas obie. A poza tym ona lubi się panem opiekować.

- Pani mama i ja tworzymy dobry zespół. – Zastanawiał się przez chwilę. – Więc kiedy miałem jakiś problem prawniczy, ona zwracała się do pani? Zawsze mówiła, że zapyta eksperta.

- Do mnie albo do swojej przyjaciółki, która też jest prawnikiem. W ogóle jest sporo ludzi, których mogła o coś zapytać.

- Chodzi o to, że mam takie papiery, które chciałem jej pokazać tego dnia, gdy zachorowała. Miałem zamiar się tym zająć, ale niestety nic z nimi dotychczas nie zrobiłem...

- Co to za papiery?

- Peele, do którego należy ziemia dokoła mojej farmy, pisał do mnie kilka razy. Trochę się go boję, chociaż właściwie nie wiem dlaczego. Chce kupić moją farmę i te listy brzmią groźnie...

- Urwał trochę zażenowany. Gdy Midge zmarszczyła czoło, Doubler odgadł dlaczego, i uprzedził jej słowa: - To chyba jest sprawa, o której powinienem porozmawiać z Julianem albo z Camillą. Wydaje się głupie, że tego nie zrobiłem, ale mam wrażenie, że Julian może stać za tą ofertą. To tylko moje podejrzenia, ale przypominam sobie, że Julian gra w golfa z Peele'em, i zauważyłem u niego niezdrowe zainteresowanie wartością tej farmy. Może wyglądam na starego i głupiego paranoika, ale przypuszczam, że oni są w zmowie. Czy bardzo bym nadużył twojej uprzejmości, gdybym cię poprosił, żebyś na to spojrzała?

Zmarszczka na czole Midge pogłębiła się.

- Z przyjemnością. - Zerknęła na ciemniejące niebo. - Pewnie znów zacznie padać. Kończę już tę robotę. Niech pan idzie nastawić czajnik i poszuka czegoś do jedzenia, a ja tu jeszcze popracuję, żeby nabrać apetytu. A potem przejrzymy te papiery.

Doubler odwrócił się i szybko poszedł w stronę domu, niespokojnie przebiegając myślami zawartość spiżarni. Gdy wszedł do kuchni, myślał już tylko o tym, jak zaimponować Midge najlepszą możliwą wersją lunchu z farmy Mirth.

ROZDZIAŁ 33

Doubler miał ze świtem swoje układy, z tym że ich relacje uległy zmianie. Zaraz po tym, jak pani Millwood przestała przyjeżdżać, godziny tuż po obudzeniu, inaczej niż do tej pory, stały się nagie jak zimowe pola i równie jałowe. Ale teraz Doubler codziennie mógł liczyć na wymianę nowin i trzymał się obietnicy następnego telefonu tak mocno, że nic innego nie było w stanie zaabsorbować jego myśli. Po każdej rozmowie przez jakiś czas czuł się nasycony i mógł się zająć czymś, co wymagało większego zaangażowania, jednak w godzinach o poranku tylko fizyczna praca mogła stłumić jego niepokój.

Zawsze pracował ciężko, ale teraz budził się z płonącą energią, której nawet praca nie potrafiła wyczerpać. Wstawał o pierwszym brzasku i jak nakręcony przemierzał pola. Tego ranka obudził się, myśląc o whisky single malt, i znalazł chwilę, żeby wstępnie spisać listę rzeczy niezbędnych do wykonania tego zadania. Był pewny, że nie potrzebuje żadnego nowomodnego sprzętu, bo to, co było dobre dla mnicha z piętnastego wieku, wystarczy również i jemu. Mimo wszystko lista była długa i zastanawiał się, kogo mógłby poprosić o pomoc. Pracował nad tym z wielkim zaangażowaniem. Wszystko, co teraz robił, czy było to pieczenie ciast, zmywanie czy układanie butelek, robił z niezwykłą koncentracją, która przydawała jego działaniom efektywności, a przez to zostawało mu jeszcze więcej czasu, kiedy nie miał do roboty nic oprócz czekania.

Po tym porannym wybuchu aktywności, kiedy już zrobił wszystko, co sobie zaplanował, znowu siedział wyzuty z energii i z lornetką na kolanach. Obok niego leżała sterta nieotwartych książek i krzyżówka, którą rozwiązał z tą samą pozbawioną radości skutecznością, która sprawiała, że czas zwalniał i nieznośnie się wlókł. Kiedy odruchowo podnosił lornetkę do oczu, nie spodziewał się zobaczyć czegokolwiek nowego. Patrzył już tysiąc razy i niczego takiego nie widział. Ale przez bramę powoli przejeżdżał samochód. Doubler przesunął lornetkę w lewo i tuż za nim zauważył drugi samochód. Dostrzegł numer rejestracyjny tego pierwszego i zapisał na marginesie krzyżówki, ale i tak wiedział intuicyjnie, że jest to zakończenie minionej sprawy, a nie ciąg dalszy czegoś, co jeszcze trwa.

Był pewien, że ci goście w końcu się pojawią. Ostatnio, w obliczu istotniejszych problemów, przestał o nich myśleć, ale teraz był zupełnie pewny, że to oni.

Pierwszy samochód, błyszczący czarny range rover, zbliżał się coraz bardziej, lśniąc w słońcu. Drugi, o podobnych rozmiarach, jechał tak blisko pierwszego, że nawet gdyby chciał, nie mógłby odczytać jego rejestracji. Pełzły w stronę Doublera w jednym tempie, jakby były ze sobą połączone. Wstrzymał oddech z wrażeniem, że poruszyły się wszystkie narządy wewnątrz jego ciała. Puls dudnił mu w uszach, bicie serca odbijało się echem aż w żołądku, w żyłach zamiast krwi krążyła adrenalina, a kolana trzęsły się tak bardzo, że nie był w stanie się poruszyć, choć rozum kazał mu uciekać jak najdalej.

Opuścił lornetkę w chwili, gdy za oknem przelatywał szpak; uwagę Doublera przyciągnęło trzepotanie tuż przy ziemi. Wyprostował się i wyszedł z bezpiecznej bawialni, żeby stanąć twarzą w twarz z wrogiem. Przyszło mu do głowy, że mógłby zabrać ze sobą strzelbę, ale musiałby otworzyć wielką stodołę, a tego wolał nie robić w obecności wścibskich oczu.

Było po jedenastej i słońce świeciło już na tyle mocno, na ile zamierzało świecić tego dnia. Doubler uniósł twarz, wchłaniając to ciepło i czerpiąc z niego siłę. Odetchnął głęboko, żeby uspokoić nerwy, wyszedł przed dom i stanął, mocno wbijając podeszwy w ziemię i czekając, aż goście się zbliżą. W zamierzeniu miała to być pozycja człowieka, który ma gdzieś pod ręką strzelbę.

Czarne samochody wzięły ostatni zakręt i wpełzły na podwórze, po czym zatrzymały się o kilka metrów od Doublera. Ciężkie drzwiczki otworzyły się, wyrażając swoje pragnienie dominacji w świecie cieńszych i słabszych drzwiczek. Każdemu pewnemu siebie trzaśnięciu towarzyszyła kakofonia pisków i migających świateł. Doubler zastanawiał się, czy są to instrukcje dla bezrozumnych kierowców siedzących w tych pojazdach.

Peele wyłonił się pierwszy. Doubler przyjrzał mu się, gdy obchodził samochód dokoła. Ubrany był w płaszcz, który mógłby należeć do przedsiębiorcy pogrzebowego, a ciemny krawat jeszcze wzmacniał to wrażenie. Doubler starał się uspokoić oddech, ale w tym złowieszczym obrazie czaiła się wyraźna groźba.

– Doubler? Jestem Peele. Legion Peele, pański sąsiad.

Drugi gość, mniejsza wersja Peele'a, dołączył do nich i stanął obok szefa, ale tylko skinął głową. Najwyraźniej nie potrzebował prezentacji, jakby istniał wyłącznie jako dodatek do pryncypała.

– Wiem, kim pan jest, Peele. Mieszkam na tej farmie prawie czterdzieści lat. Przez tak długi czas można poznać sąsiadów.

– Wyobrażam sobie. Ładny ma pan tu widok. – Rozejrzał się z uznaniem, rzucając szybkie spojrzenia niby krawiec, który ma wziąć miarę na garnitur. Drobny człowieczek obok niego jakby znikał coraz bardziej.

Wyraźny podziw Peele'a dodał Doublerowi siły.

– Chyba nigdy pana nie widziałem – powiedział z nagłą, buntowniczą pewnością siebie, zmuszając facecika, by na niego spojrzał. Twardy grunt, który Doubler miał pod nogami i który utrzymywał cały ciężar farmy Mirth, dodawał mu siły. Zdawało się, że ta siła wnika w niego przez podeszwy stóp. Poruszył palcami w gumowcach, zapierając się w miejscu jeszcze mocniej, i wyciągnął rękę, przez co mikrus Peele'a musiał wysunąć się naprzód.

– Jones – powiedział i to było wszystko. Najwyraźniej uważał się za tajemniczego człowieka.

– Mam nadzieję, że otrzymał pan moje listy – powiedział Peele, gdy Jones wrócił do szeregu.

– Tak, dostałem. Wszystkie trzy.

– Zwykle odpowiada się na listy, panie Doubler.

– Nie ma takiego obowiązku. Nie miałem wiele do powiedzenia ani nie zapraszałem do kontaktu.

– Złożyłem bardzo dobrą ofertę kupna pańskiej farmy. Leży w samym środku moich pól, a ja nie lubię niewykończonych spraw. Chyba nie potrafię już powiedzieć tego jaśniej, panie Doubler. Chcę kupić tę farmę.

Doubler stał nieruchomo, zadowolony, że kolana się pod nim nie ugięły. Peele tymczasem naciskał:

– Chcę ją kupić powyżej jej wartości. Nie dostanie pan drugiej takiej oferty.

– Nie potrzebuję drugiej oferty. Farma Mirth nie jest na sprzedaż.

– Wszystko ma swoją cenę.

Doubler zastanowił się nad tym, ponad ramieniem Peele'a wpatrując się w widok na horyzoncie.

– Nie wszystko. Przychodzi mi do głowy wiele rzeczy, których nie można kupić. Zachód słońca, chłodny wietrzyk, klucz gęsi przelatujący nad tym wzgórzem.

Na twarzy Peele'a po raz pierwszy odbiło się zniecierpliwienie, chociaż bez względu na to, czy się uśmiechał, czy chmurzył, jego oczy były pozbawione światła. A Doubler niewzruszenie wyliczał dalej:

– Dobre zdrowie. To jest bezcenne. Pieniądze pewnie zwiększają szanse, ale nie można kupić życia wolnego od chorób.

– Święta prawda, i to powinno panu przypomnieć, Doubler, że nie staje się pan młodszy i kto wie, co przyniosą kolejne lata. Do tej pory dobrze sobie pan tutaj radził, ale już wkrótce wymagania farmy zaczną pana przerastać. Wyświadczyłby pan sobie przysługę, przyjmując moją ofertę i osiadając na emeryturze w jakimś wygodniejszym miejscu. Jeśli się pan zgodzi przyjąć moją ofertę, będzie pan bogatym człowiekiem.

Doubler przymrużył oczy i przyjrzał się Peele'owi uważnie.

– Mówi pan jak mój syn. On powiedział to samo, słowo w słowo.

– Julian? To rozsądny młody człowiek. Należymy do tego samego klubu golfowego i podobnie patrzymy na wiele spraw. On daleko zajdzie, ale nie sądzę, żeby chciał pójść w pańskie ślady. On nie jest oddany ziemniakom tak jak pan i ja.

Doubler, który stał nieruchomo jak wartownik, opuścił nieco ramiona i jeszcze raz popatrzył na Peele'a. Czy to możliwe, żeby miał coś wspólnego z tym człowiekiem? Czy rzeczywiście mogli być różnymi wcieleniami tej samej odmiany, połączonymi wspólną namiętnością? Statystycznie było to chyba równie prawdopodobne jak to, że on i jego syn nie będą mieli ze sobą nic wspólnego, choć łączyło ich DNA.

– Julian z pewnością nie jest oddany ziemniakom. A pan uważa się za ziemniaczanego farmera? – Przebiegał wzrokiem po Peele'u, szukając śladów ziemi pod paznokciami, na butach albo na kantach spodni, ale niczego takiego nie znalazł.

Peele odpowiednio zrozumiał to spojrzenie.

– Może nie wyglądam tak jak pan i może używam innych metod do uprawy ziemi, ale jesteśmy tacy sami, bo nam obu chodzi o to samo. O to, żeby być doskonałym w swojej branży. Z tego, co słyszę, pan jest ekspertem, mówią, że może nawet światowej klasy. Ja mam więcej ziemi i pewnie obfitsze plony, ale nie wątpię, że pan jest lepszym fachowcem. Na pewno mnóstwo mógłbym się od pana nauczyć.

Doubler nadął się nieco. Myśl, że gdzieś w dolinie ludzie rozmawiają o nim i nazywają go ekspertem światowej klasy, napełniła go dumą. Peele zauważył to i natychmiast skorzystał ze sposobności.

– Czy możemy porozmawiać w środku? – Zawahał się i dodał: – Prywatnie. – Niemal niedostrzegalnie skinął głową Jonesowi, który natychmiast poszedł do samochodu.

Doubler był pod wrażeniem władzy, jaką Peele miał nad tamtym, i mimowolnie użył podobnie nieznacznego gestu, nakazując Peele'owi iść za sobą do kuchennych drzwi.

– Co za kuchnia! – zdumiał się Peele, patrząc na staroświeckie wyposażenie. – Zupełnie jak w muzeum.

W tym komentarzu nie było pochwały, ale Doubler wziął niedowierzanie Peele'a za podziw.

– Dziękuję. Wszystko wygląda tu prawie tak samo jak wtedy, kiedy zbudowano ten dom. Ale on przez cały czas jest żywy, panie Peele. To nie jest muzeum. Doskonale funkcjonuje i rzadko mnie zawodzi.

– Proszę, nazywaj mnie Legion.

– To niezwykłe imię. Jeszcze nigdy go nie spotkałem. Tradycja rodzinna? Siadaj, Legion, nastawię czajnik.

– Tak miał na imię mój dziadek. Owszem, jest rzadkie, ale pewnie nie tak niezwykłe jak Doubler.

– To nie jest moje imię. To przydomek, który dostałem później.

– Pewnie odnosi się do ziemniaków?

Wzruszył ramionami. Czuł na sobie wzrok Peele'a, gdy napełniał pod kranem stary blaszany czajnik i podnosił miedzianą pokrywę kuchenki. Kropla wody prysnęła na gorącą płytę, zasyczała i zniknęła w obłoczku pary. Doubler był dumny z tego wszystkiego – z domu, z widoku, z kuchni i z kuchenki, którą tylko on naprawdę rozumiał.

Wiedział, że jeśli chce zachować równowagę, to musi stwarzać wrażenie człowieka równie zajętego i ważnego jak jego gość.

– Nie mam dużo czasu, bo muszę pojechać do szpitala, więc pozwolisz, że podczas tej rozmowy farmera z farmerem będę robił jednocześnie coś innego.

– Aha, wybierasz się do Świętej Anny? Doskonały szpital i szczerze podziwiam personel. Moja mama tam zmarła, ale nie mogła mieć lepszej opieki.

Słowa Peele'a wstrząsnęły Doublerem, który w głębi serca żywił wielką nadzieję, że któregoś dnia odwiedzi panią Millwood, ale aż do tej chwili nie sądził, by był jakikolwiek powód do pośpiechu oprócz tego, że się niecierpliwił. Ręka trochę mu się trzęsła, gdy podnosił parujący czajnik, żeby zalać herbatę w imbryku. Nie chciał zastanawiać się nad możliwością, że jego wizyta w szpitalu może być ograniczona jakimś terminem.

– Starzenie się nie jest przyjemne – powiedział Peele, siedząc przy stole. Zapewne zauważył drżenie ręki Doublera i uznał to za objaw starczej degeneracji.

Doubler odpowiedział z urazą, stawiając na stole filiżanki i imbryk:

– Cieszę się dobrym zdrowiem, panie Peele, i mam nadzieję, że jeszcze długo tak będzie. Większą część każdego dnia spędzam na świeżym powietrzu i pracuję równie ciężko jak wtedy, kiedy miałem dwadzieścia lat. To powinno wystarczyć, chociaż zdaje się, że mnóstwo ludzi miałoby ochotę mnie zastrzelić.

– Mówiłem o sobie, Doubler. Coraz trudniej mi dotrzymać kroku zmianom, które są konieczne, jeśli nie chce się zostać w tyle. Świat idzie naprzód bardzo szybko, ledwie za nim nadążam.

Popatrzył na gościa, który musiał być od niego młodszy o dobre dwadzieścia pięć albo trzydzieści lat.

– Ja zawsze pozwalam, żeby świat gonił do przodu beze mnie, i dzięki mu za to. – Wyjął z szuflady dwie czyste białe ściereczki i rozłożył je na klocu rzeźniczym, a potem zdjął ze stojaka kilka ciężkich stalowych noży i ułożył je starannie na ściereczkach.

Peele uważnie go obserwował, mówiąc przy tym:

– Wiem, że to kuszące, ale my, farmerzy, jesteśmy wyciskani jak cytryna. Towary z importu są tańsze, bo inne kraje mają inne priorytety. Kiedyś uprawialiśmy tu tylko brytyjskie ziemniaki, a teraz jest inaczej. Teraz ziemniaki napływają z całego świata. Import zbił ceny i takim ludziom jak ty czy ja coraz trudniej konkurować na rynku.

Doubler zachowywał się, jakby go nie słyszał. Wyjął z garnka nasiąknięty wodą kamień, strząsnął nadmiar wody nad zlewem i zaczął ostrzyć pierwszy nóż powolnymi, miarowymi ruchami.

Peele napił się herbaty i mówił dalej:

– Najważniejsza jest skala. Tylko tak można iść naprzód. Trzeba być wystarczająco dużym graczem, żeby mieć wpływ na zmiany. Trzeba mówić wystarczająco głośno, żeby wywrzeć nacisk na rząd. Ja spędzam przynajmniej jeden dzień w tygodniu w Londynie na rozmowach z ludźmi, od których zależy, czy farmerzy tacy jak my będą mogli przekazać dzieciom kwitnące gospodarstwa.

Doubler skrzywił się i na chwilę przerwał swoje doniosłe zajęcie. Peele zauważył tę szczerą reakcję. Po chwili wahania Doubler wrócił do pracy i znów uniósł ostrze noża pod starannie wymierzonym kątem piętnastu stopni.

– No cóż, pewnie jest trochę inaczej, jeśli uprawa ziemniaków ma się skończyć razem z tobą. Skoro nie zamierzasz przekazać farmy dzieciom, to pewnie nie zależy ci na tym, żeby biznes kwitł, tylko na tym, żeby zostawić po sobie jak największy majątek? – zapytał Peele, uważnie obserwując Doublera.

On zaś nie był pewien, czy to ma być retoryczne pytanie, ale głęboko się zastanowił. Często rozmawiał z panią Millwood o tym, co po sobie zostawi. Ale czy dlatego tak mocno zaangażował się w swoje badania, że nie spodziewał się wiele po własnych dzieciach? Bo wiedział, że jego linia wygaśnie, i chciał zostawić po sobie coś, z czego mógłby być dumny?

Ta myśl była dla niego zupełnie nowa. Zadał sobie jeszcze kilka pytań i zanotował je w pamięci na później, żeby dokładnie się nad nimi zastanowić. Czy większości rodziców wystarcza już samo to, że przedłużyli własną linię genetyczną? Czy to mogło komukolwiek wystarczyć? Co motywowało pana Clarke'a? Doubler nie był pewny odpowiedzi na to ostatnie pytanie, ale mógłby się założyć, że jego celem było dążenie do doskonałości, a nie utorowanie drogi ku przyszłości własnemu DNA. Nie mógł się już doczekać, kiedy nadarzy się sposobność, by zapytać o to panią Millwood. Ona na pewno będzie miała jakieś zdanie na ten temat.

– Jest pan spostrzegawczy, panie Peele. Dla mnie to ważne, co po sobie zostawię. Motywuje mnie praca wielkich znawców ziemniaków, którzy żyli przed nami, i gdybym mógł wywrzeć choćby ułamek tego wpływu, jaki oni wywarli, umarłbym jako szczęśliwy człowiek.

– Podziwiam to, Doubler. To bardzo budujące podejście i sądzę, że takich ludzi jak ty jest bardzo niewielu. Ale nie różnimy się od siebie aż tak bardzo. Ty pragniesz, by uznano wartość twojej pracy, nie jesteś więc pozbawiony ego. Ja też chciałbym wywrzeć jakiś wpływ, a jeśli chce się być wpływowym człowiekiem w naszym świecie, konieczne jest działanie na dużą skalę.

Doubler odłożył na bok naostrzony nóż i sięgnął po następny, gotów do powtórzenia całego procesu. Peele podniósł nieco głos, zmęczony już mówieniem do pleców gospodarza.

– Przyjacielu, jest taki przyrząd, nazywa się ostrzałka do noży. Mógłbyś w kilka minut mieć z głowy całą tę robotę.

– Ależ nie mam nic przeciwko nowoczesnym przyrządom – stwierdził Doubler szczerze, wciąż stojąc plecami do Peele'a. – To jest nowoczesny przyrząd. Używam go już od lat. Wcześniej wypatrywałem dobrych kamieni na drodze. Pojawiały się zdumiewająco regularnie. Dzień po dniu patrzysz na te same miejsca i nagle, któregoś dnia, bum! – widzisz idealny kamień do ostrzenia noży. Kto może wiedzieć, gdzie on się ukrywał wcześniej? Jednego dnia go nie było, następnego leży na samym środku. – Odwrócił się i uśmiechnął szczerze, ale ten uśmiech nie dotarł do Peele'a. Zatrzymał się gdzieś za jego ramieniem, jakby w kuchni oprócz nich znajdował się ktoś jeszcze. – Bardzo mi się podobają te nowomodne ostrzałki. Przyjemnie się z nimi pracuje. Ale tak naprawdę wystarczy jakikolwiek kamień. Chodzi tylko o to, żeby ustawić go pod odpowiednim kątem i usunąć bardzo drobne cząsteczki metalu.

– Ale pomyśl tylko, ile czasu byś oszczędził, gdybyś miał elektryczną ostrzałkę – upierał się Peele.

– Pewnie nie oszczędziłbym tak wiele. Bardzo dbam o swoje noże, więc nie muszę ich ostrzyć częściej niż co kilka miesięcy i potrzebuję kilku minut na każdy nóż. Razem to pewnie daje jakieś półtorej godziny w roku. Ile z tego czasu mógłbym zaoszczędzić dzięki pańskiemu gadżetowi, panie Peele, i co miałbym zrobić z tym zaoszczędzonym czasem? Ugotować sobie jajko? – Zaśmiał się bardzo z siebie zadowolony. Żałował, że pani Millwood nie siedzi przy tym stole i nie może go słyszeć.

Zapadło długie milczenie. Doubler wciąż ostrzył noże. Naraz oderwał się od tego zajęcia i stanął przed Peele'em.

– Mogę się założyć – powiedział śmiało – że mój wpływ przetrwa dłużej niż twój.

Peele był nieco zaskoczony, ale uśmiechnął się uprzejmie.

– Jesteś arogancki! Podoba mi się to, bo to znaczy, że kryje się w tobie więcej, niż niektórzy próbowali mnie przekonać – dodał znacząco.

Doubler przymrużył oczy.

– Mówisz o Julianie.

– Tak. On był pewny, że nie masz żadnych ambicji, ale słyszałem pogłoski, że jest inaczej. Z pewnością zachowujesz się jak człowiek przekonany o tym, że osiągnie sukces jeszcze za życia.

– Julian nie ma żadnego pojęcia, co ja tu robię.

– Może gdybyś przekazał mu część swojej wiedzy, bardziej by go kusiło, żeby pójść w twoje ślady.

– On nie ma do tego odpowiedniego temperamentu. To nie jest szybka zabawa, tylko praca całego życia.

Peele był zdumiony. Nie należał do ludzi, którzy ryzykują pochopnie. Już od wielu lat przyglądał się działalności Doublera i gdy składał ofertę kupna farmy, był pewny, że wie o nim wystarczająco dużo, by w razie konieczności wywrzeć odpowiedni nacisk.

– Praca twojego życia jest już zakończona, Doubler. Udowodniłeś, co chciałaś udowodnić, i w swoim czasie byłeś prawdziwym innowatorem. Ale to nie może trwać dłużej. Zresztą dlaczego miałoby trwać? Nie masz już nic do zrobienia.

Mam mnóstwo do zrobienia, pomyślał Doubler, sporządzając w głowie listę spraw, które należało doprowadzić do końca. Przede wszystkim musiał mieć oficjalne potwierdzenie swoich wyników, zanim spocznie na laurach. Ile jeszcze czasu dzieliło go od tej chwili? Tygodnie? Miesiące?

Czekanie było nużące, ale Doubler był pewny, że gdy już światowy autorytet potwierdzi wyniki jego badań, za tym natychmiast pójdzie wielki sukces komercyjny. Polegał na pani

Millwood, że znajdzie jakiś sposób, by nikt go nie oszukał i nie wykorzystał. Ufał pani Millwood, a gdy wyjaśniła mu, jak korzystne będzie uzyskanie wiarygodnej akredytacji od instytucji o międzynarodowej renomie, nabrał przekonania, że może zaufać również Hindusom. Ich zamiłowanie do biurokracji utwierdzało go w tym przekonaniu.

Ale teraz jego gość i rywal dawał do zrozumienia, że wie, czym Doubler się zajmuje. Wystarczyłoby, żeby wyniósł pół worka kiełkujących kartofli z jednej ze stodół, i mógłby ukraść przewagę Doublera, ukraść jego dziedzictwo.

– W tej grze nie liczy się udział, są tylko zwycięzcy i pokonani. A drobni producenci tacy jak ty codziennie wypadają z tego biznesu. – Peele przerwał rozmyślania Doublera, zaniepokojony odległym wyrazem jego oczu.

– Moja farma nie jest zagrożona. Najwyżej przez ciebie, a z tego, co mówisz, wygląda, że chcesz mi pomóc, więc mogę spać spokojnie.

– Owszem, jesteś drugim największym hodowcą ziemniaków w tym hrabstwie, ale twoja wydajność jest tylko ułamkiem mojej. Ja korzystam z najnowszych technologii, najlepszych umysłów i największej siły roboczej. Jestem wiodącym producentem w naszej branży, a i tak z trudem wychodzę na swoje. Przez cały czas muszę o to walczyć. Więc twoja sytuacja musi być znacznie bardziej ryzykowna.

– Nie jest ryzykowna. Moje interesy mają się dobrze.

– Ale twoje plony w zeszłym roku musiały być prawie żadne. To był najgorszy rok w historii. Ja mam umowy z wielkimi partnerami, którzy polegają na naszych zbiorach, więc kupują ode mnie wszystko, co wyprodukuję, i dzięki temu jakoś udaje mi się załatać dziury. Ale ty nawet w dobrym roku pewnie nie masz zbyt wysokich plonów, więc jak, do diabła, udaje ci się przetrwać zły rok? Założę się, że wierzyciele dobijają się do twoich drzwi.

Doubler poczuł się rozdarty wewnętrznie. Pod uprzejmym, pochlebnym tonem, który miał wyrażać troskę, a nawet współczucie, wyczuwał prowokację. Oczy Peele'a wciąż były pozbawione światła. To z całą pewnością była prowokacja, ale Doubler miał wielką ochotę bronić swojego honoru. W końcu był odnoszącym sukcesy hodowcą ziemniaków na progu wielkiego odkrycia, które mogło go wynieść w szeregi największych postaci w świecie ziemniaków. Zarabiał również pieniądze; jego badania nie miały tylko wymiaru akademickiego. Przedsięwzięcie, które przynosiło mu dochody, było niekonwencjonalne, a po części być może nawet nielegalne, ale nie miał żadnych długów, nie musiał spłacać hipoteki i miał nieprzebrane zasoby, dzięki którym mógł dalej żyć tak jak dotychczas. Wszystkie te myśli przemykały mu przez głowę, pragnąc wyrazić się w chełpliwych słowach i dowieść rozmówcy, że przewyższa go pod każdym względem.

Napotkał spojrzenie ciemnych, chłodnych oczu Peele'a.

– Jakoś sobie radzę – powiedział, przełykając całą resztę stwierdzeń, które kłębiły mu się w głowie.

– Moja propozycja może być dla ciebie zbawieniem. Koniec z bezsennymi nocami, koniec z wstawaniem o świcie. Mógłbyś zacząć żyć trochę spokojniej, odprężyć się.

– Po co? Po co miałbym się odprężać? Żeby umrzeć?

– Żeby cieszyć się emeryturą – rzekł Peele z desperacją. – Więcej zyskasz na sprzedaży farmy niż na uprawie tej ziemi, tak wygląda prawda. Sprzedaj ją, zwolnij trochę, ciesz się towarzystwem dzieci i wnuków.

Roześmiał się, zastanawiając się, co pani Millwood będzie miała do powiedzenia na ten temat, kiedy później powtórzy jej tę rozmowę. Już sobie wyobrażał, jak chwali go za odwagę.

– Ja już podjąłem decyzję, panie Peele. Będę bardzo szczęśliwy, jeśli tutaj dożyję dni swoich, wspieraj mnie, Boże. Odprowadzić pana do wyjścia? – Z nietypową dla siebie pewnością sięgnął po filiżankę Peele'a, która do połowy jeszcze była wypełniona herbatą, i wylał jej zawartość do zlewu w symbolicznym geście oczyszczenia.

Peele podniósł się i powoli potrząsnął głową, wyrażając w ten sposób ostentacyjne rozczarowanie. Razem wyszli z kuchni.

ROZDZIAŁ 34

Klub golfowy został niedawno odnowiony. Celem remontu miało być osiągnięcie równowagi między prostym nowoczesnym wystrojem a upodobaniami tradycyjnej klienteli, która czuła się dobrze w znajomej estetyce klubu dla dżentelmenów. Wynikło z tego burleskowe marynistyczne wnętrze, w którym czerwone aksamity łączyły się z bulajami w mosiężnych oprawach i które nieznośnie gryzło się z otaczającym pejzażem. Na szczęście bufor w postaci schludnie przyciętych trawników na polu golfowym poznaczonym piaszczystymi dołkami pozwalał gościom na stopniową aklimatyzację, w miarę jak zostawiając za sobą kamieniste wyboje, zbliżali się do budynku klubu.

Julian czuł się tu jak w domu. Klub nie oferował takiego komfortu jak którekolwiek z jego ulubionych miejsc w Londynie, ale chodziło o to, żeby pokazać się na wsi, w tym „ustroniu, które pozwala odpocząć od szaleństwa", jak mawiał w rozmowach z kolegami z banku. Mężczyźni podobni do Juliana często wracali do miejsc, w których wyrośli, zarazem darząc szczerą niechęcią wszystko, co przypominało im o skromnych początkach, i Julian również przejął ten zwyczaj. Spędzał coraz więcej wolnego czasu, krążąc wokół farmy ziemniaczanej jak rekin uwięziony w płytkiej wodzie.

Był ambitnym człowiekiem. Jego pragnienia mogło zaspokoić tylko bogactwo, a zadowolenie wyrażało się przez pogoń za jeszcze większym bogactwem, a klub golfowy był jego przystanią. Choć nie za bardzo cenił powszechnie wychwalane zalety samego sportu, wyjątkową przyjemność sprawiały mu przypadkowe spotkania z dawnymi znajomymi. Ich gorsze ubrania czy kody pocztowe były miernikiem jego sukcesu.

A jednak, odkąd w duszy Juliana wykiełkowało nasienie pragnienia, by posiadać na własność kawałek hrabstwa, nie mógł pozbyć się myśli, że bez tego jego sukces nie jest wystarczająco oczywisty. Co więcej, powstało w nim przekonanie, że gdyby miał drugi dom na wsi, liczne urazy i zdrady, jakich doznał w życiu, stałyby się mniej bolesne, nie wspominając już o upokarzającej świadomości, od której nie było ucieczki, że jego ojciec utrzymuje się z uprawy kartofli.

Spotkał się z Peele'em już dwukrotnie, żeby omówić warunki umowy dotyczącej farmy Mirth. Tego ranka przesunęli swoje negocjacje o krok dalej, na samo pole golfowe. Po osiemnastu dołkach wynik był remisowy i każdy pozwalał drugiemu myśleć, że gdyby chciał, mógłby zagrać lepiej. Teraz powoli wracali do klubu, rozmawiając nieśpiesznie w nadziei, że uda im się dojść do porozumienia, a potem wypiją razem drinka w pluszowym barze.

Julian szybko przeszedł do sedna.

– Słyszałem, że byłeś u starego. I co o nim myślisz?

Ku jego zdumieniu twarz Peele'a rozjaśniła się.

– Ta farma to niezwykłe miejsce. Jaki tam jest widok! A twój ojciec to interesujący facet. Naprawdę mi się spodobał. Z tego, co mówiłeś, obawiałem się, że to zwykły prostak, ale okazał się znacznie bardziej interesujący, niż przypuszczałem. Jest bardzo inteligentny, nie sądzisz?

Julian wzruszył ramionami.

– Ale czy nie wydawało ci się, że zachowuje się dziwnie? Jakby trochę mieszało mu się w głowie?
– Z pewnością jest trochę dziwakiem, tak jak ostrzegałeś. Ale jeśli się zastanowić, określiłbym go raczej jako zdecydowanego, stanowczego i rozsądnego człowieka.
– Na pewno trafiłeś we właściwe miejsce? – Julian roześmiał się głośno, ale był to pusty śmiech, który z trudem przykrywał irytację. – Przedstawiłeś mu ofertę?
– Powtórzyłem jeszcze raz tę ofertę, którą przedstawiłem wcześniej na piśmie, ale niestety on postanowił, że nie sprzeda farmy za żadną cenę. Nie wierzę, by udało się go nakłonić do zmiany zdania. Po prostu wygląda na to, że nie interesują go pieniądze.
– I sądzisz, że tak się zachowuje zdrowy na umyśle człowiek?
– Nie. Postąpił głupio, odmawiając negocjacji. Nigdy nie dostanie tak korzystnej propozycji.
– No właśnie. On nie jest w stanie podjąć rozsądnej decyzji. Nie ma pojęcia, co dla niego dobre. I na pewno wydał ci się trochę dziwny. Działacie w tej samej branży, ale nie moglibyście być bardziej różni, prawda? Ty jesteś jednym z najlepszych przedsiębiorców w hrabstwie, a on wciąż prowadzi tę farmę jak w latach trzydziestych poprzedniego wieku.
– To prawda, jest bardzo staroświecki i pewnie jego umysł nie jest już tak bystry jak kiedyś. Ale ma swoją dumę i pewnie ta duma go napędza. Chociaż widać już po nim wiek. Łatwo tracił wątek i podczas rozmowy odpływał gdzieś myślami. Miałem wręcz wrażenie, jakby nasłuchiwał innych głosów w swojej głowie albo w pokoju. Chwilami to było niepokojące, jakby ktoś jeszcze brał udział w rozmowie.

Krytyka ojca natychmiast uskrzydliła Juliana.
– Masz rację. On jest nie całkiem obecny. To bardzo smutne, ale dużo przeszedł przez te lata i pewnie to wszystko w końcu się na nim odbiło.

– Twoja matka? – odważył się zapytać Peele, pragnąc oficjalnie zweryfikować miejscowe źródło plotek i spekulacji.

– Tak – odrzekł Julian krótko, zamykając drzwi do tego tematu z wyraźnym trzaskiem. – Ale na pewno wymieniłeś sumę, jaką gotów jesteś mu zapłacić?

– Tak, dostał to na piśmie. Wydaje mi się, że nie mogę zrobić nic więcej. Próbowałem go przekonać. Byłem hojny, ale pieniądze do niego nie przemawiają, więc możliwe, że będziemy musieli po prostu poczekać. Chociaż podobnie jak ty, nie jestem tym zachwycony. Jak z jego zdrowiem?

– Jest silny jak koń. Nie, czekanie nie wchodzi w grę. – Julian powoli potrząsnął głową, nie mogąc pogodzić się z myślą, że nie jest w stanie przechytrzyć własnego ojca. – Powiedz mi, Legion, jak bardzo chcesz kupić tę farmę?

– Wiesz dobrze, że jest mi potrzebna. Rozmawiałem z tobą zupełnie szczerze. Farma Mirth siedzi w samym środku mojej ziemi, a ja nic nie mogę z tym zrobić. Nie mogę odciąć go od drogi dojazdowej, a przekierowywanie ruchu, szczególnie ciężkich pojazdów, generuje koszty, na które przy obecnym stanie rynku nie mogę sobie pozwolić. Rozmawiamy teraz o interesach. Chcę zwiększyć wydajność, a jestem zablokowany, dopóki twój ojciec nie wykona jakiegoś ruchu.

– I nadal jesteś gotów oddać mi część tej ziemi, tak jak ustaliliśmy?

– Tak. Ja dotrzymuję słowa. Ale część z niczego wynosi nic, Julianie. Sam będziesz musiał jakoś się do tego przyłożyć. Ja już próbowałem i nic nie uzyskałem.

Julian popatrzył nad ramieniem Peele'a, mrużąc oczy, żeby lepiej widzieć.

– Mam jeszcze jeden plan. Trochę odważniejszy, ale będzie wymagał znacznego poświęcenia z mojej strony. Dorzuć mi jeszcze z hektar do tego, na co już się zgodziliśmy, to go przeprowadzę.

– Nie mogę tego zrobić, Julianie – odparł Peele z oburzeniem.

– Oczywiście, że możesz. Sam powiedziałeś, że część z niczego to nadal nic. Posłuchaj, Legion, tylko dzięki mnie możesz zdobyć tę ziemię. Jeśli mi się nie powiedzie, nie tracisz zupełnie nic, po prostu wrócimy do punktu wyjścia. Ale jeśli mi się uda, dostaniesz farmę Mirth i drogi, na których ci zależy, i nic już nie będzie stało ci na przeszkodzie.

– Hektar, mówisz?

– Tak. Właściwie wszystko mi jedno gdzie. Gdzieś w pobliżu głównej drogi do miasta. Chciałbym zbudować coś w tej okolicy i kiedy taty już nie będzie na farmie, chciałbym zachować część domu ze względu na pamięć matki. – Julian zamilkł i wbił wzrok w ziemię. Milczał na tyle długo, by jego słowa dotarły do Peele'a.

W końcu Peele położył mu rękę na ramieniu.

– Jasne. Doskonale cię rozumiem. Dostaniesz hektar ziemi plus umówioną premię. Wiesz, że zawsze dotrzymuję słowa, ale tak czy owak, każę mojemu prawnikowi spisać wstępną umowę, żebyśmy wiedzieli, na czym stoimy, a dalej już wszystko zależy od ciebie. Tak jak mówisz, jeśli ci się nie uda, ja nic nie tracę.

Julian spojrzał na niego i skinął głową. Niezdolny powstrzymać uśmiechu, pozwolił, by ujawnił się na jego twarzy w postaci jednostronnego grymasu.

– Bardzo dobrze. Chodźmy to oblać szklaneczką czegoś mocniejszego.

Zgodnie ruszyli w stronę baru.

ROZDZIAŁ 35

Doubler miał wiele do opowiedzenia pani Millwood i od razu zaczął dzielić się nowinami.

– Peele miał czelność pojawić się na mojej farmie, w dodatku w range roverze. Kiedyś taka wizyta mogłaby mnie wtrącić z powrotem w przepaść, ale teraz, kiedy mam po swojej stronie Midge, czuję się o wiele pewniej.

– Tak się cieszę. Mówiła mi, że panu pomaga. – Głos pani Millwood był cichy, ale Doubler usłyszał w nim dumę.

– Pani córka to prawdziwy anioł. Poświęciła na tę sprawę z Peele'em sporo czasu i mocno wbiła w nią zęby. Uważa, że trafiła na coś dużego.

– Wątpię, żeby Peele był w typie Midge. Powalczy z nim z przyjemnością – stwierdziła pani Millwood z wyraźną satysfakcją.

– Nie tylko Midge wybiera się na wojnę. Pułkownik wziął na siebie rodzinę Maddie i opiekę społeczną. Wspólnie opracowali coś, co się nazywa plan opieki.

– Plan opieki to bardzo przydatna rzecz. Każdy z nas powinien taki mieć, prawda?

– O ile rozumiem, planem opieki dla Maddie jest Olive i nikogo więcej już tu nie potrzeba, poza dyskretnym monitoringiem bez niepotrzebnych ingerencji. Nie mam pojęcia, jak pułkownikowi udało się to wynegocjować, ale w każdym razie nie zrzucili na Maddie odpowiedzialności za Percy'ego.

– Pułkownik potrafi zaskoczyć. Na ile go znam, zaproponował, że będzie pilnował i ją, i osła. Ją z oddali, a osła bezpośrednio. Nie jest taki całkiem zły – powiedziała pani Millwood z wyraźnym uczuciem.

Doubler pomyślał o swoich długich rozmowach z Maxwellem i wymamrotał coś, co miało oznaczać zgodę.

– Ma pani rację. Jestem mu winny przysługę. Możliwe nawet, że jestem mu winny całą skrzynkę przysług. Będę o tym pamiętał przy następnym butelkowaniu.

Pani Millwood zaśmiała się pogodnie.

– Moje źródła twierdzą, że będzie pan winien przysługę kilku osobom. Podobno Olive pomaga Midge przy badaniu sprawy Peele'a.

– Mój Boże, naprawdę? – Przez chwilę zastanawiał się nad konsekwencjami dobroci. – Zawsze byłem dumny z tego, że nie muszę na nikim polegać, ale proszenie o pomoc nie jest tak okropne, jak mi się wydawało.

Opowiedział pani Millwood o swojej rozmowie z Camillą.

– Sądzę, panie Doubler, że to było bardzo zdrowe. Jej wspomnienia są zupełnie inne niż pańskie. Może był pan dla niej lepszym ojcem, niż sam pan uważa.

– Tego nie wiem, ale pewnie zostało mi jeszcze trochę czasu, żeby być lepszym ojcem teraz.

– I jak się pan do tego zabierze?

– Będę się starał zadawać właściwe pytania.

– To wydaje się bardzo rozsądne, panie Doubler. A co z pańskim synem? Czy myśli pan, że dla niego również mógłby pan się stać lepszym ojcem?

– On właśnie tu jedzie, żeby ze mną porozmawiać. Twierdzi, że chce mi coś powiedzieć. Ale ja też chcę mu coś powiedzieć i spróbuję zrobić to pierwszy.

– Dobrze to panu zrobi, panie Doubler, jeśli porozmawia pan z nim szczerze. Proszę tylko pamiętać, że to nie my stworzyliśmy nasze dzieci. Czasami są po prostu takie, jakie są.

– To tyko sekwencja DNA, pani M – odparł takim tonem, jakby recytował wyuczony tekst, w który nie do końca wierzył.

– Wydaje się pan dzisiaj bardzo zamyślony. Czy coś jeszcze chodzi panu po głowie?

Owszem, coś chodziło mu po głowie. Dostał list zaadresowany śmiałym, pochyłym charakterem pisma i oklejony mnóstwem hinduskich znaczków. List spoczywał w tej samej szufladzie komody, w której Doubler trzymał wszystkie niezakończone sprawy. To nie brak odwagi spowodował, że jeszcze nie otworzył koperty, a raczej coraz większe przekonanie, że zawartość koperty może stanowić potwierdzenie dorobku pani Millwood w takim samym stopniu jak jego. A Doubler nie był jeszcze pewien, czy to potwierdzenie byłoby dla pani Millwood wystarczającą motywacją, żeby wyjść wreszcie ze szpitala i wrócić do świata zdrowych ludzi.

– Nie, pani Millwood, wszystko jest w najlepszym porządku. Muszę się spotkać z Julianem, ale kiedy już będę miał to za sobą, od razu zacznę myśleć jaśniej. Może odłożymy naszą rozmowę na później? Lada chwila powinien tu być.

– W takim razie niech pan idzie. I proszę nie zapomnieć, że choć jestem przykuta do łóżka, to bez przerwy jestem z panem.

– Głos pani Millwood był cichszy niż zwykle i brzmiała w nim niezwykła powaga.

– Dziękuję, pani M. Liczę na to – powiedział, postanawiając, że będzie silny za nich oboje.

Odłożył słuchawkę, a wkrótce po tym pojawił się Julian. Doubler, jak nie on, nie tracił czasu na uprzejmości ani nie zaproponował synowi niczego do picia. Poprowadził go prosto do bawialni, zupełnie omijając kuchnię. Julian szedł za nim, pochylając się pod framugą drzwi i nie wiedząc jeszcze, że ta rozmowa przebiegnie zupełnie inaczej, niż sobie wyobrażał.

– Usiądź, Julianie. Porozmawiajmy o pieniądzach.

Julian uśmiechnął się szeroko i ostentacyjnie westchnął, zadowolony, że ojciec sam rozpoczął rozmowę, która w innym wypadku mogłaby się okazać trudna.

– Świetnie, tato. Najwyższa pora, żebyśmy o tym porozmawiali. Ile ci zaproponował? – Obiegł wzrokiem pokój, jakby rozkład mebli mógł mu nasunąć jakieś wskazówki.

– Kto? Peele? Nie, Julianie, ja nie mówię o sprzedaży farmy. Mówię o problemach finansowych – odrzekł Doubler niecierpliwie. Usiadł w swoim fotelu i przysunął telefon nieco bliżej, jakby chciał, żeby pani Millwood również było wygodnie.

Julian spojrzał na ojca z niedowierzaniem i przeciągnął ręką po włosach.

– Tato, ty nie masz problemów finansowych. Siedzisz na kupie pieniędzy, na kopalni złota. Sprzedaj to, a nigdy więcej nie będziesz się musiał o nic martwić. Właśnie to próbowałem ci wytłumaczyć. – Uśmiechnął się, żeby dodać ojcu pewności siebie.

A Doubler właśnie się przekonał, jak może wyglądać uśmiech węża na chwilę przed tym, zanim zatopi w kimś kły jadowe.

– Nie mówię o moich problemach finansowych, tylko o twoich. – Poprawił się w fotelu i spojrzał wymownie na drugi fotel obok kominka z nadzieją, że Julian też usiądzie. Syn był znacznie wyższy, co dawało mu przewagę w tej starannie zaplanowanej konfrontacji, a przez to, że wciąż stał, podkreślając tym samym różnicę wzrostu, Doubler miał wrażenie, że zaczął nie tak jak trzeba. Dlatego poczuł zadowolenie, kiedy zobaczył rumieniec wypełzający na policzki Juliana. A zatem udało mu się go poruszyć.

- Ja? Chyba żartujesz! Ja nie mam problemów finansowych. Życie traktuje mnie dobrze. W zeszłym roku dostałem najwyższą premię w historii działu. Z pewnością to nie ja mam problemy finansowe. - Twarz Juliana była przez cały czas wykrzywiona w ironicznym grymasie, więc teraz, gdy próbował nadać jej pogardliwy wyraz, wykręciła się groteskowo.

- W takim razie dlaczego, na Boga - Doubler zrobił pauzę dla większego efektu - próbowałeś oszustwem wyłudzić ode mnie samochód?

- Oszustwem? Wyłudzić od ciebie samochód? - Julian w pierwszej chwili był szczerze zaskoczony, ale zaraz zrozumiał, o czym mówi ojciec, i przymrużył oczy. - Uważaj, tato, bo brzmi to tak, jakbyś był niespełna rozumu. Posłuchaj, ja próbowałem ci pomóc. Nie podoba mi się myśl, że siedzisz tu zamknięty i zdany na własne siły. Chciałem tylko trochę ułatwić ci życie. Czy teraz już syn nie może pomóc ojcu, żeby nie został oskarżony o oszustwo?

- Dobrze wiesz, Julianie, że to kompletne brednie. Kiedy proponowałeś, że zamienisz mój samochód na clarinsa, zapomniałeś wspomnieć, że mój samochód wart jest majątek.

- Naprawdę? Nie miałem pojęcia. I nie ma takiej marki jak clarins, tato. Clarins to producent kosmetyków do makijażu. Gdybym dał ci za samochód szminkę do ust, to rzeczywiście bym cię oszukał. - Julian zakołysał się na piętach i zaśmiał z własnego dowcipu. Nadal stał z rękami splecionymi na plecach.

- Znowu gadasz brednie, Julianie. - Doubler próbował się zdobyć na wyniosły ton, ale nie było to łatwe, gdy siedział w wygodnym fotelu. Słowo „brednie" podobało mu się jeszcze bardziej, gdy użył go po raz drugi. - Doskonale wiedziałeś, co robisz, kiedy zaproponowałeś, że zabierzesz mój samochód, a co gorsza, ja uwierzyłem, że stać cię na odruch serca.

- Nie mam pojęcia, o czym mówisz, tato. Wydaje mi się, że przechodzisz załamanie nerwowe i wykazujesz objawy paranoidalne. – Julian uśmiechnął się zachwycony własną diagnozą. – Pewnie można się było tego spodziewać, skoro od tylu lat siedzisz tutaj sam, bez żadnych przyjaciół.

– Nie mówimy teraz o mnie ani o moich przyjaciołach, tylko o tobie i twoich problemach finansowych. Jestem twoim ojcem. Możesz mi zaufać. Próbuję ci pomóc, Julianie.

– Nie mam żadnych problemów finansowych. – Julian, który zwykle się garbił, jakby jakiś długi, ostry przedmiot wisiał tuż nad jego głową i mógł w każdej chwili spaść mu na kark, wyprostował się. Przez cały czas zaciskał i otwierał pięści. Nie był to groźny gest, nie sprawiał wrażenia, jakby Julian chciał uderzyć ojca, ale kostki jego palców pobielały, a policzki zaróżowiły się i kombinacja tych dwóch kolorów sugerowała, że wkrótce może wybuchnąć.

– Więc po co używałeś takich skomplikowanych kłamstw, żeby wyłudzić ode mnie samochód? Samochód, który bardzo lubię i który doskonale odpowiada moim potrzebom?

Julian westchnął dramatycznie. Tracił cierpliwość i nie miał już zamiaru ukrywać swoich prawdziwych intencji.

– Bo jak doskonale wiesz, tato, ten samochód jest wart majątek i marnuje się tutaj, pleśniejąc w twoim garażu.

Doubler popatrzył na niego i z powagą pokiwał głową, gdy wreszcie usłyszał prawdę.

– Rozumiem i zgadzam się, że nie powinien pleśnieć w garażu. Byłem wstrząśnięty, gdy się dowiedziałem, że jest wart aż tak dużo. Ale skoro nie masz problemów finansowych, to dlaczego mi po prostu nie powiedziałeś, ile ten samochód jest wart? Dlaczego nie pozwoliłeś, żebym sam zdecydował, czy chcę go sprzedać, czy nie? Nalegasz, żebym sprzedał farmę. Dlaczego nie nalegałeś, żebym sprzedał również samochód?

Julian odrzucił głowę do tyłu i wpatrzył się w sufit, jakby wśród dębowych belek spodziewał się znaleźć inteligentniejszą publiczność.

- Dlatego, tato - powiedział, opuszczając głowę i patrząc na niego z ostentacyjną apatią - że u ciebie to wszystko się marnuje.
- Co się marnuje? Pieniądze? Dom? Samochód? - Doubler bawił się doskonale. Wiele razy przećwiczył tę rozmowę w myślach, a ponieważ nie żywił do syna wielkich uczuć, nie czuł się odpowiedzialny za to, co powie, jak to powie i jak Julian to odbierze. Jego syn w niczym nie był do niego podobny, więc jego zachowanie nie mogło rzucać cienia na Doublera. Nie było w tym żadnej zdrady, wszystko przebiegało tak, jak można się było spodziewać.
- Tak, to jest najzwyklejsze marnotrawstwo. Ja mógłbym zrobić na tym znacznie większe pieniądze.
- Ale po co? Dlaczego? Czy masz długi? Może jesteś hazardzistą?
- Jezu, nie, tato. Po prostu lubię robić pieniądze. Jestem w tym dobry. Nie lubię patrzeć, jak okazja się marnuje.
- Ale to mój samochód. To dobry samochód. Jedyny, jaki miałem przez całe życie. Czy naprawdę uważasz, że ten samochód się marnuje? Jest używany zgodnie z przeznaczeniem, a ty chciałbyś z niego zrobić towar rynkowy.
- To nie jest towar rynkowy, w żadnym wypadku. To jest land rover z tysiąc dziewięćset czterdziestego dziewiątego roku, z pierwszej serii. Ma wszystkie oryginalne części i jest w doskonałym stanie. I jestem już umówiony z kimś, kto bardzo chciałby go kupić.
- Przecież nie możesz go sprzedać, bo to nie jest twój samochód! Próbuję znaleźć jakiś powód, jakieś usprawiedliwienie dla twojej intrygi. Powiedz mi, że masz długi albo jakiś inny problem finansowy, wtedy będę mógł ci pomóc. Mogę ci dać pieniądze. Nie musisz stosować takich skomplikowanych podchodów. A jeśli nie ma żadnego powodu, to może... - Doubler

rozejrzał się po pokoju, szukając inspiracji, i znalazł ją w zimnym, pustym kominku. – To może po prostu jesteś zwykłym gnojkiem? Wstrząśnięty Julian skurczył się i cofnął o krok.

– Tato! To skandaliczne! Tak nie wolno mówić do własnego syna! – Zaczął chodzić po pokoju. Jego kanciasta sylwetka pochylała się i prostowała, ale ruchy miał niezręczne i nie udało mu się przyjąć pozy wyższości.

– Julianie, właśnie próbowałeś wyłudzić ode mnie samochód. Tak nie wolno traktować ojca. Dopiero teraz to zobaczyłem i nie mam pojęcia, dlaczego potrzebowałem aż tyle czasu, żeby to zrozumieć. Jesteś paskudnym gnojkiem.

Julian zatrzymał się przed fotelem ojca i pochylił nad nim, wydychając powietrze przez rozdęte nozdrza. Doubler czuł temperaturę jego nienawiści.

– Po pierwsze, nie miałem pojęcia, że wiesz cokolwiek o samochodach. Skoro wiedziałeś, że wart jest majątek, a mimo to pozwalałeś, żeby gnił w stodole, to tylko potwierdza, że zupełnie nie masz głowy do pieniędzy.

Znów się wyprostował, patrząc na ojca gniewnie i szukając kolejnych powodów do świętego oburzenia.

Wreszcie znalazł i obwieścił triumfalnie:

– Po drugie, robienie pieniędzy mam we krwi. Tym się zajmuję i powinieneś być z tego dumny.

Ten zwrot w rozmowie wydał się Doublerowi interesujący. Czy powinien być dumny z pomysłowości własnego syna? Może Julian miał talent, którego on wcześniej nie zauważył?

– Co ty właściwie robisz, Julianie?

– Pracuję w banku – warknął. – Zarabiam dla nich kupę pieniędzy.

– No tak. – Doubler zastanawiał się, czy już wcześniej o tym słyszał. Czy kiedyś w ogóle o to zapytał? Możliwe, że nie. – Lubisz to, co robisz? – zapytał łagodnie.

Te słowa na moment zbiły Juliana z tropu, ale zaraz odpowiedział gładko:

– To ma swoje zalety. Jestem w tym dobry, ale to bardzo stresująca praca, więc muszę dostawać dobre wynagrodzenie i takie dostaję. Zarabiam majątek.

– Dlaczego to jest stresujące? Co cię w tym martwi? – Był szczerze zaciekawiony. Czy jego syn czuł ten sam dziwny lęk, jaki on odczuwał z nadejściem każdej wiosny, zanim pojawiły się pierwsze zielone kiełki?

Julian próbował usprawiedliwić swój wybór, wpatrując się w przestrzeń.

– Kiedy uda mi się zawrzeć dobrą transakcję, cóż, trudno o większą euforię. Ale jeśli coś pójdzie nie tak, jeśli źle ocenię sytuację... – urwał dla zwiększenia dramatyzmu – to może kosztować bank majątek. To przerażające uczucie.

Doubler próbował sobie wyobrazić to przerażenie, zrozumieć je i porównać z którymś z własnych doświadczeń.

– Ale przecież nikt od tego nie umrze, prawda? To znaczy gdybyś po prostu nie przyszedł do pracy, nikt by z tego powodu nie cierpiał. Najwyżej zarobiłbyś mniej pieniędzy dla siebie albo dla banku. Ale z drugiej strony, jeśli nie przyjdziesz do pracy i nie podejmiesz złej decyzji, to nie stracisz tak dużo, jak byś stracił, gdybyś przyszedł. Tak czy owak, jeśli nie przyjdziesz, to nie spowodujesz żadnego cierpienia ani nie postawisz nikogo w trudnej sytuacji. Mam rację?

– Czy ty sobie ze mnie kpisz? – niemal zawołał oburzony Julian. – Jestem dumny z własnych sukcesów. Stworzyłem coś z niczego. A ty nie możesz tego powiedzieć o tym starym domu i o tych cholernych kartoflach.

– No cóż, sam mówisz, że przez ostatnie czterdzieści lat siedziałem na tyłku, nic nie robiąc, i okazuje się, że jedyne dwie rzeczy, jakie posiadam, samochód i dom, są teraz warte majątek, chociaż nawet nie kiwnąłem palcem. Może ty mógłbyś zrobić to samo? Gdybyś pracował mniej, to może zarabiałbyś więcej, a z pewnością miałbyś mniej stresu. – Gdyby Doubler palił fajkę, teraz wystukałby z niej popiół. Wydawał się zamyślony, ale serce biło mu mocno.

– Naprawdę jesteś okropnie frustrującym staruszkiem. Farma jest warta kupę pieniędzy, a ty pozwalasz, żeby okazja przeszła ci koło nosa. Możesz sprzedać samochód za potwornie wygórowaną cenę, ale tę okazję też masz zamiar przepuścić. A gdzie są rezultaty tej twojej ciężkiej pracy? – Julian palcami nakreślił w powietrzu cudzysłów, przez co w oczach ojca wydawał się jeszcze bardziej dziecinny niż zwykle.

Doubler wyprostował się w fotelu.

– Moje interesy mają się dobrze. Szczerze mówiąc, ja też nie najgorzej radziłem sobie przez te wszystkie lata. Na pewno nie grozi mi głód, mam najlepszy dach nad głową, jaki mógłbym sobie wymarzyć, i przez cały czas pracuję nad tym, co po sobie zostawię. Wszyscy powinniśmy coś po sobie zostawić. Ale to, czym ja się zajmuję, Julianie, nie jest szczególnie istotne, podobnie jak to, czym ty się zajmujesz. Gdybym umarł jutro, nikt by z tego powodu nie cierpiał.

Julian parsknął.

– Tylko w ten sposób potrafisz oceniać sukcesy, tato? To chyba nie jest szczególnie użyteczna waluta.

– Może masz rację. Ale przez cały czas się zastanawiam, czy miarą dobrze przeżytego życia nie jest tylko nasza wartość jako ludzi. Był kiedyś pewien człowiek...

– Boże – jęknął Julian. – Ten twój cholerny bohater od kartofli. Wiem, wiem, bez niego nie mielibyśmy frytek. Co za tragedia.

– Prawdę mówiąc, nie miałem zamiaru wspominać pana Clarke'a, chociaż dał temu światu coś znacznie ważniejszego od frytek. Nie, nie. Myślałem o pewnym człowieku, o którym kiedyś mówiła mi bliska przyjaciółka.

Julian znowu jęknął i w końcu opadł na fotel naprzeciwko ojca. Przygarbił się, wyciągnął nogi przed siebie i rozsunął je szeroko. Nie był to gest porażki; chciał w ten sposób okazać, że zmuszony jest cierpieć koszmarną nudę. Wsunął dłonie we włosy i dramatycznym gestem przetarł twarz, jakby próbował odpędzić senność.

Jednak Doubler, nieporuszony tą pantomimą, mówił dalej:

– Ten człowiek był neurochirurgiem. Lekarzem od mózgu. Moja przyjaciółka widziała o nim film dokumentalny i długo rozmawialiśmy o tym, co osiągnął w życiu. Moją przyjaciółkę uderzyło to, że ten chirurg przez całe życie jeździł do pracy rowerem. Rowerem! Nawet kiedy leżał śnieg! Był tak dobrym lekarzem, że jeździł do jednego z krajów dawnego bloku sowieckiego, żeby wykonywać skomplikowane operacje. Mnóstwo ludzi podróżowało przez wiele dni, żeby się z nim zobaczyć, i czekało w długich kolejkach. On robił to wszystko za darmo, zamiast jeździć na wakacje, a potem wracał do domu i dalej operował ludzi, którzy bez niego zmarliby okropną śmiercią.

Doubler mówił dalej, niezrażony grymasem swojej obojętnej publiczności:

– Ale moją przyjaciółkę najbardziej uderzył ten rower. Gdybym miał pozwolić, żeby ktoś grzebał w moim mózgu, w moich wspomnieniach i zdolnościach, to chciałbym, żeby przywiózł go z domu samochód z szoferem. – Doubler roześmiał się. Przypomniał sobie słowa pani Millwood i powtórzył je dokładnie tak, jak je usłyszał. – Tymczasem drogę blokowały mu błyszczące samochody bankierów i prawników. Skąd mieli wiedzieć, że ten człowiek na rowerze ma moc, żeby ocalić im życie?

Zdesperowany Julian zaczął się klepać po kieszeniach w poszukiwaniu kluczyków do samochodu, okazując w ten sposób, że nie ma ochoty dłużej ciągnąć tej rozmowy. Doubler zaśmiał się lekko i jego oczy zaszły mgłą, gdy sobie przypomniał oburzenie pani Millwood.

– Co ty właściwie wygadujesz, tato? Nie mam pojęcia, o czym mówisz. Chyba już tracisz wątek, staruszku. Słyszysz jakieś głosy? Pewnie w końcu odbiło się na tobie to siedzenie samotnie dzień po dniu. Coś mi mówi, że ta twoja bliska przyjaciółka w ogóle nie istnieje. Czy ty masz jakichś przyjaciół, tato? W ogóle jakichkolwiek?

Doubler przestał się śmiać i spoważniał.

– Tak, synu, zaczynam wierzyć, że mam.

Julian rozejrzał się po pokoju, szukając śladów tych przyjaciół, ale niczego nie znalazł. Podniósł się powoli ze smutnym uśmiechem.

– Mówisz o kwitnących interesach. Nie widzę nic, co by na to wskazywało. Mówisz o przyjaciołach. Ich też nie widzę. Masz doskonałą okazję, żeby sprzedać ten stary dom akurat w chwili, kiedy powinieneś przygotowywać się do przeżycia w spokoju ostatnich lat, a ty z przerażającą lekkomyślnością odrzucasz te wszystkie szanse. Boję się o ciebie, tato. Obawiam się, że nie jesteś już w stanie podejmować samodzielnie ważnych decyzji. Chyba już pora, żebym wkroczył do działania i zajął się twoimi sprawami, zanim spowodujesz jakąś katastrofę. Mówiąc szczerze, tato, nie będę siedział bezczynnie i patrzył, jak ty się rozsypujesz. Zamierzam podjąć odpowiednie kroki.

– Kroki, synu? Zamierzasz podjąć kroki? – Doubler uniósł brwi, czekając na obszerniejsze wyjaśnienia.

– Nie mogę siedzieć biernie i patrzeć, jak rujnujesz swoje życie i mój spadek. W którym momencie to wszystko skręciło w złą stronę, tato? Kiedy zacząłeś tracić nad wszystkim kontrolę?

Doubler zastanowił się. Rzeczywiście stracił kontrolę nad własnym życiem, ale dziwny ucisk w podbrzuszu świadczył o tym, że właśnie zaczyna ją odzyskiwać.

– Jesteś taki słaby, taki bierny, taki oderwany od wszystkiego, tato. Ja nie chcę stać się taki jak ty. Chcę być aktywnym człowiekiem, człowiekiem czynu, pewnym własnych decyzji. I dlatego muszę zainterweniować. Robię to dla ciebie.

Doubler popatrzył na syna, niepewny, czy powinien współczuć jemu, czy sobie przez to, że go wychował.

– Pytasz mnie, w którym momencie to wszystko skręciło w złą stronę, Julianie. Ale o co właściwie pytasz? Jaką miarą oceniasz mój sukces? Co takiego wiesz o moich sprawach, co pozwala ci mnie osądzać?

Julian dramatycznym gestem wyrzucił ręce do góry. Gdyby mógł, zacząłby tupać nogami jak małe dziecko.

– Pamiętam bardzo wyraźnie, jak mówiłeś, że chcesz zostać największym hodowcą ziemniaków w kraju. W całym kraju. Tak mówiłeś. Pamiętam, jakby to było wczoraj, chociaż to było jeszcze dużo wcześniej, nim odeszła mama. Miałeś mnóstwo motywacji, mnóstwo ambicji. Chciałeś być największy i nic cię nie mogło powstrzymać! Wtedy w ciebie wierzyłem, tato. Ale popatrz teraz na siebie. Pozwoliłeś, żeby Peele pobił cię twoją własną bronią. Siedziałeś spokojnie i patrzyłeś, jak on kupuje całą ziemię dokoła ciebie, i teraz jesteś tu zamknięty, nie masz żadnych możliwości ekspansji. Zostałeś wymanewrowany. To bardzo smutne, tato, patrzeć, jak coraz bardziej słabniesz. Jesteś jak skorpion zamknięty w kręgu ognia, gotów ukłuć się własnym kolcem i zginąć od własnego jadu.

– Tak się składa – powiedział Doubler nieskończenie cierpliwie, tłumiąc podskórne drżenie – tak się składa, że skorpiony tego nie robią. Są odporne na własny jad i wydaje mi się mało prawdopodobne, by jakiekolwiek stworzenie mogło przetrwać setki milionów lat ewolucji, gdyby lęk przed ogniem skłaniał je do samobójstwa. Nie, to tylko mit, ale bardzo przemawia do wyobraźni i użyłeś go w barwny sposób, więc darujmy sobie na razie tę nieścisłość. Pamięć cię zawodzi, Julianie. Absolutnie nigdy nie chciałem być największy. Zawsze mówiłem, że chcę być najlepszy.

– Tato, ty uprawiasz kartofle. Jeśli chcesz być najlepszy, to musisz być największy, więc po prostu chwytasz się brzytwy. W tej konkurencji nie ma medalu za drugą pozycję.

– Wiesz, Julianie, chociaż ten twój malutki rozumek zatłoczony faktami nie potrafi tego pojąć, jest bardzo możliwe, że mam już potwierdzenie tego, że jestem najlepszy. Jest bardzo możliwe, że zdobyłem nagrodę w tej grze życia. W każdym razie w lidze ziemniaczanej.

Podniósł się, otworzył szufladę komody, wyjął dużą białą kopertę, znów wrócił na fotel i położył ją sobie na kolanach. Popatrzył na nią nieobecnym wzrokiem, pogładził adres i znów spojrzał na syna.

– Słyszałeś chyba o kocie Schrödingera?

Julian westchnął ze zniecierpliwieniem i spojrzał na zegarek, ani nie potwierdzając, ani nie zaprzeczając swojej ignorancji.

– W tej chwili, kiedy tu siedzimy, moja porażka jest równie prawdopodobna jak sukces. W każdym razie dopóki nie otworzę tej koperty. Można założyć, że istnieję w obydwu stanach. – Doubler westchnął. – Ale wracając do tego, o czym mówiłeś wcześniej, o mierzeniu własnego sukcesu w kategoriach finansowych. Nie sądzę, żeby pieniądze były odpowiednim miernikiem. W końcu same w sobie są bezwartościowe. Musi być coś innego, z czego będziesz się rozliczał, kiedy nadejdzie ten dzień. Pieniądze nie mogą być decydującym czynnikiem. Po prostu nie są tak istotne.

– Właśnie o tym mówię, tato. To niedorzeczne, jak ty lekceważysz sprawy finansowe. Dobrze, jesteś farmerem, ale żeby w naszych czasach odnieść sukces, trzeba mieć żyłkę do handlu, a wydaje się, że ty na tym polu zupełnie poległeś. Co jest z tobą nie tak?

– Widzisz, Julianie, mnie zależy na tym, żeby moje życie było znaczące. I myślę, że pod tym względem odniosłem sukces bez względu na to, czy w tej kopercie znajdę na to potwierdzenie, czy nie. W każdym razie nie poniosłem porażki.
– Z czego to wnosisz, tato? Pod jakim względem odniosłeś sukces, skoro pieniądze zupełnie cię nie interesują?
– Moim zamiarem było zostać najlepszym hodowcą ziemniaków w kraju. To był najważniejszy cel. Miałem też inne, mniejsze cele, które zmieniały się w ciągu lat. Jestem przekonany, że wiele z nich osiągnąłem, i jest również możliwe, że udało mi się zrealizować ten największy zamiar. Nawet jeśli się mylę, to w każdym razie jestem zadowolony, że poczyniłem wyraźne kroki w odpowiednim kierunku. Przeszedłem część drogi do zrealizowania tego celu i nawet jeśli nie udało mi się osiągnąć nic więcej, to w każdym razie ułatwiłem pracę komuś innemu, kto być może kiedyś skończy to, co ja zacząłem. Może się zdarzyć, że ktoś znajdzie odnośnik do mojej pracy w jakiejś gazecie rolniczej albo w moim nekrologu – oczywiście to zależy od tego, kto napisze ten nekrolog – i coś, co przeczyta, zainteresuje go na tyle, że podejmie pracę w miejscu, gdzie ja ją zakończyłem. Kto wie, może potrzeba jeszcze jednego życia, żeby doprowadzić tę pracę do końca.
– O czym ty mówisz, tato? Ty się zajmujesz sadzeniem kartofli. Nikt nie będzie kontynuował twojej pracy. Przecież nie wymyślasz lekarstwa na raka.
– Nie, nie. Chociaż szkoda, że nie mogę tego zrobić. Oddałbym wszystko, żeby znaleźć takie lekarstwo. Ale mówię o moim przedsięwzięciu naukowym, o tym, co nazywam moim Wielkim Eksperymentem Ziemniaczanym. Mówię o badaniach, jakie prowadziłem od kilkudziesięciu lat.
– Ach, badania naukowe! Inaczej to się nazywa życie z głową w chmurach. To wiele wyjaśnia. Spotkałem takich jak ty na uniwersytecie. Wszyscy bez wyjątku byli biedni jak myszy kościelne

i o ile wiem, żaden nie wymyślił niczego oryginalnego! Oczywiście w ogóle nie nadawali się do tego, żeby ich gdziekolwiek zatrudnić.

— Chyba nie mógłbym się bardziej z tobą nie zgadzać. — Doubler poczuł, że ucisk w jego brzuchu zaczyna się rozluźniać.

— Dobrze, tato, sprawdźmy, czy wszystko jasno zrozumiałem. Prowadziłeś badania nad kartoflami i czegokolwiek się o nich dowiedziałeś albo nie dowiedziałeś, twoim zdaniem jest to na tyle ważne, że ktoś kiedyś znajdzie twoją pracę i będzie ją kontynuował? Mam nadzieję, że nie liczysz na mnie! Jakie są szanse, żeby ktoś na to trafił, tato? Dla mnie to jest bujanie w obłokach.

— Ja nie bujam w obłokach. Przedstawiłem swoje odkrycia do oficjalnej weryfikacji. Moje badania są dobrze udokumentowane. Wszystko jest spisane. Niczego nie zostawiłem przypadkowi i prawdę mówiąc — bo trzeba oddać sprawiedliwość tam, gdzie się to należy — nie zaczynałem od zera. Zacząłem w miejscu, do którego doszedł ktoś inny. Tego kogoś już z nami nie ma, ale skoro ja trafiłem na jego pracę, to jest możliwe, że ktoś kiedyś trafi na moją. Teraz jest łatwiej utrwalić swoje osiągnięcia i wywrzeć realny wpływ niż w czasach moich poprzedników. To w każdym razie jest jakiś postęp.

Znów się zamyślił. Chciał zmusić Juliana, żeby dostrzegł swoje niedociągnięcia w roli syna, a tymczasem został zmuszony do kontemplacji własnego życia. Te myśli nie były mu obce, często do niego przychodziły, ale nigdy jeszcze nie wypowiadał ich głośno.

— Ale gdybym miał umrzeć dzisiaj, to tak, myślę, że moje życie było pożyteczne. Czy ty możesz powiedzieć to samo, Julianie? Gdybyś miał umrzeć jutro, czy mógłbyś uczciwie powiedzieć to samo? Co o tobie by powiedziano, Julianie? „O, popatrz, zarabiał tyle pieniędzy, a teraz nie żyje"?

— Szczerze mówiąc, szybka śmierć wydaje mi się bardzo pociągająca. Gdybym umarł jutro, to zostałby mi oszczędzony upadek powolnego starzenia się. Nie wiem, dlaczego myślisz, że osiągnąłeś sukces na jakimkolwiek polu. Doprowadziłeś żonę do rozpaczy, okradłeś swoje dzieci z matki, przeżyłeś załamanie, które polegało na użalaniu się nad sobą, a od tamtej pory marnowałeś życie na zbieranie kartofli, kiedy inni ludzie wokół ciebie, którzy potrafili podjąć ryzyko, dzięki połączeniu inteligencji i innowacji zostawili cię daleko w tyle. Jesteś z tego wszystkiego dumny, tak?

– Cóż, mam nadzieję, że nie ty będziesz pisał mój nekrolog, Julianie. Bo nie chciałbym być pamiętany w taki sposób, jak ty to przedstawiasz.

– A kto w ogóle będzie o tobie pamiętał, tato? Nie jesteś ukochanym dziadkiem dla swoich wnuków. Ty i ja jesteśmy sobie praktycznie obcy. Twoja córka żyje w permanentnym kryzysie, bo jest słaba tak jak ty. Do tego choć jest słaba, wyszła za jeszcze słabszego mężczyznę. Jezu Chryste, niech Bóg ma nas wszystkich w opiece! Te geny nie rokują dobrze dla jej dzieci.

– Wiesz coś o genetyce? – zapytał Doubler.

– Wiesz co, tato? Naprawdę jesteś nieszczęśliwym starym piernikiem. – To było stwierdzenie, nie pytanie, i w głosie Juliana brzmiało znużenie bez żadnych innych uczuć.

– Ja? Nieszczęśliwy? – Doubler pomyślał o ostatnich tygodniach. Nie mógł sobie przypomnieć, żeby choć przez chwilę czuł się nieszczęśliwy. Roześmiał się ze zdziwieniem, uświadamiając sobie, jak bardzo szczęśliwym człowiekiem się stał.

– Nieszczęśliwy i szalony – wymamrotał Julian z niesmakiem.

– Wiesz co, Julianie? W tej chwili rzeczywiście czuję się nieszczęśliwy. Bardzo, bardzo nieszczęśliwy. Ale nie potrzebuję psychoanalityka, żeby wyjaśnił mi przyczyny tego stanu. Korelacja jest oczywista, aż bije po oczach. Po prostu zawsze czuję się nieszczęśliwy, kiedy ty mnie odwiedzasz. Przez całą resztę czasu jestem niemal euforycznie szczęśliwy.

Julian parsknął ze złością.

- Nie jesteś szczęśliwy, tato. Siedzisz tu, nie umiesz o siebie zadbać i z całą pewnością nie potrafisz już podejmować racjonalnych decyzji. Jaki rozsądny człowiek odrzuciłby tak doskonałą ofertę? Tu nie chodzi tylko o pieniądze, które marnujesz, tu chodzi o nasze dziedzictwo. Twoim wnukom te pieniądze na pewno by się przydały, żeby mogły się kształcić. Okradając je z tego, co należy im się według prawa, dowodzisz tylko, że nie masz ani odrobiny rozumu.

- Dlaczego, na Boga, miałbym płacić za wykształcenie moich wnuków? Przecież ty zarabiasz majątek. A poza tym to twoje dzieci. Ja swoje wykształciłem i co mi z tego przyszło? - Stłumił szloch, który nieoczekiwanie pojawił się w jego gardle i zdumiał go swoją gwałtownością. Przez chwilę próbował zapanować nad sobą, po czym z rezygnacją zakończył: - Pewnie zawiodłem jako ojciec. Wychowałem kobietę, która boi się mówić szczerze, bo nie chce nikogo rozczarować, i paskudnego gnojka, którego wstyd nazwać własnym synem.

Julian znów zaczął zginać i prostować palce.

- Zawsze zachowujesz się tak, jakbyś wychował nas sam, ale za każdym razem, kiedy obrażasz mnie i moje dzieci, szkalujesz pamięć mamy. Powinieneś się wstydzić. Obrażasz jej pamięć, traktując nas w ten sposób.

- Och, Julianie, jaki ty jesteś popaprany. Przez cały czas obchodzimy ten temat na palcach, jakby twoja matka nie żyła, ale przecież ona żyje. A szczerze mówiąc, to wolałbym, żeby nie żyła. Gdyby umarła, kazalibyście mi żyć dalej własnym życiem, wychodzić na brydża czy spotykać się z innymi ludźmi, którzy też czują się samotni. Ale prawda jest taka, że wasza mama zostawiła również was.

Te słowa zawisły między nimi jak wielka stalowa kula do burzenia murów.

Doubler zastanawiał się, czy powinien się wycofać, jak dotąd zawsze robił. Docierał do tego miejsca, zaczynał mówić głośno to, co wcześniej pozostawało niewypowiedziane, a potem dostrzegał cierpienie swych dzieci, więc przełykał słowa i wchłaniał je w siebie. Zabierał ich ból i zagarniał go w siebie. Mówił swoim dzieciom, że matka bardzo je kochała, ale nie potrafiła poradzić sobie z życiem i musiała zacząć wszystko od początku, żeby przetrwać. Nie wiedział, ile z tego jest prawdą i sam w to nie wierzył, ale uważał, że jako ojciec nie powinien powiększać ich cierpienia.

Julian popatrzył na ojca chłodno. Rozluźnił się, widząc, że wkraczają na dobrze mu znane tory, i powiedział to, co mówił zawsze, kiedy próbowali o tym rozmawiać.

– Szanuję decyzje i wybory mojej matki. To silna kobieta, która zrobiła to, co musiała zrobić, żeby ocalić siebie. I to nie nas musiała porzucić. Porzuciła ciebie, tato, i kartofle. Potem odnalazła się gdzieś indziej i bardzo się z tego cieszę. – Przełknął głośno i popatrzył na ojca z wyzwaniem.

Doubler jednak wątpił w szczerość jego przekonań.

– Julianie, ona ani razu nie obejrzała się za siebie. Nie przysłała po was, nie pytała o was, nie powiedziała, że chce z wami być albo że za wami tęskni. – Zamierzał ugryźć się w język, ale gdy zobaczył na twarzy Juliana pełne wyższości lekceważenie, zrezygnował z tego pomysłu.

– To ty ją stąd wygoniłeś, tato. Matki nie zostawiają dzieci, jeśli nie mają bardzo poważnego powodu. Musiała stąd uciec, żeby ocalić siebie, musiała się zdobyć na najwyższe poświęcenie.

– Najwyższe poświęcenie, Julianie? Twoja matka nie jest żadną męczennicą. Mieszka w cholernej Hiszpanii. To nie jest drugi koniec świata, prawda? To nie tak, że nie można stamtąd przyjechać. W dzień uczy jogi, a wieczorem pomaga w barze swojemu facetowi. I wiesz co, Julianie? Ona nie przeżyła całych lat w cierpieniu. Nie musiała się zmuszać, żeby oddychać, żeby żyć. Nie miała ochoty umrzeć ze smutku. Nie. Tak wyglądało moje życie bez niej, a nie jej życie beze mnie.

Julian parsknął z niedowierzaniem.

– Ty nie musiałeś walczyć o to, żeby żyć dalej, tato. Ty po prostu dalej zajmowałeś się swoimi kartoflami. Nic innego nie miało dla ciebie znaczenia.

– Tylko tyle widziałeś, Julianie, bo chciałem, żebyście tylko tyle widzieli. Starałem się być ojcem w jedyny sposób, w jaki potrafiłem. Zachowywałem się tak jak zawsze, bo wydawało mi się, że tak będzie najlepiej, dopóki jesteście dziećmi. Nauczyłem się gotować, Julianie, żebyście mieli co jeść. Nauczyłem się sprzątać i prać, żebyście mieli czyste ubrania w szufladach i czystą pościel na łóżkach, i tak, sadziłem, zbierałem i pielęgnowałem kartofle, bo w tym było moje wybawienie... głęboko w ziemi dookoła nas.

– Doskonale ci idzie to pisanie historii na nowo, tato. Nawet nie mrugnąłeś okiem, kiedy mama odeszła. A prawda jest taka, że wolałbyś, żeby zabrała nas ze sobą, chociaż nie masz odwagi powiedzieć tego głośno.

Doubler spojrzał na syna z niedowierzaniem.

– To dlatego jesteś taki rozgniewany, Julianie? Możesz mnie obwiniać o wiele rzeczy, ale nie o to. Oczywiście, że wolałbym, żeby zabrała was ze sobą! Z tym mógłbym sobie poradzić. Nie musiałbym patrzeć na cierpienie i lęk na waszych twarzach każdego dnia, kiedy budziliście się rano. Nie musiałbym radzić sobie z twoimi koszmarami w nocy i z nieustannym płaczem Camilli. Tak, cierpiałbym, ale to byłoby tylko moje cierpienie, a nie cierpienie dwojga dzieci, które bez żadnego słowa wyjaśnienia straciły najważniejszą osobę w rodzinie.

– Przecież ja tam byłem, tato. Ty nie cierpiałeś.

– Tak myślisz? Pozwól, Julianie, że ci opowiem, co się naprawdę zdarzyło. Przyszedłem do domu i okazało się, że mojej żony nie ma. Zniknęły wszystkie jej ubrania, wszystkie rzeczy osobiste i paszport. Jej konto w banku zostało opróżnione. Wydawało się to bardzo dobrze zorganizowane, dokładnie wcześniej przemyślane, ale było tak nieprawdopodobne, że wszyscy obawialiśmy się najgorszego. Przez dwadzieścia sześć dni szukała jej policja. Jeździłem po szpitalach, poszedłem nawet do kostnicy, żeby zidentyfikować ciało. Jej rodzice byli przekonani, że odebrała sobie życie. Ja sądziłem, że ktoś ją porwał. Nic wam o tym nie mówiłem, bo mogłem powiedzieć tylko jedno: zniknęła i nie mam pojęcia, gdzie jest. A potem, po dwudziestu sześciu dniach, dostałem przesyłkę od jej prawnika. Mieszkała w Hiszpanii, wniosła o rozwód, nie ubiegała się o opiekę nad dziećmi. Zwróciła mi pierścionek zaręczynowy i ślubną obrączkę. I to było wszystko. Ale nie mogłem sobie pozwolić na rozpacz. Ona nie umarła, po prostu bez uprzedzenia porzuciła swoje stanowisko.

– Wiem o tym wszystkim, tato. Chcę tylko powiedzieć, że ty nie cierpiałeś. Zmusiłeś ją, żeby odeszła, i nie zapłaciłeś za to żadnej ceny.

– Straciłem żonę. Moje dzieci straciły matkę. Nie mogłem sobie pozwolić na cierpienie. Zajmowałem się wami, a rozpacz odłożyłem na później. Dopiero kiedy ty, a potem Camilla wyjechaliście na uniwersytet, wróciłem na pustą farmę i zacząłem rozpaczać. Dopiero wtedy wpadłem w czarną przepaść, która na długo stała się moim światem. Dopiero teraz z niej wychodzę, Julianie. Jeśli tego nie zauważyłeś, to znaczy, że udało mi się to lepiej, niż sądziłem.

Nieprzekonany Julian wciąż parskał złością.

– I sądzisz, że to wszystko da się porównać do utraty matki?

– Nie, Julianie, nie myślę tak. Nawet nie próbuję udawać, że rozumiem, jakie to uczucie. Ale ty nie utraciłeś matki, Julianie, to ona cię porzuciła. Utrata to nieodpowiednie słowo. To brzmi tak, jakbyśmy wszyscy zrobili coś lekkomyślnego i wszyscy byli za to odpowiedzialni. Ups, utraciliśmy ją. Nie, nie utraciliśmy jej.

To nie był wypadek. To był jej wybór. To nie było działanie pod wpływem impulsu. – Milczał przez chwilę. – A teraz ona wyszła za mąż i żyje życiem, które sobie wybrała. Sama zdecydowała, że nie wróci tutaj, kiedy wy już wyszliście z domu. Sama zdecydowała, że nie chce być babcią dla waszych dzieci. Nie siedzi tutaj, nie robi na drutach drapiących sweterków i nie piecze ciasta na Boże Narodzenie. Nigdy nie wykazała nawet odrobiny zainteresowania mną, wami, wnukami czy moimi ziemniakami. Bawi się dobrze jak jeszcze nigdy w życiu i nosi spodnie do pół łydki.

Obaj drgnęli, gdy przy łokciu Doublera zadzwonił telefon. Pochwycił słuchawkę, zakrył mikrofon ręką i oznajmił:

– Sam trafisz do wyjścia, Julianie. Muszę odebrać ten telefon. To ważne.

Julian wydawał się zaskoczony, ale szybko wzruszył ramionami, jakby budził się ze snu, i powlókł się do drzwi, potrząsając głową jak ktoś, kto nie jest w stanie czegoś zrozumieć.

– Ależ witaj! – zawołał Doubler głośno. Doskonale wiedział, że syn zdąży jeszcze usłyszeć te słowa, zanim zatrzaśnie za sobą drzwi. Prawdę mówiąc, miał nadzieję, że Julian zatrzyma się przy kuchennych drzwiach jeszcze chwilę dłużej i zdąży usłyszeć kolejne słowa. – Mniej więcej tak, jak przewidywaliśmy. Żadnego sensownego wytłumaczenia, żadnej obrony. Może pani być ze mnie dumna. Nazwałem go paskudnym gnojkiem, i to dwa razy. A on wcale nie próbował zaprzeczać.

Odpowiedź pani Millwood pobudziła Doublera do śmiechu. Z trudem chwytał oddech między kolejnymi parsknięciami, zagłuszając odgłos samochodu Juliana, który ożył i wyjechał z podwórza na wstecznym biegu.

ROZDZIAŁ 36

Pułkownik mamrotał coś niewyraźnie o powodach swojej wizyty. Doubler, choć czuł na barkach ciężar wielu nowych obowiązków, dał mu do zrozumienia, że może odwiedzać go na farmie, kiedy tylko przyjdzie mu ochota, i na dowód rozstawił na stole ciasta i herbatę.

Od pierwszej chwili widać było zdenerwowanie pułkownika. Usiadł, po kilku minutach wstał i zaczął chodzić po kuchni, po czym znów wrócił na krzesło. Wpatrzył się melancholijnie w filiżankę, zaczął coś mówić, urwał i znów skupił wzrok na herbacie.

Doubler usiadł obok niego.

– Wiesz chyba, Maxwell, że mam dużo pracy? Jeśli chcesz mi coś powiedzieć, to po prostu mów.

Pułkownik wydawał się skrępowany.

– Oczywiście. Przepraszam. Cieszę się, że znalazłeś czas, żeby się ze mną spotkać. Mam pewien problem, ale ta rozmowa jest trudniejsza, niż mi się wydawało.

– Co cię dręczy? Dżin? Mówiłem ci, że zrobię, co będę mógł. Za jakiś czas będę już lepiej wiedział, ile uda mi się tym razem wyprodukować.

– Nie, nie o to chodzi. W każdym razie nie bezpośrednio o to, chociaż to ma pewien związek.

Doubler, który nie miał absolutnie żadnych powodów, by się obawiać swego gościa, robił, co mógł, by pułkownik poczuł się swobodnie.

– Mów wprost, tak będzie najlepiej dla nas obu.
– Nie jestem zbyt dobry w takich męskich rozmowach. To nie w moim stylu. Ale po naszej ostatniej rozmowie doszedłem do wniosku, że powinienem z tobą pogadać. Pamiętasz? Mówiłeś o przeszłości i teraźniejszości, o jesieni i o nadziei, wiesz, całe to wróżenie z fusów. Byłeś ze mną bardzo bezpośredni. Powiedziałeś, że powinienem wrócić do domu i nauczyć się cenić ludzi, których mam w pobliżu. Sądzę, że próbowałeś mi dać do zrozumienia, że mógłbym być lepszym mężem. Chciałem cię prosić o radę właśnie w tej sprawie.

Doubler zaczerwienił się i wyjąkał coś w odpowiedzi, przerażony myślą, że pułkownik wybrał właśnie jego na doradcę w sprawach małżeńskich.

– To zupełnie nie moja dziedzina. Mam kilka osiągnięć, z których mogę być dumny, ale z pewnością nie można do nich zaliczyć udanego małżeństwa. Prawdę mówiąc, byłoby lepiej, żebyś unikał moich rad we wszelkich sprawach dotyczących bliskich związków, bo jeśli zaczniesz mnie naśladować, to dobrze na tym nie wyjdziesz.

– Przeciwnie, jesteś najbardziej odpowiednim człowiekiem. – Pułkownik wyprężył pierś, bowiem zmieszanie Doublera dodawało mu pewności siebie, i wziął głęboki oddech. – Doszedłem do wniosku, że muszę się nauczyć piec, i właśnie w tej sprawie potrzebuję twojej rady.

– Piec? Chcesz się nauczyć piec ciasta? – Doubler z trudem skrywał niedowierzanie.

– Tak, i pomyślałem, że właśnie ty będziesz najbardziej odpowiednim człowiekiem, żeby mnie nauczyć. – Pułkownik bardzo się starał wyglądać godnie.

Doubler wybuchnął śmiechem. Był to głęboki, serdeczny, niepowstrzymany śmiech czystej radości zwiększonej jeszcze przez szok.

– Muszę powiedzieć, że tego się nie spodziewałem. Cóż cię skłoniło do takiej decyzji?

Pułkownik westchnął dramatycznie i potrząsnął głową w desperacji.

– Moja żona jest tak cholernie skuteczna. Umie zrobić prawie wszystko. Patrzę na to, co potrafi zdziałać w ciągu jednego dnia, i nie przestaję się zdumiewać. A ja tylko plączę się jej pod nogami. Gdziekolwiek stanę, tam w czymś jej przeszkadzam.

– I w jaki sposób pieczenie miałoby ci pomóc? – zdumiał się Doubler.

– Wszystkie kobiety w schronisku bez przerwy opowiadają o tobie i o twoich cholernych ciastach. „Och, te bułeczki Doublera! Cytrynowe ciasto Doublera! Jak ten Doubler to robi, że lukier wychodzi mu taki gładki?" – W głosie pułkownika brzmiała kpina, a nawet odrobina lekceważenia.

Natomiast Doubler był zachwycony.

– Cieszę się, że to słyszę. Wydawało mi się, że uważają mnie za bełkoczącego idiotę. Naprawdę bardzo się cieszę.

– Nigdy mi nie przyszło do głowy, że umiejętność pieczenia ciast może być zaletą. To znaczy gdyby moi ludzie teraz mnie usłyszeli... – Zwiesił głowę ze wstydem.

Doubler wzruszył ramionami.

– Wszyscy kochają jeść i większość ludzi docenia umiejętności kogoś, kto w miarę przyzwoicie radzi sobie w kuchni. To taka umiejętność, która naprawdę często się przydaje. Ale nie jestem pewny twoich motywów. Chcesz, żeby Paula i Mabel cię podziwiały?

– Rany boskie, nie! Prawdę mówiąc, wolałbym, żeby w ogóle się o tym nie dowiedziały. Lepiej, żeby trochę się mnie bały, tak jak teraz. Ale chciałbym, żeby moja żona zaczęła myśleć, że do czegoś się nadaję.

Doubler próbował sobie wyobrazić, jakie mogłyby być konsekwencje nowego hobby pułkownika. Coś mu się w tym obrazie nie zgadzało, ale na razie nie był jeszcze pewien co.

– Obawiam się, że mierzysz do niewłaściwego celu.

– Nie, wierz mi, dużo o tym myślałem. Paula i Mabel gotowe są ci wybaczyć nawet bardzo poważne wady w zamian za obietnicę biszkoptu. Może Kath równie wiele wybaczyłaby mnie?

– Zaraz. Zanim założysz fartuszek, zastanówmy się przez chwilę. – Milczał przez jakiś czas, natomiast pułkownik niespokojnie wiercił się na krześle. – Powiedz mi coś – rzekł w końcu Doubler. – Czy Kath gotuje?

– Ależ tak, tak, gotuje fantastycznie. – Pułkownik pokiwał głową, ożywiony na samą tę myśl.

– I piecze, tak? Robi czasem jakieś ciasto?

– O Boże, tak. Ja te ciasta rzadko oglądam, bo jej zdaniem nie są dobre dla mojego zdrowia, ale piecze całe tace różnych wspaniałych rzeczy dla swoich organizacji dobroczynnych i rozmaite biszkopty na spotkania klubu kobiet. Kiedy ona to robi, wydaje się, że to jest najłatwiejsza rzecz na świecie. – Ukroił kawałek stojącego przed nim ciasta, jakby na samą myśl o kuchni żony poczuł głód.

– To ciekawe – powiedział Doubler z namysłem, patrząc, jak pułkownik je.

– Nie wydajesz się przekonany – rzekł Maxwell z pełnymi ustami.

– Po prostu się zastanawiam. – Pozastanawiał się jeszcze trochę. Wciąż czuł się nieswojo, choć nie wiedział dlaczego. Odchylił się na oparcie krzesła i przymknął oczy, żeby nic mu nie przeszkadzało. Przywołał obraz pani Millwood i wyobraził sobie, że prowadzi tę rozmowę z nią. Naraz wszystko stało się znacznie jaśniejsze. – Czy ty chcesz zaimponować swojej żonie, Maxwell, czy z nią rywalizować?

– O czym ty mówisz? Chcę, żeby była ze mnie zadowolona. Pomyślałem, że gdybyś mógł mi udzielić kilku lekcji, to mógłbym zrobić jej niespodziankę, żeby zaczęła mnie za coś podziwiać.

– Zastanów się. Deptałbyś jej po palcach! Chcesz wejść do kuchni i piec coś w miejscu, które przez te wszystkie lata należało tylko do niej? Dla mnie to brzmi jak recepta na katastrofę. – Całkowicie już przekonany, że ma rację, pomachał widelcem przed twarzą pułkownika. – Ona nie zacznie cię podziwiać, tylko poczuje do ciebie niechęć! – Zaśmiał się radośnie. – Może cię nawet znienawidzić!

– Mnie to nie bawi i nie mam pojęcia, z czego się tak cieszysz, stary. Przyszedłem po pomoc, a ty, zdaje się, chcesz mnie upokorzyć. Jestem rozczarowany, Doubler. Wydawało mi się, że jesteśmy przyjaciółmi.

– Jesteśmy przyjaciółmi! Popatrz tylko. Rozmawiamy zupełnie szczerze, ja ci udzielam rad i wykładam kawę na ławę bez żadnych zahamowań. Jestem z siebie całkiem zadowolony. Przyszedłeś tutaj, bo chciałeś znaleźć sposób, żeby się do czegoś przydać, a tymczasem to ja się do czegoś przydaję. Naprawdę zaskoczyłem sam siebie.

– Ale wcale mi nie pomagasz. Śmiejesz mi się w twarz i sprzeciwiasz wszystkiemu, co wymyśliłem. Nie mam nic innego do zaoferowania. Jeśli nic nie będę robił, to ona mnie znienawidzi, a jeśli zacznę coś robić, to też mnie znienawidzi. W żaden sposób nie mogę wygrać.

– Oczywiście, że możesz. Tylko musisz to zaplanować, jakbyś planował kampanię wojskową. Nie możesz tak po prostu wypowiedzieć wojny własnej żonie! Nie w dziedzinie, nad którą ona doskonale panuje.

– W takim razie co proponujesz?

- Czy jest coś, czego ona nie lubi robić? Opisujesz ją jak chodzącą doskonałość, ale na pewno są jakieś dziedziny czy obowiązki, przy których mógłbyś zmniejszyć jej obciążenie i wnieść coś od siebie.

- Nie mam najmniejszego pojęcia, czego ona nie lubi robić. Nie pytałem jej o to. Wydaje się, że jest dobra we wszystkim. Jest potwornie skuteczna.

Doubler pomyślał o własnych zainteresowaniach i o wielu rozmowach na ten temat z panią Millwood.

- Wiem jedno: ludzie nie pieką ciast, jeśli nie kochają piec. To nie jest coś, co każdy musi robić. Ludzie pieką, bo chcą. Może chcą dać innym trochę przyjemności, a może samo pieczenie działa na nich terapeutycznie. Ale pieczenie nie jest dla nikogo obowiązkiem. Proponuję, żebyś zaskoczył swoją żonę, zdejmując z niej jakiś obowiązek. Moim zdaniem to lepsza strategia.

Pułkownik wydawał się zbity z tropu.

- Ale to nie będzie równie ciekawe. Widziałem siebie raczej przy pieczeniu. Pieczenie jest chyba bardzo logiczne, nie? Waży się i mierzy, postępuje według jakichś zasad. A potem - proszę bardzo, znów wygrałem!

- No właśnie, sam widzisz. Ty chcesz z nią rywalizować! A ja sugeruję, żebyś jej zaimponował, robiąc coś, co nie uczyni cię gwiazdą wieczoru. Zrób coś innego, nie tak efektownego.

- Na przykład co? Śniadanie?

- Na twoim miejscu w ogóle nie wchodziłbym do kuchni. Skoro zrobiłeś taką karierę w wojsku, to musisz mieć jakieś praktyczne umiejętności. W czym jesteś dobry? - Jednak pułkownik nie potrafił odpowiedzieć. - Może mechanika? Jakie jest najbardziej skomplikowane urządzenie, z jakim miałeś kiedyś do czynienia?

– W młodości lubiłem zabawiać się silnikami. Kilka nawet przebudowałem. Mam umysł inżyniera, więc w tej dziedzinie czuję się bardzo dobrze.
– Świetnie. Więc potrafiłbyś rozebrać silnik i złożyć go z powrotem?
– Dawno tego nie robiłem, ale myślę, że tak.
– W takim razie mam dla ciebie doskonałe zajęcie. Pranie. Powinieneś sobie z tym poradzić.
Pułkownik z przerażeniem wytrzeszczył oczy.
– Pranie? Ja się do tego nie nadaję. Szczerze mówiąc, śmiertelnie się boję tej maszyny.
– Moim zdaniem pralka jest znacznie łatwiejsza w obsłudze niż piekarnik, a oba te urządzenia znacznie prostsze niż silnik samochodu. Skoro potrafisz rozebrać silnik, to z całą pewnością potrafisz też zaprogramować pralkę. Zacznij od tego, jeśli chcesz się na coś przydać w domu. Pokażę ci podstawy, żebyś nie zrobił z siebie kompletnego idioty, chociaż każdy model jest trochę inny. A potem nauczę cię prasować koszule. Tym na pewno zaimponujesz żonie.
– Prasowanie to nie jest zajęcie dla...
– Dla kogo?
– Dla oficerów.
– Nie jesteś już oficerem. W najlepszym wypadku jesteś zastępcą dowódcy w dwuosobowej armii. Twoja rzeczywistość, Maxwell, wygląda teraz tak, że zajmujesz stanowisko męża, i jeśli nie potrafisz wnieść niczego istotnego, to jesteś kiepskim mężem. Zajmij się praniem i prasowaniem, i zobaczysz, co Kath na to powie.
Pułkownik, choć wciąż trochę rozczarowany, uznał, że musi spróbować lekarstwa, po które tu przyszedł.
– Myślisz, że to załatwi sprawę?

- Nie mogę niczego zagwarantować, ale cichy głos w moim uchu, który czasem szepcze mi dobre rady, podpowiada, że to najlepszy sposób, żeby zaimponować twojej żonie. Przypuszczam, że z wrażenia skarpetki jej spadną. I może dzięki temu zaoszczędzi trochę czasu, więc będziecie mogli robić coś razem. – Zastanawiał się jeszcze przez chwilę, po czym dodał z pewnym powątpiewaniem: – O ile Kath właśnie tego chce.

– Zawsze podobał mi się brydż.

– Doskonale. A jeśli żadne z was dotychczas nie grało, to nawet lepiej, bo możecie nauczyć się razem. Będziecie musieli bezgranicznie sobie zaufać.

Oczy pułkownika na krótką chwilę zalśniły, ale zaraz znowu się zachmurzył.

– Prasowanie. Kto by pomyślał, że upadnę tak nisko?

– To też jest umiejętność, i to taka, której do tej pory nie nabyłeś. Człowiek nigdy nie upada nisko, jeśli uczy się czegoś nowego. Przeciwnie, przekonasz się, że staniesz się od tego lepszy. Założę się, że będziesz to robił doskonale.

Maxwell sięgnął po kolejny kawałek ciasta, spoglądając na nie z pewną niechęcią. Doubler zostawił go nad talerzykiem, sam zaś zniknął w spiżarce i zamknął za sobą drzwi. Kiedy wrócił, talerz Maxwella był pusty. Doubler postawił obok niego butelkę bez etykietki wypełnioną przejrzystym płynem.

– Czy to jest to, co ja myślę, że to jest? – zapytał pułkownik z nadzieją.

– Tak, sir. Możesz to potraktować jako nagrodę za służbę, którą dopiero zaczniesz pełnić. Chodź, nauczę cię podstaw. Potem wrócisz do domu i pomożesz żonie, a ona ci za to podziękuje. Wypij łyczek tego dżinu, dobrze schłodzonego, przed pierwszą próbą i po, żeby sprawdzić, czy zmieni ci się punkt widzenia. Jestem tego bardzo ciekaw.

Przystąpił do ujawniania sekretów pralki emerytowanemu pułkownikowi, który do tej pory traktował tę maszynę w najlepszym razie jak ciekawostkę. Na tym polu Doubler czuł się specjalistą, a lekcja pozwoliła mu zaprezentować całą swoją wiedzę i zrozumienie tematu. Obsługa pralki wymaga dokładności, uwagi i logicznego umysłu. Zaczął rygorystyczne szkolenie od podstaw interpretacji metki w ubraniach i zasad łączenia ze sobą poszczególnych sztuk w jednym ładunku, a zakończył specjalną lekcją o tym, jak zatrzymać cykl, by wyjąć delikatne tkaniny, zanim wirowanie zniszczy wrażliwe włókna. Gdy tak wyjaśniał zasady działania urządzenia i przepytywał swego ucznia, sprawdzając, czy wszystko zapamiętał, przypomniał sobie, że wkrótce powinien zadzwonić telefon. Pani Millwood na pewno będzie zachwycona tą historią, pomyślał, rozprawiając z entuzjazmem o marginesie tolerancji przy oddzielaniu białego od kolorów. Przez cały czas trwania tego wykładu z podnieceniem układał sobie w głowie opowieść dla pani Millwood. Zaabsorbowany prowadzonym w myślach dialogiem, pośpiesznie odesłał do domu Maxwella, głęboko przejętego złożonością i stopniem komplikacji procesu prania.

ROZDZIAŁ 37

Julian zauważył Peele'a i ruszył w jego stronę z wyciągniętą ręką i czymś na podobieństwo uśmiechu na twarzy. Idąc przez salę, kątem oka zauważył dwie kobiety siedzące w sąsiednim boksie. Przed nimi stały filiżanki z gorącą czekoladą i nieprzyzwoicie wysoką czapą bitej śmietany. Skrzywił się, wyraźnie niezadowolony z tego świadectwa postępu.
– Legion.
– Julian.
Usiedli, zajrzeli do karty i zamówili drinki, próbując rozmawiać o niczym. Byli sobie równi pod względem statusu i obaj równie nieswojo czuli się w towarzystwie innych mężczyzn, toteż wyraźnie się rozluźnili, gdy wreszcie mogli porzucić grę wstępną i przejść do konkretów.
Julian otworzył temat, smutno potrząsając głową.
– Boże drogi. On naprawdę oszalał.
– Tobie też się nie udało? – roześmiał się Peele. – Mówiłem ci, że on nie zmieni zdania.
– Nie musi zmieniać. On po prostu nie jest przy zdrowych zmysłach. – Julian popatrzył na Peele'a, szukając zrozumienia. – Zasięgnąłem opinii lekarza oraz prawnika i obaj się ze mną zgadzają. Oczywiście jeśli się weźmie pod uwagę, przez co prze-

szedł, to trudno się dziwić, że spotkało go kolejne załamanie nerwowe. Teraz jest już starszy i słabszy, siedzi tam zupełnie sam i trudniej mu zapanować nad stanem własnej psychiki. Poradzono mi, żebym postarał się o ubezwłasnowolnienie, i zacząłem już działać. Kiedy opowiedziałem lekarzowi, jak przebiegła moja ostatnia wizyta, uznał, że tato wykazuje objawy schizofrenii, i zgodziliśmy się, że najlepiej będzie wdrożyć formalną procedurę. Jeśli będę potrafił udowodnić, że on jest niebezpieczny dla siebie albo dla otoczenia, to może nawet uda się go skierować na przymusowe leczenie. To nie powinno być trudne. Tak jak mówiłeś, on słyszy głosy. Nie jest zdrowy na umyśle. To, że odrzucił twoją ofertę, to chyba najlepszy dowód, nie sądzisz?

Peele wydawał się skrępowany.

– Na pewno sprawiał wrażenie trochę zdezorientowanego, ale to, co zamierzasz zrobić, według mnie jest zbyt drastyczne. Chciałbym przeprowadzić tę transakcję tak, żeby on również był zadowolony. Może spróbuję trochę podbić ofertę i zobaczymy, czy to coś zmieni.

Na twarzy Juliana odbiła się dezaprobata.

– O ile tylko dołożysz mu ze swojej części, nie z mojej. Ja nie mam zamiaru zgodzić się nawet na jednego pensa mniej. Jeśli zrobimy to na mój sposób, będę potrzebował twojej pomocy. Będzie mi potrzebny świadek, a ponieważ nikt inny nie odwiedza go na tej farmie, to nikt nie będzie mógł stwierdzić, czy jest zdrowy na umyśle, czy nie.

Peele powoli pokiwał głową.

– Zrobię, co będzie trzeba, kiedy nadejdzie odpowiednia pora, ale pozwól, że najpierw spróbuję podnieść stawkę. To nie zmieni naszej umowy. Chciałbym jeszcze raz z nim porozmawiać i przekonać go, żeby się zgodził. Chociaż i tak wydaje mi się, że on nie ustąpi bez względu na cenę.

Julian wpatrzył się w sufit, jakby mrugający czujnik przeciwpożarowy mógł mu podsunąć rozwiązania wszystkich problemów świata. Zetknął ze sobą czubki palców i zastanowił się nad tym, co powiedział Peele. Chciał zarobić na tej transakcji sporą sumę, ale co było jeszcze istotniejsze, miał otrzymać również kawałek ziemi. Ta działka będzie kiedyś warta fortunę. Lepiej zaklepać ją sobie teraz, dopóki ceny nieruchomości w tej okolicy pozostają w zawieszeniu. Sytuacja wyjaśni się dopiero wtedy, gdy zostanie wyznaczona trasa przebiegu linii kolejowej. Ale jedno było pewne: posiadanie ziemi było kluczem do władzy.

Skinął głową i już miał się zgodzić, gdy jego uwagę przyciągnęło jakieś zamieszanie przy sąsiednim stoliku. Jedna z tych cholernych kobiet zaczęła się awanturować. Julian obrócił się, żeby zobaczyć, o co chodzi, i oniemiał, widząc, że młodsza z nich próbuje siłą zatrzymać przy stoliku starszą. Młodsza miała na sobie wiejskie tweedy w stylu, jakiego prawdopodobnie nie widziano w tej okolicy od trzydziestu lat, starsza ubrana była w jakąś okropną karykaturę kobiecego stroju golfowego. Kolory były jaskrawe i gryzły się ze sobą. Wyglądało to tak, jakby chciały strojem wtopić się w otoczenie, choć nie miały pojęcia, jaka etykieta obowiązuje w klubie. Spojrzał na Peele'a i z niesmakiem przewrócił oczami, ale gdy usłyszał swoje imię, odwrócił się gwałtownie.

– Julian! – krzyknęła starsza z kobiet, znów próbując wyrwać się z boksu. Młodsza trzymała ją za rękę i próbowała uspokoić.

– Usiądź, Olive. Miałyśmy inny plan.

– Ale ja muszę powiedzieć im to prosto w twarz. – Strząsnęła z ramion rozpinany sweter, który został w rękach Midge, jakby chciała dowieść, na co jest gotowa, żeby wyrównać rachunki.

Midge, jednocześnie przerażona i rozbawiona, z desperacją wyrzuciła dłonie w powietrze i zaczęła obserwować, co z tego wyniknie.

Olive stanęła między dwoma mężczyznami, niepewna, którym z nich powinna bardziej pogardzać. W końcu uznała, że obaj są siebie warci.

– Cóż z was za obrzydliwa para – powiedziała z kontrolowanym niesmakiem, który może by ich zmroził, gdyby nie żółty sweter i czerwone spodnie w szkocką kratę, które kupiła w sklepie organizacji dobroczynnej, żeby wtopić się w społeczność golfistów. Do kompletu miała na sobie jeszcze kremowy beret zrobiony na drutach i ozdobiony pomponem. Zsunął jej się na oko podczas utarczki z Midge, nadając jej łobuzerski wygląd, który pozostawał w dziwnym kontraście z emanującą z twarzy jadowitą pogardą.

Peele gestem przywołał barmana, który skinął głową i sięgnął po telefon, żeby wezwać pomoc, po czym spojrzał na Olive i uśmiechnął się uprzejmie.

– Czy mogę pani w czymś pomóc?

– Właśnie w tym rzecz, że powinien mi pan pomóc.

– A kim pani jest?

– To nie pańska sprawa. Dla pana jestem nikim. Może pan mnie nazywać nieistniejącą przyjaciółką – oznajmiła wyraźnie zadowolona z siebie Olive. Sądziła, że wydaje się jednocześnie groźna i rozbrajająca. – Siedziałam tu i słyszałam, jak knujecie intrygi i mówicie o tym cudownym, uroczym człowieku, jakby był jakimś bełkoczącym idiotą. Mogę wam powiedzieć, że to się na nic nie zda, bo on jest mądrzejszy niż wy dwaj razem wzięci.

Peele syknął. Pobłażliwość spływała z jego ust jak oliwa.

– To bardzo niegrzecznie podsłuchiwać cudze rozmowy.

Olive spojrzała teraz prosto na Juliana.

– Oszukiwanie ojca, żeby wyłudzić od niego majątek, jest równie niegrzeczne.

Julian westchnął z oburzeniem.

– Niczego takiego nie robię i nie ma pani żadnego prawa się w to wtrącać. Jestem tylko pośrednikiem. Próbuję pomóc ojcu, żeby zdał sobie sprawę z wartości swojego majątku, dopóki nie jest za późno. W gruncie rzeczy wyświadczam mu przysługę.

– Biorąc prowizję od sprzedaży? Nazywasz to przysługą? No cóż, nie chciałabym ci się czymś narazić.

Julian westchnął dramatycznie. Już nie po raz pierwszy kwestionowano jego związki z innymi ludźmi, i to oskarżenie nie poruszyło go nawet w najmniejszym stopniu.

– Proszę nie kłopotać tym sobie ładnej główki. To są sprawy wyłącznie między moim ojcem a mną.

– Aha, czyli on wie, że wynegocjowałeś kawałek ziemi dla siebie, tak? Wie, że za jego plecami potajemnie umawiasz się na spotkania? Wie, że chcesz go ubezwłasnowolnić i sprzedać jego dom?

– Proszę się uspokoić. Zachowuje się pani histerycznie.

– Histerycznie? Twoim zdaniem ja się zachowuję histerycznie? To jeszcze nic w tym swoim życiu nie widziałeś.

Podczas gdy Olive coraz bardziej wczuwała się w swoją rolę (opartą, jak miała nadzieję, na postaci pewnego adwokata z serialu sądowego, który wyświetlano wczesnym popołudniem i który od dawna oglądała), podszedł do niej barman w towarzystwie jeszcze jednego mężczyzny, być może ochroniarza albo ogrodnika. Zbliżali się z wyraźną intencją użycia siły, co było rzadką przyjemnością w tej pracy, zauważyli jednak, że podżegaczka jest dość wiekowa i pomimo niedorzecznego stroju zachowuje się z godnością, totéż zawahali się i po prostu stanęli po obu jej stronach.

– Ta kobieta zakłóca porządek – oznajmił zdenerwowany Peele. – Jako członek klubu życzę sobie, żeby ją stąd wyprowadzono.

Olive zerwała beret z głowy i zręcznie otarła czoło, po czym rzuciła obydwu mężczyznom swój najmilszy uśmiech i zachwiała się. Barman natychmiast ją podtrzymał. Z wdzięcznością oparła się na jego ramieniu. Tym jednym ruchem przeciągnęła ich na swoją stronę i miała przy sobie dwóch własnych ochroniarzy.

– Mam trochę słabe serce – powiedziała, poklepując się po klatce piersiowej. – To nic poważnego, ale stres spowodowany kłótnią może pogorszyć mój stan. Zaczekajcie chwilę, panowie. Już zaraz nie będziecie musieli się mną kłopotać. Jeśli chcecie, możecie tu zostać, żeby mnie pilnować.

Barman przysunął się nieco bliżej z wyraźną intencją podtrzymania jej w razie potrzeby. Ta drobna kobieta w przedziwnym stroju zupełnie nie wydawała się groźna, a poza tym barman, główne źródło plotek w klubie, był zaintrygowany. Nie za bardzo szanował Juliana, który zachowywał się jak bogaty człowiek, ale nie był hojny, gdy chodziło o alkohole i napiwki. Barman chciał się przekonać, jak to wszystko się zakończy.

Olive nabierała śmiałości.

– Julianie, nie wywiniesz się z tego tak łatwo. Myślisz, że jesteś taki sprytny i potrafisz zamącić ojcu w głowie? Bardzo mi przykro, ale on jest znacznie sprytniejszy od ciebie. – Wskazała na Peele'a.

– Niech pani nie mówi głupstw. – Julian gotów był przyznać się do dwulicowości, ale wstrząsnęła nim myśl, że ktokolwiek mógłby uważać tego hodowcę kartofli za sprytniejszego z nich dwóch.

– Ależ tak! Myślisz, że jesteś taki przebiegły, bo udało ci się oszwabić ojca na parę gwinei. Ale ten człowiek wyprzedza cię o kilka ruchów w tej grze, i to jemu przypadnie nagroda.

Peele zmarszczył czoło i zwrócił się do barmana:

– Panowie, z całym szacunkiem, nie po to płacę za członkostwo w tym klubie, żeby słuchać obelg. Proszę wyprowadzić tę kobietę. Wydaje mi się, że ona nie jest członkiem klubu, i nie mam pojęcia, jak się tu znalazła.

– Jesteśmy gośćmi kogoś, kto ma członkostwo, więc mamy prawo tu być! – zawołała Midge ze swojego miejsca.

– To prawda – potwierdził barman. – Te panie przychodzą tu od tygodnia w towarzystwie pewnego dżentelmena z naszego klubu, który w tej chwili jest na polu golfowym.

– Tak. – Olive spojrzała na barmana życzliwie. – To miło z jego strony, że nas tu wprowadził, niestety nie ma już w sobie żadnego ognia. To wojskowy, uwierzyłby pan? Ale mówi, że jego dni bitewne już minęły. Każdego dnia, ledwie tu przyszliśmy, szedł pograć sobie w golfa. – Uśmiechnęła się rozbrajająco do ogrodnika. – Wie pan, ja jestem golfową wdową. No cóż, może nie wdową, tylko golfowym kukułczym jajem. Chociaż to też chyba nie jest zbyt dokładne określenie. Jestem golfowym figurantem. – Znów z błyskiem w oku spojrzała na swoją ofiarę. – Ty próbujesz wyłudzić od ojca kilka gwinei, a tymczasem ten oto twój przyjaciel zamierza wyrolować was obu z ogromnego majątku.

– Czy to prawda? – Julian spojrzał na Peele'a ze zmarszczonym czołem.

– Moja przyjaciółka Midge sprawdziła dokładnie sytuację farmy Mirth. To kolejna z nieistniejących przyjaciółek twojego ojca. Twój ojciec miał dość rozumu, żeby pokazać jej listy pana Peele'a i okazuje się, że to grubsza intryga. Istnieje... jak to się nazywa, Midge?

– Umowa wyłączenia – rzekła Midge z przepraszającym uśmiechem.

– No właśnie. Istnieje umowa wyłączenia między Mirth a terenem dokoła, która nie pozwala sprzedać tej ziemi pod zabudowę. – Olive przechyliła się przed ramieniem barmana i spojrzała na Midge. – Dobrze to ujęłam?

– Właśnie tak. Dobrze to ujęłaś, Olive.

– Jeśli Peele kupi farmę Mirth, będzie mógł budować na tym terenie, ile dusza zapragnie. Będzie mógł zrobić wszystko, co zechce. Ale dopóki nie jest właścicielem farmy, ma tylko wielkie połacie pustego pola. – Olive znów spojrzała na Midge, szukając potwierdzenia. – Czy coś pominęłam?

– Nie, właśnie taki jest sens. Ale sądzę, że Julian powinien zdawać sobie sprawę z wartości tej ziemi w wypadku zgody na zabudowę. Gmina nieoficjalnie już to przyklepała Peele'owi. Moje źródła twierdzą, że uzyskał skinienie głowy i mrugnięcie okiem. Czy to się zgadza, panie Peele?

Julian wyglądał, jakby miała go trafić apopleksja.

– Czy to prawda? Chcesz zabudować tę ziemię?

Peele wzruszył ramionami, jakby było to oczywiste.

– Chyba nie jesteś ślepy i musiałeś o tym wiedzieć. Przecież obiecałem ci kawałek ziemi, żebyś sam mógł tam coś zbudować. Nie mógłbym tego zrobić, gdyby ta umowa nadal obowiązywała.

– Ty draniu!

Peele znów wzruszył ramionami.

– Nie jestem większym draniem niż ty. A może ty jesteś jeszcze gorszy. Dla mnie to była tylko okazja do zrobienia interesu, a ty chciałeś się wzbogacić na ubezwłasnowolnieniu własnego ojca. I kto tu tak naprawdę jest draniem? – Spojrzał na Olive, szukając u niej oficjalnego werdyktu.

Natychmiast wzięła jego stronę.

- Zgadzam się, panie Peele, ten tytuł przypada Julianowi. Wykantowanie ojca to chwyt poniżej pasa, po prostu obrzydliwy. Nigdy jeszcze nie widziałam czegoś gorszego.

- A pani Millwood mówiła, że w zeszłym tygodniu próbował wycyganić od ojca samochód! Co za bezczelność. Próbował wyłudzić od niego zabytkowego land rovera i ani słowem nie wspomniał, ile ten samochód jest wart - dodała Midge w stronę Peele'a.

Peele wydawał się zdegustowany.

- To paskudny numer, Julianie. Czy ty w ogóle nie masz żadnych zasad?

Julian parsknął z oburzeniem.

- Próbujesz patrzeć na mnie z wyższością? Ty chciałeś mnie pozbawić mojego dziedzictwa, ziemi wartej absolutną fortunę. Specjalnie mnożyłeś trudności. Chciałeś mnie zbyć hektarową działką i domem z pięcioma sypialniami, chociaż miałeś zamiar zbudować tu całe pieprzone miasto! Ja bym sobie zbudował wymarzony domek, a ty natychmiast postawiłbyś dokoła przedmieścia!

Peele nawet nie mrugnął okiem.

- Zaproponowałem ci układ, który ci odpowiadał. Wynegocjowałeś kolejne warunki na własną korzyść. Zgodziłem się. A ty tymczasem gotów byłeś zamknąć i ubezwłasnowolnić swojego ojca, wyrzucić go z domu, używając siły fizycznej, gdyby to się okazało konieczne, tylko po to, żeby złapać trochę pieniędzy!

Barman stał w miejscu jak przymurowany, patrząc na obelgi przelatujące z jednej strony na drugą z takim napięciem, jak trener tenisa, który patrzy na piłeczkę przelatującą z jednej strony siatki na drugą podczas finałowego meczu turnieju. Wydawało się, że żaden z graczy nie ma przewagi, a jedyną osobą pewną zwycięstwa była dziewczyna do podawania piłek, która rozpoczęła ten mecz z zimną krwią i teraz wydawała się bardzo zadowolona z siebie, choć również wyczerpana.

Barman ujął ją mocno pod łokieć.

– Może pani usiądzie? To jeszcze trochę potrwa. Może pani popatrzeć z trybun razem z przyjaciółką. Przyniosę pani coś na uspokojenie. Może kropelkę whisky?

– O mój Boże, nie. Whisky o tej porze jest dla mnie o wiele za mocna. To drink na wieczór. Mój bardzo bliski przyjaciel poleca na popołudnie dżin z tonikiem, a on zwykle ma rację, więc może to, kochany?

Barman oddalił się, żeby przyrządzić lecznicze drinki, tymczasem Julian i Peele wciąż obrzucali się obelgami.

– Zostań tu na razie – powiedział barman cicho do ogrodnika. – Może jednak trzeba będzie kogoś wyrzucić. – Ruchem głowy wskazał na Juliana, który właśnie podnosił się z miejsca. Kostki jego dłoni opartych o stół były zupełnie białe.

ROZDZIAŁ 38

– **P**anie Doubler, mam gęsią skórkę. – Pani Millwood mówiła cicho, prawie szeptem.
– Co panią dręczy, pani M? – Przyciskał słuchawkę do ucha obiema rękami i nasłuchiwał z wytężeniem.
– Chyba przychodzą do mnie hodowcy jabłek z przeszłości. Nawiedzają mnie.
– Dobrze się pani czuje, pani M? Wydaje się pani rozgorączkowana.
– Trochę jestem. Rozgorączkowana i podniecona. Wszystko mnie łaskocze.
W jej głosie nie było słychać podniecenia. Doubler odniósł wrażenie, że jest wyczerpana.
– Proszę mówić dalej – poprosił nieśmiało, obawiając się tego, co może usłyszeć.
– Nie tracę czasu, leżąc tutaj. Byłam zajęta poszukiwaniami i nigdy by pan nie zgadł, na co trafiłam. Znalazłam jeszcze jedną pionierkę z dziewiętnastego wieku, która uprawiała jabłka i nazywała się Mary Ann. Chociaż ta miała na imię M-A-R-Y Ann, a tamta druga była M-A-R-I-A Ann. Ale mimo wszystko jak pan ocenia prawdopodobieństwo takiego zbiegu okoliczności?

Doubler próbował obliczyć prawdopodobieństwo w głowie, ale miał za mało danych wyjściowych. Żeby odpowiedzieć, musiałby znać prawdopodobieństwo nadania dziecku imienia Mary Ann albo jakiejś innej kombinacji tych dwóch imion oraz prawdopodobieństwo, że dziecko zacznie uprawiać jabłka. Ale nawet nie mając pod ręką tych danych, szacował, że wynik wynosi mniej niż jeden na miliard. I należało jeszcze wziąć pod uwagę inne czynniki – płeć oraz kontekst historyczny. Pod jego powiekami przemykały cyfry.

– Musiałbym to spokojnie policzyć, ale przypuszczam, że nie więcej niż jeden do miliarda.

– No właśnie. – Pani Millwood rozkaszlała się. Dźwięk był stłumiony, jakby zakrywała słuchawkę dłonią. Gdy znów się odezwała, jej głos brzmiał słabo. – Myślę, że to coś więcej niż tylko zbieg okoliczności. Myślę, że to znak. Zajęłam się tymi pionierkami i przez to zaczęłam myśleć o panu i o pańskim dorobku. Jak by się to panu podobało, panie Doubler, gdyby kilka lat po pańskiej śmierci Peele nazwał pańskiego ziemniaka swoim nazwiskiem?

– To by była katastrofa – odrzekł szczerze. – I pomijając już niesprawiedliwość, Peele to okropna nazwa dla ziemniaków.

– Zgadzam się, że to by była katastrofa, chociaż tak naprawdę to by nie zmniejszyło pańskiego wpływu. Pańska praca w dalszym ciągu zmieniałaby życie hodowców ziemniaków na całym świecie, ale przykro pomyśleć, że nikt by nawet nie wiedział, że to pańskie dzieło! Pański ziemniak byłby znany jako ziemniak Peele'a. Czy mógłby pan spoczywać w spokoju, wiedząc o czymś takim, panie Doubler?

– O mój Boże, nie. Pewnie poświęciłbym całą wieczność na to, żeby umieścić w glebie nową, odporną na wszystko i jeszcze bardziej szkodliwą zarazę ziemniaczaną, która wykończyłaby ziemniaki Peele'a raz na zawsze. Zniszczyłbym go, działając z góry.

– Pewność siebie Doublera zaczęła topnieć. – Ale nie widzę możliwości, żeby Peele mógł pośmiertnie przejąć wyniki mojej pracy, jak pani myśli? Czy naprawdę tak bardzo się tym pani martwi?
– No cóż – powiedziała pani Millwood konspiracyjnie. – Nie przychodziło mi to do głowy, dopóki nie zaczęłam zagłębiać się w fascynujące historie kobiet pionierek w świecie jabłek. Sprawdziłam pańskie ulubione jabłka, bramleye. Pomyślałam, że jeśli zajmę się odmianą, którą pan wysoko ceni, to poważniej potraktuje pan moje odkrycia. I właśnie coś takiego stało się z nią.
– Z kim?
Doubler musiał zaczekać na odpowiedź, bo pani Millwood znów zaczęła kaszleć. Kiedy już mogła mówić, wychrypiała:
– Mary Ann Brailsford. Jabłka odmiany bramley to jej odkrycie. To ona ją wyhodowała, ale niedługo po jej śmierci sąsiad oddał prawa do reprodukcji drzewa pod warunkiem, że odmiana będzie nosić jego nazwisko. Te jabłka powinny się nazywać brailsford. To był jej dorobek. A ona nigdy się o tym nie dowiedziała...
– To okropnie niesprawiedliwe. Tak mi przykro – powiedział Doubler, przepraszając wszystkie kobiety w imieniu całej ludzkości.
– Babcia Smith w każdym razie przypieczętowała swoje dziedzictwo. Nie miała pojęcia, na jaką skalę się rozwinie, bo zmarła, zanim jej jabłko zdążyło zyskać sławę na całym świecie, ale dzisiaj miliardy ludzi znają jej nazwisko i każdego roku dziesiątki tysięcy przybywają na festiwal poświęcony jej pamięci. W ten sposób oddają jej hołd, nawet jeśli o tym nie wiedzą. To niesamowite, kiedy się pomyśli, jaki wpływ wywarła na cały świat. Jej jabłko zostało zawłaszczone przez Australijczyków, ale babcia Smith była zwykłą dziewczyną z Sussex.
– To bardzo ważna informacja. Zastanowimy się nad tym, kiedy będziemy wymyślać nazwę dla naszego ziemniaka, pani

Millwood. A ja od tej pory będę nazywał bramleye brailsfordami. Bramleye już dla mnie nie istnieją! – zawołał z entuzjazmem.

– Dla mnie też – ochoczo zgodziła się pani Millwood. – Jeszcze jedno, panie Doubler – dodała po krótkim wahaniu.

– Tak, pani M?

– Pewnie się pan po prostu przejęzyczył, ale powiedział pan „nasz ziemniak". Przecież to nie jest nasz ziemniak, tylko pański. Nie chciałabym być taka jak pan Bramley, ten egoistyczny sąsiad, i kraść pańskiej chwały.

– To z całą pewnością jest nasz ziemniak. Nie wyhodowałbym go bez pani pomocy. Owszem, ziemniaki potrzebują dobrej ciemnej gleby, i tą glebą byłem ja. Ale potrzebują też światła, pani Millwood, i to pani dała im światło. Ja bym zginął w tej przepaści bez pani i nasz ziemniak też by zginął.

– To znaczy, panie Doubler, że ja też coś po sobie zostawię?

– Na to wygląda.

– To świetnie, bo trochę zaczęłam się już martwić, że nic po mnie nie zostanie.

– Och. To był mój wpływ – stwierdził przygnębiony.

– Zgadzam się, w zupełności pański. Kiedyś zastanawiałam się, czy moim dziedzictwem jest Midge, ale potem przemyślałam to i doszłam do wniosku, że ma pan zupełną rację. Dziecko to po prostu sekwencja DNA, nie można go uznać za swój dorobek. Jego sukcesy należą tylko do niego i samo musi ponosić odpowiedzialność za wszystkie swoje porażki.

– Całkowicie się zgadzam. Midge jest wyjątkowa i ma pani prawo być z niej dumna, ale nie może jej pani uważać za swój dorobek.

– Ale skoro mogę mieć jakiś nieduży udział w pańskim dorobku, to mi wystarczy. Chciałabym coś po sobie zostawić. – Zamilkła.

Doubler, który już przywykł do tych przerw w rozmowie, czekał, aż znowu się odezwie, starając się nie zastanawiać nad tym, dokąd pani Millwood zamierza odejść.

Po chwili sam przerwał tok własnych myśli, niezadowolony z kierunku, jaki obrały.

– Bardzo chętnie podzielę się z panią moim dziedzictwem, pani Millwood, pod warunkiem, że pani zechce podzielić się ze mną swoim.

– Ale ja nie mam się czym podzielić, panie Doubler – odparła zmartwiona.

– Sądzę, że ma pani. Pani dziedzictwem jest dobroć, a ja odegrałem pewną niewielką rolę w przekazywaniu jej dalej, żeby trwała poza nami dwojgiem. Jeśli razem uda nam się nieco zmniejszyć groźbę zarazy ziemniaczanej oraz zarazy okrucieństwa, to będziemy mogli powiedzieć, że coś po sobie zostawiamy!

– Nie jestem pewna, czy dobroć można uznać za dziedzictwo, panie Doubler, ale z największą przyjemnością się z panem podzielę. Zawsze mi się wydawało, że powinien pan mieć plan B na wypadek, gdyby cała ta sprawa z ziemniakami nie wypaliła.

Znów o tym pomyślał. Jego dzieło było dla niego wszystkim, a jednak pomyślał w tamtej chwili, że gdyby jeszcze przez kilka lat mógł cieszyć się odrobiną dobroci pani Millwood, w zupełności by mu to wystarczyło.

– Panie Doubler – powiedziała, niemal nie naruszając ciszy.

– Tak, pani M?

– Może zechciałby pan odwiedzić mnie w szpitalu. Mógłby mi pan poczytać.

– Bardzo bym chciał. – Na samą myśl serce zabiło mu szybciej.

– Nie jestem w najlepszym stanie.

– Doskonale to rozumiem. Ale przecież widziała pani mnie w moich najgorszych chwilach. Myślę, że i pani, i ja potrafimy dostrzec coś więcej.

– Tak, panie Doubler.
– Zajrzę jutro, dobrze?

Pani Millwood wydała cichy dźwięk, który Doubler uznał za zgodę. Odłożył słuchawkę i zajął się spisywaniem listy najważniejszych rzeczy, którymi chciał się podzielić z nią osobiście.

ROZDZIAŁ 39

Nowo odnaleziona pewność siebie napędzała Doublera do działania w dniu odwiedzin w szpitalu. Sprawy z całą pewnością szły ku lepszemu.

Zdobył przyjaciół, co bardzo go zaskoczyło, i im lepiej ich poznawał, tym bardziej cenił sobie towarzystwo Olive i Maddie. Cieszyła go myśl, że to on był katalizatorem ich przyjaźni, ale wiedział, że największa zasługa należała do pani Millwood. Olive i Maddie oczywiście były mu wdzięczne za rolę, jaką odegrał, by je ze sobą zetknąć, ale już nie potrzebowały pomocy w utrzymaniu przyjaźni i rozpoczynały następny rozdział bez śladu nostalgii. Doubler został relegowany do roli jeszcze jednego gościa na farmie Grove.

Pozostawał również w bliskich stosunkach z Midge, którą uważał za anioła, podobnie jak jej matkę. Midge spędziła sporo czasu nad dokumentami, które jej dał, i chyba nawet wzięła udział w jakiejś konfrontacji z Peele'em. Nie chciała mu podać wszystkich szczegółów, w większości niezbyt przyjemnych, twierdziła jednak, że Peele na pewno zostawi w spokoju Doublera i farmę Mirth.

Nie otworzył jeszcze listu z Instytutu, który miał mu ostatecznie powiedzieć, czy organizacja uznała jego wyniki za sukces. Postanowił, że to pani Millwood przeczyta go pierwsza. W końcu miało to być ich wspólne dziedzictwo. Doubler zakładał, że pani Millwood poprosi później Midge, żeby przeczytała ten list i pomogła im napisać kolejny rozdział dzieła życia. Miał nadzieję, że to będzie krótki rozdział, może po prostu epilog. Tymczasem jednak nie śpieszyło mu się ze sprawdzeniem, do jakich wniosków doszedł Instytut. Miał na głowie pilniejsze sprawy.

Przyjechał do szpitala zdenerwowany, przyciskając do siebie koszyk ze wszystkim, co jego zdaniem było niezbędne, żeby pani Millwood życzliwie potraktowała propozycję, jaką zamierzał jej złożyć. Spakował go starannie, z rosnącym niepokojem chowając swoje skarby w mroku wiklinowego pojemnika.

Zmęczona pielęgniarka zaprowadziła go do pacjentki i cicho zasunęła zasłonki wokół łóżka. Doubler, zdziwiony intymnością tej przestrzeni, ostrożnie przysunął krzesło wyścielane gąbką nieco bliżej do łóżka pani Millwood. Przez chwilę siedzieli w zgodnym milczeniu. Doubler wyjął termos z herbatą. Właściwie przyniósł dwa termosy, jeden z herbatą, a drugi z mlekiem.

– Pozwoliłem sobie, pani Millwood, przynieść pani filiżankę z kostnej porcelany – powiedział, podając jej herbatę.

– To nie było konieczne, ale co za miła odmiana. Dziękuję.

– Herbata smakuje lepiej w kostnej porcelanie. – Podniósł pustą filiżankę do światła. – Widzi pani? Przebija przez nią światło. Tak można poznać, czy jest prawdziwa.

Pani Millwood ledwie spojrzała na tę demonstrację, ale uśmiechnęła się.

– Chociaż myślę, że poznałbym już po samym smaku. A już z pewnością po dźwięku, jaki wydaje łyżeczka, kiedy jej dotyka. – Pstryknął paznokciem w krawędź pustej filiżanki i wsłuchał się w dźwięk. – Ten dźwięk jest niepodobny do żadnego innego.

Pani Millwood spojrzała na trzymaną w rękach filiżankę.

– Panie Doubler, dlaczego to się nazywa „kostna porcelana"? Czy chodzi o kolor?

– Bo jest zrobiona z kości – odparł nonszalancko.

Spojrzała na filiżankę uważniej, a na jej twarzy odbił się niesmak.

– Z prawdziwych kości?

– Tak. Wydaje mi się, że co najmniej trzydzieści procent składu porcelany muszą stanowić kości, żeby uzyskać takie cechy, o jakie chodzi.

– Och – westchnęła pani Millwood. – Biedna stara Mabel. Lepiej jej tego nie mówić.

Nalał herbaty do swojej filiżanki i podniósł ją do ust.

– A co Mabel miałaby do powiedzenia o kostnej porcelanie?

– Bardzo ją ceni. Ma w biurze własną filiżankę z tej porcelany. Ale zamierza zostać weganką. Wydaje mi się, że kostna porcelana jest wbrew zasadom weganizmu. Jak pan myśli?

– Jeśli ktoś jest ortodoksyjnym weganinem, to pewnie tak – odparł niejasno, bowiem weganizm nie należał do spraw, o których miałby szersze pojęcie.

– Nie ma innych wegan. Weganizm z samej definicji jest ścisłą dietą. Wydaje mi się, że ścisłe przestrzeganie zasad mają wpisane w konstytucję. Ale nawet nieortodoksyjnym weganom z pewnością nie podobałoby się to, że ich serwisy do herbaty wytwarzane są z kości.

Zastanowił się nad tym popijając herbatę.

– Jeśli pani nie powie o tym Mabel, pani M, to ja też jej nie powiem.

Pani Millwood prawie nie tknęła herbaty, ale wydawała się zadowolona z tego, że trzyma w rękach filiżankę, jakby pokrzepiało ją samo ciepło. Doubler dopił herbatę, wytarł filiżankę i znów schował ją do koszyka.

– Wie pan, nie mam wiele siły, ale nie wyrzekłabym się rytuału picia herbaty. Dziękuję.

Kiedy oddała mu filiżankę, przez twarz Doublera przebiegł grymas, gdyż zauważył jej przejrzystą, posiniaczoną skórę. Postawił filiżankę obok łóżka, nie chcąc przyciągać uwagi do jej szokującego braku apetytu.

– No cóż, ta herbata nie jest tak dobra jak zaparzona w domu, ale nauczyłem się przyrządzać przyzwoitą herbatę w termosie. Często tak robię, kiedy mam zamiar spędzić kilka godzin w stodole. Sekretem jest mleko. Nie można go dodawać od razu do termosu.

– Naprawdę? Muszę panu uwierzyć na słowo, panie Doubler. Niewiele jest rzeczy na ten temat, których by pan nie wiedział.

– Jeśli herbata zepsuje się w termosie, zły posmak zostanie w nim już na zawsze. Mleko zawsze trzeba trzymać osobno. To moja rada. I nigdy nie wolno pożyczać komuś termosu.

– Będę o tym pamiętać.

– Mówię poważnie. Termos jest jak szczoteczka do zębów. Należy do pani i tylko do pani. Lepiej wiedzieć, co w nim było, żeby nie trafić na jakieś niespodzianki.

– Tak samo jak ze szczoteczką do zębów, panie Doubler – zaśmiała się pani Millwood.

Przyjrzał jej się uważnie i serce mu się ścisnęło. Leżała na poduszce blada i znacznie szczuplejsza, niż pamiętał. Była jednak rozluźniona, oczy miała półprzymknięte, a na ustach łagodny uśmiech pozostały po niedawnym śmiechu. Pomyślał, że to odpowiednia chwila.

– Pani Millwood – powiedział łagodnie – czeka panią okres rekonwalescencji. Na pewno przez długi czas będzie pani potrzebowała pomocy.

– Kto wie? – Natychmiast buntowniczo uniosła się na łokciach. – Jestem silna jak koń, tylko osłabia mnie to otoczenie. Kiedy wrócę do domu, szybko mi się poprawi i błyskawicznie stanę na nogi.

- Bardzo możliwe, ale tak czy owak, chciałbym pani coś zaproponować, jeśli mogę. Myślę, że powinna pani wrócić ze mną do domu i dochodzić do zdrowia na mojej farmie.

Miał nadzieję, że po tej śmiałej propozycji zapadnie chwila milczenia, podczas której pani Millwood będzie przyzwyczajać się do tej myśli, ona jednak energicznie potrząsnęła głową.

- Na farmie? Panie Doubler, na farmie trzeba ciężko pracować. Z całym szacunkiem...

- Ależ nie, ja nie mówię, że miałaby tam pani cokolwiek robić. Mam wszystko pod kontrolą. Okazało się, że potrafię poradzić sobie ze wszystkim, potrzebna jest tylko dobra organizacja i planowanie. Dom jest wysprzątany na błysk. Ale brakuje mi pani towarzystwa i myślę, że tam mogłaby pani szybciej dojść do siebie.

- Wydaje mi się, że to niezbyt praktyczny plan, panie Doubler. Gdzie miałabym spać?

Doubler zamilkł na chwilę. Wyobraził sobie ciemny zakamarek na dnie wiklinowego koszyka, który przyniósł z samochodu, i nieduże pudełeczko od jubilera, które utknął tam wcześniej, pod herbatą, pod kwiatami, pod pudełkiem domowego kruchego ciasta i pod nieotwartym listem z Instytutu Badań i Rozwoju Ziemniaka w północnych Indiach.

- Chciałbym, żeby zastanowiła się pani nad przeprowadzką do mnie na farmę. To znaczy chciałbym, żeby pani zamieszkała ze mną.

- Żebym zamieszkała z panem.

- Tak. Jako moja żona.

- Jako pańska żona! Panie Doubler, pan sobie chyba żarty stroi!

Pani Millwood poderwała się i usiadła na łóżku. Jej podniesiony głos był przenikliwy, ale słaby, toteż nie przyciągnął uwagi innych pacjentów ani gości na oddziale. Doubler miał wrażenie, że cały wszechświat skurczył się do tej malutkiej przestrzeni.

Ściszył jednak głos, zachęcając tym samym panią Millwood, żeby zrobiła to samo.

– Nie, nigdy w życiu nie mówiłem poważniej. Brakuje mi pani. Tęsknię do pani każdego dnia i chciałbym, żeby była pani obok mnie. Chciałbym się o panią troszczyć.

– Czy jest pan pewien, że pan nie zwariował? Czego panu właściwie brakuje? Mojego sprzątania? Odrobiny gadania o niczym podczas lunchu?

– Nie, sprzątaniem sam się zajmuję. Ale ta odrobina gadania o niczym jest nie do zastąpienia. Nawet nie potrafi sobie pani wyobrazić, jak bardzo mi tego brakuje. Nie miałem pojęcia, jak pełne było moje życie, dopóki nie stało się puste, gdy pani zabrakło.

– Bardzo miło to słyszeć, ale przecież nadal pan ze mną rozmawia. Chyba udowodniłam to w ciągu tych ostatnich tygodni? Rozmawialiśmy prawie codziennie. A co z nowymi ludźmi w pańskim życiu? Naprawdę nie musi pan się ze mną żenić. Wydaje mi się, że to dosyć drastyczny krok.

– Nie jest drastyczny. Dużo o tym myślałem. Właściwie myślałem o tym przez cały czas.

– No cóż, w takim razie ma pan nade mną przewagę, bo ja nie miałam czasu, żeby się do tego przygotować tak jak pan. Wyprzedził mnie pan trochę z tym swoim myśleniem. Może powinien dać mi pan trochę czasu, żebym mogła się z panem zrównać? Od jak dawna miał pan zamiar mi się oświadczyć?

Zastanowił się. Od jak dawna? Ostatnio ta myśl zajmowała mu tyle czasu, że nie potrafił już sobie przypomnieć, kiedy ostatnio budził się i zasypiał, myśląc o czymś innym.

– Wie pani, nie mam pojęcia. Możliwe, że od zawsze. Co najmniej od trzech miesięcy.

– No cóż. Na razie powinien pan dać mi trochę czasu, żebym mogła przywyknąć do tej myśli.

Popatrzył na nią uważnie. Jej twarz miała odległy wyraz. Może pani Millwood zaczynała już przywykać do tej myśli. Chyba rzeczywiście powinien jej dać trochę czasu, to wydawało się rozsądne. Jego wzrok przesunął się na stolik obok łóżka i zatrzymał na papierowych kubkach z odmierzonymi lekarstwami.

– Nie, chyba jednak nie. Czas nie stoi po naszej stronie. Nie mogę zagwarantować, że nie padnę trupem, czekając, aż pani przyzwyczai się do tej myśli, a pani prognozy są w najlepszym wypadku niepewne. Nie mamy czasu na długie narzeczeństwo.

– Ale przecież nie było żadnego narzeczeństwa! Do tego potrzebny jest nie tylko czas, ale też działanie. Musiałby pan robić różne rzeczy, żebym zechciała za pana wyjść.

– Jakie rzeczy? – Jego oświadczyny były proste i bezpośrednie, a teraz pani Millwood ciągle stwarzała jakieś przeszkody. Próbował stłumić niecierpliwość. – Jakiego rodzaju rzeczy?

– Różne romantyczne rzeczy. Długie spacery nad rzeką.

– Spacery? – Doubler wyobraził sobie spacer, który nie miałby nic wspólnego z ziemniakami. Ten obraz był mocno nierealny, ale w żadnym razie nie wzbudzał w nim niechęci.

– I kino. Powinniśmy kilka razy pójść do kina. Trzymać się za ręce. Sprawdzić, czy podobają nam się takie same filmy. Jakie filmy pan lubi, panie Doubler?

Zamyślił się głęboko, przekonany, że musi istnieć jakaś odpowiedź na to pytanie. Intuicja podpowiadała mu, że nie należy teraz wspominać wojennej klasyki, choć jego zdaniem kino nie poczyniło żadnych postępów, odkąd nakręcono *Most na rzece Kwai*.

– Podobają mi się wszystkie filmy, które podobają się pani, pani Millwood. Chciałbym siedzieć obok pani w ciemnym kinie i trzymać panią za rękę. To by mi zupełnie wystarczyło.

Przez chwilę wpatrywała się w ten obraz. I to była dobra odpowiedź.

– Restauracje? Musielibyśmy pójść do kilku restauracji. Najlepsze są te romantyczne.
– No cóż, pani Millwood, ja jestem bardzo dobrym kucharzem. Nie sądzę, żebyśmy musieli chodzić do restauracji. Pewnie tylko porównywalibyśmy jedzenie w restauracji z tym, które ja mógłbym przygotować w domu, i mogę się założyć, że moje byłoby lepsze.
– Ale właśnie w tym rzecz.
– Tak?
– Właśnie tak! Idziemy do restauracji pełni nadziei i wyczekiwania, a tu się okazuje, że nic nam się tam nie podoba. Wnętrza są przeładowane i pretensjonalne, kelnerzy nieuprzejmi. I mówią do nas wolno i wyraźnie. – Doubler roześmiał się, a ona dalej snuła swoją wizję: – I cały czas myślimy o tym, że jedzenie w domu jest znacznie lepsze, więc kończymy jak najprędzej i wypadamy stamtąd biegiem, nie zamawiając nawet deseru.
– Ale po powrocie do domu zjadamy zimne crumble z jabłkami prosto z lodówki? – podsunął Doubler.
– Właśnie! I to jeszcze nie koniec naszej przygody. Będziemy opowiadać o tym przyjaciołom, wspominać przez całe lata, powtarzać wciąż na nowo: „Pamiętasz, jak wybraliśmy się na romantyczną francuską kolację do tej pretensjonalnej restauracji i obsługa uznała nas za prostaków?". A potem wybuchniemy śmiechem. I nikogo innego nie będzie to tak bawiło jak nas, bo nikt inny nie widział tego na własne oczy. – Milczała przez chwilę, a jej oczy zalśniły. – Były jeszcze inne okazje. Na przykład wtedy, kiedy poszliśmy na wystawną kolację w snobistycznym pubie, o którym wszyscy opowiadali.
– Jedzenie nam nie smakowało?
– Nawet go nie spróbowaliśmy, bo zabrakło prądu!
– Zabrakło prądu?
– Tak. Wszyscy cierpliwie czekali, aż światło znów się pojawi, a my uciekliśmy stamtąd, zaśmiewając się do łez. Poszliśmy na

frytki, odstaliśmy swoje w kolejce i wyszliśmy, a tamci wciąż siedzieli w pubie i mieli nadzieję, że ktoś ich w końcu obsłuży.

Doubler zastanawiał się, czy pani Millwood opisuje coś, co zdarzyło jej się kiedyś w przeszłości. Jej opis był barwny i wyrazisty, ale nie dostrzegł w niej melancholii. Wydawała się podniecona, oczy jej błyszczały.

– I jeszcze ten pub, w którym zatrzymaliśmy się po długim spacerze w deszczu, a pan uparł się, że pokaże im, jak się podaje lunch wieśniaka. Myśleliśmy, że kelner wpadnie w szał i nas wyrzuci.

Doubler uśmiechnął się lekko. Był pewny, że wspólnie mogą stworzyć takie wspomnienia, ale zarazem uświadomił sobie z odrobiną zażenowania, jak nieznośny i arogancki musi się czasem wydawać.

– I wyrzucił nas?

– Nie, kochany. Właściciel pubu rozpoznał w panu najlepszego hodowcę ziemniaków w całym hrabstwie i postawił nam lunch na koszt firmy!

– Och, to dobrze. To taka historia, którą ma się ochotę powtarzać wiele razy. – Zauważył, że zwróciła się do niego „kochany", ale pozwolił, by to słowo zawisło w powietrzu jak bańka mydlana i nie próbował go pochwycić z obawy, by nie prysło.

– A więc kino i teatr. Muzyka i jedzenie. Tego potrzebujemy w narzeczeństwie.

– Jak pani myśli, jak długo to potrwa?

– Narzeczeństwo? Bóg jeden wie! Takich rzeczy nie da się przewidzieć, prawda? Tyle, ile będzie trzeba, żeby zadał pan pytanie i żebym ja odpowiedziała „tak". A tymczasem będziemy cieszyć się tymi wszystkimi rzeczami razem i tworzyć wspomnienia, które nas podtrzymają, kiedy nie będziemy już czuli się na siłach tworzyć nowych.

– Wydaje się, że to może potrwać długo – powiedział Doubler z powątpiewaniem.
– Nie! Absolutnie nie! Pewnie będą nam się podobać te same rzeczy. Mamy ze sobą mnóstwo wspólnego. Powiem panu, kto będzie zachwycony. Moja córka Midge. Bardzo pana polubiła.
– Ja ją też. Ogromnie dużo mi pomogła. Była w tym wszystkim bardziej przydatna niż moja własna córka.
– A co sobie pomyśli Julian?
– Pomyśli, że leci pani na mój majątek. Na moje ziemniaki.
– Na majątek? Ja? Poza tym pański dom nie leży na złocie. Ale to szczęśliwy dom, a to jest ważniejsze niż całe złoto tego świata.

Doubler pomyślał o propozycji, którą odrzucił. W tych okolicznościach było to bardzo dużo złota.

– Ale z drugiej strony – powiedział pewnym tonem – jeśli popatrzy na pani ostatnie problemy ze zdrowiem, to dojdzie do wniosku, że nie pożyje pani długo, i trochę odpuści.
– Tak pomyśli? No cóż, to bardzo nieładnie ze strony mojego pasierba.
– Wiem. Okazało się, że on nie jest dobrym człowiekiem. Ma to po matce. Ale tym zabawniej będzie, jeśli udowodnimy mu, że się mylił, i przeżyjemy ich wszystkich.
– Ale nie chcemy przeżyć naszych wnuków. To nie jest coś, czego można by sobie życzyć. Wtedy już nie mielibyśmy własnych zębów.
– To prawda. A poza tym niektóre z tych wnuków są w porządku. Myślę, że polubi ich pani. Zawsze jest jakaś nadzieja dla następnego pokolenia. Jestem pewien, że gen dobroci jest recesywny.

Pani Millwood niezręcznie sięgnęła do szafki obok łóżka i wyjęła robótkę. Rozciągnęła rozpoczęty kocyk, wygładziła go i pokazała Doublerowi.

– A niech to – powiedziała i wyczerpana znów opadła na poduszki. – Wszystko się poplątało.

Doubler pochylił się i wziął do ręki cztery kłębki – cztery różne odcienie, wszystkie potrzebne jednocześnie, w tej chwili splątane w fantastyczny kłąb kolorów.

– Ja to zrobię – powiedział. – Może pani odpocząć.

Spokojnie zabrał się do rozplątywania włóczki. Porozdzielał nitki i zaczął je zwijać na kłębki, żeby pani Millwood wygodniej było ich używać. Cieszyła go ta praca, cieszyło go to, że mógł uporządkować jej małe problemy, lekko ciągnąc nitki, rozsupłując supełki. Pani Millwood nie spała, ale leżała na plecach z zamkniętymi oczami, zdając się na niego.

Doubler podziwiał robótkę. Skomplikowany wzór zaczął już się wyłaniać, choć bardzo wiele jeszcze brakowało do tego, by można go było nazwać kocykiem. Rozłożył go na jasnoniebieskim szpitalnym kocu, by dodatkowo ogrzewał panią Millwood, pochwycił za górną krawędź i podciągnął wyżej. Pani Millwood wciąż leżała bardzo spokojnie. Doubler starannie spakował koszyk. Ustawił na stoliku kwiaty w słoiku po dżemie, który przyniósł właśnie w tym celu, a obok położył puszkę z kruchym ciastem w nadziei, że skusi ją do jedzenia. Zawahał się, gdy jego dłoń natrafiła na pudełeczko z pierścionkiem. Wyjął je i otworzył. Pierścionek łagodnie zalśnił.

– Jeśli pani nie ma nic przeciwko temu, zostawię go tutaj. Może pani na niego patrzeć, kiedy będzie się pani przyzwyczajać do tej myśli. Ja pewnie bym zapomniał, że jest w tym koszyku, a dla mnie jest bardzo cenny. Należał do mojej mamy. – Powiedział to bardzo cicho, niemal do siebie.

Nie był pewien, czy pani Millwood nie śpi, ale odpowiedziała równie cicho. Właściwie był to prawie szept. Oczy przez cały czas miała zamknięte i oddychała płytko.

– To dobry pomysł. Na pewno będę na niego patrzeć. I może nie będę potrzebować tak dużo czasu. Kto wie, ile jeszcze każdemu z nas zostało? Kiedy się jest w takim miejscu jak to, można się o tym przekonać. Ale na wszelki wypadek lepiej, żebyśmy jak najszybciej zaczęli gromadzić te wspomnienia.

– I jeszcze to – dodał ze źle udawaną nonszalancją, wsuwając nieotwarty list z Instytutu pod puszkę z ciastkami. – Może pani rzucić na to okiem, kiedy poczuje się pani na siłach. Kiedy przyjdzie tu Midge.

Pani Millwood nie odpowiedziała. Wciąż miała przymknięte oczy.

– To nie jest najważniejsze, pani M. Jeśli będzie pani miała siły tylko na jedną rzecz, to proszę zastanowić się nad moją propozycją. To jest priorytet.

Pani Millwood uśmiechnęła się słabo, ale nie otworzyła oczu. Serce Doublera na przemian rozdzierało się, szybowało w przestworzach i znów się rozdzierało.

– W takim razie do zobaczenia. Zajrzę tu jutro o tej samej porze, dobrze?

Pani Millwood nie odpowiedziała. Jej dłonie lekko ściskały włóczkę, jakby obawiała się, że ktoś może ją wyrwać spomiędzy palców, kiedy zaśnie.

Doubler wyszedł, nie oglądając się za siebie.

PODZIĘKOWANIA

Strzępki rozmów zasłyszane w przelocie, często w najbardziej niedorzecznych okolicznościach, trafiają do mojej głowy, zakorzeniają się tam i splatają ze sobą, tworząc własne opowieści, które oczywiście nie mają żadnego związku z tym, co pierwotnie zasłyszałam. Mimo wszystko jestem ogromnie wdzięczna za inspirację, jakiej zupełnie nieświadomie dostarczyli mi: dumny farmer w kolejce do rzeźnika, nieprzyjemny młody człowiek, który najwyraźniej nie miał żadnych skrupułów i który skłonił mnie do rozmyślań o tym, że czasem po prostu nie da się kochać członków rodziny, a także moja fantastyczna siostra Pippa i jej mąż Al. Ich rozmowa przy śniadaniu zasiała pierwsze nasiona, z których potem wyrosła ta książka.

Powieść jest oczywiście zupełnie fikcyjna, niestety tak jak i wyhodowane przez Doublera ziemniaki odporne na zarazę oraz jego dżin o magicznych właściwościach. Jednak w książce pojawiają się również prawdziwe postacie, których życie wywarło wpływ na wielu z nas.

John Clarke, kawaler Orderu Imperium Brytyjskiego, jest postacią historyczną. Za życia otrzymał wiele prestiżowych nagród, a jego dom w Innisfree został w 2013 roku uznany za zabytek kultury narodowej. Wykorzystałam postać Johna Clarke'a, żeby dać pracy Doublera podstawy i motywację, która zainspirowała go do wiary, że może coś po sobie zostawić. Osiągnięcia Clarke'a są tu wspomniane bardzo skrótowo, ale jeśli ktoś chciałby dowiedzieć się więcej, pełny obraz jego życia i pracy znajdzie na stronach książki Maurice'a McHenry'ego John Clarke a Potato Wizard. W Północnej Irlandii organizowany jest festiwal na cześć człowieka, który dał nam ziemniaki maris piper, i choć liczba gości nie dorównuje jeszcze tłumom, które przybywają na festiwal na cześć Marii Ann Smith, czyli Granny Smith, być może jest to tylko kwestia czasu.

Mary Ann Brailsford wyhodowała pierwsze w historii jabłko odmiany bramley, chociaż nie była wówczas sadowniczką, a zaledwie dzieckiem zachęcanym do takiej działalności przez matkę. Na cześć Mary Ann i jej matki Elizabeth w naszym domu jabłka odmiany bramley zawsze nazywamy brailsfordami.

W rozmowie pani Millwood z Doublerem pojawia się wzmianka o neurochirurgu. Oczywiście chodzi o Henry'ego Marsha, którego piękne i skromne wspomnienia zatytułowane *Do No Harm* są listem dziękczynnym dla wszystkich dzielnych i zdolnych chirurgów, którzy robią coś istotnego dla świata za każdym razem, gdy wychodzą do pracy.

Centralny Instytut Badań i Rozwoju Ziemniaka w północnych Indiach istnieje. Przelotnie widziałam jego szyld z okna autobusu, który wspinał się na strome zbocze, zmierzając w kierunku Shimli, ale nie mam pojęcia, czy byłaby to odpowiednia instytucja, żeby potwierdzić wartość odkrycia Doublera. Mam nadzieję, że tak.

Na koniec chciałabym podziękować mojemu wspaniałemu mężowi Jonowi i niezwykłym dzieciom – Eoinowi, Poppy, Millicent i Sonny'emu, którzy nauczyli mnie wszystkiego, co wiem o miłości, troszeczkę o dżinie i prawie nic o ziemniakach.